黃國書

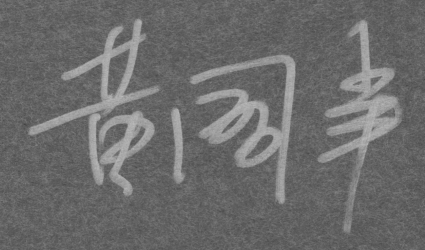

鬼魅豪宅

黃國華

一

我是小葉，如果你有機會看到我的報導或作品問世，絕對不會用小葉或我的本名發表。我的父親葉國強是三十年前那個事件的關鍵人，三十年來一直有相關的受害者想要找到我的父親，也包括一堆什麼檢察官、稅務員、黑道人士與記者。

如果我用自己的名字發表，恐怕會讓自己深陷報復、查稅或無法想像的私刑，更重要的是，我也沒有勇氣對外承認自己是葉國強的女兒。雖然父親在整個事件並非扮演關鍵性的角色、雖然他也只是那個掠奪時代（文雅一點的說法是相對剝奪）的幫兇之一、雖然他自己至少在財產上也屬於蒙受重大損失的一份子……

我父親在事件爆發前便已經嗅到不對勁，三十年前，老早就帶著我遠離台灣逃到日本，上上個月，七十多歲的他在病榻前花了好幾個禮拜對我說出整件事件，然後交待我務必想辦法把事件始末見諸文字。明明他生前曾經短暫當過作家，卻臨終前才交代我這個文筆完全不靈、只會寫電腦程式的女兒來完成他自己不敢寫的故事。

雖然三十年來，我多少也從他的嘴巴中得知一些蛛絲馬跡，但是我必須承認，自己所了解的部分並不怎麼完整。

三十年來，台灣從富有的小康國家慢慢崩壞得宛如第三世界，不！就實情來說，已經被列為第三世界了。許多人歸咎於人口流失──從兩千三百萬減少到一千四百萬──這種人口減少的速度，只有在發生戰爭與饑荒的國度。也有人歸咎於財政破產，這或許也是個還算正確的說法，這個國家能跑的都跑了，現在只剩下軍公教和外籍移工，少數還在營業的工廠和店家雇用著超級低薪的外籍移工或乾脆用機器人取代勞工，然後這些外籍移工繳交稅金付給軍公教薪水與退休金。也有人說是房地產炒過頭，所有的資源都投入沒什麼生產力的房地產──我比較接受這種說法，至少我父親也是接受這種說法。

因為，我父親在臨終前緩緩地吐出下面這一段話：

那個年代的年輕人，

沒有錢進修充實、

沒有錢旅遊增廣見聞、

沒有錢結婚生子、

沒有儲蓄可供創業、

沒有膽量與現金流量、

沒有換掉不適合自己的工作的勇氣，

那一切，只為了買一間房子！

從小到大，我不怎麼信任我爸爸，他是個依靠謊言與詐術為生的高手，但那個年代的金融業或房產業的人士，誰又不是如此？我不能僅憑他在病榻前所訴說的故事，就武斷地書寫出在當年鬧得沸沸騰騰的「星友事件」，除了信任感的疑慮外，我老爸的說法中似乎還存在許多未解的謎團。或許是忘了、或許是不忍在自己女兒面前坦承太多不堪回首的往事、或許是在某個環節上，他根本壓根不認為自己做錯了什麼。

事過境遷三十年，事件中的任何一個人，即使我有機會找到他們，把其中的細節與遺漏補記下來——不管用什麼方式，哪怕是向他人講述的方式——畢竟也是重述，想要準確無誤地再現事件的原貌是不太可能的。因為經由口中說出來的事，永遠不可能與事件原樣絲毫不差，總難免有許多遺漏，太多的盤根錯節，縱橫交雜的細節恐怕難以拆解。

我不知道回憶對僅存的人有什麼用，星友事件只不過是當年幾百件房地產惡意炒作的案件之一，舊事重提或許只是在人們傷口上抹鹽，畢竟三十年過去了，這個時代的人早就不相信什麼有土斯有財的歷史共業。

但是，為了填補整個故事的完整性，我還是必須回台灣見一個人，一個在整個事件中最具關鍵的人物，一個既是事件的加害者也是最大的受害者的角色，重點是，我知道她還活著，活得好好的，是少數還留在台灣的人。

二

四月的天氣，就如同眼下北台灣的現況一樣變化無常，這天早上還豔陽高照，過了中午，變成了個陰陽天，天色半明半暗，整個北台灣都被一層厚厚的霧霾籠罩著，雲彩失去浪漫色彩只剩厚厚塗著的鐵灰，陽光透不下來，常年無法散去的霧霾無邊無際地擴散。

一下飛機，我搭著每半小時才發一班的機場捷運，東轉西換，來到這個連捷運都抵達不了的小鎮。在來台灣之前，一些好心的朋友警告我千萬別來這個小鎮，尤其是小鎮的最外圍——號稱最惡名昭彰的星友社區——至少別一個人前往，真的有必要的話，聘請武裝保全一起陪同進入社區才能保障自身安全。

我並沒有把這些勸告聽進去，因為我不相信我想要拜訪的人，能夠在武裝保全的面前吐露積藏在內心幾十年的祕密，尤其是說不定會引來不必要的曝光與糾紛的祕密。

從捷運的終點站出站，手機顯示無人駕駛的計程車服務公司，基於車輛安全與路況考量，並不涵蓋這個區域，我只好在車站外等排班的人工駕駛計程車。攔了好幾部計程車，沒有司機願意載客到星友社區，好不容易找到一部，好說歹說外加上支付兩倍的現金，司機才願意載我。

「妳真的確定是要到星友社區？」車內充斥著難聞體味與廉價便當的酸腐味，操著孟加拉腔調，一副那種簽證已經過期的黑牌外籍司機拉高音量地問著。

「是！麻煩你了！」

「聽妳的口音好像外國人，沒有人告訴妳，那地方最好別去嗎？」

司機長篇大論地繼續發表著：「那個地方，連警察都不太想去巡邏，白天好像死城。晚上呢！更像死城，只有除了像我這種沒牌的司機才敢在這附近載客作生意，正常的司機，就算付三倍的車錢，也不想跑星友社區。」

車子離開捷運站沒多久，兩旁只剩下幾座吐著黑煙的工廠。

「你別小看這些工廠，在當年可是什麼世界等級的半導體工廠呢！」

我仔細看了看招牌，哪來什麼半導體，全都是電力公司的火力發電廠。沒多久又經過一座又一座廢棄的體育館與高爾夫球場，廢棄的體育館與球場，別說台灣，全世界到處都有，但雖然只是坐在車上呼嘯而過的一瞥，殘敗的程度卻完全映入眼簾，與其說是破舊，倒不如說已經形成了一座座自然演化的生態廢墟。

「那裡頭聽說有鹿啊、山羌啊！我有幾個朋友，偶爾會來這一帶打獵呢！」司機喜孜孜地指著窗外說著。

過了一大片廢棄的體育園區與高球場遺址後，馬路兩旁出現綿延不絕一望無際的公墓與亂葬崗，看起來這一大片公墓至少也存在好幾十年以上，為什麼當年會把社區蓋在這種亂葬崗的附近？為什麼當年會有前仆後繼的投資人湧進這裡買房炒房？我實在無法理解以前的人的想法，代溝？時代變遷？經濟理論？大數據？都無法解釋這一切。

「小姐！到了！」

「你從這裡走過橋，遠遠看到那幾棟大樓就是星友社區，我只能載你到這裡，妳就算給我五倍的錢，我也不敢開進去！」

「現在還是大白天，應該沒有什麼危險吧？」

「小姐，如果不想下車，我就原路載妳回車站，別跟我囉嗦那麼多！」司機堅持只願意停在某座看起來年久失修的橋梁旁邊。

我一下車就立刻明白司機的苦衷，因為這座稱為星友二號橋的入口處，矗立著又大又明顯，且看起來還很新的告示牌：「危橋！」

硬著頭皮走進長度其實還不到五十公尺的危橋，橋墩內鋼筋裸露的程度相當明顯，其中有幾根橋墩看起來好像裡頭只剩下兩三根歪七扭八的鋼筋，我站在橋中央遠眺，左右兩邊不遠處各有兩座早已斷裂廢棄的斷橋，左邊那座橋從中斷成兩段，但右邊那座橋更可怕，只剩下幾根打在溪床上的鋼筋，溪床上還殘留著整節完整的斷橋。

我想那兩座斷橋應該就是星友一號橋與星友三號橋吧！

一過橋，映入眼簾的是一排看起來還算完整的集合性住宅大樓，一樓整排的店面，看起來似乎仍在營業中，但多半只是些便宜的麵攤、手機修理、瓦斯行、煤炭店和雜貨店，雜貨店的招牌也搞不清楚是哪國的文字，店面門口坐著三兩成群、國籍不明的人。

雖然早已聽從友人的勸告，隨身只帶著最不起眼的陳舊帆布包，以免被臨時起貪念的人盯上。但一群彪形大漢對著自己行注目禮時，我仍下意識地抓緊自己的包包，我的理智告訴自己，這種害怕只是源自毫無理性的種族歧視，但這個時候所有文明世界的理性和養成的潛規則似乎都被自己拋在腦後，明知道不應該拔腿就跑，發抖的雙腿還是不聽使喚地狂奔。

穿越過第一排的幾棟大樓，在後面矗立著三棟更高、基地面積更大的大樓，這三棟大樓比起第一排有店面的那幾棟更像死城。幾乎所有大樓的出入口都封上了木板，一眼往上眺望，所有住家都門戶緊閉，少數幾戶的窗外還嵌著冷氣，但看起來搖搖欲墜、隨時都會掉下來砸爛自己的頭顱。大樓外牆的磁磚都已經掉光，這點倒讓我安心一些，至少這些大樓已經爛到已經沒有磁磚可以掉下來，少數幾戶還看得到「待售　請洽09XX-XXXXXX」的廣告牌，這些看起來貼了將近三十年的廣告看板似乎是仲介公司唯一殘存在世界上的歷史記錄。

和尋常貧民窟或廢棄大樓不一樣，這幾棟社區完全看不到塗鴉，這點倒讓我感到有點放心。不管是台北市中心還是東京、紐約，我看過許多塗鴉，塗鴉意味著整個社區失去秩序，意味著治安死角。後來我才了解到，這個星友社區連不良少年或幫派都不願意踏進來。

我想要拜訪的人住在這三棟大樓的最後面那一棟，也就是第五棟與第六棟之後。要抵達那兩棟大樓必須先穿越過這前面三棟大樓中間的中庭——與其說是中庭，倒不如說是小型破敗農村，中庭已經被少數還住在這裡的居民充作農地耕作，一圈又一圈地種植著便宜完全沒有賣相的蔬菜如茄子番茄等等。

當我穿越過這三棟的中庭，映在我眼前的是第五、第六兩棟以及消失的第七棟。第七棟已經全倒，第五棟與第六棟蓋在山坡邊，整棟大樓被截斷，六樓以上被斷裂的高樓層殘存結構體緊緊壓著，連肉眼都看得出那怵目驚心的傾斜度。

這些房子，三十年前到底是用什麼東西蓋的？鋼筋水泥、新台幣還是運氣！任何事物都會腐朽，有創造者就有毀滅者。

門牌地址在這裡顯得毫無意義，父親生前抄給我的地址，透過網路搜尋竟然是早已成為廢土的第七棟大樓，但我很肯定自己要找的人絕對還住在這裡面，畢竟前天要出發前才通過電話約了今天下午要見面。

站在傾斜程度不遜給比薩斜塔的六號大樓底下，確實需要勇氣。我找了幾個看起來像是當地居民的人問了半晌，每個聽到那個名字的人，都只是很不耐煩地朝著一樓的警衛室比了比，連回個話都不願意，好像我是來討帳的銀行行員似的。

警衛室外門牌的字跡早已剝落，但仔細看還是可以看出地址與大樓的名稱：「星友和諧六號宅」。推開警衛室的門，門檻之後只見一片漆黑，聞起來有著陳年煙味、潮濕味和早已腐壞的塑膠防塵套的黴味。室內狹窄昏暗，地板與桌上髒亂不堪，堆積著起碼超過兩三個禮拜的便當盒、啤酒瓶和亂七八糟的瓶瓶罐罐。

警衛室其實很大，但裡頭除了髒亂只剩沉悶的空虛，房間深處傳來一陣空洞的呻吟聲：「妳要幹什麼？」

一個老婦從房間最深的陰暗處的行軍床爬起來，步伐蹣跚地朝著站在門口的我走過來，一邊問話，老婦的兩排牙齒一邊咬得喀喀作響，她踉蹌地走著，彷彿走在一場夢裡，一場恐怕永遠也無法醒來的夢。我仔細一看，老婦的眼神完全空洞，雖然盯著我看，但我知道她眼睛所看的絕對不是我，而是漫長又難耐的過去以及沒有明天的未來，我曾經在精神病院中看過這樣的眼神，看著這樣的眼神，不免嘀咕著該怎麼解釋我要來這裡找人？找什麼人？或許一個人的姓名對這裡的人來說，只是一個虛幻的法律意義。

我當然知道一點物質上的小回饋對於說服貧民窟的人而言，比起和藹的態度更有效，掏出一疊現金比彬彬有禮更有說服力。我掏出一些錢放在老婦的手上，深怕她聽不清楚，還大聲地一個字一個字喊出來：「我要找姚莉莉！妳可以帶我去找她嗎？」

「妳不必講那麼大聲，我沒耳聾。」老婦數了數手上的鈔票，空洞的眼神總算閃出些許人味，臉上才勉強擠出一絲笑容。

「姚莉莉？這個名字很久沒聽人提過了，妳想找的是YoYo吧！」

「對！就是YoYo，請問妳知不知道她在不在家裡呢？」

只見她點了點頭緩緩地走出門口，對我投了一個「跟過來」的眼神。

老婦帶著我走進一棟大廳，雖然這棟依舊住著一些人，但大廳看起來像是受過轟炸的戰場廢墟，地板上還殘存隔壁那棟傾倒大樓的殘瓦破磚，也堆積著一包包廢棄受潮的水泥袋，看起來比較像是戰場上的掩體，大廳瀰漫著霉味、尿騷味以及一坨坨風乾的鳥大便的味道。信箱早就損壞，不知道是誰從哪個大賣場搬來好幾部手推購物車充作信箱，手推車信箱內有堆積如山的銀行催帳單，和各級法院寄來的各種法律公告。

老婦站在電梯口用力敲打電梯按鈕，匡噹匡噹宛如鐵工廠發出的聲響由上面緩緩傳下來，過沒多久，電梯間一聲巨響，電梯門打了開來，裡頭一片燻黑，好像被燒過似的，與其說是電梯，倒不如形容是個墳墓盒子，電梯門仿若訴說著早已被遺忘的苦痛的墓碑。

「樓歪成這樣，電梯還能動？」

「電梯只能搭到六樓，六樓以上要改爬樓梯。」老婦回答。

「我看我還是改爬樓梯好了！你告訴我YoYo住幾樓，你先搭電梯上去等我。」我真的不敢踏進這座電梯。

「六樓！要搭不搭隨便你，我告訴你，走樓梯很危險，每層樓的樓梯間都住著遊民或吸毒的毒蟲，上次有位外面來的六十幾歲的歐巴桑都慘遭強暴……。」

一聽到強暴、遊民與毒蟲幾個字，我頭也不回地立刻跳進電梯。

電梯爬了好久才到六樓，才剛鬆了一口氣的我，撲鼻而來的是集合住宅的電梯間惡臭，天花板角落有幾處渦狀水垢，破損的地磚裂痕間有許多不知名的昆蟲蠕動著。

「哎喲！」老婦咕噥著。「這裡簡直比養雞場還臭！」

「妳只要告訴我，YoYo住哪一戶，我自己進去就行了。」我提出建議。

老婦沒把我的話聽進去，自顧自地走到最角落的一戶，指著大門說：「就這一戶！」

她直接推開生鏽的鐵門，鐵門一打開，門口玄關的陰暗處似乎有東西在跳動著，我看到有一團白色的東西從屋內飛到電梯間走道。

「是野鴿子啦！」那婦人說著。

「牠們八成是從破損的窗戶鑽進來的，後來就乾脆在這裡築巢了，趕走一批又來一批。」

不知道YoYo在不在家，我探著頭對著屋內喊：「有人在嗎？我要找姚莉莉女士！」

那婦人對著我說：「妳別喊了！」

「難道姚莉莉不在家嗎？」明明這位身兼警衛的老婦人剛剛才告訴我YoYo在家裡頭，我閃過了各種不祥的念頭，會不會這位老婦人把我騙上樓，然後屋內藏著她的同黨，一想到此，我不自覺地把外套拉著緊緊的，滿腦都是剛剛老婦說的毒蟲遊民的畫面。

「我就是姚莉莉！」那老婦人說著。

「妳就是YoYo？」我沒有在第一時間就認出來，畢竟事先在網路上能找到的只有她三十年前的照片。

「妳又沒問！」YoYo講完後打開屋內的主臥房，我一走進才發現她的臥房和屋子、甚至整個社區完全不搭，除了整理得異常乾淨，該有的家具擺設一應俱全外，房內還有一間起碼三坪大的衣物間。YoYo笑著打開讓我參觀，讓另一個同為女性的人參觀衣物間，這意味著她已經卸下心防，把我當成忘年的閨密。

衣物間可說是別有洞天，至少擺上五十款各種名牌包包、上百雙名鞋，和數不清的衣服。即便連對精品完全外行的我，都看得出其中起碼大半以上是所謂的經典包與限量名牌鞋，雖然多數是陳年的款式，但YoYo連外包裝紙盒都還保留，甚至還用防塵套仔細包覆著其中的大部分。

進衣物間的YoYo，黯淡的神情立刻清朗不少，老態龍鍾的模樣蛻變出些許貴氣。

「女人嘛！總是得依靠外在的有形事物來襯托自己，不是嗎？」

對於整天只穿深色套裝、埋首於電腦程式與客戶工廠之間的我，實在無法理解這些包包鞋子衣服的深層意義。

正當我忙著對她的戰利品行注目禮之際，YoYo已經上好妝換好衣服。

「妳覺得如何？」YoYo笑著問。

眼前的她再也不是步伐蹣跚、全身寒酸的看門老婦，反倒像個風韻猶存的熟齡貴婦。

「老實講，有點像銀座的媽媽桑！」說實在的，我不太能接受這種帶點脂粉風塵味的打扮，但卻有股說不出來的熟悉感，好像在什麼地方見過這個老婦。

YoYo聽到銀座媽媽桑的形容後開懷大笑，笑開的她具有某種魔力，一種能夠自動降低外表年紀的魔力，短短不到二十分鐘，可以從看起來七老八十的病態窮婦轉變成四十出頭歲，這女人肯定具有某種把男人玩弄在手掌心的能力。

不想浪費時間在她的外貌與收藏品的話題，我打開帆布包，拿出事先準備好的麗絲玲白酒和紙杯，倒了一杯遞給她，打算開始漫長的採訪。

「葉老師還記得我愛喝這種白酒啊！」

「葉老師？」

「妳忘了妳爸爸曾經在大學教過書嗎？」

我想了半天，好像有這麼回事，父親很少提到他的具體工作內容。

「妳父親是好人，才七十多歲就走了！唉！妳剛剛走進社區應該看到很多遊民吧！那些人活到九十多歲，不管怎麼折騰，吸毒、酗酒甚至跳河自殺都死不了，人生啊！命越苦的，越想早點走的人卻怎麼都死不了。」YoYo的飛揚神采又轉為黯淡。

「小葉！妳結婚了沒？」

我點了點頭。

「嫁給什麼樣的丈夫？」

我的婚姻乏善可陳，丈夫同樣是ＩＴ產業的工程師，和我一樣沒有什麼積極向上的事業心，我母親——應該是我的後母——所遺留下來的龐大家族事業，也只能草草地信託給專業經理人，走在路上，還真的看不出我們夫妻倆擁有日本排名前五百大企業的過半股份呢！

「可惜啊！身為葉老師的女兒，居然選擇了如此沉悶無趣的人生。」YoYo嘆了一口氣。

「人啊！死掉之後也不過就是一甕骨灰罈，過程！過程最重要，像我這種一條腿踏進一半棺材的老女人，我擁有的是什麼？

「我所擁有的是轟轟烈烈的人生，我擁有過的男人們，雖然在一起的時間都不長，但他們可都是人間的極品，值得逐漸老去但時間卻很多的女人慢慢回味。」

YoYo告訴了我一個名字，她的初戀男友，聽到這個名字後，我驚訝地合不攏嘴。

「記得！千萬別把他的名字寫進去！妳知道的，他……。」我能體會難言之苦，那個人太顯赫了，顯赫到YoYo自認不該將自己的名字與他匹配寫在一起。

「我的第二個男人更猛，相信妳應該從妳父親的嘴巴裡講過，殺人魔王銘陽！」

「王銘陽？我父親並沒有提到這個人！」

「我會慢慢告訴妳關於王銘陽的事情，我的第三個男人就是妳的父親！」YoYo講到這裡，整個神情又恢復起來。

的確，我承認自己曾經猜測過父親與眼前這個女人應該有些不尋常的關係，但親耳聽到這句證實的語言，生為女兒的我還是感到震驚，整個思緒亂糟糟，本來已經準備好的幾個關鍵問題，一時之間完全拋諸腦後。

坐在我前面的YoYo靜靜地盯著我看，一言不發的兩人就這麼枯坐了許久，直到窗外傳來巨大的聲響。

「資源回收車來了！」YoYo劃破寧靜。

我朝窗戶望出去，只見到兩部大型資源回收車以及兩部警車停在中庭的垃圾堆旁，幾個神情緊張、荷槍實彈的警察和全身穿著全副防護衣物的清潔機器人員正在忙著清垃圾。

「為什麼收個垃圾要弄得如此勞師動眾？」我實在無法理解眼前的景象。

「不派警察來的話，整輛資源回收車會被搶劫一空，去年就發生過，這裡的人趁機打劫資源回收車，還把司機打成重傷。」

「資源回收車有什麼好搶的？」

「妳別緊靠著窗戶盯著他們看，否則，那些緊張的菜鳥警察會嚇得亂開槍喔！回收的資源對這裡的人來說，運氣好的話，可是一筆不小的財富，曾經有人搶到一部還能發動卻被丟棄的摩托車，拿去換錢的話，少說也可以吃飽半個月！」YoYo一副見怪不怪的模樣。

「好啦！回到剛剛的話題，我和妳父親之間沒發生過什麼不可告人的事情啦！我開玩笑的！」

YoYo收起笑容嚴肅地說著。

看樣子她這句話應該沒說謊，但我還是無法鬆一口氣，因為在我心中還有一些無法解釋清楚的疑點。

「瞧妳的樣子，可見妳對妳爸根本沒什麼信心。我一開始就說過，妳爸爸是個好人，或許妳不相信，或許他自己也不這麼認為，但對我而言他真的是個好人，可惜沒機會當面告訴他。」

YoYo為了慎重，還是小心翼翼地把窗簾拉上才繼續說：「妳一定感到奇怪，為什麼妳爸爸要透過妳，每個月匯錢給我，然後持續十幾年從不間斷？」

「我每次問他，他都避重就輕地扯什麼業務往來！不然就是欠妳的債權！我實在不怎麼相信，畢竟我爸爸當年在台灣欠的錢可多著呢！也沒聽過他打算要還那些什麼銀行啦、廠商啦、建商啦！」

「哈哈！大小姐！妳真的是涉世未深，誰規定欠銀行的錢要還？那些會還銀行的錢的人只有兩種，一種是白癡！」

聽到這段話，我不禁笑了起來，接著YoYo的話講下去：「另一種就是打算向銀行借更多錢的人！」這句話，我爸起碼對我說過幾百遍。

YoYo笑得更起勁了：「把錢掏出來償還銀行一億的人，是為了要借兩億，還銀行兩億的人，是為了向銀行借四億，哈！妳爸也教過妳這些道理啊！」

「什麼道理？我爸生前就是滿嘴的歪理！」

話雖然講得很酸，但這種和他人一起分享已經逝去的親人的有趣八卦，我的心頭感到暖洋洋的，這或許就是最有效的療傷吧！

「以前在課堂上，妳爸就是這樣教我，這句話，對我來說一輩子受用。我就是欠了一輩子銀行的錢，才可以苟活賴活到今天。只要生個小病，打個電話給銀行，他們就緊張地擔心我死掉，趕快派人送我到醫院；只要有什麼小混混或黑道，拿著什麼二十幾年前的借據來要脅我，我就打電話給銀行，他們擔心被收債的黑道捷足先登，除了幫我報警外，偶爾還會派武裝保全來保護我呢！」

我真的聽不下去這類歪理，趕緊把話題叉開引到正題：

「能不能告訴我，我爸為什麼要偷偷接濟妳？」我看了看手錶，雖然窗簾緊閉，但隱約可以知道外面的天色漸漸昏暗。

「我時間很多，多到可以任意浪費，妳想知道的事情，三天三夜也講不完。」YoYo收斂了開玩笑的表情接下說：「妳爸爸償還的是他的良心債！人不怕沒良心，只要懂得償還就好！」

「他曾經告訴我，他徹頭徹尾毀了妳的人生。」

「沒那麼嚴重吧！他不過是在事件爆發時先跑掉而已，其實他跑掉也好，至少有些事情可以賴在他身上，至少還有個能夠置身事外的人偶爾來接濟我。」YoYo回答。

「至於其他那些雞毛蒜皮的什麼官司、欠稅或殺人傷人的鳥事，跟你爸也扯不上多大關係。包括我在內的一些人，會發生那麼多是是非非，多半和我一樣有著愛慕虛榮，急著想要發財、躋身上流社會的性格啦！一句話，大家都是自作孽啦！」現狀瀕臨窮途潦倒的YoYo，身上沒有沾惹怨天尤人的酸腐。

但只要我想起父親最後要我代替他向YoYo懺悔，心情不免沉重起來，如果眼前的YoYo擺著一副指天罵地、用盡狠毒的語言咒罵我父親的態度，我的罪惡感反而會比較低一些。

無論如何，還是等YoYo把故事說完吧！

天色完全黯淡，YoYo從客廳拿了盞煤油燈進來，費了半天才點著：「這棟大樓除了電梯還有電以外，完全沒有供電。反正還住在這鬼地方的人連吃飯都吃不起，哪有錢繳電費，台電早就把電線都剪掉了，沒辦法，前幾年台電曾經願意免費供電給我們，結果施工完成不到一兩個鐘頭，電線配電箱電錶電線桿就被人偷得一乾二淨，另外幾棟因為有善心人士捐助，才勉強有基本的水電供應。」

「我的整個人生後半段就圍繞在這幾棟蠢建築。」她感嘆地說。

「都是那些檢察官跟銀行、官員在搞鬼，他們是惡魔、吸血一族、寄生蟲。我們創造財富，他們靠著撿我們的殘羹剩飯為生。眼看著我們這種人好不容易攢點錢累積一點小小的財富，他們會說：『好，咱們就變出幾條法律，整死這些不知好歹的人。』他們可以隨心所欲設計出幾條語意不清、複雜、深奧難懂的會計作帳規定，然後雙手一攤說妳破產，凍結一切財產，找得到的就充公，找不到的就當成不良債權，然後追著妳一輩子……。」

說得太急的YoYo被煤煙嗆到，乾咳了幾聲喘了幾口氣後逐漸恢復平靜說下去：「算了！別讓妳聽這些無聊的抱怨了，整個事件該怎麼說起呢？」

「我想還是先從我怎麼認識妳父親開始吧！那年，我三十歲……。」

我打開窗戶想排出房間的黑煙，沒想到外頭的空氣比起燃燒煤油燈的室內還要汙濁，或許，這一切的故事剛好有著汙濁不堪的起源。

三十年前。

星友科技大學校長辦公室一通電話響起！

三

三十年前。

九月初，北台灣依舊籠罩在由高氣壓所帶來的超級熱浪中，氣候異常已經不是什麼新鮮名詞，「氣溫到底有沒有飆破四十度」只淪為那些氣象專家為了搶新聞收視率的嘴砲工具。

頂著豔陽忍受酷熱，不得不穿著西裝領帶的葉國強從校門口走到辦公室，心裡咒罵著在這種天還被迫穿得如此正式隆重，比幹銀行總經理還要難受，至少銀行沒有校園來得大。

這個時節是大學開學的日子，原本至少有一年級新生會興沖沖地在開學第一個禮拜急著趕來學校，但今天這個開學註冊日卻格外的冷清。葉國強對此早已心知肚明，連續幾年受到少子化的影響，他所任教的大學的新生報到率越來越低，入學門檻也越來越低，聽說有幾個科系，只要有參加大學學測考試，有張正式的聯招中心所發的成績單就可以錄取，白話一點的說，只要在學測試卷上簽個名就可以來念書，但即便如此，報到率也只剩下五、六成，這還是官方報告呢！實際情況連註冊組也搞不清楚。

葉國強在過去兩年，只是擔任這所「星友科技大學」的ＥＭＢＡ助理教授，以往可以完全不在乎大一新生的報到情形，然而再過幾天，他即將接任這所科大的代理校長，雖然新生報到率高低與否、招生成果如何，已經不再是星友科大的重點政策，但看到學生稀稀疏疏的校園景色，葉國強不免也嘆了一口氣。

然而，一大早趕來學校的目的是為了視察他的新辦公室裝潢成果，學校的學生人數雖然逐年減少，但學雜費並非這所學校的主要財源，學校的財務狀況可是好得很呢！

兩年前，當時這所學校已經面臨資金斷鍊、發不出教職員薪水的窘境，甚至連修理廁所馬桶所開出去的支票都跳票時，葉國強跟著一起從事房地產的朋友入主星友科大。他的朋友老陳，星友建設董事長陳星佑，自掏腰包替學校注入數億的資金，一舉改善學校財務狀況，因此還連續兩年獲得教育部所頒發的「台灣最佳私立科大」獎項！

其實教育部對私立大學的評分方式很簡單，越少向教育部伸手拿補助款的學校，評分就越高。沒辦法！教育部補助大學私校的經費更是逐年縮水，面對少子化的這種大環境的嚴峻考驗，唯一的作法就是找到像星友建設或老陳這種金主來挹注，至於這群慷慨的金主的背後真正用意，政府不想管也管不了。

星友科大的校長這個位置，可說是燙手山芋，稍微了解星友科大背景的人都避之唯恐不及，是陳星佑好說歹說才拜託葉國強來暫代，反正學校的錢多到花不完，新的校長辦公室的裝修也沒有必要去在乎什麼預算樽節。

校長辦公室分為兩個隔間，外面的會客室有套坐起來很舒服的皮沙發，旁邊放著老式木製衣帽架和立燈，後面牆上有兩扇門，一扇通往校長的辦公室，另一扇門進去則是附有義大利衛浴設備的廁所盥洗室。

門的旁邊，背靠牆放著一張式樣簡單的橡木事務書桌，這張是供校長辦公室助理使用，地上鋪著淺綠色地毯，色調質感相當好，打開音響，從隱藏在天花板內的喇叭輕聲傳來海頓的弦樂四重奏。內隔間的校長辦公室，牆上掛著幾張日本江戶時期的真跡浮世繪，裝潢整體的木作故意施作成低調陳舊風格，明明是全新，但看起來絕不豪華，適度的陳舊狀態令人有安定沉著的溫暖感，故意弄得舊一些至少可以堵住其他校董和教育部官員的悠悠之口。

正打算打開電腦檢視一下網路連線的工程，葉國強的手機響了起來。

「老葉！今天下午一點到我的辦公室來一趟！」電話那頭傳來尖銳的女人聲音，一副咄咄逼人的音量，就算把手機拿到三公尺外依舊可以聽得一清二楚。

「陳同學……。」葉國強一開口就被打斷。

「叫我陳局長。」

才上任一年就官腔十足，葉國強如果年輕個十歲早就頂回去來場唇槍舌戰了。

「可是待會兒我要出席新生訓練……。」

「別鬧了！你們星友今年只招到幾隻小貓，還搞什麼新生訓練，下午一點，你如果沒來，我就直接找你們陳董！」陳局長啪一聲切掉電話。

陳局長叫作陳玫儒，當年是葉國強的大學同學，畢業後出國唸了長春藤名校博士，回國後不知道什麼緣故，或許是個性強悍還是自視甚高，在學界的人際關係很差，國立大學的教職缺一直補不進去，只能在後段班的私立大學任教。四年前她所任教的大學宣佈解散，只好跑到更惡名昭彰的華江科大來教書。

兩年多前，透過老同學葉國強的介紹，她與星友集團的陳董攀上關係，陳董運用人脈把陳玫儒安排到當時市長候選人的競選團隊中，沒想到新老闆一舉以黑馬的姿態贏得大選入主市府，跟著水漲船高的陳玫儒一躍成為市政府的都發局副局長。任職不到半年，上面的局長因為黑函事件被迫自請辭職下台，陳玫儒便順理成章地接任局長，但外界始終風傳著該黑函事件是陳玫儒與市長的背後金主所暗中運作的。

烏鴉一躍成為鳳凰，但烏鴉的本質還是烏鴉，只是姿態官架越擺越高，葉國強很不情願去見這個昔日同學，但這一切都只是既定的計畫，三年來所有的事情都處於「on schedule」的狀態，唯一改變的就是這位女同學的脾氣。

曹晏誠曾經在大修車廠當學徒足足幹了六、七年，學會拋光和鍍膜技術後，存了一點積蓄，頂下這家位於星友科大側門口的汽車烤漆美容修車廠，至今也已經兩年了。一開始原以為多少可以接收點原來修車廠的老客戶，沒想到前一手經營者幾乎把客戶都帶走，剛接手的前面兩個月，完全沒有半個客人上門。為了吸引客人，只好額外經營洗車的業務，買不起那種高速洗車機器設備的他，用人工洗車的方式，出賣廉價勞力藉由洗車來開拓板金烤漆或修車的客人。

一年前，慢慢地有些在學校教書的老師願意把車丟給他烤漆美容，習慣於大車廠內精密拋光機器的他，由於只能遷就老設備，起初也很不順利，經常因為過度拋光，導致烤漆的顏色改變，或是無法磨得很均勻。所幸這一帶位處偏僻市郊，雖說客戶不多，但也沒有什麼競爭對手，加上他的收費相當低廉，上門的客人幾乎都是學校師生，多半沒有什麼汽車專業知識或鑑賞眼光，也沒有人看得出其中的小瑕疵。

這一天，曹晏誠正埋首於一部常客的車子的最後拋光工作，在整個烤漆鍍膜美容作業中，使用拋光機為整個車身施作最後拋光的步驟最為重要，也是成功與否的關鍵所在，如果拋光不完美不確實，即使事後塗上再多的水晶鍍膜劑，也無法打造出漂亮的車身，所以小曹對「拋光」這件事毫不馬虎。

「小曹！我的車修好了沒？」

小曹從車尾抬頭往店門口望去，居然就是這部車子的主人，也是他的常客。

「葉老師！你的車明天才會弄好啊！」小曹很確定和車主約定取車的時間是明天，沒想到葉國強竟然提早一天來拿車。

「啊！我忘了！」葉國強看著手機上的時間，和陳玫儒約定的時間只剩下一個鐘頭，這附近既沒有捷運站，搭公車到市政府還得換車且至少得花兩個小時，連用電話叫Uber或計程車，恐怕也是來不及，想到官架子越來越大的陳玫儒，葉國強根本不想落得遲到的惡名，否則她的嘴巴中不知道又要吐出什麼惡毒咒罵。

「沒關係啦！整台車看起來已經很漂亮，我看現在這樣就可以了，我先開走，該多少錢我還是全部算給你。」不想浪費時間的葉國強只能如此打算。

小曹笑了笑地搖搖頭說：「你的車現在已經到了最後階段，如果沒弄好，開出去只要碰到灰塵或下雨，塗滿鍍膜液的車身反而更容易受到損害，而且是致命的損害。」對於專業，小曹有股職人般的堅持。

看到常客露出面有難色的神情，小曹說：「不然這樣，你只要再給我半個鐘頭，我趕工趕出來給你。」

葉國強搖了搖頭面有難色地說：「我一個小時後要趕到市政府開會，就算你現在把車交給我，都還不一定來得及，何況……。」腦中已經浮現陳玫儒的尖酸嘴臉了。

「不然這樣，我開我的車載你去市政府，這樣你連找車位的時間都可以省下來。」小曹看了手錶：「應該四十分鐘就到了。」

「不行啦！這樣會影響你開店作生意。」

「老師！走啦！別跟我客氣，再拖下去你真的會來不及。」葉國強嘴巴說不好意思，內心倒是很渴望這個提議。

「這樣也好，我會算計程車錢給你。」葉國強說完就上了小曹的車。

「其實我的女朋友是你的學生呢！」握著方向盤的小曹興高采烈地彷彿參加什麼偶像見面會。

「這麼巧？哪一位！」

「謝盈慧啊，你可能沒什麼印象吧！」

「我認得啊！個頭有點小，好像是在市政府都發局上班。」

「葉老師，你的記性真好，學生那麼多，謝盈慧的模樣又不怎麼起眼。」

葉國強苦笑著點點頭，其實他也不過才教一班EMBA，學生的人數也只有區區十幾個，如果連十幾個學生都認不出來，也不用出來混這口教書的飯了。

「我女朋友提過很多關於你的事情。」

「哈！應該都是些什麼桃色八卦吧！」葉國強不太願意在課堂或學校談起從前在金融業的點滴往事，只是，這些往日的豐功偉業也好、昭彰惡名也罷，似乎也在這個他新任職的地方傳了開來。

「她說你曾經是台灣前三大金控的總經理，也到中國幹過銀行CEO，在日本經營私募資金和金管會大鬥法，還寫過幾本暢銷書，只是為了轉換人生跑道才來星友教書……。」小曹如數家珍地說下去。

「我想她應該有提到我都是靠女人才能爬到那麼高的地位吧！」葉國強笑著回答，這些年，外界對他的評價不外乎依靠女人的感情來攀附權勢。

「外面的無聊傳言何必認真呢！老師！如果我擁有你十分之一的成功，我根本才懶得管別人的臭嘴呢！」雖然小曹如此安慰，但這就間接地證實，葉國強的八卦情史早就在學校與學生圈內傳了開來。

「也對啦！」

葉國強不太想和不熟悉的修車工人扯太多自己的事情，至於會傳什麼八卦，自己心知肚明：什麼靠著當市議員的前妻才能爬到銀行經理位置，靠著當金控家族女兒的小王才幹上金控總經理，靠著日本商社的情人老闆才能當上中國銀行CEO，但這些都已經是過去式了，自己再也不是什麼銀行金控的總經理CEO，會跟著自己投資夥伴來這間學校，葉國強其實只是想要證明自己的實力，雖然知道星友集團的老闆陳星佑絕非善類。

小曹驚覺自己好像講了不該講的話，趕緊把話題扯開：「聽說老師要接校長的位子啦！」

「這種八卦連你也聽到啦！呵呵！」嘴巴這樣講，但葉國強並不會感到驚訝，學界的圈子很小，特別是處於這種鳥不生蛋地方的星友科大，別說新任校長這種大事，恐怕連小小的師生戀八卦都能傳遍校園內外。

很幸運地一路沒塞車，不到半個小時就抵達市政府，葉國強下了車跟小曹道謝，小曹搖下車窗問著：「要不要我在這裡等你？」

葉國強搖了搖頭從口袋掏出五百元遞給小曹，小曹雙手畫叉表示婉拒。

「這怎麼好意思！」葉國強堅持要付錢。

「這樣啦，葉老師，你能不能回答我一個問題，就當作抵車資好了？」

葉國強大笑：「你還真會作生意，別人來上我的EMBA的課，平均一節課要花學費好幾千元呢！好啦！什麼問題？」

小曹一臉嚴肅地問：「你認為現在該不該買房？」

聽到這個問題後，葉國強面無表情緊緊盯著小曹看，整整三十秒不發一語。

看著沉默不語的葉國強，小曹恍然大悟地說：「我知道答案了！」

葉國強也跟著笑了：「這個答案的價值遠遠超過車錢的好幾千倍呢！」

所幸沒有遲到，葉國強鬆了一口氣，才剛要踏進市政府大廳，陳玫儒的來電就響起：「老葉，你別上來我的辦公室，你直接到B3的二十五號車位，一部銀色豐田休旅車，車子沒鎖，直接坐在車內等我。」

依約來到地下室找到了銀色豐田休旅車，葉國強才不會傻到窩進九月酷暑的中午裡沒有空調的車廂內，但空氣不流動的地下室也讓他熱出一身汗，官架子只會隨著職位高低起伏，和彼此熟識度無關，葉國強一等就是三十分鐘。

終於等到帶著識別證與資料夾的陳玫儒快步走來，太過飽滿的兩頜推高了她的顴骨，年輕時的瓜子臉蛋已不復見，雖然施了妝粉，但粉底卻有點乾裂，可能是化妝技術笨拙，不然就是帶著帶妝睡覺。通常女人會帶妝睡覺，除了忙碌之外，更很有可能是到情夫家過夜，不想讓對方看到卸妝後的真實面貌所致。

「我不是叫你在車上等嗎？」陳玫儒很不高興，對於這種沒半點同理心的高官，葉國強不想也不屑與她爭辯。

陳玫儒下了命令：「你坐前座，我坐後座。」

葉國強鑽進車對著後座瞄了一眼，小型的衣物行李袋、過夜包以及一雙輕便的室內鞋散滿了後座，證實了這個女人經常不回家過夜的推論。

「為什麼要搞得這麼神祕兮兮？」葉國強實在不解。

陳玫儒無精打采地答著：「沒辦法，我們市長搞了什麼廉政公約，任何人到辦公室找官員，都必須留下登記與訪談紀錄，還必須要有另一個不同單位的第三者公務員在場陪同。」

「那些狗皮規定，也只不過秀出來騙騙網路年輕選民，妳還真的當真啊？」

「當不當真由我定義，你不用管那麼多，重點是我今天找的是你，如果是別人，誰敢管我這個局長，哼！」

哼這一聲不知道是蔑視想要管她的人，還是針對葉國強，葉國強的心裡早已咒罵好幾輪的對方的祖宗八代。

「我好歹也是大學教授，老同學之間需要如此迴避嗎？」葉國強頂了回去。

即便聽得出對方明顯的怒氣，不甘示弱的陳玫儒擺出更高的姿態：「好啊！你就乖乖當個陽春教授，以後陳星佑那邊有什麼事情都別來煩我。」

從學生時代、教書職涯到現在幹上高官，陳玫儒永遠是目空一切的個性，非得跟旁人爭到你死我活分出勝負為止，更糟糕的是，她不允許別人早一步比她獲得勝利。

一聽到陳董名字，葉國強也只好收下氣焰，收回當教授的尊嚴假面具，換上做生意的典型的利益思維，換上完全不摻雜任何道德尊嚴因素在裡面的想法，也就是說，如果要從當官的身上掏些利益的話，就得卸下毫無意義的廉恥與面子。

「陳局長！」

看到葉國強顯露出卑微態度，陳玫儒嘴角微微上揚。

「我們星友的案子，應該還沒送到你手邊吧！按照大家事先的默契，送件應該還要過一陣子，妳今天把我叫來，和星友無關吧？」不想繼續打嘴砲的葉國強把話題帶到正途上。

「請你記住，有沒有關係由我來判斷。」

官員的架子會伴隨著旁人恭維與巴結的程度而無止境的提高。

「我有位遠房親戚，貪圖法拍屋比較便宜，前一陣子一口氣在這附近標了三間連在一起的法拍屋，沒想到碰到不點交的糾紛……。」擺了好一會兒架子的陳玫儒總算提到正經事。

「妳的遠房親戚？」葉國強才不會相信這種鬼話。

「我的親戚到底是近房還是遠房?我說了算。」

坐在前座的葉國強透過後照鏡盯著後面看，他閱人無數，什麼奇奇怪怪的人物都見過，早就練就一身本領。如果像這種空話都要去細想，那就是自討苦吃，不關緊要的事情，無需放在心上，該丟開就丟開。

「你不要一直盯著我看，反正就是貪便宜透過仲介去拍那種不點交的法拍屋，結果那房子竟然被黑道霸佔。」陳玫儒總算進入主題。

「黑道？」葉國強有點警覺。

「對方可是有租賃契約在手，一切合法。我……不!我的遠房親戚也沒有皮條。」陳玫儒有點支支吾吾。

葉國強立刻聽出端倪說道：「嗯!這是很典型的法拍糾紛，你的遠房親戚應該叫委託法拍的仲介公司出面斡旋啊!能夠吃法拍仲介這口飯的人，各個都有管道與能力處理這些麻煩事。」

「可是，租房子住在裡面的黑道透過仲介對我開出三百萬天價的搬遷費。」陳玫儒總算講到重點了。

葉國強聽沒幾句就完全了解，貪圖便宜的老同學著了別人的道了。

「三百萬！確實很驚人，你的遠房親戚是用什麼價錢拍下那三間房子？」

「三間連在一起的店面，差不多加起來是四十五坪，法拍價是兩千兩百萬。」

「嗯，這法拍價的確是比市價還要便宜五百萬，讓別人抽個三百萬也算不吃虧。」看過陳玫儒遞過來的資料，葉國強大約估算了一番。

「吃不吃虧？我說了算，我叫你來就是要你幫我親戚解決這件事情。」明明有求於人，陳玫儒依舊擺出官架子來。

「同學！這種事情，應該去找仲介出面啊！如果對方是黑道，要麼就找另一批黑道去談，不然就是直接找警察或檢察官，找我這個大學教授能幹什麼？去講財金理論嗎？哈！」

「我的身分能去找黑道嗎？我的身分能夠去找警察嗎？都發局長的親戚陷入法拍糾紛，這種事情能曝光嗎？」明明已經無計可施，陳玫儒講話的口吻依舊是趾高氣揚。

聽到這話，葉國強的脾氣也上來了：「妳要臉，難道我葉國強就不要臉嗎？過幾天我就要被推舉為大學校長，妳怎麼可以叫大學校長去喬這種法拍糾紛呢？」

「校長？你幹校長還不是為了推後面的案子，你可別忘了，那些未來的案子都捏在我的手上……。」陳玫儒的處事原則其實和黑道沒兩樣，不管大事小事，反正先攤牌再說。這種處事原則的另一種形容詞是「公主病」，沒辦法，上面有嚴重公主病症狀的市長，下頭自然會有公主病的局處首長。

「不然這樣，這事情能不能緩一緩，叫那仲介拖上十天半個月，等我真除校長的位子後，我再找法拍界的高手去幫你的遠房親戚處理。」

「拖點時間是無妨，但這件事情必須由你出面。」陳玫儒的姿態擺得很明顯。

「為什麼？」

「首先，整我親戚的仲介公司不是別人，就是星友集團旗下的星友房仲，陳董底下的人搞到自己人，能找別人出馬嗎？」

「這關我什麼事？你直接找陳董啊！」葉國強不解的說。

「同學——」陳玫儒的態度有些軟化，開始攀同學關係起來：「你設身處地替我想想，都發局長找上建設公司老闆，別說拜託處理糾紛喬事情，連單純見個面通個電話都會被炒成大新聞吧！如果找你這位身為教授的同學，敏感度就低很多了吧！」

陳玫儒話鋒一轉：「況且，你也是星友集團的獨立董事，別說星友的事情跟你都無關喔！」

「虧妳也知道我是獨董這事情，建設公司的獨董被提名為大學校長這件事情，外面風言風語很多，這個時候我真的不能淌這個渾水，要不然真的會壞了大家的大局啊。」葉國強口氣也放軟不少。

「誰規定不能提名上市公司獨董當大學校長？你以為你幹的是台大校長這種肥缺啊？誰有閒工夫去理會星友這種後段班私立科大校長、獨董的鳥事，學校的錢既然是陳董出的，誰當校長誰不能當校長？當然是他說了算。」

陳玫儒接著說：「還有更重要的是，那個法拍仲介是你的學生。」

「你也教過書！我教的是ＥＭＢＡ，又不是那種的剛斷奶不久的大學生或天真無邪的研究生。」

葉國強感到啼笑皆非：「學生在外面幹什麼關我屁事！」

陳玫儒取出從網路下載列印的宣傳單，上頭寫著：「星友專業法拍房仲，星友科大財金所、前金控總經理、日系創投專業團隊」。

「連你的照片都有，網站宣傳得天花亂墜，別跟我扯不關你的事。」

「這些學生真他媽的什麼都敢做！」葉國強忍不住咒罵起。

「廢話不多說，你如果搞不定的話，星友的案子就不用再往我這兒遞件了！」公私不分的陳玫儒說完就把一整袋資料丟到前座。

看情況已經無法置身事外的葉國強嘆了一口氣問著：「你的遠房親戚的底線在哪裡？」替人喬事情總得知道委託人的妥協底線。

「一口價！我的遠房親戚一毛錢都不付。」陳玫儒提出的條件比她的姿態還要高傲。

「你……這簡直是強人所難！」葉國強不可置信，也無法分辨眼前這個已經幹到都發局長的老同學，到底是貪得無厭還是涉世未深？

「我要去中央開會了，就這麼說定了，是你志願幫忙，可沒強迫你，你直接在地下室下車吧！拜拜！」

四

兩天後的清晨，一對男女坐在林口海邊的行動咖啡廳，那男的身材魁武挺拔，一副職業運動員模樣，半裸著上身，被海水沾濕的腹部，六塊肌線條在微微晨曦下閃閃發亮，他的面貌稱得上英俊，但黝黑的膚色和有稜有角的面龐，繃著臉時又會讓人感到害怕。

坐在對面的女人，身高屬於中等，雖然只是著制式上班族的套裝，剪裁合身的制服完全展露出標準的曲線，上衣有點緊繃，隱藏不住呼之欲出的胸部，但最迷人的是她的臉龐，臉型是完美的鵝蛋臉，下巴並不是那種庸俗小模所流行的尖銳線條，而是帶點圓弧型，只施薄一點不太刻意的淡妝，特別是雙眸，雖然不大，卻流露出那種讓男人無法抗拒的無助神情。

桌上的咖啡與早餐根本沒有動過的痕跡，兩人看起來不像來這談情說愛，那男人刻意擺出嚴肅的神情卻無法遮掩其緊張，菸抽了一根又一根。

「我說王銘陽啊，你怎麼一副便祕的模樣，怎麼，昨晚沒睡好嗎？」那女人反而一派輕鬆的模樣。

「操！我哪能不緊張，都是妳的餿主意，現在委託人第二次上門，也不知道要找什麼人來談判，萬一對方找真的黑道，還是找警察一起來，你要我怎麼應付啊……。」王銘陽的精神看起來已經瀕臨崩潰。

那女人站了起來朝王銘陽臉上一巴掌打了過去，清脆的聲響讓坐得遠遠、正在打瞌睡的行動咖啡廳老闆驚醒，但這也見怪不怪，清晨約來這裡喝咖啡的男女，十之八九皆非來談情說愛看海景，多半是約來這裡談判，咖啡廳老闆心想這大概不外乎劈腿被逮、外遇東窗事發等等。

「說想要快速賺錢的也是你，說想要擺脫無趣的業務員人生的也是你，說什麼對我言聽計從的也是你，請你搞清楚，憑我的姿色與外貌，一堆富二代爭著要追我，一堆有錢中年老頭想要花大錢包養我，我姚莉莉怎麼會挑你這個窩囊廢呢？」

剛被吵醒的咖啡廳老闆聽到姚莉莉這段話，不由自主點了點頭。

姚莉莉與王銘陽幹的就是所謂的「法拍蟑螂」，法拍屋的價格比一般正常的房地產價格略低，但法拍屋有個致命的特點，俗語稱為「買賣不破租賃」，一間房子，如果所有人繳不出房貸利息，經過一定的催收程序後，借款的銀行會把房屋送到法院去執行拍賣，拍賣當然是價高者得，正常情況下，法院會協助法拍得標者取得房屋的產權，但如果這間房子已經住著「租屋者」，在保護善意第三者的法律原則下，租屋者有權利按照租約繼續租用直到租約到期為止，連法院也無法強迫租屋者搬遷，當然，租金則由法拍得標者收取，但在租約到期之間，得標者根本無法處理他透過拍賣所得到的房產。

關於租賃權的行使又分成兩種，如果原屋主是房子進入法拍程序後才租出去的，這個租賃權可說是無效，一旦拍賣完成，住在裡頭的租屋者只能乖乖限期搬離，如果不搬，法拍得標者可以請求法院運用公權力，譬如動用警察來強迫驅離租屋者。

反之，房子租出去的時間如果發生在進入法拍程序之前，這就屬於合法的權利，租屋者有權居住到租約期滿，但發生這種情形，得標者通常會和原來租屋者商量，看看該補償多少搬遷費或租金補貼，至於金額多寡，法律並無明文規定，只要雙方同意就可。

關鍵點在於租約的合法性，如果法拍得標者能夠證明租賃契約的簽訂日期是變造、偽造，則租賃契約就完全非法，或者是得標者能夠證明租屋者根本沒有行使居住權，白話一點地說就是，租屋者根本沒有住在房子裡頭，「買賣不破租賃」的條件就不成立。

當然，不論是搬遷費的協商，或者去調查租賃契約的合法性，對尋常人都是很麻煩的事情，多數人為了避免麻煩，所以都不會去買這類「不點交」的法拍屋，以至於不點交的法拍屋的價格會比市價便宜許多，但也有些具有法律常識或具有「呼風喚雨的社會人脈」的投資人，會反向故意選這類便宜的房屋，來賺取其中的鉅額差價，只是，這其中也不乏「只想貪點小便宜」的笨蛋介入其中。

「讓我們再複習一遍！」姚莉莉對著王銘陽頤指氣使。

「我問你，你和原屋主簽的租屋契約是不是在四個月前？而這房子送法拍是不是在兩個月前？」

王銘陽點了點頭，他們之所以有辦法在銀行把房子送法拍之前就能率先租屋，其實是和銀行催收部門合作，銀行的不肖行員把手上一些很有可能即將進入法拍程序的房屋資料，包括屋主等等，以一件五千元賣給姚莉莉，如此重要的個資只賣五千元，王銘陽心想姚莉莉應該也動用了一點美色吧！

然後王銘陽出面去找繳不出房貸的屋主談，這時候的王銘陽顯得很大方，原本租金的行情也許是一個月一萬塊錢，但王銘陽願意多出百分之五十的租金，且租約一簽就是三年，還願意提前給足一年份的租金，對已經繳不出房貸、遲早保不住房子的屋主而言，被銀行移送拍賣前還能多撈一些超高房租收入，屋主自然樂於配合把房子租給王銘陽。

「我再問你，租約是不是有經過公證？」王銘陽也點了點頭。

王銘陽一和原屋主簽訂租賃契約，立刻在第一時間就檢具所有證件去法院公證處辦理公證，連房東的二代健保費、租賃的印花稅……等等都辦得一清二楚，換句話說，這紙租約不只合法還一切乾乾淨淨。

「第三個問題，我要你搞的居住事實，你有沒有照辦？」

原來王銘陽取得租約的當天，就找了合法的搬家公司搬了些家具衣服用品進去，還跟搬家公司簽訂搬家契約，第二天更去戶政機關辦理入籍，沒事就去找里長泡茶聊天，就連大樓的管委會也無役不與。

如此一來，連搬家公司、戶政事務所、里長、管委會……等等都能證明王銘陽居住在內的事實。

「可是，我擔心對方指控我們什麼黑道威脅之類……。」王銘陽還是有點擔心。

姚莉莉胸有成竹地笑了笑：「我不是叫你去辦了一家紙上公司，名字是意林男模訓練聯誼社嗎？你和你的那班弟兄，在法律上不叫作黑道，而是受訓中的男模特兒。」

通常為了讓法拍者感到害怕，有時候黑道會介入，得標者看到一堆身上刺青、滿臉橫肉、穿著黑衣的彪形大漢坐在自己拍賣得手的屋子內，往往會心生畏懼而乾脆就付上大筆的搬遷費，以求趕緊交屋息事寧人，近年來政府也知道這類行徑，只要租賃者牽扯到黑道恐嚇，公權力就會強迫介入來保護善良的法拍投資人。

但姚莉莉與王銘陽卻搞出「假黑道」的新伎倆，王銘陽以前曾經是拳擊國手，認識了一批拳擊手，但拳擊這運動的出路相當有限，王銘陽隨便一召喚就找到四、五個以前的拳擊夥伴，開出來的條件是「免費住宿外加每天兩千元乾薪」，這些拳擊朋友什麼事也不用作，只要晚上在王銘陽的居屋處睡覺，遇到法拍得標者上門時，大家只要身穿黑色西裝、貼上刺青貼紙，裝出一副凶神惡煞臉孔，坐在客廳抽菸喝酒就可，不用講話不用動手，什麼事情都不用幹，也不能幹。

「就算對方找警察來，我們客廳有全程錄影，就可以證明你和你的弟兄只是很單純地在客廳聊天，並接受所謂的模特兒訓練，況且我們還有合法的訓練公司執照啊！警察上門也找不到任何證據指控我們是黑道。」一切似乎都在姚莉莉的掌控中。

「YoYo！嗯……這個……可是……。」王銘陽還是有些擔憂，其實他的所謂兄弟裡頭，有幾個是真的有黑道底子的。

看了眼前這個宛如扶不起的阿斗的男朋友，YoYo嘆了口氣說下去：「別擔心，那個得標者很相信我，我也已經查過客戶的背景底細，他的姐姐是市政府的都發局長，我們不要臉，他幹局長的姐姐可是要臉，這種事情，對方比我們還要擔心把事情鬧大，況且，更不用擔心對方請真的黑道來，如果都發局長的家人扯到黑道，嘿嘿嘿！搞不好我們還會變成受害者呢！」

「你唯一要注意的是，不要露出一副和我熟悉的模樣，知道嗎？」YoYo不放心地再交代一次。

原來YoYo用在星友仲介公司服務的名義，慫恿貪便宜的客戶去投標他們所設局的法拍物件，然後由假扮黑道的王銘陽故意住在裡頭，由於王銘陽的租約完全合法，又看到一群身穿黑衣，咬著檳榔抽菸喝酒的大漢，客戶只能由YoYo出面幫忙斡旋。裝出彼此不認識對方的YoYo假裝斡旋了幾次，還裝模作樣地故意在客戶面前被王銘陽出手痛毆。看似站在客戶這一邊，最後卻雙手一攤，用「反正買這幾間房子的差價起碼五、六百萬，付給對方所開出三百萬的搬遷費用後，還是淨賺兩、三百萬啊，不然這樣，為了彌補自己沒有調查清楚的過失，我的仲介費三十萬就不收了……。」等等的話術來哄騙客戶。

「我剛剛打你一巴掌是回敬你前幾天對我打的那一拳。」YoYo為了取信客戶所挨了王銘陽的那一拳，肚子到現在還隱隱作痛呢。

「時間差不多了，你先回公司，該布置的都布置好，一個鐘頭後我會帶客戶進去談，順便先去會會客戶到底帶什麼三頭六臂的委託人來。」這類法拍蟑螂習慣稱「假租賃真詐財」的不點交房子為公司。

YoYo和客戶約好在「公司」街尾的咖啡廳見面，只見約定的時間已經過了二十分鐘，有點不耐煩的姚莉莉盯著咖啡廳的門口東張西望，正想撥手機聯絡，一個有點熟悉的聲音從後面的座位傳過來：

「姚莉莉！陳傑儒不會來了！」

YoYo轉過頭，居然是自己在EMBA上課的指導教授葉國強，平常腦筋轉得很快的她，實在無法在短短的時間內去思考葉國強老師為什麼會出現在此。

「這麼剛好，老師也在這裡吃早餐啊！」YoYo露出心虛的神情。

葉國強毫不客氣地坐在她的面前，把YoYo在網站上的宣傳網頁丟在桌上：「妳怎麼解釋這件事情！」

這時候才回過神的YoYo，心裡萌生出不祥的預感，這時候她的客戶剛好也傳短訊給她：「姚小姐：我全權委託葉國強老師幫我處理法拍屋的點交。」

平日機智過人的YoYo，此刻只能張著嘴巴發不出一點聲音，好像變成個啞巴似的。

「妳知道嗎？光是妳濫用我的肖像權營業謀利，我就可以把你告到傾家蕩產。」葉國強先下馬威。

前一天已經和陳玫儒的弟弟通過電話，大致了解整件事情的來龍去脈，葉國強直接開門見山地說：「沒想到你們居然把我教的東西拿來騙人。」

在金融圈打滾了幾十年的葉國強，在星友科大開了一門「金融投資陷阱實務」的課，將自己多年的實戰經驗傳授給學生，目的只是出於善意，希望自己的學生能夠更深層地了解金融業務與法律陷阱，沒想到姚莉莉竟然拿出來當作實戰的詐騙生意。

「廢話不要多說，現在就帶我去看那間法拍物件。」

YoYo心裡的念頭七轉八拐，簡直摸不著頭緒，怎麼也沒想到對方來的人居然是自己的老師，如此一來，她和王銘陽之間的關係也無法隱藏，她的一切作法也找不到什麼劇本繼續演下去，只能乖乖地帶著葉國強到街口的「公司」。

走進屋內，不知情的王銘陽看到葉國強，不疑有他的作出最直接的反應：「葉老師，你怎麼會來這裡？」

原來，王銘陽也是在星友科大上EMBA課程的學生之一，且葉國強也知道他們彼此之間的情侶關係，如此一來，彼此不熟悉的假戲碼不攻自破。

說完這句話後，看著站在後面鐵青著臉的姚莉莉，王銘陽立刻感到整件事情不怎麼對勁，但說出去的話也收不回了。

那群來這裡扮演假黑道的拳擊夥伴，正好打算要穿起黑色西裝、點起香菸咬著檳榔，垂頭喪氣的YoYo一聲令下：「算了啦！你們全撤了吧！」

打算配合演出的黑衣大漢當中有個搞不清楚狀況的傢伙，還故意站到葉國強的面前作出一副想要打人的模樣。

「我不管你他媽的是誰，但只要你敢做出任何愚蠢舉動，我保證你們全部的人，未來幾年會有吃不完的官司和賠不完的醫藥費。」葉國強不甘示弱。

「你們聽到了沒，全撤了。」YoYo滿臉無奈地又重複嘶吼了一遍。

幾個壯漢你看我我看你，只好悻悻然地離去。

「你留下來！」葉國強指著王銘陽。「順便把屋內的監視器什麼的都關起來吧！」這些小技倆瞞不過葉國強的眼睛。

「一群笨蛋遜咖！這種爛店面，居然用一倍半的租金租下來，你們的本錢很雄厚嗎？」

YoYo原本以為葉國強會長篇大論地斥責他們，沒想到一開口所說話竟然超出自己的想像。

「這樣啦！我想你們也知道買賣不破租賃的道理，我的委託人已經放棄跟妳們談判下去了，他打算承繼原屋主的租約，反正租約還有三年，能收到快兩倍行情的租金也挺划算的，你們就乖乖地每個月付幾萬塊房租給他吧！」

「這⋯⋯。」YoYo鐵青著臉，這招完全朝自己的死穴點下去，三年的房租還沒付完，YoYo和王銘陽恐怕就得破產了。

「依照法律規定，這兩天雙方把租約換一換去法院公證吧！我的委託人這筆帳就這樣解決！你們既然喜歡這房子，就安心地住下去吧！」葉國強故意講得很輕鬆：「這事情這麼好辦，那個陳局長真他媽的沒腦筋窮煩惱！」

「老師⋯⋯。」連腦子比較駑鈍的王銘陽也感到不妙了。

「閉嘴！」YoYo瞪了王銘陽一眼。

「接下來算算我的帳，你們盜用我的名義與照片放在網站去牟利，還有妳，姚莉莉！沒有經過星友公司的同意私自在外面接案，這兩筆帳，今天恐怕算不清楚了。」葉國強裝出一副凶神惡煞的樣子，對比姚王二人，不知情的人恐怕會認為葉國強才是黑道呢！

「老師，我們不知道這事情的嚴重性啊……。」姚莉莉東拉西扯地講了一堆，葉國強耐下性子聽完後回了一句：「這種說詞，去講給智商比你們低的人聽吧！待會兒，我委託的律師會來這裡順便蒐證，是你們作得太過火，別怪我不顧師生情誼。」再看著幾個還徘徊在門口不願離去的同夥，「或者妳叫他們進來打我一頓出出氣，順便再加重傷害與組織犯罪兩條罪。」說完後便坐在客廳沙發看著手錶，一副老僧入定的模樣。

聽到對方話都講到這種程度，不知所措的YoYo走到葉國強面前跪了下去大哭了起來：「老師，你放過我們一次，我真的是想賺錢想瘋了，我家境從小貧苦……學歷不高也找不到體面的工作……我只想賺點錢買一間屬於自己的房子……只要你放過我們，你叫我作什麼我都願意……。」

葉國強冷冷地看著眼前這位學生，竟能可以一邊崩潰地嚎啕大哭，一邊還故意在自己的跟前露出隱約可見的酥胸。

「少來這招，比你漂亮十倍、全身脫個精光的女人我都見識過。」

聽了這話，YoYo啞口無言，目瞪口呆地跪在葉國強面前。

葉國強故意讓YoYo多跪了十多分鐘，讓氣氛緊繃到YoYo真的快要崩潰的前一刻才繼續說著：「起來吧！萬一被什麼狗仔拍到學生跪在我面前，我也挺難對外解釋清楚。」

聰明的YoYo聽出語氣稍有緩和，立刻擦乾眼淚畢恭畢敬地站了起來：「老師！給我們一條路走吧！」

「既然大家師生一場，你們既然也有悔改之意，我當然也不願意把學生逼到上法院吃官司。」

說完後，葉國強從公事包中取出一張支票交給YoYo。

「這張三十萬元的支票，是我個人自掏腰包給你們的，被你們坑的客戶可是一毛錢都不願意付。」

YoYo看著支票，不可置信地小聲地回答：「我不能收老師的錢！」

「你們搞了這場鬧劇，我估計前前後後的成本大概就是三十萬吧！拿去！至少不要虧本！」

「至於你們盜用我的名義與肖像的部分，限妳們立刻把網頁刪掉，不過呢！我早就有備份，要不要控告，就看看妳們未來到底是不是真心懺悔。至於YoYo妳利用星友房仲名義接案的事情，我已經和陳董講好了，他不會追究，但妳也不用回去星友房仲上班了。」葉國強好像變了個人似的，在一旁的王銘陽簡直把他當成活菩薩了，聽到自己不會賠本又能置身事外，高興地手舞足蹈了起來。

「算命的說我這個月會遇到貴人，葉老師您就是我的貴人。」

眉頭深鎖站在一旁的YoYo始終不發一語，社會歷練比較豐富的她，根本不相信什麼貴人這種鬼話。

「老師！你能不能明講，你到底要我們作什麼事情？」

「我問你們，你們真的那麼想賺大錢嗎？」

王銘陽熱烈的點了點頭。

「你們膽子夠大、心腸也夠黑，不幹大事不賺大錢，白白浪費了你們的天賦。」

葉國強瞄了YoYo的胸部一眼，笑著說：「放心！我不會覬覦妳的美色而搞什麼師生不倫啦！」

YoYo嘆了一口氣，她寧可用陪上床來解決問題，此刻，忽然感到緊緊捏在手上的那張支票無比沉重。

「我等一下還要去開校務會議，今天下午三點和四點，你們倆人一前一後到學校的辦公室找我，記得，一前一後，不要一起來，知道嗎？」

葉國強看著滿臉狐疑的王銘陽，笑著說：「放心！我不會對你的女朋友怎麼樣啦！」

五

今天從早上九點上班開始，市政府都發局的氣氛，連前來洽公的民眾都能感到一股低氣壓。只不過都發局上上下下早就習慣如此，自從換了新局長陳玟儒上台，整個部門都得依著她晴雨不定的心情辦事，但實際上抱怨者其實並不多，多半抱著看熱鬧嗑八卦的心態，所謂是鐵打的衙門流水的官，局長這種來來去去的政務官，在衙門混久的公務員自有一套隨機應變的生存哲學，苦的只是那些必須時時刻刻面對局長的派遣人員與替代役男。

按照常理，一大早的陳玟儒應該很開心才對，才進辦公室就接到胞弟的來電：差點因為貪便宜而捲入的法拍屋糾紛，那群法拍蟑螂已經被葉國強順利地擺平，除了不必付任何一毛錢在搬遷費或補償費上，而且對方還願意在二十四小時內無條件交屋搬走，也願意去法院公證處註銷原有租約。

「大姊！你找的那個葉老師真的是很給力，那群黑道流氓法拍蟑螂，三兩下就被他治得死死……。」在電話另一頭的陳玟儒胞弟喜孜孜大笑著。

陳玟儒越聽越感到煩悶，不想再聽到自己的弟弟如此吹捧著葉國強，索性直接掛掉電話以圖個耳根清靜，心神有點不寧的她整個跌坐在辦公桌前看著「局長　陳玟儒」的名牌，腦中浮現出數不清的「為什麼」。

那群法拍蟑螂雖然行徑可惡，畢竟他們完全站穩在法律的界線裡頭，萬一把事情鬧大或告上法院，陳玫儒根本毫無勝算可言，更何況要對方吐出已經快要到手的百萬利益。

她委託葉國強去辦這件事情本來就有點強人所難，預料葉國強大概沒有辦法擺平這件事情，如果今天早上他親自登門謝罪，早已盤算好用什麼語言去羞辱他了，但怎麼想也沒想到，整件宛如燙手山芋的法拍糾紛居然三兩下就被葉國強擺平了。

為什麼她又再一次輸給葉國強？連現在坐得穩穩的局長位子，也是葉國強透過市長的金主幹掉前任局長才把位子騰出來給她。為什麼權位的取得與利益的維護，最後都得靠葉國強出面？這個傢伙當年在校成績明明爛得要命，可以說是靠作弊與向老師求情才勉強混畢業。這個傢伙明明就是一路靠女人吃軟飯才能往上爬啊，更氣人的是，這個連在大學教書的資格都不夠完整的傢伙，居然即將真除大學校長，她花了二十年的光陰別說大學校長，連系主任的位子都沾不上邊。

陳玫儒根本無法說服自己處處都不如葉國強這個事實。

正當腦袋瓜兒填滿著對葉國強的妒恨之際，葉國強居然就打電話來了。

陳玫儒先讓自己深呼吸了幾下，告訴自己絕對不能流露出一丁點的妒恨、高興等情緒後才按下通話鍵。

「陳局長，我老葉啦！」

「有什麼事嗎？」陳玫儒發出冷漠的聲音。

「相信你弟弟應該把事情都告訴你了吧？」

「怎樣？你該不會連這種小事情也來邀功討人情吧？」故意說出這種違心之論，陳玟儒不由得連自己也討厭起來。

「小事？哈！也對啦！處理這類的事情，對我來說還真的只是小事一樁！不過，對別人來說就不只是小事囉！」葉國強故意這樣講。

「是不是要我頒張模範市民的獎狀給你呢？」陳玟儒也只好裝出一派輕鬆以掩蓋自己的複雜情緒。

「不敢當，有件事情呢！算我求你啦……。」葉國強停頓下來等著對方回話。

聽到葉國強口中吐出「求你」兩字，戰敗的羞恥感才稍微降低的陳玟儒接著問下去：「什麼事情？」

葉國強請託的事情是關於星友科大校長的遴選會議。按照大學自治的相關法規，教育部或相關單位不能介入大學校長的遴選，而是必須籌組大學校長遴選委員會來票選校長，委員會除了校董、各院院長、前任校長外，還必須有兩席傑出校友，以及兩席學生代表會（大學部與研究所各一人）的會長。

由於校董陳星佑乃學校的唯一出資金主，幾個學院的院長為了經費與職位著想，屬於鐵票，另外兩席所謂傑出校友，雖然各個都是上市櫃公司的老闆或高級主管，但實際上都是和星友建設集團有著密切的業務往來關係，更是鐵票中的鐵票，至於學生會的會長，大學部那個傢伙，二一退學的通知書和獎學金的核發通知書緊緊地被陳星佑捏在手上，除非腦筋燒壞，否則不可能跑票去面臨退學的命運，況且只要票開得出來，一筆不小的獎學金立刻到手。

最麻煩的就是研究所的學生會會長那一票，星友科大研究所學生會會長叫做范綱峰，以前大學就是念星友科大的前身華江科大，當時就已經是大學部的學生會會長，大學畢業幾年後回母校唸EMBA。熱中公共事務參與的范綱峰，又再度競選並當選學生會會長，從葉國強擔任校長的傳言傳出之後，不知道是正義感作祟還是吃錯什麼藥，范綱峰一直在校園內外提出對指導教授葉國強的各種質疑。

其中最犀利的質疑就是，擔任星友建設獨立董事的葉國強，怎麼可以由星友建設董事長陳星佑提名為星友科大的校長候選人呢？除了違背利益迴避的民主程序外，居然還搞同額競選！

為了擺脫同額競選的惡名，校董陳星佑只好故意安排一位快要退休的老教授出面假競選，反正到時候自己這一票就投給老教授，也算是做到利益迴避，用八票比一票這種還算具有民主程序的表面結果來杜悠悠之口。只是，范綱峰竟然暗中串聯其他遴選委員替那位老教授拉票，雖然大家都會基於利益與飯碗的考量而不敢亂跑票，但任憑范綱峰搞下去，就算不在乎顏面全失，但也得防範任何出乎意外的結果。

「讀EMBA？不就是你老葉的學生嗎？你都連自己的學生都管不動啊！」聽到葉國強竟然會踢到鐵板，陳玫儒整個人開心了起來。

「大部分學生都叫得動，但也有少數調皮不聽話的，你自己也當過老師，學校又不是那種黑道大哥一聲吆喝，小弟就乖乖聽話的黑幫。」葉國強故意加強黑幫兩字，讓陳玫儒別忘記自己所幫過的大忙。

「要我怎麼幫呢？」

「局長，我說你的員工是不是太多了，真的是貴人多忘事，范綱峰不就是你們都發局的副工程司嗎？」

怎麼會不知道？陳玫儒只是想要裝聾作啞罷了。

「講了半天，你要我介入你們學校的選舉？」陳玫儒假裝恍然大悟。

「別說得好像天大地大的事情，反正你們是都發局又不是教育局，也不是教育部，更沒有什麼介不介入的問題，我只是想你去疏通一下范綱峰，在投票時支持一下。」

「這件事不太好辦，你知道現在的公務人員體系自主性很強，我這種政務官連局內的業務都管不太動，更何況這和公務完全無關。」

「要不然退而求其次，拜託妳去疏通一下，至少讓范綱峰在遴選會議中缺席。拜託囉！」

一聽到「拜託」兩字，陳玫儒整個人帶勁起來：「也好啦！老同學不照顧你，誰照顧你呢！」

陳玫儒答應後立刻後悔，整個都發局上上下下就數范綱峰這傢伙對她最不買帳，她起身去咖啡機旁加了一點豆子，這個早上需要更多的咖啡因，撥了內線電話把范綱峰叫進來，她想，早上可有得忙了。

「報告局長，找我有什麼事情！」

即便盛暑，在辦公室內的范綱峰還是身穿深色西裝，隱約可以看到白襯衫漿燙後的工整線條，十分挺直地站在陳玫儒面前，臉部既沒有常見的那種假裝與長官熱絡的巴結模樣，也沒有小公務員遇到高官時的緊張結巴，和陳玫儒的情緒化性格截然不同，他有一種資深公務員的拘謹，年紀不大卻一身官僚氣息，從來不在工作場合中流露出不該有的喜怒哀樂。

「我希望你在明天的星友科大的校長遴選上，能夠投票給葉國強老師。」面對這種典型的中低層公務員，別跟他拐彎抹角，他也不會機靈地揣摩上意，最好的方法就是開門見山，否則真的會跟長官耗上一兩鐘頭乾瞪眼。

「報告局長，這跟都發局的業務好像沒有關係吧！」范綱峰直接給了軟釘子。

「你別告訴我，你沒有申請補助款去唸碩士！」

「我都是按照政府規定申請，也都是選擇假日或利用自己的假去上課，所以，單位與長官應該沒有權利過問我的學習過程吧！」

平常沒什麼脾氣的范綱峰索性豁出去了，最近一個多月，他已經接到從學校內部、從最上面的市長、與業務有關的廠商多方面的請託甚至壓力，要他把票投給葉國強，其實他並非那種不聽話的憤青，而是想要了解，身邊的各方人馬到底為什麼非得挺葉國強上台不可？他只要一個清楚的答案，而非訴諸人情或動用權勢。

「葉國強是你的碩士指導老師吧！」對於不支持自己的指導教授，幹過幾十年老師的陳玫儒對此感到不解。

「可是葉老師也是星友建設公司的獨董，這當中有很嚴重的利益迴避的問題。」

「你嘛幫幫忙！星友是私立學校，出錢的校董找自己的人當校長，難道還要你去監督嗎？」陳玫儒不以為然地說著。

范綱峰目睹了前局長硬生生地被拔掉的過程，從心理頭就瞧不起眼前這個靠權謀與黑函才上台的局長，更何況，自己的副工程司職位是前任局長一手提拔出來，否則現在恐怕還只是一個在豔陽底下揮汗如雨、忙著測量的小技正。

「身為公務員，我不能幫助有違法可能的事情，就算我只是——」

不想聽長篇大論的陳玫儒打斷他的話：「別跟我扯那些，你到底要不要把票投給葉國強？」陳玫儒擺起強勢的官腔，這招對於多數的公務員相當有效。

「對不起，我不能！」范綱峰的腰桿子挺得更直。「除非局長告訴我，葉國強擔任校長有利我們都發局或市政府的業務推廣。」

「別問問題，照辦就是了，你一個小小的副工程司，沒有權限過問局內或市府的政策，既然如此，我以局長的身分要求你明天全天在局內上班，不准請假！」

陳玫儒心想既然你非得要投反對票，乾脆不讓你去投票算了，這樣也算對葉國強有所交代了。

「可是我已經早就辦好明天的請假程序。」范綱峰打算硬挺下去。

「要求已經請假的員工回來上班，除非是生老病死緊急狀況，局長有這個權力吧？」陳玫儒的耐心快要被磨光，聲音已經提高了至少八度以上。

雖然嘴巴不再回話，范綱峰卻露出高傲不服從甚至不屑的表情，最無法忍受別人在面前鄙視自己的陳玫儒，整個人失控地把手上的咖啡杯朝他身上扔過去，不打算閃躲的范綱峰任由咖啡灑滿一身，轉身就走。

「明天若不進來辦公室上班，就當成無故曠職，滾！」陳玫儒對著走到門口的范綱峰大聲尖叫。

被咖啡潑滿全身的范綱峰，索性把髒衣服穿在身上，讓大家見證局長蠻橫的證據，辦公室內私私竊語，大家雖然不知道到底發生什麼事情，但各種八卦傳言卻不脛而走。

「局長月經又來了吧！」

「一定是強迫小范配合她背後金主的幾個案子！」

「搞不好局長和小范有一腿！」

聽著越來越難聽的流言，小范不怎麼在意，反倒是坐在最角落的一個女生著急起來，她起身走到小范旁邊。

「小范，別跟局長搞彆扭，來，脫掉你的西裝，我拿去幫你洗乾淨啦！」

天不怕地不怕的小范，只要面對這位女生，反而是言聽計從，小范立刻脫掉西裝強迫自己露出笑容：「小慧，又要麻煩妳了！」

「走啦！先別待在辦公室，不要把氣氛弄僵了！」

倆人一起走出市府大樓到旁邊巷子的便利商店，點了杯咖啡坐了下來。

「到底是怎麼回事啊？」小慧焦急地問著。

耐著性子聽完范綱峰把事情的前因後果說了一遍後，小慧笑著說：「這件事情並不難辦啊！何必把自己也搞得這麼難看呢？」一臉狐疑的范綱峰看著小慧到底有什麼妙計。

「你不會寫張書面聲明，找個信得過的人幫你代理出席投票，這麼簡單的事情都不會。」小慧裝出一臉調皮模樣。

范綱峰看著眼前的小慧不免犯傻起來，犯傻的原因並非這個折衷的好辦法，而是小慧那張聰明的臉孔。范綱峰知道自己個性過於耿直不懂變通，從小到大就是喜歡那種聰明或至少看起來聰明的女生，也許是基於性格互補吧，此刻的小慧在他的心中的分量已經巨大無比，只盼一整天都能待在這裡不回辦公室。

具有女人天生直覺的小慧並非笨蛋，但此刻不是兩人搞曖昧的好時機，她笑著說：「你可以委託我去參加遴選會議啊！我也是星友的研究生，代替你去開會投票應該具有合法性吧！」小慧雖然嘴巴這樣說，但她心中另有打算。

「萬一局長不讓妳明天請假，怎麼辦？」

「我只是派遣人員又不是正職，一個月固定有兩天特休，況且局長管不到派遣人員的出缺席吧！」小慧說完後立刻把冰咖啡喝光，催促范綱峰趕緊回去上班。

小慧就是謝盈慧，和小曹與小范都是華江科大的同學，學校畢業後，謝盈慧找了好久的工作，最後只找到一間派遣公司的工作，先後被派遣去擔任國會助理、律師事務所的助理……等工時超長且薪水偏低的職位，兩年前，總算接到市政府的派遣工作，雖然薪水並沒有增加，但至少朝九晚五的工作時間固定，晚上還可以到男朋友，也就是小曹上班的大汽車公司打工，替那些賣車的超級業務員處理客人的訂單與保險等行政瑣碎作業。

一年前，謝盈慧忍痛花大錢到星友科大去念ＥＭＢＡ，心想無論如何總得把學歷洗漂亮一些，畢竟私立科大這種不起眼的鳥學歷，除了派遣人員外，根本找不到什麼稱頭的工作，剛好大學同學范綱峰也來唸ＥＭＢＡ，透過范綱峰的運作，從忙得跟狗一樣的民政局轉到都發局的行政助理開缺。

其實，早在學生時期，范綱峰就曾對她表明心意，但當時比較貪玩的她並沒有接受小范的追求，而是投入生性活潑、比較會逗女孩子開心的小曹懷裡，從交往到現在同居，謝盈慧和小曹也在一起快六年。

畢業後，小曹順利找到大汽車廠的工作，雖然從事的是偏藍領的汽車修理工作，但在謝盈慧的標準中，已經上市的大汽車公司至少代表著穩定。薪水獎金和加班費以及私下幫忙介紹買車所賺到的佣金，小曹年收入逼近百萬，幾年下來，小曹也存了兩百多萬的積蓄，謝盈慧原本打算唸完研究所後，兩人就結婚並且買間房子安定下來，畢竟大家都已經是二十七、八歲了，但沒想到失心瘋的小曹竟然背著自己，花了好不容易攢下來的兩百萬積蓄去頂下一間破修車廠。

「大公司穩定收入不幹，學人家當什麼老闆，萬一失敗，你要我們喝西北風嗎？」

「妳難道就有多省嗎？沒事花幾十萬去讀根本無三小路用的ＥＭＢＡ！」

「為什麼不把兩百萬當成買房的頭期款，難道你要我天天陪你睡在工廠不成嗎？」

為了買不買房的話題，小曹謝盈慧兩人足足吵了一整年，兩個人從熱戀到感情失溫，到現在謝盈慧索性搬回家住不再和小曹同居，分手二字雖然還沒有說正式說出口，謝盈慧只是在等待「下一個有房的真命天子」的出現罷了。

只要有房，下一個男人一定會更好。

范綱峰年紀輕輕就幹到都發局的副工程司，而且還是高考及格的正職公務員，既有前途又有穩定可靠的收入，且范綱峰自己擁有房子，雖然房子只是老舊國宅，雖然房子是老爸遺留下來的，站在謝盈慧的角度，這代表著有個遮風避雨的窩，代表著有個可以一起築巢的安穩的應許之地，代表著多數女人心中最卑微的夢想。

自己的男朋友是藍領階級這種事情，已經讓她在父母親戚與姊妹淘面前完全抬不起頭來，她瞧不起男朋友小曹那種不切實際的創業白日夢，大家又不是什麼台清交長春藤畢業生，更不是什麼富二代政二代，既然已經無法躍居人生勝利組，為什麼不好好地當個「人生穩定組」就好了。

星友科大這次校長遴選會議異常的低調，別說發新聞稿，連學校官網上面的公告都只是放在網站首頁底下的第五層，站在校董陳星佑的立場，只求把法定程序走完，無風無雨地順利把葉國強扶上校長的位子就好，他不容許出一點差錯，因為接下來兩、三年的一長串計畫，不管是已經公布的或是無法浮出檯面的，都必須等待葉國強坐穩這個位子以後才能推動。

「星友科大未來的營運願景是活化學校閒置資產，在少子化已經成為險峻事實的今天，良好且有效的財務運作已經成為本校存廢的唯一出路，下一任校長必須肩負財務調度與籌措經費的現實壓力，所以必須具備財金專業與實務，本校財金所ＥＭＢＡ主任葉國強老師具有長期金融實務經驗，相信能帶領本校渡過……。」

主持遴選會議的陳星佑滔滔不絕地講著，但眼光一直盯著一個不知道從哪邊跑來的小女生，這女生不是別人，正是謝盈慧。她帶著遴選小組成員之一的范綱峰的委託書走進會場。

謝盈慧雖然曾經當過立委助理，見識過國會的惡鬥場面，然而立委在國會殿堂內打群架，打完之後還會相約去酒店續攤。相較之下，學校內讀書人之間的劍拔弩張則更讓人感到肅殺。

校董以及幾位系所院長的銳利眼光始終離不開她。不過就只是單純的校長遴選會議，謝盈慧無法理解為什麼小范要費這麼大力氣牽扯進來？為什麼小范會承受排山倒海的壓力？到底為了什麼？明明不過就只是一所典型為錢所苦的私立大學的校長選舉罷了，全台灣起碼有幾十所大學的校長在同一個時間改選。

「我們開始今天的投票作業，角逐本屆校長候選人一共有兩人，一位是本校ＥＭＢＡ主任葉國強，另一位是本校資管學院名譽教授薛照亨，各位手上應該都有這兩位候選人的資料，請大家用舉手的記名方式來遴選以示負責，不知道各位委員在投票前有什麼臨時動議？」陳星佑的眼光又朝著謝盈慧射了過來。

「報告校董，遴選委員范綱峰委託我出席並宣讀一份簡單聲明，為了節省時間，我改成書面聲明，相信在座各位委員已經看過了，至於投票的委託，范綱峰委員正式委託葉國強老師代為投票，我手上這份是范綱峰的書面委託書。」

謝盈慧說完立刻已經委託書遞給主持會議的陳星佑，陳星佑一見到委託書，確實是大吃一驚，明明書面聲明上口口聲聲譴責陳星佑提名自己公司的獨董葉國強出任校長的利益衝突問題，但投票的委託書所委託的不是別人，正是他所譴責的對象——葉國強，正在摸不著頭緒不知如何處理的當下，當事人葉國強突然站起來發言：「范綱峰身為遴選委員，且又是我的指導學生，卻能夠展現出只論公益不談私誼的風格，這種風骨連身為老師的我們都感到自嘆不如。范委員所指正的利益迴避問題，的確也點出本校未來在處理各種財產或對外募款時，必須抱著時時警惕的謹慎態度，也提醒未來的新任校長在校務的決策上，必須更謙卑地聽取多方意見……身為范綱峰委員的委託人，我這一票投給我的對手：薛照亨教授。」

聽到葉國強四兩撥千金的談話，聰明的陳星佑頓時鬆了一口氣，立刻宣布開始投票：「身為星友集團的董事長的我，為了避嫌，這一票也投給資管學院名譽教授薛照亨教授。」

在座其他委員各個心知肚明，陳葉兩人只不過是為了博取漂亮的身段，過過場唱唱雙簧，千萬不必認真，該投給葉國強的人，一票也沒有跑，只不過投票結果從原來估票的八比一，換成七比二罷了。

其實范綱峰委託的投票代理人是謝盈慧，但她衡量諸多因素後，把委託人改成葉國強，但這也事先取得葉國強的同意，謝盈慧敢擅自竄改小范的委託人，是基於小范對她的曖昧情愫，事後大概也不會怪罪於她。只要等到小范整個人冷靜下來，應該就能體會自己的這番苦心，況且如此運作下來，小范該表達的立場也充分表達了，既不會開罪自己長官，也讓自己的老師獲得充分的面子，反正這類的選舉，不管怎麼投票，結果還不是一樣，何必去當個毫無勝算的瘋狂唐吉軻德呢！

至於自己的老師，為什麼要苦心積慮地奪取這個外界看起來根本是爛缺的校長位子？謝盈慧想破頭也想不出來，也懶得去想，自己有點小私心，賣個順水人情給人脈雄厚、善於經營的老師，就算以後沒有什麼回報，至少能更順利地拿到學分取得文憑吧！

ＥＭＢＡ的文憑雖說用錢就買得到，但起碼得有一定的上課時數，型式上也得提出一份像樣的論文，對謝盈慧來說，假日偶爾還得去兼差賣車，別說提交論文，連一份超過五頁的拼拼湊湊抄抄寫寫的報告都交不太出來。

只是，再怎麼聰明的謝盈慧，怎麼想也想不到，在不久的將來，老師回報自己的卻是永無止境的災難與悔恨。

六

開完會後，陳星佑與葉國強沿著把學校分隔兩部分的下寮溪的堤岸蹓步著，遠遠瞧著他們的模樣，與其說他們是巡視校園的校董與校長，還不如用巡視工地來形容比較傳神。

陳星佑年紀四十五歲，比葉國強小一兩歲，但滿頭少年白的白髮讓他看起來比實際年齡大了許多，身材高瘦加上白髮，一點都不像商人，反倒會給人玉樹臨風的學者形象。

陳星佑原本只是小小的婦產科醫生，經營一座小婦產科診所，十幾年前台灣步入嬰兒荒，他的診所陷入經營危機，只好忍痛結束婦產科診所的營業。但沒想到一傳出要出售位於市中心黃金商圈診所的消息，各方人馬爭先恐後的跑來出價，最高出價還高達兩億以上。當時的陳星佑聽從往來銀行經理——也就是葉國強的建議，乾脆選擇和建設公司合建複合式商辦大樓，完工賣掉之後足足賺了五億多，利潤比單純出售舊診所大樓還要高出一兩倍，輕鬆一轉手，賺的錢比婦產科醫生辛苦幹一輩子還要多，從此食髓知味，乾脆轉行開建設公司。

陳星佑第二個發跡的契機是娶了當時擔任警察局長林友義的獨生女，利用警察局長的人脈與背後的黨政關係，總是能提早一、兩年知道政府在何處推出重劃區的政策內線消息，後來岳父林友義高升副市長，運用起公私不分的公權力更是得心應手，譬如參與國宅或公宅的興建等等。

當然，陳星佑經營房產並非一帆風順，金融海嘯發生時，他旗下某個大型建案嚴重滯銷，樓還蓋到不到五分之一，便發生資金調度的問題。陳星佑一發狠，叫外勞在半夜放一把火燒掉興建中的大樓，除了可以向保險公司詐領保費外，反正岳父背後警消一家親，指示消防鑑識人員將責任推給下游包商，陳星佑不只不用付包商一毛錢，還可以拿到包商的一筆賠償金。

至於那個放火的外勞，早就在放完火隔天，領著鉅額紅包搭乘清晨第一班飛機遠走高飛了。

星友建設公司就是取岳婿兩人名字的其中一字而命名，沒在金融海嘯滅頂、僥倖存活下來的陳星佑，恰好又碰到二〇〇九年到二〇一四年的房地產大行情，原本一堆滯銷的房子，全部成為金雞母，除了大賺一票外，還趁機將星友建設推到證交所上市掛牌，有了上市公司的招牌，能夠玩的把戲就越來越多、越來越大。

除了營建業外，他一直無法忘情醫生的出身，還斥資蓋了間星友綜合醫院，其實蓋醫院的主因並非單純行醫，而是為了炒作蓋在醫院旁邊的幾個養生村建案，花兩、三億蓋座醫院，銷售養生村卻足足回收好幾倍。

兩年多前，陳星佑還把觸角伸到私立大學，也就是星友科大的前身——華江科大，只是外界始終搞不清楚，不斷投入資金挹注學校，且不求回報的陳星佑，葫蘆裡到底賣的是什麼膏藥？

不知情的人以為陳星佑想要出售校產圖利自己，但那種批評根本站不住腳：根據教育部頒布的法律，私立學校出售校產並非容易的事情，除非能夠證明學校的資金已經不足以繼續經營下去，而在資金斷炊之前，恐怕早就已經被教育部專案列管，也輪不到董監事上下其手了。

如果私立大專院發生財政惡化，以至於不能償還債務、或積欠教職員薪資三個月以上、師資質量不符規定或學生人數未達三千且近兩年註冊率皆未達六成等情事，會被列為專案輔導學校，一旦學校列為專案輔導，設校的基金與不動產必須強制信託，且教育部會指派至少兩名公益董事入主學校董事會。

然而星友科大過去兩年的狀況相當良好，也還清了大部份負債，並沒有達到專案輔導的標準，既然沒列入輔導，學校不能出售校產。也就是說，學校董事會在法律上並無權出售校產來圖利自己。

正因如此，陳星佑對外老是宣稱自己只是為了一圓當教育家的人生夢想，只不過，沒什麼人相信便是。

畢竟，教育部的法律上規定不行，不代表其他的法律條文不可行。

「你事先早就知道那個小范的委託書的內容了吧？」葉國強沒有事先告知，陳星佑有點不太高興，但神情上絕對看不出來。不管什麼事情，無論是多麼嚴重甚至多麼無恥，陳星佑很少表現出情緒波動，也許是長年行醫的經驗所致。

「那個女學生是開會前的三分鐘才來找我。」葉國強與陳星佑的關係並非雇佣而是合夥，所以葉國強也不打算說什麼道歉的話。

「好說好說！」陳星佑說起話來雲山霧罩，從來不肯說清楚。

葉國強望著面積超過兩百公頃的北岸校區，一邊攤開當年的設計圖，一邊打開GPS實際估算，神情十分嚴肅。

星友科大被下寮溪分隔成兩部分，南岸是大學部、研究所、辦公大樓、圖書館、實習商店與體育館，北岸則是實習工廠、體育場與學生宿舍以及即將廢校的五專部。

兩人不約而同地盯著一棟位於溪邊的兩層樓磚瓦平房，整個北岸唯一不屬於校產的建築物。

「你還真他媽的不像大學校長！」看著眼前這位模樣接近工頭的合作夥伴，陳星佑開起玩笑。

「接下來，我們要忙的事情可多著呢！」望著一大片未來等著自己大展身手的校區，葉國強的眼神亮了起來。

「反正你已經坐上校長的位子，有些事情很急，有些事情卻急不得。」

此時，兩人手機的LINE同時響了起來，葉國強陳星佑你看我我看你，不約而同地苦笑著：「看起來，有人比我們還急！」

傳簡訊的是市長辦公室，才剛投完校長遴選的票不到半個小時，學校的新聞稿還沒有發，消息靈通的市長就已經得到消息，祝賀葉國強榮升星友科大校長的市府新聞賀稿已經正式發出去了。

「市長當然比我們更急啊！他上任快要屆滿兩年，當時的競選支票，連半張都沒辦法兌現，對手已經在媒體上鋪天蓋地的抨擊他是跳票市長、草包市長，如果不在這一任最後兩年搞些東西出來，他恐怕會落選。」陳星佑說。

現任市長之所以當選，是因為他打出「每坪十萬元、最少一萬戶、政府零出資、零徵收」的「十萬零零」公共平價住宅競選口號。

房價飆漲是台灣十大民怨之首，年輕人看到飆漲到天價的房地產，除了大嘆買不起外，更可怕的是那股相對剝奪感：有房子與沒有房子的兩群人，因此被區分為勝利組與失敗組，沒有房子的年輕人除了望屋興嘆外，連婚也不敢結，小孩也不敢生，更讓年輕人沮喪的是，沒有房子連老婆都娶不到。從前女生嫁人的三高條件是「身高高、學歷高與收入高」，至今已經蛻變成「三房」：「有房、要有房、一定要有房」，以前的男生是「一高遮三醜」，現在的男人則是「有房遮百醜」。

現任市長之所以能夠當選的另一個原因，是受惠於前任市長捲入「合宜住宅」的弊案，合宜住宅是政府藉由公共建設的名義低價強制徵收民地，將徵收來的土地交由民營建設公司興建開發，由於土地取得低廉，興建的工程款由建商出資，所以蓋好的房子可以用比較廉價的方式出售。

然而其中弊端叢生，第一個是強迫用低價徵收土地，導致人民財產的剝奪，第二是出資興建的建商可以獲得一定比率的房屋產權，其中的比率訂定根本是黑箱作業，導致建商保留那些一樓店面、緊鄰馬路邊的房屋，私心自用的建商，用比較好的建材在自己的保留戶上，至於那些交給政府的卻都是些離主要道路比較遠的大樓，且施工品質也比較隨便：漏水、樑柱出現巨大裂痕、壁癌、汙水雨水管道排水不良、自來水水壓過低……等等問題層出不窮，陸續交屋後，買下合宜住宅的屋主因此怨聲載道。

現任的市長的如意算盤是改由私人捐地，政府不必當壞人去低價強徵土地，同樣是交由民間業者興建，但為了避免削價競標導致偷工減料，而由政府委託優良業者興建，私人捐地者與興建者可以獲得比合宜住宅更高比率的保留戶，但由於土地取得成本是零，自然可以用每坪十萬元的超低價格出售給年輕人或中低收入戶。

市長把這種私地私建無償提供給市府的住宅稱為「和諧住宅」，之所以會取名為和諧住宅，除了是想要區隔已經被證明是失敗政策的「合宜住宅」外，另一個原因是，主張兩岸一家親的市長內心深層的情感投射吧！

實際上為了順利推動「和諧住宅」，市政府所依據的法源依舊是合宜住宅的相關規定，合宜住宅在法源上被視為「公共建設」，既然是公共建設，有些攸關環保、交通甚至一般市民的權利義務，都可以搖著公共建設的大旗掩蓋。

當初是市長幾個背後的金主，在競選時向市長提出這個變種的合宜住宅，願意捐地去配合未來市長的政策，陳星佑是其中之一，他打算利用剛入主的星友科大的閒置校地。願意配合的金主與財團自然也不是什麼散財童子，誰會笨到把自己的土地無條件捐給政府去興建公共住宅呢？其中有財團打算捐出已經遭到污染的工業廢地給政府興建，也有財團要捐出被都市計畫劃定成行水區的用地，表面是免費捐地的冠冕堂皇的公益理由，但實際上是想透過新的政策讓自己的土地活化解套，順便透過捐地取得龐大的租稅減免。

市長上任後立刻指示都發局長配合財團積極推動，但原任的局長認為這個政策根本行不通，除了會造成環境破壞與汙染外，也可能造成許多人的權益受損，如星友科大的校地捐助，勢必會嚴重影響學生的受教權等等，這些堅持損害到想要參與的財團的利益，各種檢舉黑函自然是滿天飛。

已經等不及一再拖延的市長，便順勢地利用幾件看起來比較具體的黑函，拔除掉擋人財路的局長，火速換上陳玫儒，市長還惡毒地對外放話說舊局長之所以辭職是因為「沒油水可抽」。

幾十年來，打著正義旗幟的政策最後都淪為迫害正義的推手，拚經濟的響亮政策往往成為造成經濟衰退的元凶，原因無他，貪婪與恐懼四個字而已。

「的確，時間所剩不多，該布局的人事物都得趕緊就緒。」葉國強說著。

「你找的那兩個學生，能力夠嗎？」很少過問人事的陳星佑，但碰到與整個大計畫有關的細節也不免囉嗦起來。

「你別小看我們這間鳥私大，可說是人才濟濟臥虎藏龍。」葉國強對自己挑人眼光挺有信心。

「只要是人，就沒有所謂是不是人才的問題，差別的只是膽子，那些台清交畢業的，做起事來反而綁手綁腳自我設限，這裡的學生很多都是窮怕了，窮人出身的人比較有狼性，不是嗎？」從小家境富裕的陳星佑應該不懂這些道理吧！葉國強想著。

在葉國強的眼中，北岸這塊校地只是他創造人生顛峰的墊腳石，在陳星佑心眼中，北岸這塊校地更只是他的私人提款機。

學校位於以風大聞名的台地上，今天的夕陽格外乾淨，天空只剩一朵細細的殘雲，葉國強望著宛如無根浮萍的殘雲，無所遁形的被風吹著四處飄移，回想起幾年前孑然一身獨自回到台灣，原本打算過著閒雲野鶴的退休生活，也寫了一兩本類似回憶錄的小說。但習慣於職場征戰的他，沒多久便意識到必須得有某件事在某處進行是很重要的，不論是工作或家庭，否則就只是在混吃等死。好像一艘毫無目的地的空船，需要最大量的壓艙物來防止自己漂流沉沒，他需要身邊有值得投入的人與有意義的目標，不然的話就會像這朵毫無抵抗力的殘雲，風一吹或者氣壓一變化，就在穹頂天空消逝、被人遺忘。

七

晚上六點，下課的師生陸續走出校園，門口兩旁的店家迎來一票又一票飢腸轆轆吃晚餐的住宿學生，學生人手一部手機，不是忙著抓寶打道館、在群組聊天，就是上網追著到底誰才是賤人的宮廷鬥爭劇，一對情侶坐在巷尾的自助餐廳，不約而同地上網瀏覽到幾則關於星友集團不起眼的人事命令。

「星友科技大學聘用王銘陽擔任本校體育中心主任兼校長辦公室特助。」

「星友營造公司聘用姚莉莉為董事長祕書兼任工程品管部副總經理。」

前幾天葉國強分別約談他們兩人，目的不是針對法拍蟑螂事件的興師問罪，反而是不計前嫌地給他們新的工作與職務，王銘陽一開始根本不敢置信，心想葉老師沒開口要求賠償就已經萬幸了，哪敢奢望還能因此獲得特助的新工作，畢竟這工作比起當體育用品銷售員或法拍蟑螂體面許多。

YoYo並沒有懷疑葉國強的承諾，她只是擔心事情沒有表面上看起來那麼簡單。

王銘陽納悶地問著：「特助與祕書有什麼不同？」

YoYo不想面對王銘陽，只是低著頭對著手中捧著的飯碗回答：「特助就是在老闆特別忙碌的時候幫助老闆處理事情，祕書則是在老闆特別無聊的時候幫忙老闆處理事情。」

「妳好像把祕書想得很負面，葉老師不是說過，他不會對妳產生非份之想啊！妳應該放心吧！」講得很輕鬆的王銘陽其實很在乎這些事情，職場上永遠不缺乏祕書與老闆之間的八卦故事。

看著王銘陽有點吃醋又有點呆滯的模樣，YoYo又氣又笑，你這白癡還真是不懂女人心啊，被一個看起來各方面都很優秀的男人當面說對自己沒有非分之想，哪個女人的心裡頭能夠感到痛快？只是話放在心中沒說出口。

「我更好奇的是，為什麼會找你當營造公司的品管副總？」

「以前我在日本唸書的時候，讀的是建築系啊！」

「什麼！妳曾經在日本唸過建築？怎麼我都不知道！」

「一來你又沒問，二來也沒什麼必要讓你知道。」YoYo回答得很絕情。

「那我現在問妳，妳願意回答嗎？」

YoYo當年讀高中時有個唸同班的初戀男友，當時不喜歡唸書的她，考大學落榜，而那位男生卻考上台大，自覺學歷、家世匹配不上對方，好強又自卑的她索性遠赴日本讀大學，只是大學還沒畢業，家裡就發生接二連三的事故，父母親先後在大三那年過世，沒有錢繼續唸書的YoYo只好留在日本打工，直到留學簽證過期被日本移民當局查獲後才不得不被迫回到台灣。

「回來後妳有去找那位男生嗎？」

「他已經訂婚了，對象是個比我還漂亮、家裡又有錢的大學學妹，我跑到他鄉下老家，坐在他老家的客廳嚎啕大哭了一整個晚上，天亮了哭完就走了。」YoYo點了根菸狠狠吸上一口。

「他知道妳去他老家找他嗎？」

「應該知道吧！我想！但那有什麼重要呢？我輸給一個比我漂亮、學歷比我好、家世比我好、年紀還比我輕的女人，輸得徹徹底底。」

「比妳漂亮？這怎麼可能？」王銘陽不可置信的說著。

「你這個笨蛋，什麼都笨，就是會哄人開心，其實我以前長得很不好看呢！」

YoYo後來去作整形手術，心裡頭其實只是盼著如果有一天，那個絕情的男人與她重逢的話，煥然一新的自己一定會讓那男人後悔不已，但自己這些事情、這種微妙心理，根本不想對眼前這個呆頭鵝提起。

「你不知道的事情可多著呢？難道你都不好奇，咱們的葉老師為什麼要如此提拔我們？」

王銘陽搖了搖頭。

「我這兩天花了點時間去查了一些關於葉老師的過往，發現凡是跟過他的、當過他的下屬的人，雖然每個人表面上都賺了大錢，但下場似乎都不怎麼光彩體面，有些人扯上一些官司，有些人則身敗名裂。」

「光彩體面？一斤多少錢？賣得出去嗎？身敗名裂？我現在連他媽的身敗名裂的資格都沒有呢！」王銘陽回答得很直接。

YoYo聳聳肩。

「我還有什麼東西可以損失？尊嚴嗎？我現在銀行存摺裡只剩三萬塊錢，下個月初繳了房租後就歸零，吃飽飯才有尊嚴，我告訴你，我從大學畢業後到現在，我真他媽的窮怕了，如果有賺大錢的機會，就算葉老師要操我屁眼，我毫不猶豫牙根一咬脫下褲子雖隨去。」

不倫不類的比喻讓YoYo噗哧笑了出來。

喝下一大口在便利商店買的啤酒，王銘陽繼續講著：「我二十七歲了，我再也不想再過那種靠肌肉耍萌賣球鞋的日子，原以為和妳一起合作搞法拍可以賺點錢，沒想到才搞第一次就碰到鐵板，妳忘了去年找我一起唸EMBA時，妳所說過的話嗎？」

YoYo不置可否。

「妳說唸EMBA可以認識一些有用的人脈，對我們的將來很有幫助，好了！現在人脈出現了，就是葉老師，我才不管他要我作什麼，總之，比回去整天和高中小女生瞎混賣球鞋賣潮T強上一百倍吧！還有……。」

說完後王銘陽仰望天空大吼：「我要賺錢！我要買房子，我要把妳娶回家，把YoYo娶回真正屬於自己的家。」

「笨蛋！」YoYo笑了笑。

天空那朵殘雲早已消逝在無止境的黑夜中。

八

晚上七、八點，學校體育館內人聲鼎沸，在館內運動的人絡繹不絕，倒不是學生在館內上體育課，更不是星友的學生格外喜歡運動，來此運動的人沒有半個是學生。

與其說是學校體育館，倒不如說是私人健身中心，校方配合地方政府在體育館設立了社區運動中心，以社區運動中心的名義申請到不少補助款，再把補助款花在健身器材設備與裝潢上。另外，也打著「運動教育實習」的名義，命令學校的運動休閒管理系的學生來此實習，或者用「建教合作」的理由，叫公費體保生來此實習，名義上是實習，實際上卻是擔任健身中心的「無薪教練」。

由於運動中心的收費比市中心的健身中心低廉一些，外加停車方便，又有年輕的男女學生當教練，吸引到學校附近幾座工業區的不少中高階主管與工程師下班後來這裡健身運動。這種把校產當成對外生財營業工具、把體育生當成血汗廉價勞工壓榨的行為，在許多私校早已行之多年見怪不怪，至於學生上體育課的權利，或者體育系學生的訓練練習的權利，根本沒人在乎。

學校在名義上組了許多運動校隊，如拳擊隊、游泳隊、體操隊……等等，但實際上不過就是對外招募運動健身會員的幌子，拳擊校隊負責教有氧拳擊或飛輪，游泳校隊則擔任游泳課程的教練，體操隊員搖身一變成為瑜珈或有氧舞蹈的老師，運動復健系的學生甚至還要替付費ＶＩＰ會員按摩。

有氧拳擊館內一共擺著四張拳擊擂台，來上有氧拳擊的學員得先經過一定時數的基本訓練與簡單的重量訓練後，才可以上台和教練進行實戰的拳擊搏擊。學有氧拳擊的學員以女生居多，因為拳擊中的多數動作都必須用腹部力量來掌控，對於需要減肥縮小腹的女生而言很受用，揮拳的動作也具有瘦上臂的功效，許多有蝴蝶袖手臂的女生格外喜歡這項運動。

當然，也有女學員並非為了瘦身而來，她們只是想對著男性教練的身上揮拳，至於發洩的是壓力、沮喪還是什麼病態理由，可說是形形色色。

最角落的那張擂台，台上的吆喝聲已經持續半個小時，台上有個揮汗如雨的女人似乎沒有想停下來的跡象，陪她練拳的教練（嚴格來說其實只是體育系學生）一臉憋屈，不時朝著新來的拳擊隊教練張望求援。

其實，與其說是教練陪學員搏擊，還不如說是帶著全套防身護具的教練來挨學員的打，當然，尋常女學員的出拳力道對身強體壯的真正拳擊隊體育生來說，也只比蚊子叮咬的力氣大一點，更何況戴上護具。

「你打假拳！」那個打紅了眼的女學員指著陪她對打的教練，歇斯底里的吼叫著。

這女人是健身中心出了名的奧客，來這練拳的人多半都是規規矩矩的揮擊，她除了大呼小叫把教練與工作人員當作下人使喚外，還經常要求教練卸下護具用肉身去承受她的拳頭，搞到所有體育生教練都不願意接她的課。

「哪有拳擊比賽還帶著這麼多護具的？你們的專業度在哪裡呢？我跟你們校長與校董很熟，相不相信我會告到上面讓你們全部失業，哼！」

王銘陽見狀跳上拳擊台，示意台上的教練：「下去吧！這裡由我來處理就好了！」

王銘陽同時也被任命為學校的拳擊隊教練，除了能因此多領一份乾薪外，老闆也交代自己，必須好好伺候其中幾個學員，最重要的便是眼前這位中年女學員，王銘陽剛剛在台下就已經認出來。

這女人不是別人，正是陳玫儒，王銘陽前幾天才聽到老闆交代過，沒想到這麼快就碰到她，可說是冤家路窄。日前因為法拍屋事件，看過她的照片幾眼，心想，這個陳大局長雖然四十多歲，但嬌小的體格讓她看起來年輕一些，五官還算清秀，如果不擺出一副官腔臭臉，如果不刻意濃妝豔抹，其實還算挺好看的。

沒戴任何護具的王銘陽對著陳玫儒說：「來吧！任意搏擊！」

原本只是想要一逞口舌之快罵罵人發洩一番而已，沒想到還有人真的跳上台來擺明了讓她揮拳，王銘陽見她遲疑，立刻吆喝一聲：「先往我的左肩打吧！」

陳玫儒半信半疑地一拳朝他的肩膀打過去，噗一聲，王銘陽閃都不閃受了她一拳。

「怎樣！沒吃飯嗎？妳不是很威嗎？還是不敢打我？出點勁兒！」看見對方滿臉輕蔑的神情，不由怒由心生，陳玫儒使盡全力朝右肩打過去。

只聽到哎呀一聲，喊叫的不是受拳挨打的人，而是出拳揮擊的陳玫儒，原來她用力過猛，打到對方的肩膀，一股反作用力反撲差點讓自己手指頭脫臼。

王銘陽笑了笑說：「妳根本不懂得運用力量，只會使蠻力，我受妳兩拳，比按摩還沒有感覺！」王銘陽從小就學習拳擊，也練遍了跆拳、柔道和空手道，還曾經是兩屆世大運的拳擊國手，雖然並不曾拿過什麼獎牌，但挨這種中年女人幾拳，根本只是小菜一碟不痛不癢。

「我教妳，出拳是靠下半身的腰力，出拳之前，妳必須先旋轉自己的腰部，然後往前用力踏出腳步，藉由腳的速度和腰的旋轉，才能把力量發揮出來。」王銘陽一邊講解，一邊用手扶著對方的腰和腿，照道理男教練和女學員除了拳頭外，是不能有任何肢體接觸的，王銘陽才不管那麼多，他知道憑著自己帥氣的臉龐和陽光般的笑容，從來沒有女人會介意這些。

王銘陽藉由身體碰觸引導陳玫儒練習了幾回後：「來吧！這次朝我的肚子用力的打！」

「肚子？你腦子沒燒壞嗎？」饒是潑辣蠻橫的陳玫儒也膽怯起來。

王銘陽故意把上衣脫掉指著自己的肚子，只見他的人魚線線條比起家裡那個不中用的老公的鮪魚肚好看太多了，只要是女人都捨不得打吧！

「剛才是誰說我們打假拳嗎？來吧！把我當成妳的老闆、妳討厭的人吧！」王銘陽故意激將。

這傢伙肯定有病，陳玫儒吸足氧氣按照剛剛練習的方法，用盡全力一拳打了過去，始終掛著微笑的王銘陽肚子一縮，身體微微轉身閃過這一拳，用力過猛的陳玫儒踉蹌的腳步重心不穩，王銘陽一把抓住她的手臂才讓她免於跌倒。

「假拳！明明你就是打假拳！」感覺被愚弄的陳玫儒火氣整個上來。

「我還沒教妳，出拳要有速度，速度！妳懂嗎？」王銘陽一想到眼前這位明明已經快到手、看得到吃不到的法拍肥羊，打算多捉弄她幾下來洩心頭之憤。

眼見對方有意要自己玩，陳玫儒哼了一聲索性扔掉毛巾（這個動作在拳擊場上視為認輸不玩了），眼看捉弄不下去的王銘陽有點失望，轉身走到擂台邊和在台下的其他教練聊起天來。

沒想到，嘴巴說不玩的陳玫儒居然趁王銘陽不注意時，全速朝他身後衝了過來，舉起還沒脫掉拳擊手套的右拳往他後腰重重捶了一拳，只聽到王銘陽哎呀一聲，痛到蹲在地上破口大罵：「妳幹什麼！」

「哈哈哈！這次換我教你，出其不意的偷襲比力量速度重要一百倍！」陳玫儒看著一邊揉著後腰一邊呻吟的王銘陽，不知為什麼，一股莫名的快感直衝腦門，簡直比性愛的高潮還讓自己感到愉悅。

王銘陽盯著眼前這個流露出宛如微醺眼神的女人罵了出來：「妳還真他媽的狠！」

雖然兩人彼此咒罵鬥嘴，但視線卻從來沒有離開對方。

上完課洗完澡的陳玫儒到拳擊場的櫃檯問著：「剛剛那位教練叫作什麼名字！」

「王銘陽老師！」

「我以後的課程的教練都改成這位王銘陽！」

櫃檯人員面有難色：「可是！」

「可是什麼？我沒有交會費嗎？」

「王老師不是教練，他不負責教學員呢！」

「那他為什麼整個晚上都在這裡？」

「他是教練的教練，負責訓練我們學校拳擊校隊。」

陳玫儒一聽更加有興趣，霸道地說：「我才不管，你知道我也是星友的教授嗎？」陳玫儒雖然已經去當官，但人事上是從學校借調出去，名義上仍舊是星友的副教授。

「老師好！你不要為難我，他有交代過不接學生，不然，你自己去問他，好嗎？」櫃檯接待人員只是一個大一體育生，陳玫儒不想在這裡對十八歲的小孩子發飆，也只能點點頭。

坐上老公的車，車上依舊是那股令人討厭的老人酸腐味，默默不語的陳玫儒看了手機簡訊：「健身中心小朋友不懂事，請別介意，明後兩天晚上八點，我都會在拳擊場上，你隨時可以來上課，王銘陽！」

沒多久又補了一封簡訊：「妳高興上多久都行！」

戴著墨鏡的陳玫儒不顧外頭下著大雨，打開車窗，任憑雨滴灑在自己臉頰，今晚的雨水有點甜味，塞翻天的車潮燈火也格外燦爛。

「晚上幹麼還戴墨鏡？」她老公好奇問著。

不想看到你這張令人厭煩又無趣的老臉，不行嗎？陳玫儒懶得回答，此時此刻根本不想看到任何破壞美感的人，她翻起帽T的帽子把整個頭蓋住，打開車子的音響，只想完全阻絕老公的聲音鑽進她的耳朵裡頭。

九

下了一整晚的雨，第二天總算放晴，看著窗外罕見的清晨彩虹，YoYo鬆了一口氣，連續幾個周末假日都遭到颱風侵襲，以至於她負責的建案，上門看屋的客人稀稀疏疏，現在總算盼到一個沒風沒雨的假日。

她花了一個鐘頭精心打扮，在鏡子面前端詳半天後，把旁邊熟睡的王銘陽挖起來問了一麻袋的問題：

「這耳環看起來會不會太老氣？」

「這套洋裝會不會看起來太寒酸？」

「你說是穿白色的鞋子好？還是黑色的？鞋跟高一點會不會太妖豔啊？」

看到只用咿咿呀呀的鼻音敷衍自己的王銘陽就有氣，算了！等一下姊妹淘來的時候再問她好了。

沒多久，門鈴響了，YoYo三步併兩步地走到客廳打開大門，來的人是自己的ＥＭＢＡ同學謝盈慧，YoYo看著自己的姊妹淘，眉頭皺了起來說著：「大嬸，妳穿這樣是要去大賣場買菜嗎？」

謝盈慧的工作雖然是派遣業，但始終在公家機關，而且還是號稱宅男宅女大本營的工程部門，自然不懂得穿著。只見她穿一件紅色罩衫，腳底一雙大賣場常見的那種平底鞋，肩膀背著一副登山用的背包，背包側帶還放著一只保溫水壺。

「更正，妳這模樣簡直是跳廣場舞的中國大媽！」

謝盈慧睜大雙眼盯著YoYo頂了回去：「不過，妳這身打扮未免也太誇張了吧！是怎樣，高級應召女嗎？我如果是富商，馬上出錢包妳三年！」

「蛤！才三年，我這麼不值錢啊！」兩人同時笑了開來。

「我說！好同學啊！今天咱們是要去扮貴婦，妳這樣穿簡直像我的菲傭啊！來我房間，我挑幾件衣服給妳試試吧！」YoYo拉著謝盈慧的手走進房間，對著還在睡覺的王銘陽吼著：「懶蟲，滾到儲藏室去睡覺，我們有事情要忙啦！」

滿眼惺忪上半身裸露的王銘陽乖乖地抱著枕頭棉被，毫不避嫌地對著謝盈慧打聲敷衍的招呼。看到也是同班同學王銘陽上半身的肌肉線條，謝盈慧吹了吹口哨，YoYo笑著說：「怎樣，見色忘友了嗎？好啦！哪天我膩了，把他頂讓給妳吧！就怕妳這個乖乖女吃不消呢！」

聽到頂讓兩字，謝盈慧又想起小曹把買房子的頭期款去頂了間破工廠的憾事，不免長嘆了幾下。

「怎麼啦！妳又在捨不得小曹嗎？」YoYo對謝盈慧的私情可說是瞭若指掌。

「別提他了！反正只是一場爛桃花，該斬還是要斬。」謝盈慧一副很堅決的模樣繼續說下去：

「小范前天已經向我表白了！」

「這麼絕情啊！小曹那邊呢？」

「發一條LINE就把爛桃花給斬了！順便給他一個郵政信箱，叫他把我的東西寄還給我。」即使YoYo拋棄曖昧對象的經驗算豐富，也很難想像眼前這位乖乖牌密友，竟然用這種超乎想像的「無縫接軌」來迎接新的戀情。

「小范？他怎麼表白？妳有沒有假裝喝醉跑到他家賴著不走？」YoYo露出滿臉淫穢的神情開起玩笑。

「別說了，那種阿宅，嘴巴能吐出喜歡我三個字就偷笑了。」

「這樣啦！如果妳把他當成真命天子，我今晚教妳幾招，像是在他的飲料內偷偷下威而鋼！保險套剪破一個小洞啦！我也可以介紹妳幾間有各種情趣用具的Motel啊！」YoYo說完後從衣櫃掏出一件自己的內衣幫謝盈慧穿上：「至少也要學會擠乳溝啊！」

聽到這種露骨的把戲，謝盈慧的臉脹得紅紅的，有點喘不過氣來。

「我的乖乖女發情了啊！」

「才不是啦！是妳這件調整型內衣綁得我喘不過氣來。」謝盈慧忙著解釋。

YoYo收起笑容說著：「窮日子才會讓人喘不過氣來，別忘了！」

她們盛裝的目的不是參加婚禮，也不是要赴什麼正式的場合，而是要去扮演「假貴婦客人」。

星友建設公司在林口有個大型預售建案，打著緊鄰捷運站的小資豪宅的名義，推出每坪超過四十萬元的超高價。這幾天公司除了鋪天蓋地在媒體與網路作各種置入型行銷外，還砸了大錢請名模、財經名嘴來站台，並且動員整個集團的所有人力投入銷售，為了炒熱銷售氣氛，必須事先安排幾十組假客人在現場，譬如訴諸小家庭的小三房A區，就動員旗下已經成家生小孩的員工，最好連小孩一起帶來，塑造出一家三口熱烈買房的氣氛；譬如訴諸小資小豪宅的套房B區，就得安排幾個年輕貌美的女員工，打扮著一身貴氣假裝現場的客人，並用假成交真宣傳的手段，讓前往看屋的人燃起購屋的衝動；譬如訴諸三代同房的大三房或大四房C區，就動員星友科大幾位看起來德高望重的老教授。

但如果老是那幾個星友員工的臉孔，演久了也是會被眼尖的客人識破，所以會找些不相關的人——如謝盈慧——來現場，雖然不是星友員工，但她也樂得利用假日去預售屋現場扮演假客戶打工賺零用錢，打工酬勞多寡端視每個人的條件，穿著打扮越入時，酬勞就越高。當然，這種酬勞以小孩子最高，所以，整個大台北也逐漸出現這種專業假客人的行業，一家三口帶著小孩，在預售屋旁的假花園玩耍，父母親一邊假裝買房一邊跟在小孩後面追逐跑鬧著，有什麼畫面會比這種景象更吸引那些急於成家的小情侶或年輕夫妻呢？自然會融入「我的未來不是夢」的氛圍，衝動地掏出信用卡刷下鉅款買預售屋。

「賀張先生張太太買下A區三樓物件」，其實張先生張太太是星友營造公司的副理。

「賀黃教授，C區十二樓大四房成交」，這位黃教授最近每個禮拜都來現場，假成交的戶數至少超過十棟了。

「賀小資族謝小姐，B區八樓小豪宅成交！」現場一遍鼓掌聲，謝盈慧穿著向YoYo借來的套裝，假裝買下實際上只有七坪空間卻被宣傳包裝成小豪宅的小套房，明知道這只是來打工賺錢，但內心還真希望自己有能力買下這房子。

一旁舉辦著雞尾酒講座，主講者是一位經常在電視上露臉的財經名嘴，去年才帶一群客人去柬埔寨買房碰了一鼻子灰，但健忘的投資人早就被他滔滔不絕的口才唬得一愣一愣，這傢伙明明就是跑凶殺案的社會記者出身，在電視上什麼都能講，外星人、宮廷鬥爭、統獨爭議、豬瘟防疫……當然，連房地產也能講，反正只要吹噓自己在附近買房投資賺了多少錢，只要撩起聽眾的夢想與貪婪就算達成任務，至於他是否靠通告費與站台費才能累積買房資金，也沒有人會真的在乎啦！

「妳就是姚莉莉啊！」正忙著在客人面前假裝和銷售人員討價還價的YoYo抬起頭來。

「原來是陳董！」不想在其他客戶前穿幫的YoYo只能小聲地答話。

內行的陳星佑笑了笑不願點破公司安排的假把戲，只是低著頭在YoYo耳朵旁邊說：「等一下忙完後到旁邊的辦公室來。」

假裝看著購屋契約的YoYo，一邊很認真地注視著陳星佑，只見陳星佑走回辦公室前不時地回頭望，帶著半是傲慢半是好奇的表情打量自己，似乎透露出不尋常的急切神情，YoYo笑了笑，這種眼神，從小到大，她在男人的身上看得可多著呢，今天的精心打扮總算沒有作白工了。

看著陳董位於接待中心最高的三樓辦公室，人往高處爬，YoYo一看就懂。

陳星佑站在三樓辦公室的玻璃窗旁，俯瞰一樓大廳整個預售屋銷售現場，緩緩地說：「從二十分鐘前到現在為止，實際總共成交三戶。」

「整個銷售現場鬧烘烘的，你怎麼看得出哪些是真正成交？哪些只是事先安排好的假客戶呢？」YoYo納悶地問著。

「真正下訂買房的客戶，在笑容中會帶點貪婪更會帶著擔憂，畢竟一個正常人在掏出一兩千萬後，內心深處馬上會浮現出許多現實的憂慮，就算只是微不足道的皺眉頭，都逃不過我的眼睛。舉個例，和妳一起來的那位小姐，雖然她裝出興高采烈的模樣，但一看就知道是假客戶，真正要下訂單的客戶，不會像她那樣看起來有點草率。」

「還真的都逃不過陳董的眼睛呢！」YoYo露出一副很佩服的神情。

陳星佑接著又指著現場一位中年女人說：「但總是有例外，譬如這個手上提著柏金包的女人的模樣，既不是事先安排的假客戶，成交後完全沒有露出一絲憂慮，你知道為什麼嗎？」

YoYo搖搖頭。

「這女人百分之五百，肯定是位經常出手買房的投資客，早就習慣了幾千萬幾千萬流來流去，更重要的是，咱們業務員對她的態度可是出自內心的畢恭畢敬，一看就知道是常客。」

「只是這兩天，現場成交的客人中，十之八九是投資客，站在我們的立場，雖然不必太在乎是自住客還是投資客，但如果投資客太多，交屋之後這個社區會死氣沉沉，別說我沒提醒妳。」

「我扯太多了，姚小姐請坐！」陳星佑收斂起幹練的模樣，面帶微笑客氣地招呼YoYo。

「前一陣子我在國外出差，只好委託葉董幫我物色人才，他很推崇妳，還推薦妳順便擔任營造公司的品管部副總經理。」陳星佑仔細端詳眼前這位新祕書。

第一次見到自己老闆的YoYo，顯得有點坐立難安。

「妳本來是在公司的仲介部門？」

YoYo點了點頭。

陳星佑上上下下打量著YoYo，體型苗條，化妝濃淡適宜，穿著也很典雅，她所穿的上衣外套和襯衫，一看就知道都是手工精細的高級品，公司裡什麼時候出現這麼一位漂亮美女，連自己都不清楚。

「我本來是在仲介部門的加盟店，只是單純的靠行按件計酬的業務員，並非星友體系裡的正職員工。」YoYo好像猜透陳星佑的心思。

「葉董怎麼認識妳的？」

「我是葉老師的學生！」

「葉董事！在這裡就得叫他葉董事，妳既然是我的祕書，就必須懂得不同的場合有不同的稱呼，這裡是建設公司的銷售現場，不是學校，曉得嗎？」陳星佑立刻下個小小的馬威。

「是的！我了解，我想請教一下，如果不是在學校，也不是在公司或與公司業務相關的場所，我又該怎麼稱呼您呢？是陳執行長？陳校董？還是陳醫師、陳院長呢？」YoYo反問。

「妳說呢？」

「那我就叫你陳大哥！」YoYo放了點嗲聲嗲氣在回話裡頭。

YoYo這句話讓陳星佑不知道該怎麼接下去，只能尷尬地哈哈大笑。

「為什麼葉董事找你接營造公司的品管部門，妳懂結構安全嗎？妳會畫施工圖嗎？妳有辦法頂著大太陽在工地爬上爬下嗎？」陳星佑一口氣出了好幾道難題。

早知道這是一場事後的面試，但這些問題也讓她有點招架不住，YoYo心想緊張也沒用，就保持平常心豁出去地回答吧：「不懂！也不需要懂！」

陳星佑聽到這答案，臉色有點不高興，YoYo故意裝成沒看到繼續說：「工作只有三種，第一種是發現問題，那是老闆的工作，第二種是製造問題，那是笨蛋的工作，最後也是最重要的是解決問題，我的專長就是幫人解決問題。」

「好比陳董您，在還沒投入建築業之前，您真的懂這個行業嗎？為什麼你的成就會比大多數人來得大？因為你懂得幫所有的人解決問題！」YoYo臉不紅氣不喘地高談闊論。

「這答案不夠充份，好！妳說，妳可以幫我解決什麼問題？」陳星佑對YoYo的興趣已經完全被挑起來了。

「成本的問題！」

陳星佑聽到成本兩字，眼睛為之一亮，點了點頭。

「我還在聽！繼續說！」

「通常建設公司蓋房子完工前的驗收，除了該給官方主管機關的紅包不能省之外，甚至連營造部門的技師以及設計公司的技師、建築師……這些自己人都得明著拿紅包暗著收回扣，這個行業的陋規真的很瞎。」

「哼！一個案子下來，免不了東省一點西摳一些，你不讓那些人拿點好處，誰願意蓋章簽字負責啊？妳沒聽過水清則無魚嗎？難不成換作妳的話，妳就不收？」聽到這種幼稚的外行話，陳星佑心中開始咒罵著葉國強。竟然找來這種中看不中用的外行菜鳥。

「給！當然一定要給，問題是為什麼要從公司或是從老闆你的口袋掏錢出來給呢？為什麼不利用政府的資源替我們辦事呢？」YoYo不給陳星佑斥責或反駁的機會，足足講了半個小時，把自己的計畫滔滔不絕地講出來。

「所以你還認為我只是中看不中用嗎？你還以為葉董只是找個花瓶交際花而已嗎？」講完之後YoYo對著已經聽傻了的陳星佑，投個帶點驕傲神情的微笑。

「很好！以前都沒有動過和諧住宅分配權這主意。」陳星佑從辦公室酒櫃中取出一瓶威士忌倒了兩杯，其中一杯遞給YoYo。

「銷售現場這裡並不是喝酒的好地方。」YoYo婉拒了，但陳星佑聽得出弦外之音。

「嗯！下禮拜一，我派車去妳家接妳，妳和我一起去陪重要客戶喝酒！」

總算過了陳董這關，但YoYo一直憋到離開銷售現場才敢用力地吐了一口氣。看樣子，葉國強教她的這個點子對陳董確實很有說服力，然而YoYo想不通的是，這麼好的意見，為什麼葉老師不親自提出來，而要透過自己這麼一個不起眼的小祕書的嘴巴講出來呢？

「陳董找妳談什麼啊？」在銷售大廳枯坐半天，終於等到YoYo出現的謝盈慧好奇的問著。

「咦！妳認識她嗎？」

謝盈慧將自己出席校長遴選會議的事情大概講了一遍，YoYo心想，這陳星佑還真的是過目不忘，一眼就認出謝盈慧只是來假扮客戶的學生。

兩個人走在預售屋現場附近的路上，這一帶屬於新興重劃區，幾條馬路又長又寬敞，花木扶疏，沿途不是工地就是剛完工的的大樓豪宅，如果不深究生活機能或實際的入住率，還真得會被宛若夢幻的高聳大樓給騙了，大樓中庭花園處處可見噴泉雕像紅花綠葉，但就是不見人影。

「對了！忘了告訴妳，我已經從房仲部門調到董事長室兼營造部門副總經理了！」

「好厲害！那不就是高級主管了！我的閨密是上市公司的高級經理人啊！」

「拜託！薪水又不高，還不如當仲介自由自在呢！」YoYo有點言不由衷。

「姚經理，那妳買房可以享受員工價嗎？可以幫我爭取看看嗎？」

「哎呀！妳還是叫我YoYo啦！公司預售屋開價每坪四十萬，實際幾戶低樓層的成交價大約是三十三到三十五萬，就算是員工價，至少都要三十幾萬起跳，二十坪少說也要六百多萬。」YoYo解釋著。

「其實六百多萬比起市區的房子是便宜很多，可是我還是買不起。」謝盈慧嘆了一口氣。

「就算有錢，也千萬不要買這一帶，妳看看附近。」YoYo指著四周繼續說：「我們沿途走過來，少說也經過十幾棟住宅大樓，為什麼連一間便利商店也沒有？」

「可能那些開便利商店的財團還沒想到吧！」謝盈慧答得很心虛。

「因為沒什麼人真正住進來，以我們公司推的那個建案來說——」YoYo東張西望後壓低聲音繼續說著：「十之八九被投資客買走，以後交屋後，這些投資客根本不會搬進來住，弄到最後還不是淪為鬼城一棟，不過！這事情別傳到外面去。」

謝盈慧也跟著神神祕祕起來，點了點頭。

「那妳之前一直介紹我去投法拍屋，應該就沒問題了吧？又是市中心，價錢又便宜。」

YoYo苦笑地搖搖頭：「我現在已經調部門，不負責法拍業務，恐怕幫不了妳的忙了。」YoYo根本無法回答這問題，因為之前除了陳玟儒外，謝盈慧其實是被YoYo視為詐騙肥羊的預備人選，攀交情的用意只是要誘騙去投資法拍屋來宰殺。

看著謝盈慧買不到便宜房子的失望神情，YoYo安慰著說：「沒關係，咱們姊妹淘一場，一年後我保證幫妳找到一坪十萬元的房子，而且還是新房子！」

「十萬塊錢？妳不要跟我講是位在什麼苗栗或宜蘭的鄉下吧！」沒事就喜歡看房子的謝盈慧，多少也了解市場的行情。

「嘿嘿！難道妳沒聽過和諧住宅嗎？」

「妳說那個打嘴砲政客的政見！連鬼都不會相信他的鬼話。」

每屆市長或每屆總統都提出每坪十萬元的住宅政策，多年下來，不是跳票，不然就是位於開車到台北市區少說也要一個半鐘頭車程的天涯海角，否則就是要具有什麼低收入戶或拆遷戶的資格才能買得到，謝盈慧早就對這個政策不抱任何希望，否則若可以每坪十萬元買房，何必沒事來看這種每坪四十萬的房子呢。

「妳相不相信我？」YoYo鄭重地問起來，謝盈慧滿臉狐疑。

「我告訴妳，我的新工作就是要蓋和諧住宅，一年後我可以喬出一間賣給妳，妳從現在可以開始存錢，但是我接下來所說的話，妳一個字都不能對任何人說。」YoYo的神情越來越嚴肅，謝盈慧只好點了點頭。

「我們學校的另一岸不是有五專部、宿舍、體育場以及一些雜七雜八的空地嗎?」

「半年後，整塊地都要捐給政府，然後由我的公司負責興建和諧住宅，到時候，我估計最少有將近八、九百戶是所謂每坪十萬元的平價住宅，至於平價住宅要賣給誰?買屋者的資格要如何認定?是由我們公司和政府一起商訂!其中至少有兩百戶，是由我們公司來配銷。」

「可是，把五專部、宿舍拆掉後，那些學生怎麼辦?學生要住哪裡?」謝盈慧雖然不是專家，但一下子就點出問題所在。

「那就不管那麼多了，五專部早就該廢掉了，反正讓他們轉學、休學或直升大學部，至於住宿舍的學生，星友建設早就在大學部側門那邊蓋好了幾棟根本賣不掉的大樓，租給他們當作宿舍。」

「可是租金肯定是比學校宿舍貴啊!」曾經在星友的前身華江科大念過書的謝盈慧很清楚租金行情。

「私立學校又不是慈善事業，妳以為校董掏出好幾億的錢挹注進去，難道只想當個不求回報的有錢傻瓜嗎?」

「難怪!難怪!我總算知道為什麼小范會堅決反對葉老師出任校長了。」謝盈慧說著。

YoYo一笑置之繼續說下去:「小范可說是個不識時務的笨蛋，你以為他可以獨自阻擋嗎?到最後這個案子送到妳們都發局，身為副工程司的他能夠抗拒整個案子嗎?妳們上從市長下到局長，各個都把這個案子視為自己的政績，就算小范從中阻撓，了不起就是換個人頂替小范而已，乖乖聽話的公務員可多的是呢!」

在都發局工作好一陣子的謝盈慧深表認同，曾經有個不聽話不願配合的正職人員，活生生地被調去水利單位看管水庫，只能天天對著好山好水的水庫發呆、順便清理上游沖下來的漂流物。

「反正妳都已經認定小范是妳的真命天子，如果妳可以說服他，只要他不要從中阻撓，我可以答應，到時後分配兩間低價住宅給妳們，一間自住，一間賺差價套利賣掉，我想以我們學校附近的新屋行情，賣個十六、七萬，大家還搶著要吧！」YoYo強調妳們兩個字。

謝盈慧一邊聽著一邊看著迎面而來的一對夫妻，推著嬰兒車牽著一條柴犬，提著從大賣場買來的大包小包的日常用品，走進旁邊的住宅大樓，那父親不急著進門上樓，而是陪著正在學步的小女兒在中庭追著狗到處跑。

以往謝盈慧看到這種景象，總是自怨自哀這輩子大概沒有過如此生活的福分了，但YoYo的一番話讓她對生命與未來又重新燃起希望，而且這個希望還滿具體可行的，順利的話，一、兩年後就換成她變成眼前的那位女主角，假日買完菜先上樓燒菜，嗯！她還滿喜歡燒菜，煮好飯後下樓叫老公、女兒和愛犬上樓吃晚飯。

這種願望並不奢侈，這是一個女人最卑微的生活願景，為什麼小曹就是不願意提供呢？謝盈慧不奢望名牌包包服飾，也不會奢望什麼國外旅行，她只想靜靜地窩在真正屬於自己的家中，燒飯給丈夫女兒吃，嗯！如果是兒子也不錯。

「妳說保險套要怎麼刺洞呢？」謝盈慧想著想著突然冒出這麼一句，YoYo嚇了一跳，露出一副暧昧的神情捏著謝盈慧的胸部：

「等一下到我家，好好地給妳調教調教。」

十

不斷飆出高溫熱浪的盛夏，來得快去得也快，還沒到中秋，氣溫就開始驟降。微涼的初秋是令人窩在被窩發懶的時節，每天固定在中午起床的吳思慧不小心睡過了頭，匆忙起床的她對著洗手間的鏡子仔細梳頭，順手把昨晚忘了卸掉的妝清洗乾淨。昨晚，嚴格的說應該是今天凌晨，忙了幾乎整晚的她連加了鋼絲的胸罩都忘了脫，以至於副乳與背部疼痛不已，看著不斷擠壓差點變形的乳房，心想如果能再大一點就好了。

吳思慧個子小小的看不出真實年齡，她沒有容光煥發的豔麗，也沒有引人注目的身材，而且非常膽怯害羞，畏縮怕人。她的神態舉止，雖有些侷促不安，卻有股脫俗氣質，她的聲音甜美，說起話來加點表情之後，小小臉蛋還挺好看。

不論打工到多晚，吳思慧堅持回到自己位於龜山的家裡洗澡，鎖上浴室，躲進淋浴間的蓮蓬頭下，花了近四十分鐘浸淫在蒸氣和熱水中，她沒開燈，昏暗浴室僅有窗外灑入的微光，就這樣任由熱水不停地沖洗，她不喜歡自己的身體，包括有形的不完美和無形的汙穢感。

老舊公寓的電熱器年久失修，浴室與牆壁間的管線傳出嗶啵巨響，吳思慧強忍著忽冷忽熱的水溫，拿起粗糙的菜瓜布抹著清潔力最高的去汙肥皂，死命地刷洗自己身體，直到她覺得快洗破皮，才能稍稍降低自己對身體的厭惡感。

洗完澡後隨便披上運動服，急急忙忙騎上機車出門。

從龜山一路狂飆到台北與永和交界的某座橋下，吳思慧看到市集還有些尚未收攤的攤商，鬆了一口氣。因為工作需要，她每個月必須來此採買衣服，這座位於橋下的流動市集，每個月只有一次，特點是這裡有全台北最便宜的衣服，中午過後的人潮尚未完全散去，一窩蜂地擠在堆積如山的「二十元衣物出清」的招牌下。

沒有多餘的錢買新衣，但工作上又逼得自己得經常性更換行頭，二十塊錢一件的新衣服對吳思慧而言可說是生活上的救贖，一貧如洗的她，也只有來此才能享受購物的快感。這裡的衣服幾乎全都是新品，多數連品牌的吊牌都還沒剪掉，不乏知名品牌的潮T、洋裝與外搭褲，甚至也可以找到名牌女性內衣、和一些名校的制服。

除了是新品外，這裡出售的衣服完完全全是正廠名牌，基於許多奇奇怪怪的理由被丟棄在資源回收箱內，有心人就從中大量找尋堪穿的新品，洗一洗後用二十元來此販賣。來這裡買衣服的並非各個都是像吳思慧這種一窮二白的失業者，也不乏拍電視的劇組為了節省治裝費而來此尋寶。

挑了幾件蕾絲邊的內衣，仔細一看竟然還是維多利亞的祕密，她不在乎其中真偽，也不在乎到底是不是穿過的二手貨，反正丟到洗衣機內，便可蛻去衣物的過往歷史足跡。

吳思慧也是星友科大的ＥＭＢＡ學生，大學主修的是特殊教育，雖然擁有教育學分，但畢業後一直補不到正式的教職缺，所以只能擔任代課老師。幾年來一直在國中國小的特殊資源班任教，不管是偏鄉還是農村，只要什麼地方有代課老師的缺，她不挑工作地點。但近年來受到少子化的衝擊，特殊資源班的代課老師的缺額越來越少，從剛畢業每學期可以教上四、五班，後來慢慢地只剩一、兩班可教，為了讓自己能夠接到更多的代課工作，吳思慧發下狠，把原來要拿去還房貸的一百萬積蓄挪去唸ＥＭＢＡ，希望未來能多接到一些商職的簿記或初會的代課缺。

幾年前，吳思慧花了一百萬當自備款買下一間位於龜山郊區的老舊套房，雖然每個月要支出房貸兩萬多元，但代課老師每個月將近四萬元月薪，偶爾再利用寒暑假到升學補習班去打個工，日子即使清苦，也還是過得去。沒想到，從上學期開始，她再也接不到代課的工作，也就是說已經整整失業半年多，外加高昂的ＥＭＢＡ學費，用山窮水盡還不足以形容她的窘迫。為了吃飯付房貸，只好接一些在夜間的特殊兼差工作，如酒促小姐等等。

讀ＥＭＢＡ的開銷除了表面的學雜費外，還有班費、餐費以及各式各樣的活動費，如同學與老師之間經常舉辦聚餐、慢跑與旅行等等，這些額外開銷甚至比學費來得大，吳思慧只能望之興嘆能躲就躲，從來都不曾參加，同學們則視她為孤僻的怪咖，但這一次，她怎麼躲也躲不掉了。

范綱峰與謝盈慧這對不知道什麼時候冒出來的「新班對」，聽說正式交往還不到一個月，竟然就閃電結婚，婚宴也辦得超高效率，宣布結婚後三天便搞定婚禮細節，喜帖透過班代交到吳思慧手中，連躲也躲不掉。吳思慧從包包中取出這幾天晚上兼差賺到的、也是自己所有財產的兩萬多元，扣掉房貸、買衣服、機車加油以及三千元的紅包，居然只剩下幾百元，就算每天吃飯只花五十元，十天後就得面臨斷炊餓肚子了，至於手機帳單、健保費和已經積欠快一個月的研究所學費，她連想都懶得去想，心中不免悔恨起昨天沒事幹麼去學校上課，平白無故接到只能稱得上是點頭之交的人的紅色炸彈。

只包三千元當然沒有資格去五星級酒店的婚宴會場吃上一頓，這潛規則吳思慧還懂，但自己卻又不想大老遠跑到婚宴會場丟下紅包轉身就走，深怕萬一被其他同學看到，半推半就被請進去喝喜酒，只包三千元的紅包可就難堪了。

吳思慧想起一個人，一個或許可以幫忙把紅包帶過去的人。她來到這個人開的店，只見鐵門半開半闔，她在門口敲了半天不見裡面有人回答，心想不管了，婚宴就在今晚，現在只剩下三個鐘頭，若找不到這個人，自己可就糗大了，顧不得膽怯索性鑽進鐵門內對著裡頭大喊：「曹先生在嗎？」

店內其實是座小型汽車美容工廠，雖然是大白天，不開燈的小工廠內可說是伸手不見五指。吳思慧打開手機的手電筒往裡頭一照，見到工廠地板上躺著一個人，嚇了一跳的吳思慧正打算拔腿就跑，便聽到一陣虛弱的人聲，空蕩的工廠造成的回聲，讓吳思慧摸不清楚聲音的遠近：「今天不營業！」

吳思慧硬著頭皮回答：「對不起，我吵到你休息了！我姓吳，是謝盈慧的同學，有急事想拜託你！」她對著小曹深深鞠了躬。

「謝盈慧的同學！是怎樣！」語氣很不友善的小曹撐起身體坐了起來，狠狠盯著吳思慧。

小曹腳步踉蹌地摸到電源開關打開廠內電燈，吳思慧這才注意到小曹的模樣：身上穿著好像好幾天沒換的衣物，滿臉的鬍渣、滿頭的亂髮、頭髮的髮油被燈光照得閃閃發亮，看得出好幾天沒洗澡洗頭，滿地酒瓶胡亂堆放在地上，還有垃圾食品的包裝紙、好幾盒沒吃完的便當，以及散落一地的修車工具。

「妳來找我到底想要幹什麼？是小范叫妳來羞辱我的嗎？還是謝盈慧叫你來看我到底有沒有自殺殉情嗎？」小曹的口氣已經充滿了敵意。

「小范？誰是小范？我是真的有事情想要麻煩妳的。」

「范綱峰啊！既然妳也是他們的同學，應該認識。」小曹用很不屑的語氣。

「嗯！你是說范班代嗎？我跟他完全不熟，是這樣啦！今天晚上是謝盈慧和范班代結婚的日子，我臨時有事情不能參加，我就想，之前謝盈慧曾經在曹老闆這邊打過工，如果你晚上會去喝喜酒的話，能否託你幫我把紅包帶去，真是不好意思！」吳思慧說得極為誠懇。

小曹盯著吳思慧，眼前這位女生，頭髮短短的，個頭不高，如果不仔細打扮，遠遠看過去絕對會被誤認成小男生。但如果只看她大大的雙眸，水汪剔透，眼神透露著女性特有的堅毅感，身材嬌小纖細討喜，要不是裹在中性的衣物內，否則就曲線的勻稱度，簡直可說是縮小版的名模。

「謝盈慧說，我只是她的老闆而已？」小曹嘆了一口氣。

「她只對我說過在你這裡打工了半年多，你是個很nice的老闆！」聽出小曹話中有話的吳思慧也只能照著自己知道的事情說出。

「妳真的不知道，我和她在三個禮拜前還是男女朋友關係嗎？」

吳思慧一聽整個人傻了，自己竟然冒失地找上新娘的前男友去幫自己包紅包，這簡直是在人家的傷口上抹鹽，自己的白目不小心鬧出糗事，吳思慧整個人愣在原地無法動彈。

看吳思慧一臉驚惶失措的模樣，應該不是故意來找碴的，小曹的語氣變得比較柔和：「算了！不知者不罪！」說完後從冰箱取出兩瓶啤酒，一瓶遞給吳思慧。

「曹老闆，對不起！我向你賠不是！」偶爾會接酒促小姐兼差工作的吳思慧說完後一飲而盡。

「所以，你就在這裡借酒澆愁？」擅長陪陌生人喝酒聊天的她，啤酒一下肚，酒國解語花的身分立刻上身。

「是謝盈慧甩掉你的嗎？」

小曹雙手掩面，長嘆一聲。

「能告訴我，你和她發生什麼事情嗎？」

當男人被女人甩掉時，總是會經歷幾個階段。

第一階段是不可置信、極力挽救，處理不好的話會淪為社會新聞常見的那種恐怖情人。

第二階段是麻木不仁時期，這時候男人在人前會展現出近乎愚昧的樂觀和聳聳肩一副誰在乎呀的姿態，但人後會躲起來一個人喝悶酒，健康一點的人會瘋狂運動或旅行，處理不好的話會造成心理疾病，一輩子害怕女人，或從此把女人當成玩物遊戲人生。

到了最後的第三階段，悶悶不樂的男人會想到處找人談話解鬱，若有人可以聊就還好，最怕沒人可以聊，從此個性變得陰沉嚴重影響人際關係。

小曹似乎很快地進入第三階段，對著這位冒冒失失闖進來的陌生女人滔滔不絕地說了起來。

「愛情這東西，或許可以算計什麼時候開始，但永遠不知道它什麼時候會走，說來殘忍，卻是千真萬確的事實，每一段愛情的第一秒，其實就已一步步走向終點，所有愛情遲早會走到消失、醜陋的一天。」小曹有點悲觀。

從不曾談過、更不敢嘗試戀愛的吳思慧不懂愛情，但她卻見多了借酒澆愁的失戀男女：「我知道你的感受，你想要對她生氣！你只是想要她提出一個更能說服自己的藉口！你只是生氣著沒有機會與她當面說清楚！你只是無法面對生命中從此不再有她的空蕩日子！」

被拋棄不算多慘，最糟糕的是缺乏支配權，如果能支配在什麼時候，或什麼方式被別人拋棄，那事情便不會那麼糟，謝盈慧用一通簡訊宣布分手、給小曹一個郵政信箱當後續聯絡管道的方式，實在太過殘忍。

「所以，你也認為我不買房子這件事情，只是她分手的藉口。」小曹始終不相信，不過就是打算晚一點買房子，怎麼可能無限上綱到摧毀七年的愛情。

「不！既然我們只是陌生人，我也不想講好聽的話來刻意安慰你，你不買房子這件事情，我想就算不是百分之百的分手原因，起碼也占了七、八成，除非你搞了什麼外遇、劈腿、犯罪、吸毒或家暴。」吳思慧說著。

「許多女人要的是避風港，而不是想和男人一起遨遊探險，你的夢想很棒，我相信會成功，她應該也認為你會成功，然而，在男人遨遊冒險患難之前，應該先給女人一個小港口，至於男人要怎麼探索世界，女人就管不著啦！」為了背房貸忍受貧窮、忍受毫無品質的生活、忍受自甘墮落、忍受犧牲愛情，為了背房貸咬緊牙關努力生活的吳思慧，價值觀當然和小曹南轅北轍，內心上自然認定同學謝盈慧的選擇並沒有什麼不妥，只是分手的方法手段與過程太過粗糙不近人情罷了。

小曹嚎啕大哭起來：「男人不買房竟然和外遇、劈腿、犯罪、吸毒、家暴同罪，天啊！這是什麼世界！」

吳思慧聳聳肩回答：「台灣！」

「謝謝妳陪我說這麼多話，但我不方便幫妳包紅包，妳知道的！」漸漸酒醒的小曹說著：「現在已經下午四點多，妳快要來不及了！」

雖然無奈，吳思慧還是向小曹道謝，臨走前丟下一句話：「趕快振作起來吧！生活比你慘一百倍的人比比皆是，他們可都還活得好好的！」吳思慧這句話其實是講給自己聽。

小曹的工廠距離學校沒多遠，吳思慧打算到校門口的公車站牌前碰碰運氣，看看沒不能遇到打算參加婚禮的宿舍同學，雖然機會很渺茫，萬一到了晚上六點多還沒遇見熟人，也只能硬著頭皮前往喜宴會場，趁婚禮進行到一半，將紅包丟給門口負責收禮金的人然後趕緊溜走。

沒多久，一部汽車停在她的前面，車窗緩緩地搖下來，車內傳來一個熟悉的聲音：「吳思慧！」

吳思慧歪腰朝車內一瞧：「原來是葉老師！老師好！」

「小范和謝盈慧的婚禮快要開始了，妳怎麼還在這裡等公車，來！反正我順路要去，上車吧！」剛好要參加婚禮的葉國強在校門口看見吳思慧。

面有難色的吳思慧支支吾吾地答不出話，葉國強見狀把車門打開說著：「先上車再說啦，快來不及了！」

不擅長拒絕別人的吳思慧只好上了車，原本以為是什麼百萬進口名車，繫上安全帶後仔細觀察車內後才發現葉國強開的只是尋常的Mazda，似乎和校長職位以及曾經叱吒風雲的金融操盤人的身價不相符。

「可是！不過——」

「別告訴我，妳不打算去參加婚禮，聽說妳很少和老師同學來往，能不能告訴我原因呢？」身為她的指導教授，問這些問題並沒有什麼突兀或不妥，葉國強心想，但沒想到話才剛說出口，吳思慧居然哭了出來。

「別誤會，我沒有責備妳的意思，我不會在乎ＥＭＢＡ學生的出席率或活動參與情況，這些也不是絕對評分關鍵，畢竟大家都是白天忙著上班的在職生，我只是基於老師的立場好意關心一下而已。」葉國強誤以為自己這位二十七、八歲的指導學生，跟大一小孩子一樣有顆敏感的玻璃心。

知道自己失態的吳思慧忍住悲傷回答：「是這樣啦！我等一下還得去上班，能否拜託老師將我的紅包帶過去。」

見識過金融市場各式各樣最險惡的騙子的葉國強，一聽便知道對方在說謊，好奇心大作的他打算追問下去：「妳是不是有什麼難言之隱？」

葉國強認為這其中應該只是學生之間的小派系小圈圈之類的問題，身為老師的他有必要從中了解，畢竟ＥＭＢＡ講求的是團隊合作，不論是寫報告還是實際的企業參訪課程。

吳思慧搖了搖頭，葉國強見狀後決定直接深入地問：「妳是不是和班代小范處得不好？」小范那種目空一切咄咄逼人的模樣，葉國強聽了不少其他同學的抱怨，碩士班學生當中有不少是現職公務員，自然把公家機關搞小圈圈的個性帶來校園。

「我沒那麼幼稚，其實都只是我個人的問題呀！」

車子剛好停在秒數超長的紅燈，葉國強轉過頭看著自己的學生問起：「或者，妳是不是有什麼經濟上的困難？據總務處那邊的資料，你這學期的學分費好像還沒有繳齊。妳若真的有困難，直接說出來，畢竟這只是學校，不是工作職場，很多事情都有轉圜的餘地……。」

難得有人關心，吳思慧此刻的情緒整個爆發出來，斷斷續續哭了將近十分鐘，好不容易才停了下來，把自己沒錢包紅包、沒錢繳學費以及已經失業超過大半年的委屈宣洩出來。

「老師！對不起，我明天會到學校辦休學，不會跟你添麻煩的。」

雙手手指不停地方向盤敲呀敲呀，葉國強突然想到一件的事情，為了怕自己忘掉，連忙把車子臨停在路邊，吳思慧以為老師要趕自己下車，正要拉著車門開關的把手，立刻被葉國強制止。

「妳剛剛說妳一直在擔任特殊教育資源班的代課老師？」

「也就是說，如果現在找妳兼任特教班的老師，妳隨時有時間也有意願上工？」

「這麼說，妳擁有特教老師的學分資格？」

為什麼老師突然一連串地問了好幾個問題，沒什麼頭緒的吳思慧只在一旁不停地點頭。

「妳知道我們學校五專部有班特殊教育班，也就是所謂的資源班，一共有十幾個學生，目前他們是五專三年級。」

「我知道！」

「他們的班主任在開學前臨時請辭，目前還找不到適當的班主任人選，我想已經教過好幾年的特殊教育的妳，應該沒問題吧！妳想試試看嗎？一個月薪水七萬元，績效獎金五十萬，聘期為一年。」

聽到老師的邀約，吳思慧好像聽到信徒聽到救世主降臨，但想到一些現實問題，她立刻冷靜下來：「可是我的資格僅限於國高中或小學的教職，要在專科任教必須要有碩士資格啊……。」

葉國強打斷她的話：「妳以為我們是台清交名校嗎？私立大專院校用人哪需要遵守那些繁文縟節。」

根據「專科學校專業及技術教師遴聘辦法」及「大學聘任專業技術人員擔任教學辦法」，只要「曾從事與應聘科目性質相關之專業性工作」若干年，以及具備相關系所的碩士或碩士同等學力就可擔任大專的教職。

「妳好歹也是星友的ＥＭＢＡ學生，學分也拿到一半以上，所謂碩士同等學歷就已經符合，難道我們星友不承認自己學校的碩士學位嗎？」

「更何況，我只要把妳的資歷拿到學校的學術審議會，經過委員二分之一以上出席及出席委員四分之三以上之決議通過，妳就百分之百具有大學任教資格了。」

「別忘了，我可是校長，學術審議會想通過什麼人事案，還不是我說了算！」葉國強霸氣地說。

天下沒有白吃的午餐，就算燒餅上掉了幾顆芝麻屑，也有一堆麻雀等著搶，這種從天而降的好事，吳思慧當然知道其中必定有什麼條件交換，只是自己能拿出什麼去換？吳思慧心中根本沒譜。

「可是可是——」

「難道妳不相信我？難道身為校長的我只是尋妳開心，跟妳鬧著玩嗎？」葉國強說著。

「只是……無功不受祿啊？」吳思慧低著頭輕聲細語地問著。

「放心！別想歪啦！如果我搞什麼師生不倫戀，肯定被八卦記者挖出來修理到身敗名裂。就這麼說定了，明天一早妳把證照、履歷拿到人事處，跑人事流程只要一天，後天給妳聘書，那天特教班剛好有課，妳就直接上工吧！」從金融業的險惡環境中打滾出來的葉國強，講起來從不過度修飾。

聽到這裡，吳思慧並沒有鬆了一口氣的感覺，反而更加擔憂，心想如果只是陪校長上個床就能獲得這麼好的工作，這個代價其實也不算高，畢竟自己的私生活更加經不起檢驗。

「對不起！前面有捷運站，老師您放我在這裡下車就好，我晚上真的有事情無法參加婚禮。」吳思慧說完後把紅包轉交給葉國強。

葉國強打開紅包抽出裡頭的三千元禮金還給吳思慧，自己從口袋掏出一萬元放進原來的紅包袋說著：「我替妳出這一攤吧！身為我的未來同事，出手可不能寒酸。」

吳思慧下車後，看著揚長而去的老師座車，捏著手中紮紮實實三張千元大鈔，腦中不停地想著葉國強駕車離去前所丟下的那句話：「投資理財第一課：千萬別跟錢過不去，知道嗎？」

誰不知道啊！吳思慧對著身旁呼嘯而過的車陣大聲吶喊。

她匆忙鑽進捷運站，到廁所去補了妝，換上早上才剛買的洋裝與性感內衣，穿上高跟鞋，今晚約見面的是常客，應該不必慎重地畫眼影裝假睫毛，香水一噴口紅一抹就可以，吳思慧心想。

常客是位汽車業工程師阿宅，每次和吳思慧見面都自稱老羅，吳思慧兼差已經大半年，接到的客人形形色色，如果可以自行挑選的話，她比較喜歡老人，雖然老男人身上總有股難以洗淨的體臭，但多數老客人，上賓館不會要求作愛，只希望有人陪他聊聊天或作簡單的按摩，碰到這類的客人，吳思慧還會主動延長服務時間，反正吹吹賓館的冷氣沖個熱水澡也好。

年輕的阿宅工程師老羅也還算不差，他們多半是那種交不到女友，純粹只是花點錢發洩生理慾望而已。反倒是中年男人，花樣特多，常常會想出一些稀奇古怪的玩法折騰人，且十之八九都是有家室，跑出來偷吃花錢找年輕女人，跟這種中年男人作愛，雖然偶爾會多收點小費，但除了身體上的負擔外，連心理也跟著汙穢骯髒起來。

走上援交這一行，吳思慧並不怨天尤人，失去教職的穩定收入後，加上政府嚴格取締酒駕，導致連晚上在餐廳打工當酒促小姐的外快也急速銳減，一位同樣也是酒促小姐的黃大姊，知道了她繳貸款的壓力，便開口問她要不要偶爾兼差賺外快，每次收費四千元，當雞頭的黃大姊抽五百，雖然不清楚這行的行情，吳思慧覺得還算合理便毫不猶豫答應了。

從小是單親媽媽帶大的她，生父早就不知去向，除了給她一個姓氏和身分證上的父親欄位外，父親這兩個字對她毫無意義，她媽媽可說是失敗女人中的超級失敗者，其實她媽媽的外表不差，工作能力也挺強，在當年的廣告界還稱得上是一號人物，但在感情上卻接二連三的遇到形形色色的爛男人：酗酒的、吸毒的、家暴的……舉凡各種典型的爛男人都被她媽媽遇上，她媽媽的收入相當高，但二十年來都填進身邊出現的每個吃軟飯男人身上。

從小在這種畸形的家庭長大，吳思慧當然建立了「不依靠男人也不想談戀愛」的價值觀，外型嬌小甜美的她，婉拒了所有的追求者，寧可靠自己力辛苦工作也不想依靠男人，即便超出自己負擔範圍，咬起牙根也要買一間屬於自己的破爛小屋，在有形的屋簷下，她才能感受到從小所欠缺的安全感，屬於自己的水泥軀殼中，才是她自己所能理解與掌控的全部世界。

雖然是見過好幾次面的常客，對彼此的身體與需求也都有了一定的熟悉感，老羅是個害羞的濫好人，今晚在作愛的過程中，吳思慧竟然毫無警覺地達到真正的高潮，而非單純為了討好對方所裝出來的假高潮，正因如此，作完愛後感到一陣噁心，並不是討厭自己所做的事，她沒理由這樣想，而是替自己感到悲哀，為什麼自己身體會融入這種金錢買賣的性愛。

再怎麼遲鈍的男人也能感受到吧！老羅這晚顯得特別開心，泡在按摩浴缸內抽著菸看著在一旁刷牙的吳思慧問起：「下禮拜三有空嗎？能不能再見面？」

老羅這舉動其實已經違反行規，援交的潛規則是，客人與小姐的所有連絡一律由雞頭媽媽桑居中，除了可以避免雙方互相干擾彼此的生活外，也能確保介紹人的佣金利益，聰明的吳思慧知道所有男人都是喜新厭舊，任憑自己再怎麼漂亮、任憑自己再怎麼細心服務，通常男人最多約個兩三次，就會想要找新的援交妹，如果被雞頭媽媽桑知道自己私下與客人連絡，未來就接不到任何case，但今晚吳思慧婉拒的原因並非基於什麼潛規則，而是新的工作已經有了著落。

「不好意思！今天是我最後一次了，明天起我就要上岸了！」吳思慧說著。

「上岸？」單純的老羅聽不懂。

「我已經交到男朋友了，你知道……。」吳思慧不想對陌生人說太多關於自己的事情，交男朋友的藉口相當合情合理。

老羅不死心，從口袋中掏出名片遞給吳思慧說：「不管了！如果！哪一天妳又需要賺外快，我是說如果！沒有什麼惡意，我希望可以再和妳見面。」

看著眼前這位善良的客人，眼神中流露出依依不捨的模樣，噁心感頓時消失了不少，雖然是金錢買賣，但享受一下被需要的感覺，不堪回首的皮肉生涯總算有個不太糟糕的句點，吳思慧順從地接下名片，仔細一看，老羅真的姓羅，認識了幾個月，幾次的萍水相逢肉體交歡，知道了真實名字後反而沒有什麼真實感了，也無法讓不堪回首的過往有什麼具體的救贖。

兩天後，吳思慧依約到學校的五專部報到，星友科大五專部的學生本來並不多，從去年起就已經停止招生，目前只剩下四個科系的專三到專五的學生。

吳思慧先去見葉校長，葉國強、陳星佑和五專部的校長已經在辦公室等她，以為自己遲到的她看了一下時間，才早上七點半啊。

「妳沒有遲到，是我們早到了！」陳星佑順便把聘書交給吳思慧後說著：「恭喜妳，歡迎加入星友的教育團隊！」握個手、拍張照，就算簡單的佈達儀式了。

從前擔任代課老師時，頂多只能見到教務主任，別說眼前還一口氣出現大學校長、校董和專科部校長，吳思慧有點受寵若驚，忐忑不安地連手都不知道該怎麼擺。

「坐下來慢慢談吧！葉校長推薦妳當特教班的主任，除了是肯定妳的資歷與能力外，也希望妳能幫學校完成一些階段性的工作。」陳星佑依舊是那副不顯喜怒的神情。

「吳老師！我們打開天窗說亮話吧！妳也知道現在少子化的問題很嚴重，為了精簡人事和組織再造，五專部最晚只營運到明年三月，也就是說現在已經是最後一個學期，多數學生已經轉到大學部，其他的學生，在這個學期結束後也都會轉到新北工專，只是，特教班的學生，到現在為止，沒有半個人願意接受轉學輔導。」陳星佑說完停頓了許久。

葉國強接著陳星佑的話講下去：「陳校董為人善良，難聽的話就由我來開口說吧，之前的班主任根本不願意輔導特教班的學生轉學，所以就以不配合學校政策的理由被開除了。」

吳思慧越聽越感到心寒。

「其實現在這個特教班是兩年多前，我們學校之前的經營者也就是華江科大，為了賺政府補助才招了這麼一個專門給身心障礙學生就學的班級，但現在我們的政策是廢掉五專部，這些特教生也得跟著其他學生轉學，我們已經和新北工專談好協議，他們願意無條件接納這些學生，助學貸款啦！課程的銜接啦！他們都會配合，只要這些學生願意簽署自願轉學聲明書。」

「校長的意思是要我去逼他們簽意願書？」聰明的吳思慧一聽就懂。

「說逼這個字就難聽了，應該說是輔導，坦白說新北工專比我們五專部好太多，其他學生聽到可以免考試就轉到更好的學校，各個是樂不可支，當然，新北工專除了願意提供特教生轉學外，未來也承諾輔導他們就業，但不知道為什麼，這十幾個特教生，到現在還不願意接受轉學輔導。」

「報告校長，身心障礙的學生不能用一般的想法去衡量……。」吳思慧說明著。

葉國強打斷她的話：「這還需要妳來告訴我嗎？如果妳能輔導這些學生順利轉走，新北工專那邊也答應聘用妳繼續當這個班級的主任直到他們畢業為止，薪資條件和我們這邊一模一樣，還有，如果在明年三月之前，他們順利轉走的話，學校還可以給妳五十萬的獎金。」

這條件相當誘人，整於是高薪聘用整整三年，五十萬的獎金，以及能夠獲得新北工專的教職資歷，這家工專在北部的名聲相當優良，如果擁有其教學資歷，無論是繼續留在教育界，甚至轉職到民營的社福機構，無異是金字招牌的履歷。

「明年三月？這麼急嗎？如果延到六、七月呢？」從事身心障礙者教育工作七、八年的吳思慧瞭解這種學生的特殊性。

「吳老師！我之前不是告訴過妳，別跟錢過不去，明年三月就是明年三月，醜話講在前面，他們如果不願意接受自願轉學的安排，除了妳回家吃自己之外，校方會直接開除這些學生，找妳來輔導他們，只是希望事情作的比較圓滿，讓大家皆大歡喜罷了，妳聽得懂嗎？」吳思慧總算領教到這位葉國強老師心狠手辣的真實面。

「我努力看看，但能否請校長告訴我真正的原因？也不過就是一群學生，學校為什麼得……。」吳思慧知道自己接下了並非高薪好缺而是燙手山芋。

「明年三月一號早上九點，五專部校舍準時拆毀，就這樣！上課時間也快到了，妳先去見見妳的學生吧！」葉國強說完就和陳星佑離開。

只留下五專部校長，他滿臉無奈聳聳肩地對著吳思慧說：「形勢比人強，至少妳還可以捧三年的飯碗啊！如果妳狠不下心幹不了，後面排隊的人多得很呢！」

上課鐘聲響起，跟尋常活蹦亂跳的學生相比，特殊教育班的學生顯得格外安靜。吳思慧看著學生名單，整個人傻眼，十五個學生中有兩個聽障生、五個腦性麻痺生、三個自閉學習障礙生、三個高度弱視生，還有兩個連心理醫生也無法診斷的特殊身心障礙學生。

以前在國中兼課時，頂多只有六、七個身心障礙學生，就已經搞得吳思慧焦頭爛額，更何況一次要帶十五個特殊教育的學生，這類學生不比正常學生，別說學習，連適應新來的老師都會產生排斥感，尤其是腦性麻痺與自閉症者。

對於身心障礙生而言，適應環境的能力相當薄弱，他們必須花上尋常人好幾倍的時間去熟悉環境、老師與同學，來上課的學生只剩十二人，吳思慧決定先找聽障生問清楚狀況，學過手語的她溝通起來沒有什麼問題，且聽障生相對於其他身心障礙者，社會化程度與表達能力也比較正常。

至於沒來上學的學生，吳思慧不用問也知道箇中原因，畢竟他們好不容易花了兩年時間慢慢與前任老師建立起信任關係，沒想到升到專三，老師換人了，對他們而言，遠比世界末日更令他們恐慌不安。

建立信任感絕非一朝一夕，吳思慧得先把三位不敢來上課的學生找回來，不來學校的主因除了對新老師的恐懼外，交通也是一大難題，對正常學生有如家常便飯的通學問題，是這類學生就學的第一個困難點，所幸這班的學生大多是住在附近三、五公里內，當然有幾個腦性麻痺和自閉生，是由家長陪同在附近租屋，吳思慧先鬆了一口氣。

一下了課，吳思慧連忙去找五專部校長談學生的通學問題。

「沒辦法！學校沒有多餘經費提供交通車！」任憑吳思慧說破了嘴賣力爭取，校長始終擺出一副愛莫能助的樣子。

「真的沒有變通方法嗎？」

校長突然想起五專部的校產中有台車齡將屆二十年的老車，閒置在停車場已經超過四年多了。

吳思慧自告奮勇的提議：「這樣吧！能不能把那部老車翻修整理，由我義務當司機每天接送上下學不方便的學生。」心想反正幾個學生都住在學校不遠處，每天多花個一兩個小時的時間也無妨。

「妳還真有心！」校長歎了一口氣接著說：「但是學校的經費真的很有限，連身為校長的我，要核發超過每筆五千塊以上的支出都得看董事會的臉色……。」

「放心！校長只要給我五千元去修車，每個月兩千元的油錢就可以。」吳思慧答著。

「五千塊錢能修好一部老爺車？好吧！如果妳能變出魔術，我就配合妳！」校長不可置信。

吳思慧想到位於側門口開修車廠的小曹，找了幾位身強體壯的男學生，把車子推到工廠門口。

買醉了幾天的小曹已經開始營業，對於擺脫情傷，他選擇了埋頭工作，對小曹來說，面對單純的汽車反而能夠排除雜念，他正把白色的拋光液倒在車上，打開拋光機，在車體上來回滑動好幾次，重複這樣的作業，世界上只剩下車子、拋光機而忘了自己。

「曹老闆！還記得我嗎？吳思慧啊！」

「哼！記得！前幾天突然跑來陪我喝酒，還數落我不買房和外遇、劈腿、犯罪、吸毒、家暴同罪的怪人啊！」小曹盯著吳思慧身後那部大老遠推過來的老爺車：「妳的車子壞掉啦！難道妳不知道我有拖吊服務嗎？」

「我可能付不起拖吊費！」吳思慧硬著頭皮說出自己的來意。

小曹打開引擎蓋看了看，又鑽進車底巡視底盤，東摸西敲後嘆了一口氣：「我勸妳別修了，拿去報廢買部新車還可以申請政府五萬塊的舊換新貨物稅補助。」

「如果我有錢買車，還需要大老遠得把車子推來你這邊嗎？」

「車子不比人啊！人如果患了什麼絕症，死馬也要當活馬醫，多活一天算一天，就算妳把這部車修好，我也不敢保證這部車可以撐多久，頂多半年。」

「那我問你，你的情傷需要醫多久？」吳思慧把話題岔開。

後悔前幾天沒事對眼前這位女人講一大堆話的小曹說道：「這關妳什麼屁事？」

「這樣啦！好歹我也唸過特殊心理學，我負責醫你的情傷，你負責把車子修好，就算只能開半年，也無所謂。」吳思慧口無遮攔起來。

「少來這裡鬧了！別妨礙我作生意！」小曹拉高音量下了逐客令。

沒想到陪吳思慧一起把車推過來，患有自閉症的學生見狀哭了起來，吳思慧連忙拍拍他的肩膀安慰說：「沒事沒事！」

小曹好奇地問著：「陪妳一起來的這幾個年輕人，好像看起來怪怪的？」

一邊安撫著學生的情緒，吳思慧只好把自己的難處說了出來。

「這世界上還真他媽有妳這種老師！」在小曹的眼中，嬌小的吳思慧頓時好像放大成為一尊菩薩。

「好啦！明天一大早來拿車啦！」

「可是！我只有五千塊錢的預算！這樣夠嗎？」吳思慧有點不安地問著。

「五千塊就五千塊！還有！別他媽的再說我有什麼情傷！」小曹把作白工當作回饋社會。

喜出望外的吳思慧高興地跳上小曹的身上，毫不避諱他的滿臉油汙，對著他的臉親了又親。

吳思慧邊講邊用手語對著學生說：「這位大哥願意幫我們修車子，以後大家可以有校車可坐了！」

自閉症的學生對於環境的喜怒哀樂極為敏感，看到堆滿笑容的老師，也跟著手舞足蹈地親著小曹的嘴。

「哈！我這輩子，就今天親了最多嘴，哈哈！」小曹說著。

看著吳思慧帶著學生離去，用千斤頂把車子頂高，鑽進車內看到的不是破損不堪的底盤，小曹看到的是吳思慧那張無私又樂觀的臉龐。

十一

陳星佑經常找比自己年紀小很多的女人尋求肉體關係，既不是因為解決性慾，也不是因為追求愛情，成天忙碌的他更不可能是為了排解寂寞，而是想要找回自己從來未曾享受過的青春歲月。從小就是一路從實驗班、建中念到醫學系的他，三十七歲以前的日子只有乖乖考試讀書、全勤實習看診、每日開刀巡房，甚至到了三十歲才破處。第一次獻給不認識的女人，那還是表哥受媽媽請託，為了一探清楚到底是不是同性戀而幫他叫的高級應召女郎呢！

三十七歲時才為了鞏固自己的事業而結婚，與老婆之間毫無感情基礎可言，陳星佑過的是毫無樂趣的機器人人生，為了學業工作事業與金錢，壓抑一切會損及自己好不容易得來的成就的七情六慾。

兩年多前，星友建設上市掛牌，星友醫院的經營進入軌道，也成功入主星友科大，陳星佑才開始享受自己的人生，他不放過身邊出現的任何一個年輕貌美的女人，反正這世上多的是想要快速換取利益的青春肉體，陳星佑在女人身上花的錢，再怎麼多也不比上自己賺錢的速度，一個接著一個，一晚渡過一晚。

他並不擔心被自己老婆逮到，畢竟自己的岳父也是那種緋聞不斷的人，在這種環境中長大的女兒，只想把自己裝扮成高貴公主，活在用物資金錢所堆積出來的城堡中，至於老公在外面搞什麼鬼，只要別危及到虛幻的美麗城堡，一切都可以裝聾作啞。

陳星佑更不擔心被八卦周刊的狗仔記者逮到，並非他膽大妄為不顧社會形象，而是他獵豔找女人絕對不假手他人，許多喜歡玩女人的富商為了省事，會透過那些穿梭在交際場所的中間人幫忙物色，這些中間人多半混在如獅子會、扶輪社或各種公會裡頭，藉由幫富商仲介女色賺取利益或累積人脈，但壞就壞在這裡，越多人中介或知道這種偷腥把戲，走漏風聲或被人檢舉告密的機率就越高，其實那些狗仔隊的情報來源多半來自這些所謂的中間人。

陳星佑絕不會把ＳＯＰ流程套用在偷情上。

認識YoYo不到幾天，雙方從眼神中立刻交流著彼此的渴望，陳星佑熟悉女人的貪婪，YoYo更是瞭解男人的渴望，無須找藉口，不必裝模作樣，還算陌生的兩人卻有著不言而喻的高度默契，車子一開油門踏到底直接朝南方澳駛去。

雖然旗下擁有頂級汽車旅館，陳星佑卻從來不會光顧自己的旅館，之所以選擇這間飯店和YoYo幽會，是因為距離台北一小時左右的車程，遠離都會，能夠享受小旅行、擁有談場小戀愛的心情。除此之外，從客房能夠看見大海，又能盡享蘇澳這個小漁村的靜謐，再說，飯店還很新，所以客人也不多，不太會被熟人撞見。

這間飯店的所有客房都擁有個人庭院和獨立溫泉，全館沒有公共風呂大浴池，在房內就可泡到大面積的溫泉，佈置極為講究，枕頭選擇TENDAYs柔織舒壓枕，還有羽絨枕、海綿枕、乳膠枕與化纖枕，供顧客挑選，不只床組講究，就連客房用品，也備了英國凱特王妃的愛牌「Heyland & Whitle」，旅館還特別挑選台灣獨家限定的「櫻花香」。

抱著YoYo，陳星佑感到身體貼近的親密感，浸泡溫泉後疲憊身軀的微溫、與剛剛才吞下的加了檸檬水的調酒氣味。

和往昔獵豔的對象不同，YoYo完全投入交歡的愉悅中，兩人視線從來沒有離開過。窗外的海浪、海邊的海鷗和漁船馬達的合鳴彷彿是催情的協奏曲，東北季風的濕氣混雜著汗水。

「你、你的身體，真的讓我覺得太舒服了！」YoYo低聲笑開，低得只有肉體貼近時才聽得見，數不清的青春祕密等著陳星佑去探索，每個夜晚與清晨都是場冒險的前奏曲，旅館浴袍、上等咖啡香氣、高級餐具早餐，欣賞眼前風景或女人的臉龐，這一切唯有雄厚的金錢和高人一等的地位，才享受得到。

隔天天方昏暗，YoYo被躺在她身邊的這個男人的打鼾聲吵醒，她感覺他如一塊冰冷的石頭，整夜打鼾磨牙意味著這個男人背負著難以想像的壓力。

YoYo躡腳起身，換好衣服，怕吵醒陳星佑的連妝也不上，離開時把放在皮包內的一疊鈔票擺回床頭櫃，那是昨晚陳星佑塞到裡頭的，惦了惦重量，起碼十萬以上。自己應該不只值十萬塊吧！YoYo心想，才不會只為了區區十萬元出賣自己，要賣！就得賣個更高的價錢。

走出旅館大門跳上排班計程車直驅台北，回到辦公室才接到陳星佑的電話。

「你睡到現在啊？」YoYo笑著。

「你怎麼一聲不響地就先走了？妳在哪裡？要我去開車去接妳嗎？」

「我又不是董事長，我可要回公司上班啊！遲到可是要扣薪水呢！你一個人慢慢吃早餐吧！我還有幾個設計圖要看。」YoYo講完立刻掛掉電話，估計此時的陳星佑應該是憤怒夾雜著恐懼吧。

看著被退回來的鈔票，風流的陳星佑並非無腦的紈褲子弟公子哥們，自然清楚不要錢的女人最貴這千古不變的道理，到了快中午才回公司，一到公司就把YoYo叫到辦公室，但沒想到，一等就是足足一個鐘頭，YoYo才抱著一堆文件與設計圖姍姍來遲。

「董事長，你找我啊！」YoYo露出高傲冷淡的表情。

已經等得很不耐煩陳星佑看到冷漠的她便破口大罵：「老實告訴您吧，姚經理，我一點都不喜歡您這個人，我不喜歡您的語氣，也不喜歡您的自以為是，居然讓我在這裡等了大半天，好像是他媽的什麼大人物一樣。我更不喜歡您的眼神，我這輩子最厭惡的就是不知分寸的女人，該拿的就好好拿走，別以為可以跟我討價還價，最討厭的是，我還得親自提醒妳這種人。」

「數落完了嗎？什麼時候可以輪到我向你報告公事，是你提醒過我的，在什麼場合就得注意彼此的身分，我在這裡是經理，而你是董事長。」YoYo說完後把一疊文件與圖堆放在陳星佑的桌上，然後繼續說：「你挑女人的眼光還不賴，但你用人和辦事情方面就太差了。」

已經被耍得團團轉的陳星佑連脾氣都無從發洩起。

「星友的宿舍最晚明年三月就要拆，而容納學生的民舍，其中出了一點問題，而且還是大問題，然而……。」YoYo欲言又止。

陳星佑的如意算盤是，明年寒假結束後，星友上上下下超過兩千多個住宿生，一律搬遷到位於附近的六棟大樓，而這六棟大樓正是陳星佑與星友建設的財產，如此一來，除了能順利拆除宿舍外，也可以把學生繳交的住宿費，從學校公帳轉到私人口袋。為了容納兩千個學生，旗下的星友建設早就將每層大樓隔成八間房間，每間房間住二到三個人，一共隔出六百間，每個學生每個月收兩千元租金，單人套房還可以收到六千元，若再加上附近的商店街的租金收入，光是租金一年就可以進帳將近五千萬元，不出幾年，就能夠收回陳星佑入主學校所投入的成本。

「有話儘管說。」

「我估算了一下，如果按照原定計畫，光是租金的營業稅，一年就得支出一千萬。」

陳星佑沒想過這個問題，但腦筋靈光的他立刻用計算機加加減減。

「妳說的沒錯，正確的營業稅大概是每年九百多萬。」

租金的營業稅課徵並非以租金為計算基礎，而是用房屋公告現值。近幾年房地產大漲，連帶使得這附近的公告現值跟著水漲船高，但將民宅充作學生宿舍的租金，一來得考量學生的壓力、二來，每個月每個人租金兩千元這個標準是經過教育當局核定的。當初為了這個方案，特別向教育部提出專案申請，但教育部大筆一批，規定三人一間的房租上限兩千元，且每人最低使用空間必須在二坪以上，雖然允許每年調漲百分之五，但租金顯然遠低於公告現值，這才造成營業稅的爆增。

臉色凝重的陳星佑嘆了口氣：「每間房間又不能多塞一個學生，租金標準也是國家訂定的，營業稅一千萬也好，九百萬也罷，沒辦法啊！」

「如果我有辦法幫你省下一年九百多萬的營業稅，你會不會開心一點？」YoYo的表情從高傲冷漠轉為溫柔婉約。

「妳別告訴我作假帳逃稅，現在和諧住宅的計劃已經開始在推，這個節骨眼上，我和星友可不能捅出任何婁子。」陳星佑盯著計算機發呆。

「董事長，於公於私我都得幫你解決困難。」YoYo不管禁菸的規定，大剌剌地坐在沙發上點了根菸，用力地對著陳星佑的臉上吐過去。

「關鍵在法律規定，依《房屋稅條例》第十五條第一項第九款規定『住家房屋現值在新台幣十萬八千元以下者，免徵房屋稅』」。

「我那六棟大樓的公告現值，每棟少說也一兩億，哼！你這不是尋我開心嘛！咳咳咳！」陳星佑被二手菸嗆到咳嗽起來

「如果把六百間房間個別去申請門牌號碼，每個門牌視為單獨建物，單一門牌都有獨立稅籍，每間房間的公告現值就低於十萬八千元了，自然就免繳房屋稅了。」

為了確認起見，陳星佑立刻把公司的律師找來，一群人翻遍六法全書，得到了YoYo的辦法是可行的結論。

「妳怎麼知道這個方法？」陳星佑對YoYo說話的語氣由輕蔑轉為尊重。

「家學淵博啊！我父親生前就是作代書的，認認真真的畫工程圖我可不會，但避稅的旁門左道可是從小就耳濡目染。」YoYo笑著回答。

「公司請了一大堆台清交的工程師律師，都他媽的吃閒飯。」顧不得旁邊還坐著公司律師的陳星佑不免嘆了一口氣。

從利用和諧住宅的分配權，到用六百個門牌來節稅，光這兩個點子就讓自己省下幾千萬的成本，陳星佑看著YoYo的氣定神閒的態度，內心早已不再認定她只是玩玩就扔的好看花瓶了，越來越覺得葉國強之所以把這個女人叫到自己身邊，真的有幾分道理，就在亂糟糟的思緒之間，陳星佑閃過一個念頭。

「等一下妳用我的名義，立刻召集一級主管開會，建設、營造、仲介整個集團都得來。還有，妳把如何運用和諧住宅的分配權以及用六百個門牌節稅的提議，更具體地在明天提出來。」

通常當老闆的人聽到下屬的好點子，都會據為己有，但身為老闆又何必和下屬爭功搶風采呢？其實多半只會為了展現自己的英明睿智，陳星佑要YoYo親自在會議中提出來，用意相當明顯了，除了是肯定部屬之外，不外乎就是要讓YoYo在集團內迅速建立地位與權威。

至於建立地位權威之後，就得看YoYo自己的造化和手腕了。

會議中，樹立權威的不是YoYo而是陳星佑，當YoYo提出早就內定好的方案後，陳星佑火冒三丈地對著相關業務的主管痛罵，竟然藉此當場開除了三位一級主管，包括子公司星友營造的總經理，更讓YoYo震驚的是，接任總經理位子的不是別人而是自己。

YoYo當場懵了，雖然她一點都不同情當場因為小疏忽而被開除的人，資本主義現代職場就是這樣，沒把事情作到位就走人，沒把老闆的利益當一回事的人，老闆下起手來也不會留情面。但眼前這位新老闆，外表看起來是玉樹臨風的斯文讀書人，但對待別人可說是敢要、敢給、敢殺，見到美貌的YoYo，求起歡來不囉嗦不拐彎抹角，對於YoYo幫他省下鉅額成本，毫不考慮直接讓她搭上升遷的直昇機，根本懶得對其他人交代升遷的理由與藉口。

活到三十歲，從來沒見過如此強勢的男人，陳星佑瘦弱略嫌單薄的外在，頓時在YoYo心中放大成為一個巨人。

從小對灰姑娘的故事始終抱著嗤之以鼻的態度，這個時候的YoYo總算相信這種童話，童話故事並非絕無僅有，只是機率與機運的問題，走了十年的霉運，當王子出現，不管怎麼樣都要留下一堆玻璃鞋讓王子來找，就算砍掉自己的所有腳跟，也得緊緊穿著這得來不易的金縷鞋，自己的底細是不是公主無關緊要，不管是漂亮灰姑娘還是後母生的醜陋女兒，王子認定是公主就是公主。

YoYo整個人腦中都被陳星佑填滿，而忘了從昨晚開始就一直LINE她的王銘陽。

下班後回到租屋處，如果在以往，徹夜不歸的YoYo還會去編排一些藉口，找個姊妹淘作作偽證，交代一下自己昨晚的行蹤，但這次YoYo已經不想找什麼藉口，心想王銘陽想懷疑些什麼的話就乾脆讓他懷疑到底算了，不管是實話還是謊話，什麼都不必說。

一回到家，YoYo急著到浴室，眼尖的她發現浴室的置衣簍中並沒有王銘陽換洗過的髒衣服，客廳連一絲煙味也沒有，王銘陽是老菸槍，一個晚上在家裡起碼抽上半包，這些蛛絲馬跡意味著，昨晚沒回家的不光只是YoYo自己。

大概又是和那些買球鞋的小女生去夜店鬼混狂歡了吧！心中僅存一丁點的罪惡感也跟著煙消雲散。

YoYo在全台北最惡名昭彰的康安社區租房子，這個有五十年歷史的老社區，當年是政府為了收容低收入戶、越南難民以及退伍老兵而興建，幾十年下來，社區更加殘破，居住份子也越來越複雜，入夜後的社區，沒有一個角落堪稱安全，社區重建喊了十幾年，選票也被騙了好幾輪，至今仍舊經常有不良少年、吸毒者以及遊民群聚於此。

會在這裡租屋，除了交通比較方便外，租金便宜才是從日本回來的YoYo選擇在此落腳的主因。一間兩房的破舊公寓，每個月租金才一萬塊錢，同等級的租金換個地方只能住在八里、樹林與龜山，但缺點是下班後必須忍受讓人不安的治安陰影。

找王銘陽一起同居於此，並不是為了愛情更不是為了麵包，而是為了安全問題，每天下班有個拳擊選手出身的男友一起回家，家裡頭有個體格壯碩的男人，是住在這個社區的最佳安全保障。

站在陽台便可將對面鄰居的客廳一覽無遺，底下的巷子是那種連最小型消防車都開不進來的無尾巷，天天都可聽到煩躁的夫妻打架聲、不安的不良少年鬥毆聲、讓人神經衰弱的尖銳警笛警鳴聲，最可怕的是深夜時刻，瀰漫在巷弄與樓梯間的難聞的K他命菸味。

差不多是時候可以搬家了，職位與薪水已經三級跳的YoYo再也無法忍受眼前的這一切。

王銘陽一聲不響地悄悄回來，早就設想出好幾套劇本來應付YoYo的責難，為了避免YoYo起疑，不想表現出作賊心虛的王銘陽，故意不讓自己離開對方的視線，他默默地看著YoYo，只見坐在書桌的

YoYo抬頭望了他一眼後，卻急著避開王銘陽的視線，繼續埋首在建築草圖上，王銘陽知道YoYo的忙碌是裝出來的，因為平常YoYo看圖時都會戴上近視眼鏡，但此時桌上的眼鏡盒卻還關得緊緊的，聞了一下家裡頭格外清新毫無菸味，王銘陽心裡有數，因為YoYo也是菸不離手的老菸槍，家中沒菸味的可能性只有一種：徹夜不歸。

心照不宣吧！別去追問對方的行蹤，畢竟自己也是內心有愧，王銘陽不知道是該鬆了一口氣還是該難過，只好瞪著自己手機的螢幕，彷彿希望這個時候有人打電話來解救她，巧合的是，還真的一連七、八通簡訊與LINE湧了進來，連環索命call的不是別人，而是連許幾晚躺在自己懷抱的陳玫儒。

十二

一連好幾天，陳玫儒一下班就匆匆地跑到星友科大的體育館去找王銘陽練拳，她從來就沒有享受過那種可以把男人擊倒的快感，特別是能夠擊倒強壯的男人，當然，她那軟弱沒出息的老公除外，對她而言沒有征服的快感，她想要征服的是真正的強者，毫無疑問地，在拳擊有氧的運動場上，王銘陽是個不折不扣的強者。

第二次和王銘陽對打時，王銘陽還願意假裝被她的詭計打倒，但第三次練習時，王銘陽可就不客氣了，輕輕地使出兩分的力道扎扎實實地朝陳玫儒的肚子揮了一拳，雖然有護具保護，但拳擊手的兩分力道差不多等於成年男子的十足力氣，陳玫儒挨了這一拳，連叫幾聲哀嚎聲都使不出勁兒來，氣喘吁吁地跌坐在拳擊台上，整整花了十分鐘才回過神來。

「王銘陽，別以為我就這樣輸給你了。」

「那你想怎麼樣？」

「再比一場。」

「如果我不讓妳，妳會贏嗎？就算真的贏了我又能如何？難道妳要真的去參加拳擊比賽當國手嗎？」王銘陽笑著。

「你少在我面前唱高調！你也不過是個拳擊手而已，憑什麼數落我？」

「我厲害的地方可不光只是拳擊，就看妳敢不敢接招？」王銘陽在語氣中加了點挑逗的意味。

「接就接，難道還怕你不成？」陳玟儒聽得出話中濃濃的引誘口吻，但選擇裝傻聽不懂，有股莫名的期待感讓自己整個人興奮起來。

彼此的乾柴烈火外加王銘陽的故意引誘，兩人很快地便發展出不倫的肌膚之親。點燃不倫的火苗並不困難，難就難在火苗能不能受到控制，背著伴侶闖進婚外情世界的男女，男人與女人之間可是大不相同，背著老婆在外頭偷腥的男人，行為舉止以及細微的變化很容易被識破，多數男人雖然容易露餡，但除非天生異稟具有旺盛的肉體需求，否則建立在「單純性愛」上的火苗，燃燒的強度與熱度不會太高，通常是來得快去得也快。

反觀，跨出道德分際的女人則不一樣，多半是先有感情或心理上的需求才會墮入不倫世界，女人因為天性比較細膩敏銳，會小心翼翼地抹消殘留在自己外表舉止的種種偷情跡象，另一半通常不太容易發現。

陳玟儒每次都要求事先在不同的五星級飯店開好房間，而且離自己辦公室越遠越好，還會要求王銘陽事先準備好第二部汽車停在飯店的地下停車場，就算被人盯上車款與車號，完事之後可以駕著另一台車子大搖大擺的離去。車子開上馬路，更是疑神疑鬼地認為後方的所有車輛都是狗仔記者的跟拍，一下子要王銘陽繞路，一下子要求王銘陽加足油門甩掉後面的車輛。

反正，星友科大校長辦公室的公務車多的是，王銘陽可以每兩三天就換台不一樣的車子來掩人耳目。

身為市政府一級主管的陳玫儒多的是出差開會與聚餐的藉口，倒比較不怕被人在五星級飯店撞見，反正進了停車場後，兩人會搭不同電梯一前一後地走進事先已經準備好的房間，連櫃檯入宿手續都免了。

只是女人一旦踏出「逾越」界線，心中那把澎湃的火苗，只會越燒越烈，根本不管自己是人妻的身分，會開始顢頇干預起不倫對象的交友情況，越是偷情者吃起醋來就越帶勁，每幾個小時就要求王銘陽報告行蹤，傳訊息要是只讀不回，接下來就會有瘋狂的奪命連環call。

為了應付各種要求，王銘陽可說是吃盡苦頭。

但王銘陽這個人卻有個全天下男人都難擁有的優點，那就是他具有異於常人的耐性。這種耐性並非天生，一來是他所受的拳擊訓練，拳擊比賽當中除非碰到天生好手，兩個資質差不多的拳擊手之間的較勁，比的不是蠻力而是耐力，誰先沉不住氣被激怒，或誰急著表現想要結束比賽，誰就可能會被擊倒。

二來是因為王銘陽賣了好幾年的球鞋，他的客群十之八九是國高中生，這些小朋友連自己是誰都搞不清楚更別說挑雙鞋子，面對這類小毛頭客戶，得要有相當的耐性，王銘陽常對其他行業的朋友開玩笑，千萬別自封什麼銷售天王，除非能搞定陰晴不定的高中小女生客戶。

王銘陽何止有耐心而已，他還背負著老闆葉國強託付的使命。

十三

三十年後。

當YoYo談到陳星佑時，整個人彷彿沉耽在昔日的美夢中，這場美夢也帶著她昏昏入睡，已經半夜十二點多了，小葉聽YoYo講故事已經超過六個小時，故事似乎才剛展開沒多久，不忍心吵醒眼前這位從外表絕對看不出年紀的婦人，尷尬的是，小葉也不敢在半夜時刻一個人離開這座鬼城，也只能坐在房間的沙發打起盹來。

外面傳來幾聲巨響，聽起來像是大樓外牆的磁磚掉落，也彷彿有人從高樓扔下重物，沒多久門外傳來哭泣聲，被嚇醒的小葉大叫一聲，但她不敢走到窗邊眺望外面的情況。

不知道從哪邊飄進房內陣陣的濃濃塑膠燃燒味，以為是失火的小葉急忙喚醒正沉睡在美夢中的YoYo。

「趕緊醒來，好像哪裡著火了！」受過訓練的YoYo連忙打開窗戶先讓房間通風。

「少見多怪啦！這濃煙的味道是有人在樓梯間拉K啦！這味道和我當年住在康安社區那個貧民窟一模一樣，看起來我註定大半輩子都得窩在這種貧民窟鬼城啊！」YoYo揉了揉眼睛，熟悉的氣味喚醒了自己。

「我竟然睡著了，你知道，人老了就會這樣，成天活在回憶裡，想著想著就會打起瞌睡來。」

YoYo起身從置物箱中取出兩包泡麵。

「以前的我以為變老只是件會發生在別人身上的事情。突然之間，發現已經五十歲、六十歲了，身上開始起了變化，腿上開始長起像蜘蛛絲般的青筋，青筋漸漸地變得像藍色的沖天炮，腿上的靜脈在皮下裂開了，靜脈曲張。脖子下巴和乳溝開始出現皺紋。剛開始時不多，只有幾條，都是在早上冒出來的。站在鏡子前面，鋪了再多的粉底都掩飾不住，才發現自己變老了。」YoYo邊說邊煮麵。

「要不要明天繼續講？這麼晚了！」YoYo提議。

「在這個鬼地方，晚上最好保持清醒，妳別告訴我，妳想在這個時候離開。」

想到外面的樓梯間的吸毒者，小葉打了個冷顫點了點頭。

「反正，我年輕的時候，精神狀態不怎麼好，他們說我是躁鬱症，也有醫生說我是性成癮症，隨他們定罪吧！趁我現在還沒到老年癡呆，該交代的事情、該講的故事，一股腦地都把它講完吧！總有一天，該遺忘的自然永遠都記不起來。」

「對了！我剛剛說到哪裡了？」

「陳星佑與王銘陽那兩個人！」

「嗯！接下來先說王銘陽和那個陳局長吧！王銘陽是奉了妳父親的命令去接近陳局長，令尊要求王銘陽不惜任何代價，不管什麼手段，一定要取得陳玫儒的信任，而且是絕對的信任。」

「所以，用性愛去引誘對方，也是我父親的要求？」小葉相信這是真的，但身為女兒很不認同父親做事情的拿捏分寸。

瞧出小葉的不屑，YoYo連忙解釋：「別大驚小怪，王與陳兩人說來也是你情我願，只是扮演著命運交付給他們的角色罷了，況且，至少陳玫儒當時過得也挺快樂的才對，四十幾歲的中年女人，還能享受二十七、八歲年輕力壯的小鮮肉，嘿嘿嘿！」YoYo的口氣聽起來有點嫉妒。

「王銘陽這個小鮮肉，他本質上是個低劣的人，沒什麼內涵又自私自戀的人，但卻顯然是個比我更能幹的人。」

「不過！我可一點都不會感到嫉妒！」YoYo嘴巴說的和身體所表現出來的，就算小孩也看得出來兩者之間的差距。

「為什麼？」雖然和故事無關，好奇心大起的小葉追問下去。

「看起來妳不相信，但是，那時候的我也剛認識了陳星佑啊！」提到陳星佑三個字，YoYo的神情立刻透露出少女初戀般的羞澀。

「莫非，妳和陳星佑之間所發展出來的不倫關係——」小葉知道說錯話，立刻糾正：「我是說妳們的感情關係，莫非也是我父親刻意安排的嗎？」

YoYo搖了搖頭：「不是的！別把妳父親想得那麼卑劣，他甚至多次警告、提醒我，和陳星佑之間的關係最好是適可而止，妳父親只是一股熱忱，他的所作所為，都是為了實踐他自己的理想。」

「理想？」故事聽到這邊，小葉實在無法想像自己父親有什麼理想可言。

「當年，很多後段班私立大學已經停擺，空著大量土地閒置擺爛，另一方面，房價又飆漲到所有的人都買不起，他之所以和陳星佑合作，就是想建立範例，把學校的閒置校舍土地改建成平價住宅，一來可以解決因為少子化而停擺的學校過剩問題，二來藉由大量平價住宅讓多數人買得起。」

「只可惜，這其中牽扯出太多的貪婪，把一樁好事搞成臭不堪聞的超級弊案，唉！」

「那我父親到底為什麼安排妳到星友營造呢？」小葉打算把故事引導到事件的細節。

「妳父親把我安排在陳星佑的身邊，用意其實很單純，他只是希望擺個眼線在陳星佑旁邊，確保自己不會變成局外人罷了！」

小葉搖了搖頭表示聽不太懂，YoYo笑著繼續說：「妳這個有錢人家出身、三十歲不到的小女生，當然不清楚商場上的險惡，也不必搞清楚啦！反正妳繼承家族龐大企業的股權，夠妳隨心所欲追求理想，不需要讓自己陷入爾虞我詐的世界。」

「妳爸當上校長，這個位置說重要的確重要，學校的土地開發涉及太多利益；說不重要嘛，一不小心他就會淪落為陳星佑的橡皮圖章：凡是土地開發就一定有弊案，有弊案就一定得有人負責，妳父親必須全程掌握陳星佑的一舉一動，否則只會讓自己成為最後的代罪羔羊。」

「我還是聽不懂？」小葉只是工學院畢業的小小女阿宅。

「故事慢慢聽下去，妳自然會懂。」YoYo看著滿臉疑惑的小葉說下去：「但妳爸爸並沒有要求我出賣肉體去色誘陳星佑，這點，妳一定要記住，他雖然在男女關係上也搞得不清不楚，但他絕對不會逼良為娼的。」

可是王銘陽與陳玫儒又該怎麼解釋呢？小葉實在無法分辨這兩種關係之間的異同。

「是我第一眼就愛上陳星佑的！」YoYo低著頭紅著臉輕聲說出。

「在我二十歲那年，失去了把我呵護得好好的父親，又失去了青梅竹馬的初戀男友，當時我一個人在日本，叫天不應叫地不靈，支撐我的世界的兩大支柱剎那間崩潰，只能用世界末日來形容我一個人在日本打工討生活……。」YoYo泣不成聲再也講不下去。

「要不要休息睡個覺，明天繼續說？」

YoYo揮了揮手。

「所以當妳看到在商場上叱吒風雲的強人陳星佑，妳產生了所謂的移情效應。」小葉揣測著YoYo的心理。

哽咽不已的YoYo點了點頭。

「所以妳希望有個年紀比較大、能幫妳支撐著整個世界、能讓妳當個乖乖聽話的幸福小女人的男人，來當妳的世界的支柱？」小葉真懂YoYo的心。

YoYo點頭如搗蒜。

「難道妳從來沒想過和我的父親……妳知道，從他當校長到往生前的這三十多年來，從來沒有所謂的婚姻關係嗎？至少當時的他並沒有婚姻關係。」小葉一直想要挖掘父親與YoYo的真實關係，她壓根就不相信YoYo所說的話，感覺只要一講到父親，YoYo總是避重就輕敷衍兩句就帶過。

YoYo破涕為笑了：「據我所知，妳爸爸在四十多歲以前，女朋友可多著呢！難道妳要一個一個去挖嗎？男人花心一點，也算不上是什麼嚴重問題，對妳來說，只要他扮演好父親的角色，幹麼去管三十年前的古老八卦呢？」

見小葉滿臉狐疑，YoYo收起輕佻的神情舉起右手：「我的葉小姐！我對天發誓，我和妳父親從來就沒有發展出男女感情，別說打炮作愛，連牽個小手都沒發生過，這樣妳放心了吧！」

三歲小孩才會相信發誓這種騙人把戲，但小葉也無計可施，只能繼續聽故事下去，或許可以從蛛絲馬跡中尋找破綻或細節。

「好！我相信，我相信父親是個聖人，這樣總可以吧！」

「說聖人也實在太離譜了，就某些層面譬如法律來說，妳爸爸應該算是壞人，他不會玩弄大家的感情，但他卻操弄著大家的金錢。」

「金錢？」

「嗯！用最簡單的形容詞來說好了，免得妳聽不懂，我和王銘陽，都是你爸爸與陳星佑之間，以及他們與外界之間的白手套。」

開水已經煮沸，小葉搶在YoYo的前面幫忙泡麵，YoYo大聲喝斥：「別亂動！」

小葉嚇了一跳，停下手邊沖泡麵的工作。

「我警告妳，只能放麵條，不能放調味料與調味包。」

「肉燥麵不放肉燥，能吃嗎？」

「這個香味萬一飄到窗外或門口，我保證這附近那些毒蟲立刻會聞香而來，拉K後的毒蟲，各個食慾強，連性慾都強，妳不想惹這種麻煩吧！」YoYo警告。

聽到這等駭人聽聞的警告，小葉連麵都吃不下。

「忘了告訴妳，我們這一棟就是當年的星友大學的五專部大樓，當年為了趕學生搬走，還搞出一條人命，有學生就在這裡往下跳……。」

深夜的風吹著窗櫺嘎嘎作響，外頭狂嘯的夜鶯拍著翅膀，冷空氣從年久失修的窗台隙縫鑽了進來，隔音不良的牆壁間傳來沉重的腳步聲。小葉打了個冷顫。

「妳別開這種玩笑！」

「我像是會開玩笑的人嗎？」

小葉連忙打開包包，再次檢查事先準備好的防狼噴霧器與電擊棒才感到略微寬心。

瞥見小葉包包的YoYo笑了起來：「好好笑，妳打算拿這些玩意兒來驅鬼嗎？」

笑不出來的小葉緊緊抱著包包，一句話也說不出來。

「來吧！現在的氣氛最適合來講接下去要發展的故事，鬼不可怕，更可怕的是人，然而最可怕的人心啊！妳打算繼續聽下去嗎？」換YoYo精神抖擻起來了。

小葉點了點頭，兩人的思緒再度回到三十年前。

十四

王銘陽與YoYo之間所能維持的心照不宣，期限比想像中的還要短，陳星佑挪出一間公司沒有賣出去的公寓給YoYo住，王銘陽也為了方便和陳玟儒幽會，在學校附近租了一間外表上像是辦公大樓的房子，彼此僵持了幾天後，YoYo先忍不住問了起來：「你最近到底在忙些什麼？」

「嗯！管理整個運動中心挺忙的，校長辦公室的瑣碎雜事也越來越多，我記得曾經告訴過妳啊！」王銘陽回答。

「不！你從來沒告訴過我。」這陣子的心思完全沒放在王銘陽身上的YoYo，心想大概是真的吧，只是嘴巴不願意承認。

不願深究這個無聊問題的王銘陽聳了聳肩，順著話題問了起來：

「反倒我才想問妳，這一個多月來，為什麼我見不到妳幾次面？是怎樣？我們的關係難道淪為分攤房租的室友了嗎？」王銘陽抱怨著。

「沒辦法，你知道的，我現在的工作真的很忙……。」YoYo作了最低程度的辯解。

「是沒辦法啊！妳平步青雲升任總經理，大家都圍著妳巴結諂媚，我排不上號，只好在旁邊慢慢等著春風得意的妳囉！」王銘陽一副酸溜溜。

「平步青雲或許是事實，春風得意卻談不上，一堆雜碎瑣事等著我去排解啊！哼！你講得酸溜溜的，你所謂的慢慢等，你等的人應該不是我吧？」YoYo反譏回去。

「妳管好自己的事情就好，外面把妳的事情傳得很難聽。」王銘陽其實有些嫉妒。

兩個月內從小小的靠行仲介升到營造公司總經理，不遭人嫉妒不惹出閒言閒語根本是不可能，別說星友集團內部把YoYo講得很不堪，連學校內也傳著繪聲繪影的各種流言。

YoYo眉頭微蹙：「你是不是聽說了些什麼？」

「你別管我聽說了什麼。」王銘陽冷冷道：「我只想告訴妳，陳星佑那傢伙沒那麼簡單，他若是想吃妳，妳絕對連渣都不剩！」

「你自己先去搞定那個熟女局長的事情吧！別來管我的閒事。」YoYo把陳玫儒三個字抖了出來，意味著大家是時候差不多該掀底牌扯破臉了。

「我有件事情，必須告訴妳，嗯……怎麼說呢！」王銘陽吞吞吐吐的。

「哼！少在哪邊裝一副痛苦的模樣，你不想當壞人提出分手開第一槍，我替你開好了，你聽好了，我們分手吧！」在分手這種難以啟齒的問題上，YoYo灑脫多了。

沒想到YoYo連裝模作樣都省略，王銘陽內心一酸。

「講開了就好！大家也都別再扯些難聽的話，學校幫我找了間員工宿舍，我想搬出去。」王銘陽選擇了比較委婉的說詞。

眼見王銘陽的軟化態度，YoYo也嘆了一口氣：「其實這也是早晚問題而已，現在也差不多是時候了，你和我太像了，也太窮了，與其被貧困捆住彼此，還不如……唉，我們不能再被命運鎖得死死的，對吧！」

十五

第一次負責設計土地開發案的YoYo，花了十天十夜和底下幾個年輕建築師提出了和諧住宅的草圖與細部開發計畫，升遷速度比直升機還要快的她，還沒開會前，對於即將面對的質疑與批評早有心理準備，知道這些東西一旦丟到會議中，肯定會被批到體無完膚。為了慎重起見，她先把內容交給陳星佑看過，陳星佑隨手翻閱後擠出一個勉強算是真誠的表情，卻僵在臉皮上讓人十分不舒服。

「董事長！這裡頭有沒有什麼問題？」

「妳應該知道，公司討厭你的人很多。」

「我很清楚，所以這只是草案，我也沒打算僅僅開一次會就能獲得大家的通過，反倒是希望提出來讓大家討論修改……。」

陳星佑打斷YoYo的話：「可以啦！就這樣先提出來吧！」

星友集團大會議室的擺設裝潢很休閒舒適，用了很多深色木材，棕色皮沙發取代了冰冷的會議椅子，會議桌兩旁還擺著幾盞茶几，茶几上有復古檯燈，有幾分英國古老學院的圖書室的氣氛。

但今天的氣氛不太尋常。

星友集團的一級主管、關係企業的代表以及董監事，從頭到尾沒有人開口說半句話、問半個問題，彷彿來此聽YoYo發表演講，全程沒有質疑與意見，反而讓YoYo感到十分不安，面對如此龐大複雜的開發案，以及連她自己都不具信心的草案，絕對不可能如此一團和氣。

平常幾個經常在背後說三道四的主管與董事，居然都選擇了沉默。

陳星佑懶洋洋地問著大家：「如果沒什麼意見的話，我會責成姚總經理提交正式的開發草圖，就這樣！散會！」YoYo看得出陳星佑一臉失望。

其中一個對YoYo最具敵意的主管，散會前露出一抹輕蔑的微笑，似乎意味著「妳這麼快就玩完了」。

「葉獨董、姚總經裡，請你們兩人留下來！」陳星佑等其他人都離開，確認會議室沒有其他閒雜人等後把門關上繼續說著：「我真沒想到這裡的人討厭你討厭得這麼深。」

YoYo一臉歉意：「對不起！我準備不詳細，害大家浪費時間，只是為什麼大家……。」

「哼！有些人，沒考驗過還真的不知道底細呢！」陳星佑很喜歡打斷別人講話。

老闆的話都講得這麼重了，YoYo的眼淚忍不住流了出來。

「哈！姚莉莉！妳是真的不懂還是裝出來的，董事長要測試的人可不是妳啊！」葉國強笑著說。

陳星佑點頭說：「身為老闆，我必須區分盡忠職守和偷懶散漫的人，也必須分辨出哪些是會動手出力、或只出張嘴的人，以及甚至連出一張嘴都不願意的人。」

「妳的草圖與細部計畫，坦白說只能用荒腔走板來形容，但！這不是重點，又不是急著明天就得把案子送到市政府審核，妳的案子有幾個漏洞很明顯，居然沒有半個人願意指出來，更別說提出什麼解決方案。」

陳星佑說完後，右拳用力往桌上一拍，咬牙切齒地罵著：「養了一堆人，根本全是整天勾心鬥角的貨色，只想看別人出醜，完全沒把公司利益擺第一，我之所以讓妳上場，表面上好像是讓妳出醜，實際上是想看看公司的米蟲到底有多少。」

「明天起，幾個一級主管通通降職去賣房子，然後把副主管通通升上來。」陳星佑憤憤地說著。

「老陳！別那麼衝動，急事緩辦，人事調動的事情可以一步一步來，正經事情是不是得先解決呢？」葉國強說。

「唉！這麼大的案子只剩下咱們兩個將帥，連半個可靠、可以出去打仗的兵都沒有。」陳星佑明明是回答葉國強，卻邊說邊看著YoYo。

「整個案子的開發有三個環節，第一個是麻煩的環境評估。」陳星佑點出來。

「環境評估？法令已經鬆綁了啊！住宅開發只要高度在一百二十公尺也就是大約四十樓以下就免環評……。」YoYo辯解。

葉國強搶著說：「官字兩個口，要不要環評可不是我們說了算，光說我們的案子是學校用地變更為住宅用地，學生安置？交通評估？學生通學動線？政府要卡關的話，連這種無關緊要的事情說不定也得經過環評。」

葉國強頓了一下繼續說：「更何況！分隔學校的下寮溪，她的上游有石門水庫，光是祭出一個自來水水質水量保護區的環評，就會讓我們的案子拖延大半年以上。」

「我有去查過，星友科大這一段的下寮溪，剛好是自來水水質水量保護區的界線，不作環評應該也說得過去啊！而且下寮溪的水源保護歸市政府管轄，和諧住宅又是現在市長的重要政策，政府沒有道理來刁難啊？」YoYo不太理解。

「市長？全台灣最不講道理的就是政客了，別以為他們口口聲聲說推動政策，哪天一不小心出個小差錯，他們就會把和諧住宅政策收回，而改用原來合宜住宅的那一套低價徵收，到時候，我們可真的是欲哭無淚血本無歸。」陳星佑道出自己心中的疑慮。

「的確，妳看他們那些政客選前搞什麼打弊案，選後還不是跟建商坐下來談，弊案還沒打，大巨蛋都孵成老母雞了。萬一哪一天，出現個急於表現的市議員對我們案子的這條下寮溪窮追猛打，市長的政策說變就會變。」葉國強嘆了一口氣。

「那麼……到底怎麼辦才好？」YoYo無法判斷、也已經毫無頭緒了。

「我們的設計得奠基於最悲觀的假設：第一，把建物退到離河岸二十公尺，反正退縮出來的這二十公尺，也可以搞點中庭或裝置藝術，就沒有必須經過環評的風險。再者，退一萬步想，水質水量保護區開發，面積超過一公頃就需要環評，我們把建號拆成好幾個，把原來總開發面積超過七公頃的建案，分別用七個不同建號與申請人，這樣一來每個建案的面積都剛好壓在〇．九九公頃，便可以規避環評了。」葉國強連想都沒想，顯示這些方案早就已經構思好了。

「我得提醒一點，這種分拆建案規避環評的老把戲，政府也是心知肚明，審查得嚴不嚴格，終究得看經辦單位的臉色。」陳星佑補充說著。

「妳所提出的計畫的第二個盲點是請求政府在下寮溪興建一座四線道、長度約五公尺的橋樑。」葉國強說。

YoYo之所以希望有這麼一座橋樑，是因為整塊開發基地一邊是山坡丘陵，另一邊則是整條下寮溪，出入交通必須倚賴橋樑，現有的橋樑的位置距離基地中心太過遙遠，完工交屋後入住的居民必須繞一大段路才能過橋，如果正中央有座橋梁，除了能夠解決交通問題，也可以提升未來建案的賣相。

「興建一座簡單的五、六公尺橋樑，也不過才花政府三千多萬，且從發包到完工，頂多需要三到四個月，況且如果我們公司可以爭取到工程，完工時限還可以縮短一些。」YoYo提出解釋。

「哼！理論與實務上都很簡單，那些官員憑什麼要聽妳的話辦事？」葉國強點出問題核心。

「還有，既然談到橋樑，那就來討論第三個問題，妳畫的這座橋樑，兩端剛好銜接既有道路，立意雖然相當完美省事，但妳有沒有考慮到，北岸的那一端，妳所設計的橋墩所在地剛好不是我們學校的校地，而是一棟位於溪邊的一層樓磚瓦平房，就算政府打算要蓋橋，他們也不想花錢去搞土地徵收，整個和諧住宅政策的核心在於零徵收，如果真的要蓋橋，我們得去把那棟釘子戶買下來，對吧？」葉國強問著，在旁聽著的陳星佑點了點頭。

「妳自己幹過仲介，應該很清楚釘子戶的麻煩吧？」葉國強對YoYo潑了桶冷水。

知道自己的方案完全不可行的YoYo，滿臉愧疚低著頭說著：「我真的考慮不周，對不起！再給我幾天的時間……。」

已經數不清楚打斷YoYo的話的次數的陳星佑說著：「不必重作，只要略微修改，就按照妳的原定計畫。」

「其實妳的計畫和我原來的構想幾乎完全吻合，也許在別人眼中認為是天馬行空，但是，也不得不如此，才可以讓公司的利潤最大化，如果丟給公司原來那些書呆子去搞，光環評就得耗一年半載，別說我們沒時間，到時候市長要開始選舉，連個像樣的政績也搞不出來，市長肯定翻臉不認帳，而且，下寮溪上如果有座新橋，的確對銷售很有幫助，這些錢不得不花。」陳星佑的話化解了YoYo的羞愧感。

「至於那戶釘子戶，公司另外會去處理買下來，妳只需要到時候配合付款就好了。」葉國強胸有成竹，YoYo點了點頭。

「可是，相關的主管機關那邊又該如何去疏通呢？」聰明的YoYo一點就通。

「嘿嘿嘿！政府官員雖說依法行政，但裁量的標準完全在業者的誠意多寡啊！」葉國強冷笑了起來。

「誠意？葉董！你是說……。」YoYo意有所指，只是行賄兩個字沒說口罷了。

「姚莉莉！我什麼都沒說，也不必猜我到底想說些什麼！」葉國強取出公事包內一大疊文件丟到YoYo面前。

「這是幾個基金會的資料，妳不用管這些基金會的資金來源，也不用管基金會內到底有多少錢，反正，只要辦幾個手續，妳就是基金會的執行長，妳該怎麼運用就怎麼運用，譬如花在促進政府官員與民間的和諧交流活動，譬如補助清寒公務員的學習進修費用，譬如——」

葉國強還沒說完，陳星佑連忙搶著插嘴說道：「我還有事情要忙，基金會的運作就讓你們繼續討論……。」說完立刻閃身離去。

這個老狐狸，碰到敏感的事情就想置身事外，葉國強心中咒罵著。

看著陳星佑離開後，葉國強壓低音量繼續說：「妳應該聽得懂我說的話吧？我可沒有吩咐任何人做任何事喔。」

從小就看著當代書的父親一天到晚送官員紅包的YoYo，對這類情事倒也習以為常，但她還是忐忑不安的問著：「嗯！只不過，管道在哪裡？補助什麼人？補助多少？」YoYo故意把行賄說成補助。

「這個妳不用操心，到時候有人會找妳領錢，妳就領出來交給那個人就好了，他會負責打點一切。」

「誰？」YoYo總得知道相對應的窗口的來歷。

「妳的男朋友，王銘陽！或者應該稱為前男友。」

聽到王銘陽三個字，YoYo犯傻了。

「所以，我們並不是走運遇到貴人，而是根本就是老師您事先就把我們選為整件事情的白手套。」時序尚未入冬，但她已經嚇出一身冷汗，再怎麼遲鈍的人都應該知道前因後果了。

葉國強搖了搖頭說：「是妳自己闖進來，我只是想要問幾個問題，要知道，有些問題妳遲早都得回答。」

「什麼問題？」

「我的問題可能讓妳覺得刺耳，姚小姐，我聽到不少關於妳和陳董的八卦，那些傳言應該都是真的吧？」

「沒這回事，公司許多人眼紅我升遷太快，故意在背後說三道四。」YoYo不想承認這個事情。

「沒有最好，此外，我還聽說妳沒經過允許，私下就把未來的和諧住宅分配給一些與案子沒有關係的好朋友了？」

「這件事情，我已經得到陳董的口頭允許，不相信的話，你自己去問清楚。」

葉國強冷冷地說：「妳幹這些事情，已經超出妳我的協議，別忘了，當初只是安排妳當主管，確保整個案子在公司內部流程的順暢而已，沒想到——」

YoYo從沙發站起來整理開會資料，一副想要結束談話的樣子。

葉國強冷笑地說：「所以，是妳自己選擇當局內人，別再扯那些我教唆妳當白手套的鬼話。」

原來老師只想要撇清責任，並沒有怪罪的意思，YoYo鬆了一口氣回答：「人往高處爬，不是嗎？否則老師您何必進來淌這種渾水呢？」

葉國強搖搖頭，猶豫一會兒才回答：「不管妳相不相信，我幫陳董作這些事情，是為了想實踐自己的理想。」

「這個國家空有一大堆招不到學生的學校，校區閒置在市中心養蚊子，然而房價又高到連中產階級都買不起，如果這個案子能成功，未來就可以建立整套模式，讓各種閒置的土地，像沒學生的學校、養蚊子的公共建築、擺爛任憑雜草叢生的工業區，都可以善加利用拿來蓋平價住宅。」葉國強有點亢奮地說著。

「可是，可是，我想潑老師您的冷水，既然是實踐理想，為什麼還要搞些檯面下的非法勾當，對不起，我說的太直接。」在房地產這個行業待很久的YoYo，壓本不相信這行業的人會有什麼理想。

葉國強點點頭認同YoYo的質疑：「這個世界是靠貪念欲望才能運轉，所有能夠成功的改革，都得建立在讓被改革的人活得下去的前提，唉！不扯這些了！幹教授沒幾年，自己也染上些腐儒氣息。」葉國強話鋒一轉：「別說我沒提醒妳，陳星佑的老婆，以及背後的娘家，可不是妳招惹得起的，小心別玩火自焚，如果已經拿到自己需要的東西，我勸妳趕緊懸崖勒馬。」

YoYo點點頭：「我會小心的，但我也得提醒老師您，王銘陽這傢伙，不是等閒之輩。」

「怎麼說？」葉國強很好奇。

「首先，他是個貪得無厭的人。」

「沒有貪念的人，我還真的不敢用呢！妳不也是如此嗎？哈！」葉國強笑開了。

「我不一樣！我處理錢的方面很乾淨。」YoYo淡淡的回答。

「呵！捲入糞坑，沒有人能夠保持乾淨的，反而是那些本來就髒的人才敢勇敢地跳進去，我不在乎他的手腳乾不乾淨，我在乎的是，他能不能把錢送到該給的人手上，在乎的是，整個過程不留下任何痕跡。」葉國強用人的原則是用才不用德，況且有道德潔癖的人，根本也不適合在營建業內生存。

「說的也是，最後我再提醒老師您，王銘陽這個人相當心狠手辣，他有那種得手之後就一腳踢開，得不到手就同歸於盡的偏激個性，你務必得提防。」YoYo語重心長地說著。

「謝謝妳告訴我這些，妳先去忙吧。」

YoYo希望葉國強能聽得進去自己的警告。

十六

對於平日要上班，假日還要上課的謝盈慧與YoYo，每個禮拜天下課的下午茶時間是難得的喘息時刻，一如以往，相約在以帥哥執事為招牌的日式甜點店，少女心大噴發的她們，一邊狼吞虎嚥地吃了鬆餅、抹茶聖代、舒芙蕾和英式紅茶，一邊嘰嘰喳喳地對著新來的男執事的顏值與身材品頭論足。

「自從去倫敦蜜月時喝了正宗的伯爵茶後，現在天天都得喝上一杯。」謝盈慧又點了一壺紅茶。

「回台灣後，一直找不到道地的英式紅茶，後來才知道是水質的關係，倫敦的水含礦物質比較多，也就是所謂硬水，台灣的軟水水質不太適合沖泡紅茶，唉！」第一次出國就到倫敦度蜜月的謝盈慧，都已經回國快四個月了依舊念念不忘。

「妳念念不忘的不是紅茶，而是蜜月吧！」YoYo羨慕著。

露出笑容，謝盈慧說：「我只是個小女人啦！有趟難忘的蜜月就夠我回味好多年了，哪像妳，上市公司總經理，有妳這般高成就的好閨密，我也感到很光榮呢！上班的時候，當主管知道我的閨密是上市公司老總，對我的態度都不一樣呢！」

「唉！累得跟狗一樣，有什麼好羨慕的。」話雖如此，但YoYo講得有點口是心非。

「至少妳現在有錢了，雖然當別人的情婦……。」口無遮攔的謝盈慧忍不住說出口。

「以前我總羨慕那些穿著名牌衣服、校門口有百萬名車等著接走去吃高級壽司料亭的女生，鄙視那些沒錢不會穿著，只懂得在校園食堂吃便宜拉麵的窮情侶，現在有錢有車，卻羨慕那些一起蹲在路邊合吃一碗刨冰的小情侶，至少不用躲躲藏藏的。」YoYo說著。

「聽妳的口氣，好像對王銘陽還念念不忘啊！」謝盈慧好奇問著。

「別提那個人了，說說妳吧！新婚的快樂應該會讓妳忘掉前男友小曹吧？」

「嗯！我從來沒想過，原來狠心拋棄一段戀情，居然比喝無糖紅茶還簡單！」謝盈慧喝了口紅茶繼續說下去：「我連剪壞頭髮都會難過悔恨好幾天，奇怪的是，send個簡訊把小曹甩了，卻完全沒有任何感覺，更別說罪惡感了！」

YoYo搖了搖頭表示不以為然：「聽妳在放屁！這種罪惡感會跟地震後的海嘯一樣把妳吞沒！」

「海嘯？」

「通常海嘯會發生在地震後一段期間，當人們以為地震結束而失去戒心之後……。」

YoYo講到海嘯兩字，想到陳星佑那條停放在福隆海灣的大遊艇，那才是她要的，管他海嘯不海嘯。

「妳別身在福中不知福，婚姻沒有妳想像中的美好。」謝盈慧輕嘆了一聲。

聽得出語帶保留，YoYo好奇問著：「怎麼啦！范綱峰對妳不好嗎？」

「小范對我算不錯，反正妳也知道，他是個中規中矩，不會犯什麼錯，不太懂生活情趣的傢伙，只是，問題出在他媽媽。」

「妳婆婆？」YoYo並沒感到意外，婚前就已經提醒過謝盈慧，小范的父親在他讀高中時就過世，雖然留了一棟公教住宅、撫卹金與壽險金，但小范的媽媽運用投資理財東攢西存地還清房屋貸款以及栽培小范讀到大學畢業，嫁給寡母所撫養的獨子，本來就該有婆媳相處問題的心理準備。

「小范是個孝子，這點的確讓我很尊敬，但嫁給孝子老公陪著婆婆一起生活，說是噩夢可一點都不為過。」

「妳被要求作所有家事嗎？」

「如果所有家事讓我一手扛下來倒還省事，我那看似開明的婆婆心疼我還要上班工作，所以她趁我下班前把所有家事都作了，作了就算了，但一張嘴卻整天碎唸，抱怨自己多麼辛苦，這邊腰酸哪裡背疼的，把我形容地好像好吃懶作的媳婦，唉！這些我都可以忍受，最糟糕的是——」

「還有比這還糟糕的事情嗎？」

「他強迫我和小范的薪水，每個月要交三分之二給她。」

YoYo吐吐舌頭吃驚地說：「這會不會太離譜。」

「我婆婆倒是沒有私吞下來，她會用我和小范的名義開戶存定存買基金，每兩個禮拜就會讓我把明細看得一清二楚。」

「可是……這未免太霸道也太沒人性了吧！妳總該有點零用錢，買買衣服吃吃飯吧！」YoYo相當同情。

「所以，當妳今天說我請我喝下午茶，我還真的鬆了一口氣，坦白說，我自己身上只剩下一兩千塊錢的車錢。」謝盈慧哭喪著臉回答。

「我的好姊妹，這種事情早點說嘛！姐姐我什麼沒有，吃飯喝咖啡的錢絕對請得起。」

「我也沒什麼立場反駁，每次聽到我婆婆說她自己投資理財還貸款的豐功偉業，我就矮人一截，反正自己沒本事，連回嘴的能耐都沒有，哦——」謝盈慧講到有點岔氣，把剛剛吃下肚的甜點吐了出來。

「妳吃太多甜食喝太多茶了，是不是胃食道逆流啊？」YoYo連忙從包包取出胃藥。

「沒有關係啦！我再點一杯藍莓果汁就好了。」謝盈慧並沒有痛苦的表情，笑著繼續說道：「妳沒發現我變胖不少嗎？」

「我是有發現啦！不好意思講，想說妳是不是新婚的幸福肥，唉呀……難道……。」YoYo突然想起。

「是啊！我已經懷孕四個多月了！」謝盈慧開心地笑著。

YoYo用手指頭算了算：「厲害！還沒結婚就有了！」

「妳忘了嗎！這可是妳教我的，把保險套刺破洞，一開始我還不太熟練，害得小范感覺他下面總是涼涼的……。」

兩人同時大笑起來，YoYo笑到連氣都喘不過來：「我隨便亂唬爛，妳還當真啊！恭喜恭喜！」

謝盈慧忽然收起笑容，一臉嚴肅摸著自己的肚子地說：「再幾個月，我的小孩就要出生，我不能夠容忍自己的小孩活在我的婆婆的生活環境中，妳懂嗎？」

YoYo似懂非懂地點點頭。

「所以我要用最快的速度搬出去住，用最快的速度實現一家三口住在屬於自己的小天地的夢想。所以我想開了，我要賺錢，我要用最快的速度買屬於自己和小孩的房子，我不能輸給我的婆婆，妳上次跟我提的事情，我願意百分之百配合，妳沒忘吧！一切都要拜託妳了。」謝盈慧站了起來對著YoYo鞠躬。

「當然沒忘，其實我也需要妳的幫忙。」

比起謝盈慧，YoYo更需要這對夫妻同學的幫忙，和諧住宅的案子，都發局的角色相當關鍵，尤其是范綱峰那個位子，過關與否？速度快慢？刁不刁難？所影響的可是幾十億的金流。

此外，謝盈慧本來和范綱峰都隸屬於都發局，但公家機關有個不成文的規定，夫妻不能待在同一個單位，所以謝盈慧就請調到環保局，依舊是負責管理公文檔案的派遣僱員，然而由於人力精簡，謝盈慧依舊得繼續兼任都發局的檔案管理。謝盈慧雖然只是約聘派遣人員，但在她的手中可管著兩個相關政府部門的公文、內部會議記錄以及所謂「內簽」的所有檔案。

星友科大變更為和諧住宅的案子，由於緊鄰重要水源河川，所以故意往內退縮二十公尺，為了避免環評，把一個建案拆成好幾個建案，規避了法律限制，但如果環保局那邊有意刁難，案子少說會被卡住大半年，雖然已經透過管道把錢送到陳玫儒手上，但身為都發局長的陳玫儒會不會賣力地疏通環保局？還是只拿錢不辦事？這都屬於未知數，身為業者的YoYo不方便也不能透過正式管道去了解政府內部的流程，只能另外找管道去瞭解案子的進度，而謝盈慧的職務剛好可以查看所有流程進度，所以YoYo用每透露一則情報五萬元的代價來買通謝盈慧。

雖然基於檔案追蹤管理的職務便利，多看幾眼內部公文並不會被他人發現，只是謝盈慧知道這種事情不合法，原本打算拒絕YoYo，但突然發現懷孕，整個人的人生觀因此發生巨變。有了小孩的女人，所燃起的築巢渴望是無比強大，高過一切欲望。

「對了！講到水質，妳上個禮拜要我去查的事情，我已經有著落了。」謝盈慧左顧右盼深怕被旁人聽見。

「我不能拿出來更不能copy，因為連copy都會留下電腦記錄，所以我只能背誦給妳聽，妳從中判斷自己所需要的情報吧！」謝盈慧說著。

「什麼！案子還壓在都發局，副本還沒有行文到環保局？」YoYo聽到之後整個心情沉了下去，那個王銘陽到底是在幹什麼吃的，心裡頭咒罵著他的祖宗三代好幾回合了。

YoYo還沒咒罵完，立刻接到一通來自工地的緊急電話，只好趕緊掏出事先準備好的五萬元交給謝盈慧後匆匆離去。

手裡摸著厚厚一疊鈔票，謝盈慧心中無比踏實，對著肚子喃喃自語：「媽媽一定替你打造一個新家。」

十七

星友科大的體育館已經拆除大半，工地圍籬外有兩方人馬，各自動用了好幾部怪手與卡車互相阻擋彼此的去路，連出入的工人都被擋在外面無法進去施工，劍拔弩張的氣氛一觸即發，雙方各自叫囂，工地主任與星友營造的幾個副總被雙方人馬團團圍住動彈不得，最後階段的拆除工程也被迫暫停。

「姚總！妳大小姐總算來了！」工地主任看到急忙趕到的YoYo宛如看到救星，「他們堅持要妳出面說明。」工地主任著急地說著。

還沒搞清楚狀況的YoYo被一擁而上的雙方人馬包圍住，一旁的副總見狀，還擺出一副事不關己的態度。

其中一個身穿工程服，一身酒味的人對著YoYo吼著：「妳到底在幹什麼？我們可是透過你們星友的公開招標才標到這批廢土的，為什麼現場會出現其他業者？」

另一批看起來更蠻橫的人聽到招標兩字，更是粗話連連地咒罵：「我們大哥包你們星友的廢土起碼超過十年，怎麼從來就沒聽過什麼公開招標，姚總！妳這是在耍我們嗎？」

原來，事件的爭端出在工程廢土。眾所皆知，當原物料價格飆漲時，建物拆除後工程廢土相當值錢，營造廠多半會把廢土賣掉，尤其是像拆學校校舍這種乾淨廢土更是搶手。YoYo為了降低成本，用公開招標的方式，希望能賣出更好的價錢，然而，台灣的工程界普遍存在某些潛規則：營造公司多半會把廢土便宜賣給工地所在地的黑白兩道，一來除了基於強龍不壓地頭蛇的作法外，二來，分點小利益給當地黑白兩道，黑道會負責工地的安全，而白道會擺平地方議會的刁難，像星友營造這種工程業務遍及全台灣各地的大營建商，幾乎都得經營每個地方重要人士的人脈，而這個點石成金的不起眼廢土就是人脈金脈所在，但YoYo卻搞了公開招標，搞得原來合作的大哥相當不爽，所以就選擇開工後，率領著大批人馬和重機具，準備來圍事鬧場。

只會畫圖鑽法律漏洞的YoYo哪見過這種場面，看見一言不和的雙方已經瀕臨動用重機具的衝突邊緣，慌張失措地嚎啕大哭。

這些搞廢土的才不懂什麼憐香惜玉，美女在他們的眼中還不如一卡車一卡車的廢土，粗魯一點的人指揮挖土機打算破門而入，斯文一點的人已經準備打電話叫記者與警察來處理，不管是強行破門載土還是把記者找來，對工程進度絕對是場大災難。

YoYo被逼得毫無招架能力的同時，葉國強悄悄地出現在工地門口，大聲地對著雙方人馬吼著：

「是誰膽敢在我的學校撒野！」

在旁看熱鬧的學生看見如此威風八面的校長，幾個比較大膽的學生鼓掌叫好起來。

那個身穿工程服滿身酒臭的人認出葉國強：「你不是葉總經理嗎？」

原來這位得標廠商的負責人，是當年葉國強擔任銀行總經理時的總務部門的副理，當時因為扯了些爛汙，被銀行發現，打算報案前，葉國強選擇放他一馬，讓他逃過被起訴的厄運，所以一見到葉國強，宛如見到再造恩人似的歡天喜地。

「原來葉總到星友擔任校長，怎麼沒通知我一聲啊！好歹也讓我送個花籃啊！」一邊說著，一邊叫人關掉打算破門而入的挖土機引擎

葉國強並沒有跟著寒暄而是在那人的耳朵旁邊講了幾句悄悄話，講完後盯著另一邊的人馬，這時候，其中一人認出葉國強，原來是YoYo與王銘陽當初搞法拍詐騙時，所找來扮演黑道的夥伴之一，見識過發起飆來的葉國強。

葉國強似乎也認出他來，對著帶頭者笑著說：「你不是搞法拍的嗎？什麼時候幫凱南大仔搞廢土了！打電話給凱南大仔，就說是校長強仔找他。」

只見那人撥通電話後把手機拿給葉國強，才講不到一分鐘的話，帶頭的人立刻吆喝自己的卡車挖土機掉頭，頭也不回地離去，前前後後不到半個小時，工地恢復了平靜，該繼續施工的繼續施工，得標廠商的卡車挖土機繼續清運該運的廢土。

等到葉國強搞定了雙方人馬，驚魂未定躲在工地辦公室的YoYo，東張西望確保鬧場的人離去後才敢走出來，只見臉色鐵青的葉國強死死盯著她看。

「我已經用校長的名義答應來鬧事的凱南大仔，接下來第二期的宿舍拆除工程由他們來承包，原來得標的廠商也答應放棄，只來陪著綁標，聽清楚了吧！」葉國強的話宛如聖旨，YoYo不敢反駁。

「妳知道來鬧事的那幫人，後面的大哥凱南大仔是誰嗎？」

「我不清楚，老師……。」YoYo低著頭。

「凱南大仔是董娘林瑋珍的表哥，黑白道的勢力很大，妳沒搞清楚狀況就把人家做得好好的生意搞砸了，自然會拿命來拚。」葉國強語氣已經從斥責轉為教誨。

「這個招標決策明明就是董事長決定的，為什麼……。」YoYo覺得自己很委屈。

「妳真行啊！三兩下就收服了陳星佑，妳和陳星佑的之間事情還想隱瞞嗎？連我都已經耳聞了，難道他老婆不會知道嗎？董娘藉故找妳的碴，這個道理難道妳都不懂嗎？」

「老師！聽我說！」

「沒什麼好說的！」葉國強轉身離去，YoYo連忙追上他。

「給我一分鐘來解釋就好了。」

葉國強腳步絲毫沒有慢下來，YoYo只能邊追邊說明自己所打聽到的，關於開發案遭到卡關擱置的情報。

「我知道了！記得，有任何事情都得向我報告，妳千萬不要天真地以為僅憑藉女色就可以在這場局裡頭呼風喚雨，陳星佑那個人以及他們整個家族，沒有妳想像中的簡單。」葉國強的口氣很嚴厲，但YoYo並沒有真正把他的警告聽進去，一步步踏進陳星佑所布下的深沼。

「還有，不是只有妳會搞黑道恐嚇那一招，如果以後還有什麼事情瞞著我就硬幹，我保證今天這類事情，以後還會在妳的身邊一直上演，聽清楚了吧！」平常斯文的葉國強今天彷彿變了個人似的。

YoYo想起幾個月前，她和王銘陽合演假黑道真詐騙的法拍糾紛往事，但比起今天雙方人馬瀕臨械鬥、大型機具橫行的場面，明知道今天這一切可能只是葉國強對自己下下馬威，但YoYo還是感到不寒而慄。

心神逐漸平定的YoYo撥了通電話給王銘陽，男女分手之後最麻煩的事情並非情傷的療癒，而是不得不被迫去面對剪不斷的複雜關係。

「我只想和你長話短說，我不管你方不方便聽，我講完該講的事情就會掛斷。」

「彼此彼此！」王銘陽那頭傳來女人的笑聲。

「為什麼公司的案子被擱置了一個多月？你到底有沒有把事情辦清楚？」

為了讓和諧住宅得開發申請案能夠更快速的核准，YoYo依照葉國強的「暗示」，拿了一大筆現金交給王銘陽，讓他去運作，但這筆錢好像丟到茫然大海，連個小水花都沒看見，YoYo心裡越來越焦急。

「聽到了！」沒想到王銘陽只是冷冷的回答三個字。

「你這是什麼態度，葉老師的工作，是你可以耽擱的嗎？」YoYo生起氣來。

「妳又不是我的老闆，憑什麼對我問東問西，我有我作事情的順序，妳不高興的話，叫葉老師來問，我只對他負責。」王銘陽說完立刻掛斷。

王銘陽收起手機，走回到機車旁邊重新發動。

「是誰？」旁邊女人的聲音當然是陳玫儒。

「我的老闆，葉校長。」王銘陽撒了個謊。

「你臉色不太好看，怎麼啦！翹班被他罵嗎？如果他敢罵你，我肯定會讓他吃不完兜著走。」

陳玫儒一臉心疼眼前這個小男朋友的模樣。

「不管啦！這幾天是我的休假，繼續趕路吧！否則晚上會來不及看流星。」

王銘陽約她一起騎著重機，從台北一路飆到墾丁，陳玫儒聽到騎機車環島，剛開始有些抗拒，但一想到自己的陳年往事，那些被自己蹉跎過的年輕歲月，赴約時，腳步不自覺地變得輕盈自在。

學生時代的她，是那種典型中最典型的乖乖牌：完全符合成天埋首於分數、迎合師長的陳腐乖女孩定義，被同輩男生戲稱書呆子，連稍微時髦一些的打扮都不敢嘗試。學生時代看到身旁那些受男生歡迎、周旋在男生懷抱的女生，陳玫儒嘴巴上總罵她們是蕩婦妓女，因為當年的社會不期待這類乖乖牌太早談戀愛，更別說跟著像葉國強這類浪子類型的男生鬼混。

許多女生被父母箝制，希望別太早交男朋友，要專心唸書，然後一路念到碩士博士，取得在大學教書的體面工作，蹉跎了十幾年的青春，直到三十歲過後卻反過來被父母長輩整天追著問：「怎麼還不交男朋友？」、「是不是眼光太高了？」、「女人嘛！別太投入工作，否則會嫁不出去啊！」之類的垃圾問題。

陳玫儒很想大聲的頂回去：「不能交是你們訂的，趕快交也是你們催的，難道好男人會從天下掉下來嗎？」

好不容易到了快四十歲，才經過相親嫁給現在的丈夫，一個比自己大十多歲，快要屆臨退休的老公務員，竟然還被公認是條件相符的好婚姻，她丈夫是那種在愛情市場中被挑剩的淘汰品，難道自己只能和這種人度過一生嗎？

坐在重機的後座，陳玟儒雙手緊抱著王銘陽的腰，呼嘯而過的是風的速度感，迎面而來是冷風夾帶南部陽光的複雜刺痛感，穿著自己精心為了這趟機車旅行所挑選的皮衣夾克，這是自己積欠自己的年輕負債。當年，葉國強那一票人，好意約她一起騎車環島旅行，她拒絕了，表面理由是要準備托福，實際上是她不想讓那些被她嗤之以鼻的壞男生闖進自己的生活。她很想，可是她不敢，當了幾十年的乖乖牌，她不知道自己能否扮演其他角色。

「我去它媽的托福！」陳玟儒看到眼前的大海不禁叫了起來。

王銘陽見怪不怪，沒打算問她講這句話的由來，王銘陽雖然一副渣男模樣，但他最能吸引女人的地方並非外表，而是他什麼事情都不會問，什麼事情都會裝作不知道，更不會干涉女人任何事情。

王銘陽兩隻溫暖的手搭放在陳玟儒肩上，把她的身子一轉，剛好來得及看到一顆流星穿過夜空落下。

「哦！」

在天空的西北位置，正在遠方海面上方，另外有一顆星落下，接著另一顆星落下，接著是另一顆。

面對眼前這位年長的女朋友，除了安穩的好感和宛如十八歲女生的健康肉慾，以及藉由她的職務所帶來的源源不斷的鈔票外，王銘陽實在無法再感覺到別的東西。

和往常一樣，王銘陽先去check-in，陳玫儒多花了十五分鐘在大廳的化妝室內補妝，四十多歲的女人哪能承受八個鐘頭在重機上的風吹日曬，她在唇上補上淡淡的紅色，抹上髮膠往後爬梳凌亂的頭髮，凸顯了稜角分明的個性五官，黑色風衣卻巧妙地隱藏自己略嫌乾癟的曲線，以前的她很在乎已經稍微摻雜銀色髮絲的頭髮，烙印出歲月和人生痕跡的皮下靜脈，和前額嘴角的細紋，現在的陳玫儒不再為此鬱鬱寡歡，因為王銘陽喜歡她的一切，不管是真心還是假意，她一點都不在乎。

門房偷偷瞄了她一眼，眼神彷彿透露出世故與好奇，基於職業道德，櫃檯小姐裝作沒看到躡手躡腳走進電梯的她，夜晚時間，寥丁的飯店依舊人來人往，看起來像懸疑間諜片或文藝巨片的場景，每個客人似乎彼此都在猜測著身旁陌生人來此的目的，訪客？用餐？談生意？單純的家族旅遊？或者是偷情？

在公開的場合、在家裡、在一切暴露自己官員兼教授身分的地方，她必須撐起強悍而做作的面容，只為了掩飾自己內心的不安和莫名其妙的自卑，唯有和王銘陽相處的短暫時間，陳玫儒可以做回自己，做回年輕時不敢做的自己。

在真實的生活中必須偽裝自己，卻在虛假謊言的外遇中才能活出自己。

梳妝台前的陳玫儒，雙手撐持著前傾的上半身，彎腰提臀應承著從背後傳來的源源不絕的力量，望著鏡中發情的自己，好害羞，卻又無法閉上雙眼，王銘陽粗暴地填滿了她的一切，她那最空虛的深處，肉體的心靈的，她看著鏡中的王銘陽的雙眼，迷茫、充滿欲望與滿足的眼神，她喜歡自己被這股強大的欲望所需要。

「妳比二十幾歲的女人還要緊密。」房間溫度應該不超過十五度，王銘陽卻滿身大汗，氣喘吁吁。

當然囉！沒生過小孩、嫁給老男人、一個月難得一次的例行公事，即便是四十多歲，身體的磨合感好比新車的引擎，她好喜歡聽王銘陽在床上所說的每句話，那麼直接，那麼原始。

「小玫，為什麼案子還卡在你們都發局，我老闆有點不耐煩呢！」

「問題出在底下那個范綱峰身上，他堅持要慢慢審。」陳玫儒吃著room service的宵夜。

王銘陽追問著：「小范？錢太少嗎？我不是拿給你五百萬，難道擺不平嗎？」

「他不收錢！我也沒轍。」陳玫儒聳聳肩一副愛莫能助的樣子，但看著王銘陽無計可施的失望神情，陳玫儒抱著他說著：

「只要再多拿三百萬，應該就說得動了！」

十八

只要是人就會有弱點，棒球三冠王有打擊死角，股神巴菲特更是不只一次買錯股票，有人的弱點是貪財，有人的弱點是好色（當然，既貪財又好色的人更多了），有人的弱點是欺善怕惡，有人的弱點是眷戀權位，有人的弱點是過於好強，當然也有人的弱點是過於軟弱。

看似耿直的范綱峰，其實個性有點複雜：他有年輕、勇於挑戰、想突破一成不變的現狀，大膽、好奇又有充滿冒險精神的一面，所以他才會在星友科大校長遴選會議上開炮，才會把星友集團送到局裡、充滿爭議與疑點的土地開發案牢牢壓在手上；但他的另一面卻是規避風險、講究舒適、思想守舊、偏好熟悉已知的環境，所以他才會選擇繼續待在公家機關。

小范真正的弱點在家裡，短短幾個月的婚姻，家裡的婆媳問題已經到了無法以三言兩語說得清楚的地步。

沒結過婚的YoYo永遠都無法體會婆媳相處間，那種永無止境的精神折磨，兩個沒有血緣關係、沒有感情基礎的成年女性，被迫得在同一個屋簷下一起生活，時間長而且還沒有到期日，比宮廷劇的鬥爭更折磨人，看宮廷劇起碼還能盼個「全劇終」吧。

不過YoYo至少看出買通范綱峰的唯一關鍵，絕對出在謝盈慧身上。

前兩天一起上課一起喝下午茶，兩天後謝盈慧居然申請休學了，YoYo假借關心閨密的藉口約了謝盈慧聊天。

「怎麼啦！妳為什麼休學了？」

「沒辦法！我沒有錢繼續唸下去，每個月三分之二薪水被迫交給婆婆，根本沒有辦法繼續唸一學期動輒十幾萬學費的EMBA。」

「好可惜，都已經唸一年半了，只差提交論文就可以拿到學位說，妳婆婆那邊，難道都無法商量嗎？」YoYo同情地說。

「關鍵在小范啊，他在他媽媽面前，乖得連個屁都不敢放，除非我選擇跟他離婚。」

「離婚！萬萬不可，反正忍耐個一兩年，小倆口買棟房子搬出去住就解決了啊！」看到謝盈慧如此怨念，YoYo打蛇隨棍上建議搬出去。

「喔！我忘了，是一家三口！」YoYo指著謝盈慧的肚子。

「少開玩笑了，現在隨便一棟三十坪中古爛房子都要千萬以上，先不管小范想不想搬出去，現實問題是買不起啊！」

YoYo看著對方：「來！看著我，還記得我曾經答應過妳，我可以用原價一坪十萬元賣妳一棟和諧住宅嗎？」

原以為只是YoYo隨口敷衍，有點訝異的謝盈慧抬起著頭回答：「妳的好意我心領了，就算可以分配到一戶，妳要我拿出三百多萬，我也拿不出來啊，況且……我婆婆她……唉！」

露出一臉同仇敵愾樣子的YoYo用腳推著一起帶來的行李箱到謝盈慧的腳邊：「我雖然沒法子幫妳搞定婆媳問題，但姐姐我可以幫妳搞定買房子的錢。」說完後指著腳邊的行李箱。

謝盈慧好奇地拉開行李箱拉鏈，被YoYo喝止：「公共場合錢不露白，剛好可以買一棟我們公司推出的和諧住宅。」

眼睛瞪著大大的，謝盈慧不解地指著行李箱。

「這是什麼？」

「新台幣！給你買房子的新台幣，不用算了，整整三百萬。」YoYo笑著。

「妳的好意我心領了，但我可還不起！」

「誰說要妳還了，我送妳！」

「別鬧了！妳憑什麼要送我這麼多錢。」謝盈慧機警地想到自己在市政府的工作：「我不是市長，也不是局長，只能幫你探聽公文流程，妳搞錯了啦！」

「好姊妹就挑明的講了，你知道小范把我的案子整整卡了兩個多月吧？但妳或許不知道，我的案子延宕這兩個多月，光利息與人事費用就得消耗一千多萬呢……。」

「妳的意思是要我替小范收下這筆……賄……嗯……鉅款？」謝盈慧聽完之後臉色發白，講起話結結巴巴。

YoYo靠到謝盈慧的耳朵旁邊小聲地說：「都發局陳局長、環保局劉局長、市政府主祕都收了。」

「這個政策是市長選舉的政見，上頭幾個重要的大官也都打點好了，小范一個人在裡頭瞎攪和，說好聽是伸張正義，倒不如說是和所有人為敵，到時候，市長的平價住宅政策跳票，市民喪失了購買便宜住宅的機會，上面幾個主管沒有油水可撈，妳買不起自己的房子，我失去工作，而堅持依法行政的小范呢？我敢保證，不是被調到山上管水庫撈漂流物，不然就是調到公園路燈處去當園丁修路燈，沒有半個人是贏家，何苦呢？」

「可是，我不能替小范做主，或者，我幫你問問看好了。」謝盈慧有點猶豫。

察覺出對方語氣有點動搖，YoYo臉孔一扳裝出不屑的樣子：「隨便妳啦！如果後半輩子想繼續跟妳的婆婆住在一起，如果妳希望自己的小孩在家裡被那種祖母帶大，妳就一輩子繼續任妳婆婆擺佈吧！」

「看妳這種沒有出息的笨模樣，換成我是妳婆婆，一樣會把妳吃得死死的。」YoYo講起話來毫不留情面。

「但是，這樣做好像犯法……。」謝盈慧有氣無力地反駁著。

「妳每次從我這拿錢，透漏機密公文給我難道就不犯法嗎？笑話！」

「但是，我真的沒有把握說服小范。」

YoYo知道謝盈慧已經上鉤，只需再給她一點信心：「還記得上次星友校長遴選，他最後還不是乖乖聽妳的話。」

「姊姊！虧妳號稱很懂男人，上次是因為他想追我，自然任我擺佈，但現在我都已經嫁給他了，哪還有什麼籌碼？」謝盈慧並不笨。

YoYo笑了摸摸謝盈慧的肚子說：「籌碼有的是，還是超級無敵王牌呢！妳只要依照我說的……。」

謝盈慧聽從建議，收下了三百萬元，一回家後立刻躲在房間整整兩三個小時不出房門，小范再怎麼遲鈍都察覺到自己老婆的不對勁。

「是不是我媽又多說妳兩句了？」小范堆著笑臉。

「哼！」

「是不是休學的事情，讓妳不開心？」

「哼！」

任憑小范求爺爺告奶奶，謝盈慧始終不發一語。

折騰久了，小范終於按捺不住動了肝火：「妳到底想怎麼樣？」

「我要搬出去住！」其實夫妻為了這個問題早已爭執好幾回，但最後都不了了之。

「我們不是早就已經談過了嗎？我們哪來的錢買房子啊！」

謝盈慧冰冷地說：「如果我們有錢的話，你會帶我搬出去嗎？」

「那是一定的！」心想短期內根本不可能，小范毫不思索地敷衍。

「你好好看清楚。」謝盈慧二話不說打開YoYo送她的那只旅行箱，花花綠綠的鈔票嚇了小范一跳。

「這錢哪裡來的？莫非你娘家給妳的？」

「哼！我那幾個不成材弟弟和整天只會喝酒的爸爸，別到我這裡兒挖錢，就謝天謝地了，哪有什麼閒錢分給我？」

「難道中樂透？」小范自己也知道這問題既多餘又愚蠢。

「老實告訴你，是我們的好同學姚莉莉送的。」謝盈慧心想鬧夠了，也該是時候攤牌了。

「哈！別尋我開心了，她為什麼要給我們這麼多錢。」小范笑到一半突然驚覺事情的不單純，臉色大變的問著：「小慧，妳說清楚，她給這些錢的目的是什麼？」小范整個人已經開始抖個不停。

「你是聰明人，不用我說吧！」

眼前的鈔票讓從小到大厭恨貪官汙吏的小范，萌生出氣憤、恐懼、不解甚至帶點貪婪的複雜情緒，怨恨貪官的原因真的只是基於道德感和法律嗎？也許是基於不甘願吧，自己強烈渴望卻得不到的金錢，看見別人毫不吃力就輕易得到，在自己無法也不敢踏進去的貪腐世界，眼睜睜看著別人只靠一紙公文或一個官章就大搖大擺把手伸進去撈錢，那憎恨就越強烈，只是，從來沒想過自己也沉淪到自己所憎恨的世界。

「退回去，原封不動的退回去，現在就去！」小范一手抓著老婆的手，一手提著行李箱吼著。

謝盈慧用力甩開小范的手，搶回行李箱。

小范知道現在不是發脾氣的時候，讓自己情緒平靜一會兒後才緩緩說出：「小慧，妳不能這樣作，妳自己待過都發局，應該知道星友那個案子很麻煩，好像拔一顆枯藤，外表的枯枝看似淺淺一層，越往裡頭挖掘越發現盤根錯節，而且還是又臭又爛，我這樣說妳懂嗎？」小范用謝盈慧平日唯一的消遣——園藝來形容。

「不懂！也沒有必要懂。」謝盈慧死命地牢牢抱著行李箱。

「案子的基地位在順向坡，且整個基地全都是泥岩地質，只要碰到大型洪水，整個基地就會像冰淇淋融化一樣，如果只是蓋個三四層樓的建物還無所謂，但絕對不能在上頭蓋十幾層樓的高密度住宅啊！」

「況且，一旦完工，星友營造分配到過多的比率，和所謂的和諧住宅的政策原意根本不相符合啊！妳說我怎麼能夠把這個案子送上去。」小范耐心地解釋著。

「環評的問題就丟給環保局不就得了，施工的問題是星友自己要去處理，政策好不好？公不公平是局長與市長的問題，范綱峰，你已經快三十歲了，一個小小副工程司，犯得著去對抗體制嗎？」就一個基層公務員的立場，謝盈慧的說法也不算離譜。

「總之，我不管了！妳現在就把錢退回去。」

「不退！這是我收的，不關你的事情。」

「可是我們是夫妻，妳收錢不就等於是我收錢啊！除非……。」心急的小范差點說錯話。

「哼！不敢講下去！我來替你講下半句，除非我們不是夫妻！對吧？好啊！隨便你想怎麼樣，想離婚就離婚，反正這筆錢我是收定了。」謝盈慧拖著行李箱衝出房門走到門口：「我在你家沒多少行李，你自己處理，離婚協議書填一填寄給我吧！」

「你現在是幹麼？離家出走嗎？走了就不要回來！」小范再也按捺不住脾氣。

「好啊！反正這三百萬元也夠我們母子倆過好一陣子了。」謝盈慧講話故意加重母子兩個字。

范綱峰一聽到母子兩個字，傻傻地沒什麼反應，反倒是在一旁的媽媽聽到後，急著衝到門口把謝盈慧拉回來問著：「妳什麼時候懷孕了？」

聽到這句話才恍然大悟，范綱峰還不知道自己老婆懷孕，總以為愛吃甜食的她發胖了。

小范也跟上前拉著謝盈慧，再也不敢大聲吼叫，語氣和緩地問：「幾個月了？」

謝盈慧流著眼淚對著自己肚子：「你爸爸不要我們了，怎麼辦啊？」有了肚子內這張小王牌，謝盈慧要怎麼搞小劇場就怎麼搞，乾脆放聲大哭起來。

「有話好說！」范綱峰的媽媽在一旁打圓場起來。

「看在阿嬤的面子上，我們就原諒你爸爸一次，好嗎？」謝盈慧對著肚子說話。

「小范啊！不是我說你，理想歸理想，現實歸現實，你已經快當爸爸了，作起事情要懂得更圓融，懂嗎？」小范的媽媽對著范綱峰大聲叱責。

「懂！」小范嘆了一口氣，摸著謝盈慧的肚子，扶著她小心翼翼地在沙發坐著。

第二天，小范在星友的和諧住宅開發申請案上簽了字蓋了章。不到二十四個小時，申請案就走完都發局與環保局的各種流程，直接上呈到市長辦公室。

最開心的並非陳星佑，也不是葉國強，而是YoYo，讓她開心的原因並非是案子過關，而是在過程中，完全把王銘陽比了下去，透過謝盈慧的管道去收買小范這件事情，YoYo沒有透過王銘陽，甚至還故意耍了王銘陽。

不知道另外還有管道的王銘陽被蒙在鼓裡，還傻傻地打電話給YoYo：「明天中午準備五百，到老地方等我，我會去把班代搞定。」班代就是范綱峰，在電話中絕對不能提到任何姓名，王銘陽小心翼翼地說著。

明明陳玟儒只提出三百萬，王銘陽卻對YoYo開口五百，其中的兩百萬的差額自然是收在自己口袋裡頭，王銘陽越來越喜歡這個差事，給錢的和收錢的雙方，絕對不敢對外張揚更不可能碰頭對質，反正哪一天賺飽了，買張單程機票跑到中國三、四線城市買幾棟房當起收租公，順便做點運動鞋的小生意，掛上電話的王銘陽想著想著便大笑起來，陰雨綿綿的初冬，在他的眼裡彷彿幻化成美好的有日光的仙境。

「小曹！我老闆的車需要大美容。」王銘陽來到與YoYo多次碰面拿錢的老地方，所謂的老地方居然是小曹的修車廠，這座修車廠一來離學校很近，二來在修車廠碰面交錢，不會碰到什麼熟人，廠房兩側都是雜草叢生的空地，就算被盯上，相關檢警也不容易在這附近盯梢，拿了錢之後，剛好開車離去，甚是方便。

王銘陽因為身兼葉國強特助，所以也是小曹的常客。

「你們校長怎麼還在開馬自達這種便宜車，大學校長的座車起碼也得配個雙B啊！」小曹問著。

「省錢啊！我老闆和其他校長不一樣，他是來搞改革，不是來當肥貓的。」

「不過，說也奇怪，為什麼當個校長需要三、四部車呢？」

「你管那麼多，反正又沒漏掉你該賺的那份賣車佣金。」王銘陽不願回答這個問題。

「大美容要花好幾個小時，王大哥，你要不要明天再過來。」

王銘陽心不在焉地繞著車東摸西揀，其實他真正的目的是遲遲不出現的YoYo。

等到的不是YoYo本人而是一通LINE：「老娘我已經搞定班代，案子已經過了，你到底在幹什麼吃的！」後面還付了幾則嘲笑的圖樣。

王銘陽氣得把手機扔到地上，小曹耐心地把已經摔壞的手機撿起來，笑著問：「怎麼啦？」

「哼！陰魂不散的前女友！」兩百萬的肥肉就這樣飛走，在這一回合被比了下去的王銘陽忿忿不平。

「全世界最可怕的動物就是前女友。」小曹心有戚戚焉。

「你這句話起不了什麼安慰作用。」王銘陽苦笑地說。

「陰魂不散的是自己內心的懸念，心若有雜念，就算前女友離你十萬八千里，你也會感覺她似乎隨時都在你的身旁，好比我手上這幾瓶汽車烤漆塗料，不同車種的不同顏色車款都有特定的調色配方比率，如果一開始沒把塗料的比率調配好，烤漆前再怎麼努力補土，烤漆後花再多的時間去拋光，都註定會失敗。」

烤漆前的調色工作，一般人起碼要三、五年才能學會其中的竅門，要達到小曹的功力，恐怕不能單靠努力、經驗累積與一定的化學專業，還要有點對色彩的敏銳天份。

「太深了！什麼懸念？懸念就是我明明快要到手的兩百萬飛了。」王銘陽聽不懂。

「我們無法選擇誰會來愛自己，或許，我們根本就不懂得如何愛人，也不知道如何讓別人來愛我們。」小曹的雙手小心翼翼地操作著拋光機。

「其實我也不太懂，反正，女人這個生物，擅長把簡單的事情複雜化，還沒搞懂之前，最好閃的遠遠的。」遭到謝盈慧惡意拋棄，思考了好幾個月後，小曹得到一個「離女人越遠越好」的荒謬結論。

懶得陪陷入情傷無法自拔的小曹自怨自哀，王銘陽故意把話題引開：「前一陣子拜託你打聽的事情，有沒有什麼著落？」

十九

「跟你扯半天，忘了跟你講，你要我打聽的事情有點眉目。」小曹忽然想到。

沒想到只是無心的一句問話，一聽到有點眉目幾個字，王銘陽彷彿從鬥敗的公雞轉變成生氣勃勃的開屏孔雀。

「昨天晚上，就在這裡，留下來加班處理你老闆的車的烤漆，搞到半夜十二點多，肚子餓得要命，正想要騎摩托車出門去小七買御飯糰，你知道，我有吃消夜的習慣……。」

心急的王銘陽深怕小曹長篇大論，連忙打斷他的話：「拜託！拜託！直接跳到重點講結論。」

「我看到有人在昨天半夜走進那間破房子內。」小曹說。

「就這樣？」太過簡單的結論讓王銘陽感到失望。

「你為什麼對那間破屋有興趣？抓姦嗎？」小曹的腦中似乎只有汽車烤漆抛光與情傷兩件事情。

「我告訴你，但你不可以告訴任何人。」王銘陽神情嚴肅。

星友科大北岸緊鄰下寮溪畔有棟一層樓，面積不到二十坪、屋齡已經超過四十年的破舊磚瓦老屋，屋子恰好是下寮溪橋樑的橋墩預定地，這座未來的橋樑是整個開發計畫中，最關鍵的公共工程，然而市政府已經表明不介入徵收，但如果星友集團願意買下來這棟老屋捐給政府，解決用地問題，政府願意在此興建一座便橋。

但是問題來了，這棟老屋的屋主姓廖，是星友科大前身華江科大以前的退休教官，退休已經超過八年，然而不管透過任何管道，根本沒有人知道這位退休教官現在的住所，而為了不打草驚蛇，公司不願對外宣佈想要收購這棟老屋，因為，只要計畫一走漏，這類房子的屋主立刻會就地喊價拉高價格，也就是所謂的釘子戶。

一個月前，葉國強指示王銘陽，務必在兩個月內找到這位廖姓退休教官，並買下這棟老屋。

「你如果搞不定的話，我給你一個電話，去找一個叫做羅凱南，綽號凱南大仔的人，萬一處理起來麻煩的話，你可以去找他，但絕對不能透過星友或者其他的正規仲介系統！」葉國強下了這麼一道命令，同時暗示王銘陽，買賣的佣金可以提高到百分之三十，如此高額的佣金，對王銘陽具有相當的吸引力，當然就不管手段合不合法，更重要的是，無論如何，這筆買賣得自己包下來，才不想再透過什麼凱南大仔呢。

接到命令的第一天晚上，王銘陽趁半夜摸進這間老屋，門口的鎖已經年久失修，拿起鐵鎚隨便一敲，門鎖把手便掉下來，關上手電筒，躡手躡腳的摸黑走進去，一進屋子，撲鼻而來是股令人作噁的潮濕霉味，一聞到這種味道，就知道這房子起碼空了七、八年以上沒有住人。

房子格局很簡單：只有一廳兩房一衛，客廳角落的流理臺還堆滿了髒盤子，王銘陽一靠近，聽到成群的老鼠竄逃的窸唆腳步聲，一條已經發黴發黑且被啃食大半的抹布還擺在水槽邊。餐桌上頭散落了兩三碟已經裂開的破餐盤，打開旁邊的電鍋，一陣接近陳年腐壞烈酒的味道撲鼻而來，電鍋裡頭還剩下乾癟、已經發酵的米粒。

王銘陽後悔自己沒帶口罩，從跡象可以斷定，幾年前屋主離開屋子時，應該是匆忙離去，如果是搬家或出遠門，至少離開前會收拾整齊才對。

他的主要目標是文件、手機或電腦，也許可以從屋主的各種文件或資料中找到他的交友狀況，或新的落腳處。

搜遍了臥房與客廳的所有抽屜、衣櫥與櫃子，花了幾個鐘頭一無所獲，更糟糕的是，裡頭任何看起來像紙張的東西，幾乎全部被老鼠啃食得殘破不堪，但他沒有放棄，還是盡可能地把能夠找到的殘破紙屑全部帶走，看能不能藉由拼圖的方式去還原其中的蛛絲馬跡。

其實王銘陽最擔心的並非找不到屋主，而是擔心屋主已經死亡。有些人死亡之後，可能是身無分文，或者是負債累累，後代的子孫乾脆讓這種不值錢的破屋放著擺爛，畢竟誰也不想為了繼承這種破屋而去繳遺產稅，或繼承可能的債務吧！

折騰了大半夜，離開前他看了門口的信箱一眼，隨手再拿起榔頭打破信箱，發現裡頭只有六、七封信，大部分都是沒什麼參考價值的仲介、修理水電的廣告。

沒什麼收穫的王銘陽，倖倖然地打算離開前突然想到，如果這房子已經好多年沒人住，信箱應該早就塞滿了各式各樣的廣告信與帳單，然而他從信箱中取出的廣告信竟然還相當新，這時候他又重新走進屋內，找到電燈開關，沒想到這屋子竟然沒被斷水斷電，很顯然有人定期回來屋子取走信件，且持續地繳交最基本的水電費，這點讓王銘陽感到十分迷惑，不管是屋主還是什麼有關係的人，既然已經任憑房子荒廢腐壞，又何必付水電費呢？

回到家中，王銘陽攤開上百張支離破碎的紙片，大多是什麼三民主義教材、華江科大的公文之類，所幸戶口名簿還不算殘破，至少可以知道，廖姓屋主以及她的女兒的姓名與身分證字號。

有了身分證字號和姓名以及地址，王銘陽立刻上網查詢戶籍謄本，看看能否查出屋主與女兒到底搬遷到什麼地方，然而電腦資料一跳出來，王銘陽傻眼了，屋主和女兒的戶籍依舊還在原屋沒有搬遷，折騰了十多個小時，根本就是作白工。

不願輕易放棄的王銘陽，想到用網路肉搜的方式，但不管是用中文姓名還是用各種羅馬拼音，所有搜尋網站中只能查到廖姓屋主在華江科大的陳年資料和照片，最麻煩的是，用屋主女兒——廖麗秋的中英文名字去肉搜，茫茫網路中居然跑出七八百個廖麗秋，除了在台灣外，還遍及全世界各地，最扯的是，光住在台北、新北與桃園的廖麗秋，就超過三百個人，簡直是菜市場大眾名字，沮喪的王銘陽咒罵了一番，總不能一個一個地去找吧，等到找到真正的廖麗秋，恐怕連市長都換好幾任了。

至少有點小小的收穫，就官方的戶政登記而言，屋主尚未死亡，或至少沒有辦理死亡登記，王銘陽還算不至於完全絕望。

王銘陽想到或許可以去學校的人事檔案內碰碰運氣，但除了廖姓屋主的經歷個人資料以及工作考核外，完全沒有什麼收穫。這段期間也透過徵信社的管道去查詢廖麗秋的勞保健保或國民年金保險，但這個廖麗秋從來沒加入勞保，連最近一次健保的投保繳費資料也是七、八年前，而且是加入那種區公所健保，戶籍與聯絡地址就在那棟老屋，更怪的是，最近七、八年來居然沒有任何半筆就醫資料，廖麗秋彷彿從人間蒸發。

幾乎無計可施的王銘陽只好天天到破屋的信箱去偷信，撲了幾天的空之後，居然被王銘陽等到水電費帳單，以及一封由退輔會寄給老屋主的郵局掛號信投遞通知書，王銘陽估計這些東西應該就是神祕人士來老屋的目的，這個神祕人物如果撲了個空沒拿到，勢必會一而再地現身在老屋門口。

很不巧地，王銘陽偷走信的接連三天，必須履行事先已經和陳玫儒約定好的騎重機到墾丁的旅行，只好在臨行前拜託小曹幫忙盯住老屋，一有動靜立刻通知他，為什麼找上小曹呢？因為小曹的修車廠剛好在老屋的對岸，直線距離還不到二十公尺，的確是個守株待兔的絕佳地點。

然而，當小曹昨晚看到老屋門口有動靜時，王銘陽的手機剛好沒電，電話老是撥不通的小曹，一忙也就忘了這件事情。

好不容易等到神祕人出現，卻眼睜睜地看著這條線索就此溜走，王銘陽沮喪地坐臥在地上，懊惱地不光是沒能掌握到關鍵的神祕人士，而是無法忍受失敗，小范那條管道被姚莉莉捷足先登，而自己大半個月的努力又打回到原點。

「哎呀！」就在王銘陽躺在地上仰天長嘆的同時，他突然看到工廠門口的鐵皮屋簷有部監視器，而監視器就這麼剛好地對著河流彼岸的老屋，彷彿看到救星的他一個跳躍起身，對著小曹問著：「你這部監視器應該沒壞吧？昨天晚上錄到的影像有沒有存檔？不會被洗掉吧？」

小曹點了點頭回答：「這部監視器直接連著我的硬碟，每個小時自動存檔，從我在這裡開店到現在，少說也錄了快兩年而且從來沒有刪檔案，怎樣，你想打開看看嗎？」

喜出望外的王銘陽跟著小曹走進辦公室，打開監視器錄影存檔，先找到昨天半夜錄到的部分，只看到一個中年女子模樣的人，熟門熟路地步行來到老屋門口，連房門也沒進去就直接打開信箱，接著看到那個中年女子伸手在信箱掏了半天，還打開手機的手電筒在大門口與信箱外面低著頭來回踱步，看樣子絕對是在找信件，王銘陽呵呵地笑著這個找不到信件的傢伙，因為她要找的東西都已經被王銘陽偷走了。

由於是高倍速攝影機，那個中年女人的臉孔與模樣的影像相當清楚，外套是常見的平價羽絨衣，留著半長不短的頭髮，臉龐略微圓潤，眼袋看起來有點深邃，看不出是半夜光線不足還是長年疲勞所致，眼睛有點細長，很像古裝宮廷劇中那種鳳眼嬪妃宮女，但除此之外，就沒有其他可供辨識的明顯特徵，王銘陽再度失望了。

「根據你剛剛的判斷，有人定期回去老屋信箱拿信，我想應該就是這個女人吧！反正我的電腦內存了快兩年的影片檔，仔細地找找看，說不定曾經錄到白天的影像，這樣就比較清楚。」小曹提醒著。

「對！我怎麼沒想到！」王銘陽只好耐著性子不停地將檔案倒轉、快轉，除了每隔幾天出現一次來投遞的郵差，以及在旁邊打球的學生跑來這附近撿球外，老屋門口多半時間是空無一人。

「咦！這個鬼鬼祟祟的黑衣男人是誰？」小曹看到某天半夜，錄到可疑男人出現在影像中。

「哈！那是我啦！等一下你一定要把這段刪除。」王銘陽苦笑著，人還真的不能做壞事啊。

倒帶倒到一個月前所錄的影像，那位神祕中年女子再度出現，同樣是半夜時刻，王銘陽只好耐著性子繼續倒帶，漸漸地，王銘陽發現這位女子的行為有其規律性，她都是固定每個月四號或五號來老屋，而且只是朝信箱伸手一拿，把信件一股腦帶走後，頭也不回地馬上離開。好不容易找到七個月前，那女子選擇在白天下午來拿信，所錄下的影像就更為清晰。

「仔細一看，那女人的人中特別短窄，雖然年紀看起來沒有特別年長，但法令紋格外明顯，左眼旁邊還有一顆明顯的痣。」看得很仔細的小曹分析著。

「是啊！很清楚，那又能怎樣，難不成把照片印下來，然後在各大報刊登尋人啟事嗎？這家人如果選擇刻意躲起來，看到尋人啟事，恐怕只會躲得更隱密！」王銘陽的分析也頗有道理。

「哈哈！認識我算你走運，我為了調配汽車烤漆塗料，所以花了點錢買了很精密的圖像影像與顏色的辨識系統軟體，而且我的監視器具有一千萬以上的超高畫素，只要多下載幾張照片與影片，讓系統去跑，幾乎可以秀出逼真度為百分之九十九點九九的臉孔與身體的各種細節。」喜歡搞３Ｃ的小曹洋洋得意說著，一邊下載那女人的影像與照片。

「說到最後，也只是把那女人的長相看得更清楚而已，對於找人也沒什麼幫助啊！」意興闌珊的王銘陽沒有小曹起勁。

「別吵，看我的！」小曹把超高解析度的影像圖檔丟到網路上，然後輸入幾個搜尋關鍵字：廖麗秋、台灣……不到三秒鐘，電腦螢幕跑出兩筆資料，一筆在ＦＢ，一筆在ＩＧ，王銘陽不可置信地揉著眼睛，社群網站的照片和監視器影片的人一模一樣，相似程度高達百分之九十九點九九。

「撈到了！」王銘陽和小曹高興地擊掌起來。

「這筆買賣如果搞得定，我一定包個十萬塊錢紅包給你。」

「別高興太早，找到廖麗秋的社群網站，也不一定保證找得到人，我們繼續撈撈看。」小曹點開被肉搜出來的廖麗秋的ＦＢ首頁與ＩＧ，除了兩張照片外，各只有一則訊息。ＦＢ上頭顯示這位廖麗秋在三個月前曾經在瑞芳的郡山安養診所打過卡，而上傳到ＩＧ的照片也抓得到衛星定位，根據google經緯度的分析，恰好就在同一家診所的後門，位置是在新北市瑞芳的山區。

「看樣子，廖麗秋與這間診所的關係很密切，你只要跑一趟，就算找不到人，至少也可以查到更新的線索。」小曹很有信心。

這次，總算不會輸給YoYo了！王銘陽開著車二話不說直奔高速公路。

下高速公路往瑞芳山區開上去，初冬季節的非假日的小山城，沒什麼遊客，一路上景緻相當精彩，沒什麼心情看風景的王銘陽緊盯著路況，午後的東北季風吹來雲霧，車子鑽進毫無能見度的濃霧，過了九份金瓜石以後，沿路幾乎沒什麼住家，納悶著真的會有診所開在這種鳥不生蛋的地方嗎？

剛過一個叫作牡丹的火車站，衛星導航顯示已經抵達目的地，位於狹窄蜿蜒的山路旁的診所，招牌很小，沒仔細看絕對會錯過。比較奇怪的是，診所是棟三層樓的建築，門面雖小，但佔地頗大。一見到附近的環境，王銘陽忐忑不安的心情反而消失，原先很擔心僅憑社群網站的打卡與照片就跑來找個素昧平生的人，實在很不靠譜，萬一廖麗秋只是偶爾來此觀光拍照打個卡，這條線索又得宣告中斷，但這附近離九份金瓜石風景區距離很遠，只有數不盡的芒草、無聊的雜木林和幾間看起來不像有人居住的磚瓦屋，不可能有觀光客會跑到這裡拍照打卡。

王銘陽故意穿上登山客慣用的外套帽子，帶著一枝登山杖，裝成臨時肚子痛上門求診的登山客。

「看醫生要等一下！初診請先填表格。」櫃檯內傳來一陣懶洋洋的女聲。

「沒關係！我可以等！」王銘陽走近櫃檯取出身分證與健保卡，探頭看著櫃檯內，那女人一抬頭，王銘陽啊呀叫了一聲，廖麗秋就出現在眼前。

「先生，你哪邊不舒服？」聽到叫聲，廖麗秋好意地問著

暫時不打算打草驚蛇的王銘陽回答：「肚子痛！爬山爬到一半，也許是腸胃感冒吧！」說完把帽子脫掉故意露出一副痛苦模樣。

廖麗秋溫柔地回答：「還好我們今天開門看診，否則你得一路走下山到瑞芳呢！」帥氣陽光男孩的外型，再裝出痛苦模樣，王銘陽往往靠著這張招牌表情拉近與陌生女人的距離。

「為什麼妳們診所會開在這裡？嗯，沒什麼惡意，我只是很好奇。」王銘陽攀談起來。

「其實，我們並不是單純診所，而是安養院。」

「安養院？」

王銘陽探頭探腦四處張望，廖麗秋比了比樓上：「病患都在二樓與三樓，收容的患者全部都是因呼吸衰竭長期仰賴呼吸器存活的病人。」

「是所謂的植物人嗎？」

「不純然是，反正都是被家屬送過來，我們這邊其實也不太需要作什麼醫療行為啦！只要定期地清洗與更換呼吸器，檢查一下氧氣筒……。」

「哈！只顧自己講話，忘了你肚子痛，只是……只是……我猜醫生今天恐怕不會進來，你知道，安養院的病人已經完全無意識，醫生沒必要天天來巡房。」在這種無聊地方上班的廖麗秋，好不容易跑來年輕男患者，話匣子一打開後就講個不停。

「什麼？」王銘陽故意拖點時間，打算多觀察一下眼前這個神祕女人，於是他故意裝出咬牙切齒的痛苦模樣。

廖麗秋見狀有點於心不忍：「這樣吧！如果你信得過我，我開點藥給你吃，如果你有需要，樓上有病床可以去躺一下休息。」

「會不會麻煩妳？」

「我可是具有護理師執照呢！放心啦！」廖麗秋從瓶瓶罐罐的藥櫃中取出幾顆藥，倒了杯開水一起遞給王銘陽，王銘陽側過身體假裝把藥吞下去後，跟著廖麗秋走上二樓。

二樓一共有十幾床病床，其中一半空置著，王銘陽看到眼前的景象，差點吐了出來——只見一床床已經折騰到不成人形的老人，一動也不動，眼神呆滯，身上插著一大堆搞不清楚是呼吸器還是胃管的管線，除了嗡嗡作響的機器聲音外，完全找不到一點生氣。

「有點嚇人，對吧?沒看習慣的人會感到有點毛毛的，但這些其實都是活生生的人，只是他們沒有知覺、痛覺也沒有意識，完全就靠著兩條管線維生下去，一條給他們營養液，另一條給他們氧氣。」

「他們到底是什麼病?」王銘陽好奇問著。

「什麼病都有啦，但主要症狀只有兩個字，太老，老到沒有能力靠自己活下去。」

「所以，只要拔掉這些管線，他們恐怕立刻會……。」王銘陽慢慢地適應眼前這種絕望的氣氛。

「對!可是只有他們的直系親屬有權利拔管，我們醫護人員只能幫他們維生。」

「可是，明明這些人都已經沒必要……為什麼還要讓他們如此……嗯……你知道我說什麼吧?」王銘陽看到這些已經沒有任何尊嚴的老者，於心不忍地問著。

「唉!一言難盡，家家有本難唸的經。」聒噪的廖麗秋似乎不太想回答這個問題。

這時王銘陽忽然瞥見旁邊病床的病患姓名：廖國巨，這個名字不是別人，正是那間老屋的屋主，也就是廖麗秋的父親，這絕對不可能只是同名同姓的巧合，不禁地叫了出來。

「肚子還很痛嗎?如果你想要吊點滴的話……。」廖麗秋問著。

王銘陽掏出名片交給廖麗秋：「我還沒有自我介紹，我是星友科大的體育老師。」

一聽到星友科大，廖麗秋愣了一下，手捏著名片勉強裝出笑容。

王銘陽指著病床冷冷地說：「這個廖國巨應該就是以前華江科大的退休教官，而妳就是他的女兒廖麗秋吧!」

在毫無心理準備下被認出隱瞞多年的真實身分，廖麗秋尖叫了起來：「呀——」

王銘陽緊接著拿出郵局的掛號招領信與水電帳單丟在病床上：「昨晚你回老家翻半天沒找到的東西，應該就是這些吧！」

「你到底是什麼人？討債公司嗎？」廖麗秋拔腿想跑，被王銘陽一把抓回去並摀住嘴巴。

「妳別亂叫，否則會讓妳好看！」王銘陽威脅。

「討債公司？難怪！妳欠了很多錢，所以才要躲在這種小診所隱姓埋名吧？」王銘陽推測。

「別那樣看著我，我才不是什麼討債公司，放心，反而對你來說，我算是個財神吧！」

驚魂未定的廖麗秋，臉色蒼白地啜泣著。

「喂！我如果是壞人的話，為什麼我剛才還把身分證與健保卡交給妳呢？」王銘陽語氣緩和了些。

廖麗秋心想也對，情緒稍微穩定之後問著：「你找我到底有什麼事情？」

王銘陽把收購老屋的事情，只挑可以講的部分說給廖麗秋聽。

「你想買我老家那棟破房子？」廖麗秋破涕為笑。

「哼！妳還真的是見錢眼開，我警告妳，如果妳想耍花樣，別以為我們非買不可，不爽的話，就放手讓政府去徵收，妳可能不知道，政府徵收是用所謂公告現值，我已經幫妳算過了，頂多補貼妳們家一兩百萬。」

「所以呢？」廖麗秋疑惑起來。

「我開價八百萬，而且還幫妳負擔所有的稅捐與費用。」其實葉國強給的預算上限是一千四百萬，私心自用的王銘陽打算吞下中間的六百萬差額。

「對不起，那房子是我父親的，我無法替他決定。」確認對方不是開玩笑後，廖麗秋把姿態擺高。

早就料到對方會討價還價，只是沒想到對方會推給躺在病床上毫無意識的父親，王銘陽把那封自己到郵局去冒領的掛號信攤開，一臉不屑的指著廖麗秋的鼻子罵著：「你老爸是退休教官，每個月可以領政府發的五萬塊錢終身俸，妳為了貪圖這五萬塊錢，堅持不肯拔管，把他放在這裡、只能靠呼吸器毫無尊嚴活著，根本就淪為妳的搖錢樹，妳還有臉拿他來討價還價嗎？」

這番話宛如一把利劍刺入廖麗秋的心臟，廖麗秋搖搖頭說著：「隨便你怎麼說，這是我家的事情，你管不著。」

「對！我是管不著，妳這種不孝子女，為了冒領終身俸，讓自己老爸生不如死，說不定這幾十床的老人和妳老爸都是相同處境吧，我想記者們應該有興趣來挖醜聞吧！」

「我早就是爛命一條，多一兩則社會新聞在身上也不會少塊肉，少用記者來威脅我。」惱羞成怒的廖麗秋不甘示弱地頂回去。

「萬一新聞鬧出來，妳的債主很快就會找上門，政府可能也會取消妳老爸的退休金。」廖麗秋一開始提到討債公司，王銘陽認定她應該欠了許多債務。

「知道自己是爛命一條，代表妳還有點自知之明，別說我開價八百萬，如果我狠一點砍到四、五百萬，妳也沒有討價還價的空間，換成我是妳，乖乖地拿出妳爸爸的印章證件和房屋所有權狀，歡歡喜喜地收下八百萬，把該還的債務還一還，別再過這種躲躲藏藏的日子。」

躲躲藏藏將近十年之久的廖麗秋，心理壓力似乎在一瞬間獲得釋放，坐在她爸爸的病榻前嚎啕大哭。

廖麗秋本來是間大型醫院的護理長，生活與工作都還算過得去，十年前，廖麗秋一時鬼迷心竅把自己與老爸的畢生積蓄拿到中國去投資，外行的她，每次投資都是慘賠收場，不甘心之餘，又向銀行與地下融資公司總共借了兩百多萬打算翻本，但事與願違，碰到中國的詐騙集團導致兩百多萬血本無歸，已經身無分文的情況下，銀行與討債公司天天上她所服務的醫院去催帳，不得已，只好被迫辭職，更慘的是，當時剛退休的老爸中風，她身上也沒有多餘的錢可以醫治，只好把父親送到這家位於瑞芳偏遠山區的安養院，就這樣認識了安養院的院長。

恰好安養院地處偏僻，薪水低工時長，始終招募不到合格的護理師，廖麗秋把自己的狀況告訴院長，院長也同意她用工作的薪水來抵扣父親每個月高達兩萬多元的安養費用，並且免費提供住宿與三餐，如此一來，廖麗秋便可以安全地待在偏遠的山區躲避討債公司的催帳，由於沒有所謂薪資與勞保，債權銀行也無從扣款與催討。

廖麗秋僅能依靠父親每個月的退休金過日子，所以她才會在每個月月初回老家，去領退輔會每個月寄過來的支票，為了掩人耳目，她每個月還會繳老家的水電費，以免因為斷水斷電引來退輔會的懷疑。就這樣，她老爸已經插管將近十年，毫無意義、毫無尊嚴的以虛弱的軀殼活下去。

「除了妳老爸以外，躺在這裡其他的長者，是不是也遭遇到類似的情況？」王銘陽忍住憤怒問道。

廖麗秋低著頭避開王銘陽的眼神，無話可說。

二十

無風無雨，萬物一片死寂。

小曹牽著謝盈慧的手走出位於南澳的休息站，謝盈慧體貼地彎下腰幫背著沉重背包的小曹綁鞋帶。

「妳真的要陪我徒步走這段蘇花公路嗎？」

「這段蘇花很危險，妳真的想陪我走嗎？」

謝盈慧露出燦爛的笑容點點頭，緊跟著小曹的腳步，滿心歡喜的小曹轉過身問著：「這次妳不會再離開我了吧？」

謝盈慧墊高雙腳親吻了小曹，接觸她的雙唇那一剎那，小曹感覺皮膚上的每個毛細孔都在發燙。

還沉浸在一起攜手徒步環島的當下，一部百萬名車突然開到旁邊，謝盈慧一個箭步迅速鑽進車內，搖下車窗鄙視地罵著小曹：「神經病才會陪你瘋吧！」

嘶吼的汽車引擎聲浪從排氣管宣洩而出，小曹呼吸變得急促起來，各種亂七八糟的想法交替在腦中湧出，分不清楚什麼是真的？什麼是假的？頂著背包的負重，小曹賣力地在蘇花公路上跑著追逐那部已經看不到車尾燈的車，一不小心踏空掉下懸崖。

不知道躺了多久，耳朵邊傳來：「小曹！快醒醒！」

睜眼一看，小曹大吃一驚：「王銘陽！怎麼會是你？有看到小慧嗎？」

王銘陽踢了摔倒在地板上的小曹一腳，笑著說：「你睡傻了！叫你半天也叫不醒，只看見你一邊作夢還一邊嚎啕大哭。」

小曹坐了起來，揉揉眼睛查看四周，哪來什麼懸崖，四周只是自己的工廠，旁邊是平日休息用的塑膠行軍床，仔細回想，應該是睡到一半摔下來吧。

「你還好吧！是不是又夢到前女友啊？」王銘陽走回車內關掉引擎，原來小曹夢中聽到的排氣管聲響只是從王銘陽開來的座車所傳出來。

「別亂說，我是夢見徒步環島，不瞞你說，我計畫自己徒步環島已經一段時間了，打算利用寒假期間的生意淡季出發。」小曹辯解著。

「哈！夢見徒步環島會哭得唏哩嘩啦？還會抱著我的大腿用力的親吻？」王銘陽指著自己的長褲褲管：「你的口水把我的褲子都弄濕了，可惜我不是女的，不然就順著你的春夢陪你作愛打場炮算了，哈哈哈！」

難為情到極點的小曹也只能繃張臉故作嚴肅狀。

「小曹！我告訴你，一個人無法擁有的東西，別埋在心裡，也不要丟在回憶裡，更不能用毀滅式的自虐強迫自己遺忘。」王銘陽突然嚴肅起來。

「靠！沒想到你能講出這種頗有哲理的文青口條啊！」聽到這種羅曼史小說上才有的對話，竟然會從王銘陽的嘴中迸出來，覺得不可思議的小曹哈哈大笑。

「你是從哪一本書抄下來的啊？」

王銘陽抓了抓頭髮，想了一會後才回答：「大概是佛經吧！如果太深奧讓你聽不懂的話，我還可以給你一個更簡單的建議，要治療情傷的最好方法是剪下、複製、貼上。」

「剪下、複製、貼上？這又是從哪一本書讀來的？」小曹好奇問著。

「WORD的操作手冊！」

小曹笑得更起勁：「你還真幽默！」

王銘陽正經地說著：「你最近不是經常和吳思慧見面嗎，吳思慧！謝盈慧！都叫作小慧，太方便了，不必擔心講錯名字呢！」

小曹收起笑容問著：「別鬧了，你來找我作什麼？」

王銘陽指著門外隔著河川的另一端，只見兩部怪手和幾部卡車轟轟隆隆地操作。

「拆房子？」

王銘陽點了點頭，把他順利找到廖麗秋，買下老屋、交給星友營造的過程簡單講了一遍。

「為了領父親的退休俸，居然有子女寧可讓老爸痛苦插管長達十年！」小曹不可置信。

「這個世界的運作，真的很難從常理去判斷。」

「可憐的老教官！」

「我擅自作了一個決定，不曉得對不對？我開價後又額外要求廖麗秋一個條件，要她基於女兒的立場作出不再讓她老爸受苦的最好抉擇，作得到的話，我願意加價五十萬。」王銘陽說。

「結果呢？」

「老教官安心上路了，阿彌陀佛！我不知道我這種要求到底對不對？」

「至少，你花五十萬讓受苦的人得到最後的解脫。」小曹回答。

「可是人畢竟不是神，不能任意去干預他人的生死啊！」王銘陽有點罪惡感地問著。

「別想太多，反正是皆大歡喜，你完成了自己分內的工作，廖麗秋可以獲得重生，老教官不再痛苦，以後搬來這裡的居民有條出入方便的橋樑。」小曹安慰著。

「對了！這是我答應給你的紅包，我說到就會作到。」王銘陽把裝著十萬塊錢的大信封袋交給小曹。

「一點小忙而已，你不必如此啦！」小曹婉拒。

「你就收下吧！沒有你的幫忙，就無法搞定這筆買賣，不瞞您說，但千萬別告訴葉校長，我從中賺了不少差價，但整件事情讓我覺得有點不安，你就當作是分擔一下我的良心壓力吧！」

都交心到這般程度，小曹也只好收下了。

一家人耗了十年的痛苦才得到解脫，一棟房子卻只在短短的半個鐘頭就拆得一乾二淨。

小曹指著連廢土都不剩的空地，嘆了一口氣問著：「一間破屋，到底是一家人的避風港？痛苦的根源？還是最後解脫的救贖？」

王銘陽欠一欠身子不置可否。

「小曹！你下班後有時間嗎？」遠遠就聽到吳思慧大吼大叫的聲音。

王銘陽看到吳思慧，露出邪惡的神情轉身對著小曹說：「你的運氣來了，記住了，剪下、複製、貼上。」

吳思慧等到王銘陽離去後才問：「什麼剪下複製貼上？」

「沒什麼啦？我跟他在研究影像分析。」小曹說出兩人如何利用影像找到廖麗秋以及收購老屋的過程，但避開王銘陽私下賺取鉅額差價的那一段。

「不是我愛說別人壞話，王銘陽那個傢伙有股說不出來的怪裡怪氣，你最好別和他走得太近。」吳思慧憑藉的是對男人的第六感。

「和氣生財啦！我只把他當成工廠的大客戶。」小曹看見吳思慧說得很認真，還是補了一句回答：「你的建議我會聽進去的。」

「乖！這樣最好！」當老師習慣的吳思慧，說話語氣總是帶點嘮叨與囉嗦。

「對了！你傍晚有沒有空？能不能幫我送幾個學生回家，就這附近而已。」吳思慧想起自己的來意。

接下特殊教育班班主任的吳思慧，為了能夠迅速拉近自己與那群有著高度警戒心防的特殊學生的距離，每天早上與下午，毫不間斷地天天開車接送她的學生上下課，偶爾幾次留在學校來開教務會議，也都會請求小曹幫忙接送，其實小曹的修車生意相當忙碌，但就是無法拒絕吳思慧的請託，表面的原因是希望自己也能幫助這群有身心障礙的孩子；內心則是希望盡可能地藉由工作或有意義的付出，來填補自己因為情傷而被掏空的世界。

「謝啦！那我先走了，學生就麻煩你了！」

看著吳思慧離去的背影，小曹有股想要把她叫回來的衝動，正在猶豫不決時，王銘陽那句複製貼上的建議浮現腦中，小曹連忙喊著：「阿慧！等一下！」

吳思慧轉過身露出笑容：「什麼事？」

小曹這個時候才支支吾吾地亂編理由說著：「是這樣，王銘陽這傢伙給了我一些幫忙賣房屋的佣金，不過收這種錢實在讓我覺得良心上很過意不去，不然這樣，這個禮拜天，妳帶著學生來我這裡烤肉，讓我把這筆錢用在可憐的學生上面。」

吳思慧噗哧笑了開來：「我的學生一點也不可憐啊！他們各個都是可愛的孩子，不管怎樣，我替他們謝謝你這位良心不安的金主，禮拜天見。」

小曹目送著吳思慧離去，遙望著老屋拆除後空蕩蕩的對岸，感覺自己視野突然遼闊起來。

三天後。

「你實在不太擅長烤肉！」看見小曹把好好的和牛烤成肉乾，吳思慧心疼起來。

「術業有專攻，我只會烤漆不會烤肉！」滿臉被焦炭薰黑的小曹尷尬笑著。

吳思慧接過烤肉的工作，把幾片被烤成焦炭的牛肉丟到小曹的盤子：「自己搞砸的自己負責。」然後吆喝了幾個手腳比較俐落的學生來幫忙。

「烤肉要有耐心，而且要隨時和它溝通。」

「你能跟肉溝通？」小曹笑了起來。

「不同的食物有不同的溝通方式，他們會給你很細微的線索，你要耐著性子去找出來，就像我這班學生，有腦痲的、聽障的還有學習溝通障礙——也就是你們所說的自閉症。」吳思慧說完指著在旁邊幫忙串肉的學生後繼續說：「像這位小羊，其實只是輕度腦性痲痺，他比較弱的只有語言表達速度和下肢行動，也就是說想的事情沒有辦法很快很完整的說出來而已，只要把他當成口吃比較嚴重的人，就容易溝通了，你別看他講話不完整，走路不方便，他腦子轉得很快，手也很巧，打字速度比一般人快上兩倍以上呢！如果想和他大量溝通，只要給他一部平板電腦。」

「小曹，把比較慢熟的玉米拿過來。」

「烤玉米比較花時間，還必須在旁邊守著且不斷的翻面，才不會一面生一面熟，就好像那個站在你的烤漆工具旁的那位叫作懶貓的自閉症孩子。」

小曹糾正她：「那個叫作抛光機。」

「隨便啦，像懶貓，他的邏輯思考的順序和普通人不一樣，你絕對不能強行把答案或結論灌輸給他，好比一加一等於二這個算式，教正常三歲小孩時，就算他還不懂，但起碼會先接受等於二這個答案，有了這些初等的基礎，自然就容易往上學習越來越複雜的數學，但懶貓不一樣，他會從兩個不同的一去反覆思考，或者是去想一加一這個算式對他有什麼意義或樂趣，哎呀！講起來很複雜，反正就是要等到他慢慢接受並且想通等於二這個結論，如果要強行逼他接受，絕對會抗拒到底、甚至躲起來。」吳思慧的確有這方面的教育才能。

小曹走到懶貓的旁邊，拿起另一部拋光機和一罐汽車蠟，先把蠟塗抹在車子表面，然後打開電源示範打蠟，不到三分鐘，打過蠟的那一片板金格外的亮麗，懶貓看了哈哈大笑。

「他大笑絕對不是取笑你，而是他替那片比較光亮的鋼板感到高興。」吳思慧連忙解釋。

小曹對著懶貓比了個跟我一起作的手勢，只見懶貓立刻跟著學了起來，雖然生疏，但來回塗抹與拋光的動作竟然不輸給小曹，而且手部動作更緩慢更平穩，花的時間雖然比較久，但可以看得出來，他經手的那塊板金，光亮度與平滑度的比小曹還要好。

「厲害！厲害！」小曹讚嘆著。

「是啊！你只要耐著性取得他的信任，只要別強迫他作自己還沒想通的事情，這類小孩子確實很擅長做這種被一般人覺得枯燥的工作。」吳思慧也對懶貓比了個讚的手勢。

「哇！你畢業後乾脆來我……。」

吳思慧粗暴地打斷小曹的話：「小曹！別亂說話，我們不能對他們亂下承諾，他們的共同特點是分辯不出所謂的社會化語言，如應酬話或謊言，你對他許下任何承諾，如果到時候跳票，他們的世界會一夕之間崩潰，會拋棄好不容易才學習到的一切事物。」

亂許承諾、跳票、一夕崩潰，這些字眼聽在小曹的耳朵內很有感覺。

懶貓打蠟的動作相當緩慢，力道用得完全均勻，每個動作就好像機器人般的固定，但卻又可以從他的眼神中看到對車子的感情，似乎把汽車當成寵物般的呵護，小曹想起自己當學徒時，一天到晚被老師傅罵沒耐心，足足花了一兩年才能進入這種忘我狀態，但沒想到自閉症者學習的速度比他快上許多。

人的盲點就是會把簡單的事情複雜化，因為被情緒、雜念、效率、輸贏等莫名其妙且不怎麼相關的社會價值所綑綁。就像小曹明明早就對失戀釋懷，也知道自己必須更勇敢地往前走，但總是會想起那些最莫名其妙、微不足道的陳年小往事，這些雜事好像散落在硬碟內的小程式，不管如何努力地刪除，總是殺不乾淨，除了格式化整個腦子。

「我告訴你一個好消息。」吳思慧一邊分配玉米一邊說著。

「這個寒假過後，這群學生要和我一起轉到新北工專。」

「所以你是說，他們都簽了自願轉學意願書了。」

「是的！我的努力沒有白費，他們都願意信任我，跟著我！」

「這樣啊！」小曹的語氣並沒有特別高興，因為這意味著與吳思慧天天見面的時光終究告一段落。

再怎麼遲鈍的女人也聽得出小曹的語氣，吳思慧笑著說：「也沒有很遠啦！」

從龜山到淡水，這種距離足夠讓原本就忙碌的兩個人從此疏遠吧！但小曹忍住內心的失望，從和前女友分手後，他慢慢地學會克制所有欲望，學會了希望越高失望就越大的現實人際關係。

小曹怕自己的心思被看穿而引來沒有必要的煩惱，故意掩飾自己的失望說道：「那就沒人幫你接送這些孩子上下課了！」

「船到橋頭自然直，說不定新學校願意提供交通車呢！」吳思慧原本期待聽到小曹能進一步掏開心胸的話，期望落空的她也只好關閉自己那顆想要進一步探索對方的好奇心。

「小曹哥哥！這些是什麼？」一個學生在他的工廠角落找到一只特製的背包，背包下面有輪子，上面有類似出國登機箱的那種拉環。

「我下個禮拜，也就是你們學校開始放寒假時，打算去徒步環島，這個背包是我自己設計的，很符合人體工學。」小曹笑著回答。

「好厲害！可惜我們這輩子都不會有這種機會。」那學生嘆息起來。

「沒關係，你們可以加我的ＩＧ與ＦＢ，環島的過程，我每天都會直播、放些照片，你們只要盯著電腦或手機看，不就等於是陪我一起走了嗎？你們可以上去幫我加油打氣。」小曹幫著那些學生加入自己已經設定好的獨自徒步環島社群。

吳思慧有感而發說著：「趁年輕有空閒的時候，多多嘗試也挺好的，很多事情一旦錯過，就不會有第二次機會了！」

小曹裝作聽不懂暗示，自顧自地和學生一起吃東西，吳思慧嘆了一口氣。

二十一

小曹的徒步旅行從自己的工廠出發，先從新北市山區繞到宜蘭，再從宜蘭進蘇花公路到花東。這種旅程很難事先做出詳盡規畫，每天路況與身體狀況都會影響步行的距離，若遇到有趣新鮮的地方或許可以多留幾天，總之就是走到哪裡睡到哪裡。

清晨天還沒亮，還在工廠內檢查自己的背包順便巡視廠內的所有電氣設備有無關妥時，吳思慧就出乎預料地帶著學生過來。

「他們說要來送你一程。」吳思慧笑著說。

孩子們還作了「曹晏誠團長徒步旅行應援團」的旗幟，堅持一定要在出發前和小曹合照，並且儀式性地陪小曹走一公里的路，別小看這一公里，對於行動不便的孩子可是他們一生中最長的步行距離。

「團長？」

「你不是弄了個小曹徒步環島社團嗎？他們就封你作團長，我作副團長。」吳思慧拿出幾個親手的飯糰給小曹，看到還有些溫熱的飯糰，小曹下定決心，趁這趟旅行，拋棄身心上所有那些屬於過去的垃圾後，一定得鼓起勇氣向她表白。

有徒步旅行的前輩提過，徒步旅行的最慘烈的撞牆期是第四天，經歷了第一天的新鮮感，第二天的興奮感，第三天的身體疲憊感之後，第四天是最難熬的，因為當所有的感覺都消失後，獨自徒步者會進入被世界遺忘、毫無自我存在感的恐慌，尤其是徒步的順序如果是北部─東部─南部─中部，第四天剛好要進入旅程的地獄行程──蘇花公路，許多人在入口的南澳就宣布放棄。

所幸一路上透過手機的直播或分享，讓小曹體會有一群人隨時在關心他、注意他，這世界不再只有孤獨的自己。

有人說台灣最美的風景是人，三天下來，對此小曹並沒有什麼深刻體驗，反倒是從新北一路走到宜蘭，沿途最多的景色居然是房地產廣告，有「距離台北東區車程十分鐘」的大型造鎮廣告，有明明就是在荒郊野外卻鬼扯「無敵山海景度假豪宅」的廣告，還有只不過是位於都會周邊小村鎮的小鬧區，卻浮誇成「六都小豪宅」的廣告，當然，更多的是數不清的房仲廣告，清一色穿著正式套裝裝出一副權威的個人沙龍照，搞不清楚是賣房子、選議員還是徵婚啟事。

即便好山好水，也被這類多到令人作嘔的廣告看板遮掩住天際線與風景線。

第四天清晨四點半，小曹在南澳的小旅館起個大早，從南澳越過蘇花公路，沿途上坡陡峭、砂石卡車橫行，步行速度沒有辦法達到每小時四到五公里，除此之外，下一個最近的民宿則是在三十公里外的崇德，這意味著這一天至少得走上十二到十四個鐘頭。

出發不到一個鐘頭，小曹想起昨晚睡覺前，懶貓在群組內發了一則匪夷所思的訊息「再見了！」然後就退出群組。停下腳步揉了揉小腿腹，冷冽的清晨，從背部淌出的冰冷汗水讓小曹全身顫抖不已，一股涼氣從腳底順著脊樑迅速往上衝，小曹想起懶貓後又打了個哆嗦，心神不寧地產生一股莫名的恐懼感，明明無風無雨，空氣新爽。

小曹吸了一口氣，突然覺得不舒服，好像再多吸幾口的話，內臟就會完全從嘴裡吐出來似的，身體狀況一向良好的小曹從來不曾如此過，不管身體狀況怎麼不好，也不至於這麼嚴重才對，該不會是連續看了三天的噁心房地產看板吧！

正猶豫是否要立刻上路還是多休息一會兒時，手機噹噹的聲音此起彼落，群組內突然跑出幾百條訊息，小曹一看，整個心似乎往下沉。

其中部分的訊息全都是讓人不安的「他死了！」、「死了！」這類沒頭沒腦的文字，大部分的訊息都是那種悲傷的表情符號，甚至還有人貼出死神降臨的暗黑貼圖。

小曹以為他們誤認為自己遭遇不幸，趕緊自拍張照片上傳然後打開直播讓他們看到自己，只是亂七八糟的訊息還是不斷的湧入群組，小曹決定打通電話給表達能力比較正常的小羊：「能不能告訴我，到底發生什麼事情啊，你們大家怎麼都亂成一團呢？」

電話那頭傳來不斷啜泣的哭聲，但隱隱約約可以知道懶貓在昨晚已經過世，小曹耐著性子等到對方的情緒平復後才慢慢地問，原來昨晚懶貓爬到五專部大樓的頂樓，然後不知道是自殺還是意外，摔下樓當場身亡。

「他是自殺的！自殺的！」小羊大吼大叫。

「妳們老師呢？」小曹這才發現吳思慧並沒有連上群組。

「不知道！我不知道！你不要逼我！」

看樣子連最正常的小羊也面臨心理崩潰，小曹不忍心繼續逼問他，只好拚命地打電話給吳思慧，手機、LINE、FB、Skype甚至學校辦公室全都打了不下十遍，怎麼找都找不到人。

無心繼續走下去的小曹往回走，在蒼茫無際的山路上心急如焚地朝山下奔跑，這時候手機響起。

「阿慧！到底發生什麼事情？」著急的小曹沒有注意到底是誰來電。

「我王銘陽啦！」

「我現在沒時間跟你講話，你可不可以晚一點再打。」小曹說。

「我才不是要跟你聊天扯淡，學生出了事情，我必須趕快找到吳思慧。」電話那頭的王銘陽聽起來比小曹還慌張。

小曹停下腳步，喘氣地問著：「是不是昨晚有學生在學校發生意外？」

「你怎麼知道？是不是吳思慧告訴你的？我現在得立刻找到她找，你能不能幫我聯絡到她呢？」

看起來吳思慧應該知道這件意外了。

「我也找不到，你能不能告訴我到底發生什麼事情？」小曹問著。

「我跟你講，但絕對不能對外面講，尤其是媒體，知道嗎？」王銘陽叮嚀著。

昨晚，懶貓闖進已經封鎖，且隔天就要進行拆除工程的五專部大樓，爬到七層樓高的頂樓跳樓自殺，碰的一聲後，校警以及已經進駐的拆除工人在第一時間就趕到現場，但已經毫無生命跡象，雖然不到十分鐘救護車就趕到，不到二十分鐘就送到急診室，卻已經回天乏術，現場留下一封遺書，上面用電腦打的幾個字：「我有聽老師的話，但我還是不想轉學！」

「警方、檢察官與學生家長都已經到現場，從監視器中已經排除了他殺的可能，據家長表示，那位學生最近半個月的精神狀態很差，身體的病痛也有惡化的跡象，你知道，身心障礙的人，精神狀態本來就很不穩定……。」王銘陽大致把事情說了一遍。

「從手機的通聯與上網記錄，那位學生昨晚曾經和吳思慧聯絡過，表達了自己很不想轉學的意念，然後也查到他曾經在你的群組內留言過，所以我才想打電話問你看看。」

知道事件真相後，小曹哭了起來。

「沒事啦！學生自殺又不關你的事，只是，校長與校董有交代，因為這兩天就要進行大樓拆除工程，這個事情千萬別讓外界知道，以免媒體或有心人的炒作。」王銘陽繼續說著。

「難道你們都不關心學生，只在乎工程進度嗎？」小曹對著手機大吼。

「我知道你和吳思慧以及那群學生很熟啦，不過！這世界就是這樣，不管今天的世界是美是醜，太陽總會升起，升起後總會日落，不關自己的事情，攬了太多在身上，也無法改變，是吧！記得如果有吳思慧的消息，趕快叫他聯絡我或學校。」冷酷的王銘陽說完就掛上電話。

小曹站在南澳漁港的防波堤，太平洋上的季風慢慢吹抵，明明太陽快要露臉的天氣突然之間驟變，小曹對著天空大罵：「我操你媽的世界！」

無心於旅程的小曹跳上第一班回程火車，單調的轟轟隆隆聲響讓他冷靜下來，把這半年來發生的事情仔細想了一遍：吳思慧很努力地尋求學生的信任，希望能帶著這群學生一起轉學，這些學生之所以會簽自願轉學書是因為想要幫助吳思慧，因為學生們從小曹的口中知道，如果他們願意簽字，他們心愛又敬重的老師就會有工作，就不會再度失業沒飯吃，他們是基於對老師的真愛，但畢竟對於有學習障礙或心理障礙的小孩而言，根本不敢也不想轉到遠在淡水的新學校，他們會害怕新環境，況且轉學到淡水，意味著必須離開讓他們感到安穩的家。

對於多數正常人而言，這並非是什麼兩難的問題，要麼轉學住宿舍，不然就停止學業，但對這些學生而言，繼續上學、安穩的家裡、熟悉的環境可是缺一不可，心理上根本完全無法妥協。

吳思慧這個時候一定很自責，一定會把良心的責任攬在身上，她需要有人陪她渡過，小曹才不管什麼環島徒步，旅行的意義在於發現自己，但小曹現在知道自己的世界不能缺少吳思慧，只是任憑手機打到沒電，吳思慧始終音訊全無。

馬不停蹄地趕回工廠，背包一丟趕緊衝到位於對岸的校區，除了發出震耳欲聾的怪手等大型機具的聲音外，整個校園在他不在家的三天內，幾乎快夷為平地，王銘陽看到小曹，好奇地問：「你不是跑去環島了嗎？」

小曹沒有回答而是心急地問著：「有連絡上吳思慧了嗎？」

王銘陽把小曹拉到比較遠離工地的地方才回答：「剛剛就在一兩個小時前，她寫了一封辭職信給校長。」

「信上有說什麼嗎？」

「就是一般制式的辭職信，她還寫到同時也向新北工專提出辭職，你知道，她本來已經收到新北工專下學期的聘書了，至於原因與其他有什麼情況，我也不太明白，事實上這也不關我的事情，只是葉校長、校董以及幾位學校主管，全部都不在國內，才叫我出面來處理這些事情。」

「你有把事情轉達給校長嗎？」

「我一整天都在這裡連絡這個連絡那個，學生家長、醫院、校長校董警察檢察官……累壞了，星友建設也就是姚莉莉那邊，還堅持今天一定要如期開工，還放話今天如果無法開工，要告上法院，還不都是星友集團，幹！連讓學生的家長作場簡單的招魂法事都不允許。」王銘陽抱怨著。

「對不起，早上我在電話中的講話有點傷人。」小曹說著。

「別這麼說，遇到這種事情，所有人都會有情緒，我身為校長特助，要處理的事情太多了，所有的人，包括校董校長還有星友營造那邊的人，壓力都往我身上丟。」

「什麼壓力？」

「不能被媒體知道的壓力，你知道，一旦鬧上媒體，拆除工程就得延宕，沒辦法繼續接下去的一大堆狗皮倒灶計畫，哼！」王銘陽丟下菸蒂，狠狠地往菸蒂踩下去。

「檢察官竟然允許事故現場立刻可以進行拆除工程，就算只是自殺，也不能如此草率啊！」小曹有點氣憤。

「錢啊！姚莉莉那邊用錢擺平家長、擺平檢察官，立刻結案，立刻開工，又是姚莉莉那個賤貨。」王銘陽其實心中憤恨的並非校方與檢方的草菅人命，而是兩個人之間的競爭，在這一回合又被YoYo扳回一城。

二十二

三十年後的星友廢墟大樓。

小葉聽到學生從學校頂樓跳樓自殺這段往事，哎呀驚叫了一聲，全身發抖牙齒打顫地問著：「七樓，應該不會是你家這一棟的七樓吧？」

YoYo笑著：「你猜的沒錯，就是這棟七樓，跳樓的位置就剛好在妳坐的這張靠窗戶邊的沙發。」

小葉整個人跳了起來連滾帶爬地離開沙發，雙腿不聽使喚地抖著：「妳別開玩笑！」

「這批住宅的建築設計圖是我畫的，為了畫圖，學校所有建築物的設計圖，少說我也看了一兩百次，這批住宅的一磚一瓦以及發生過什麼事情，我閉著眼睛都可以背給妳聽。」YoYo對於住宅的設計頗為得意。

她是騙我的！她是騙我的！根據資料顯示，YoYo後來因為精神失常被強迫治療一段時間，不太可能記得清楚三十年前的細微往事，小葉自我安慰地想著。

「妳是不是覺得我很殘忍，跟那個爛人王銘陽一樣想罵我賤人？」

其實小葉只是被自殺的鬼魅嚇著，還沒有想到其他事情，聽YoYo這麼一說，思緒回到故事上頭，想了一會兒，很誠實地點了點頭。

「妳很誠實！不錯！所有人聽到我強行下令動工，嘴巴裡咒罵的字眼可不只有賤人如此文雅，我不想對妳這麼一個有家教有涵養的女生，轉述其他人嘴巴的不雅字眼。」YoYo說。

「不過，妳還記得剛剛跟你說過的黑白兩道廢土業者嗎？上一次拆體育館時，因為我沒有處理好，導致兩個業者差點在工地搞出全武行，後來靠妳爸出面才暫時擺平他們。」

「記得！」

「妳爸當時答應了那個黑道業者，允諾由他們承包校舍與宿舍的拆除工程與廢土清運，他們怕臨時發生什麼變故，拆除的前幾天就把大型機具運到現場，還派了人員二十四小時看守。」

「另外那批礙於妳爸的面子，沒有出面承包這批工程的白道業者，一樣派了人到現場。」

小葉好奇問著：「工程又不是他們包下來的，為什麼還得派人來看呢？」

「這妳有所不知，白道業者並非放棄，而是聽從妳爸爸的安排來陪標，同樣參與工程的投標流程，只是價格故意寫得比黑道業者稍微高一點，然後在形式上就流標了，也因為有多個業者投標，大家在形式上也弄得很合法，這就是所謂的綁標，白道業者之所以會來現場，是來監視得標的業者到底有沒有依照合約準時開工，萬一得標的業者因為種種理由，無法在合約日期如期開工，陪標的廠商就可以主張對方違約，根據投標辦法，他們的順位是第二高價，依法可以立刻取得工程合約。」

理工宅女的小葉，一聽到這類法律上的合約、投標、綁標等詞彙，便哈欠連連。

YoYo笑了笑：「反正就是沒拿到好處的人在旁邊虎視眈眈地等著對方出包。」

小葉有點懂了後順著說：「所以，當那學生自……嗯……事件發生，如果為了更詳細調查死因，勢必得將工程延宕，萬一等在外面的白道業者不管三七二十一，指控得標的黑道業者沒有開工，那事情就更麻煩了，我說的對不對？」

這番話聽在YoYo耳中後露出一副無聊的表情說：「這麼簡單的事情還要想那麼久，說句不客氣的話，妳的聰明程度還不如妳老爸葉國強的十分之一呢！」

「唉喲！姚大姐！知道就好！從小到大，不知道有多少人這樣說過我，害我一度以為自己不是父親的親生女兒呢！」

「著是按呢毋！」「YoYo脫口而出。

「妳說什麼？」敏感的小葉立刻問起。

「嗯，沒什麼啦！」YoYo顧左右而言他，把話題帶到正題：「得標的黑道業者也知道外頭有競爭廠商不安好意地等著他們出包，唉，一群全身刺龍刺鳳的傢伙，圍在我身邊逼我無論一定要允許他們如期動工，當時我又找不到妳爸爸，打電話給陳星佑，他一樣是站在逼我開工的立場，還說，過幾天市長就要宣布這個政策，不開工的話……妳知道的，總之，好幾道沉重的壓力壓在我的身上。」

「妳可以抗命啊！或者可以一走了之啊，現場有人自……嗯……意外，有警察有檢察官有學生家長，這些都是妳的靠山啊！」小葉指責起來。

「說的也是啦！現在的我早已經不再替自己辯解，但三十年前的我，想法和現在很不一樣，年輕時難免做錯，但有些人可以一而再做錯事，而有些人只要做錯一次，就永無翻身機會，人啊！沒有必要扛下自己負擔不起的擔子。」YoYo輕輕嘆了一口氣。

「不過，整件事情也沒有妳我想得那麼糟糕，妳爸爸幾天後回國，把黑白兩道的雙方業者叫到那可憐的學生的靈堂前上香，不曉得是他們良心發現，還是妳父親所具有的天生說服別人的魔力，兩邊的業者後來聯手出錢僱了三年的巴士，天天接那批資源班的學生從家裡到淡水的新學校上課，下課也一樣把他們接送回家。」

「建築這個行業很邪門，最怕鬧出人命，鬧出人命後，有時候會讓壞人良心發現蛻變成好人，也往往會讓一些原本的好人陷入深淵變成無惡不作的壞人。」

「這兩個業者後來聽說乾脆合併一起合作，竟然壟斷了將近十幾年北台灣的廢土與拆遷工程，也因為無須削價惡性競爭，所以他們也減少許多偷工減料的惡習，也算是一樁好事啦！」

聽到學生的通勤問題解決了，小葉想起吳思慧。

「吳思慧有跟學生去新學校嗎？」

YoYo搖搖頭：「可憐的吳思慧啊！她和我一樣，明明沒有能力卻扛負著自己背不起的良心責任，等一下我自然會再提她，在此之前，我想喝杯酒，我知道妳的包包內還有日本清酒。」

「連這個妳都聞的出來，其實我帶這兩瓶酒本來就是要送妳的。」

YoYo聞了倒滿杯子的純米吟釀，滿足的繼續說下去：「拆除、開工、完工……一系列眼花撩亂

1　台語的「就是這樣囉！」

的過程，我現在回想起，只能說該死的除了我這種貪心的業者外，政客更是讓人厭惡。」

看了看外面的天色，伸個懶腰的YoYo說下去：「看起來差不多是快半夜三點了，我盡量在天亮前把故事說完，天亮之後我必須去幹活，這當中，妳就不要再插嘴了，否則我會講不完啊！」

二十三

好不容易盼到過年與小范升官兩件喜事，打算趁機找間五星級飯店吃頓年夜飯的謝盈慧，卻被婆婆指責鋪張浪費，一家三口只能在我家牛排這種平價吃到飽的餐廳吃年夜飯。

YoYo隨便請頓下午茶都比這裡好吃，謝盈慧心裡頭不知道抱怨了多少回，不看僧面也得看看佛面吧！我肚子裡有個可以幫你們范家傳宗接代的金孫呢！

站在她婆婆的立場，年夜飯不在家裡圍爐這件事情已經接近「數典忘祖」了，要不是看在媳婦已經懷孕六個月的份上，她才不願意大過年還跑去吃外食。

「有牛排吃已經不錯了，相當年小范他爹剛過世的前兩年，我連煮一隻雞都還得丟臉地回娘家借錢……。」

「媽！大過年的就別再提過去的心酸了吧！」小范勸著他媽媽。

「也對！被時代淘汰的老太婆只懂得在家殺雞，哎！」

不想再聽這種沒有意義的嘮叨，謝盈慧拿著餐盤逃到自助吧檯，五百塊錢吃到飽的年夜飯，挑來來去去就是那麼幾樣無滋無味的菜色，嘆了一口氣，這時候又想起前男友小曹的美好，別說逢年過節與生日，連情人節都會貼心地一起吃頓情人套餐，懷疑自己到底是怎麼挑丈夫的，年夜飯淪落到平價吃到飽的牛排。

沒關係啦！小范有房子，更重要的是他的職位可以源源不斷地提供一間又一間的房子，這個年就暫時先忍下來吧！小范安慰她，說什麼既然都已經收了業者的黑錢，行事作風上更要低調也免被有心人盯上。

「就你一個人行事低調吃平價牛排，你知不知道你們局裡頭，有多少人把裕隆換成賓士車嗎？」謝盈慧頂了回去。

小范媽媽並沒有什麼胃口，一副心事重重，唉聲嘆氣，謝盈慧心想你這老太婆明明就有滿肚子話要說，卻總是要把場面搞得很僵，非得別人來噓寒問暖一番才把想講的話說出來。

「媽！你怎麼啦？肚子不舒服嗎？」沒有耐心的謝盈慧直接認輸，乾脆起個話頭讓婆婆開啟長篇大論吧，反正自己會自動進入把耳朵關掉的「忘我」階段，就當成看那種佛教頻道的大師開釋節目吧。

「我說小范啊！你現在已經升上總工程司，在局裡面大概是排名前五大了吧？這種職位已經不是一般的公務員，而是屬於官員等級吧？」小范媽媽說著。

小范點點頭答話：「也不過就是小官。」

「大官小官都是官，既然已經當官了，就千萬別再有什麼改革啦！抱負啦！那種不切實際的想法，想當年你老爸，不過就是個小官，卻滿懷理想抱負去跟隨上面的民進黨首長，結果人家要搞上面的首長，你爸這個當人家小嘍囉的跟著倒楣。明明只是一件很普通的民眾請託，卻被羅織成貪汙重罪，檢察官來家裡那件事情你應該還記得吧？他們來家裡搜了半天，什麼也沒搜到，只找到三瓶空茶葉罐，就這樣你爸就被起訴，後來查無實證，白坐了一年的牢放出來，你爸的身體從此就……你那個時候好像剛升國中吧！」講到往事，小范的媽媽哭了出來。

「媽！你放心啦！提拔小范的市長已經跟民進黨撕破臉了，上面的局長更是國民黨的，沒事啦！不管怎麼樣，只要不是被貼上民進黨官員，幹什麼事情都好講話啦！」謝盈慧安慰著。

比較了解自己母親的小范，這時候才恍然大悟，繞了一圈就是想要知道家裡最近為什麼會多出幾瓶茶葉罐。

「唉呀！媽！你別胡思亂想，只是我最近工作太累太忙，開始學別人喝茶提神。」小范這才知道母親為什麼從來不喝茶，原來是十幾年前的幾瓶空茶葉罐毀了他們家，難怪母親看到茶葉罐會疑神疑鬼。

「這個年代哪還會有人用茶葉罐送錢！」謝盈慧對著老公竊竊私語。

「小范！大過年的我就不講不吉利的話，還是你的媳婦懂事，總之，手腳乾不乾淨不是為官的重點，跟對老闆才能確保升官發財一家子平安。」

餐廳內的電視正在轉播市長的除夕談話。

「……我趁著大過年宣布，我當初競選時所許下的政見——和諧住宅，現在正式宣布兩個案子，分別是星友科大捐地案以及RAC公司捐地案，每個案子預計會推出五千多戶平價住宅，總推量案超過一萬戶，大年初三就會開始動工，一個月後就會開始預售，凡是設籍在本市的三十五歲以下、名下沒有房地產的青年，以及領有本市中低收入戶手冊的居民，都有承購的權利，明年農曆年前就可交屋，申購的民眾在明年這個時候就可以搬進新家吃年夜飯，我再重申，一坪售價就是十萬元，比起現在動輒每坪五、六十萬的天價，和諧住宅的售價只有更低沒有最低，期望能落實平穩房價與青年成家……。」

正在切牛排的小范被市長的談話嚇了一跳，手上的牛排刀一個沒拿穩掉在地上，眼睛睜得大大的說不出話來。

「你看看你，比小孩子還不會吃飯！」謝盈慧挖苦著。

「你剛剛有沒有聽到新聞，我手上那個案子居然提早到大年初三動工，而且，這兩個案子送上來的時候，申請書上頭明明寫著一共要蓋四千戶，為什麼到了上頭大筆一揮變成五千多戶。」

「當官嘛！好大喜功，挺自然的。」還是小范母親比較懂這些官場生態。

「不！不是的！這涉及到很多安全結構以及環評的問題，不能說改就改，而且施工期限竟然壓縮為一年，這真的太離譜了！」深諳這案子裡頭的各種利益糾葛的小范，真的連牛排刀都拿不穩了。

謝盈慧看了看四周，確認臨桌的人聽不見自己說話聲後才小聲的說：「姚總那邊已經答應要幫我們喬一戶，看樣子離我們搬新家的時間已經越來越近了。」

小范苦著一張臉說：「這種工程品質，我看我們還是算了吧?畢竟……。」

聽到算了吧三個字氣炸了，謝盈慧把叉子往小范的餐盤丟過去，酸言酸語的說：「你說的都對，好啊！那你去買帝寶豪宅啊！地點好，施工品質好，房子寬敞舒服，材料用的都是頂級的，地址還是天龍國的大安區呢！出入都是富商名流，多有面子，小孩學區也是最頂尖，你去買啊，你買得起我就跟著搬進去住啊！」

「你們在說什麼搬出去啊！為什麼我都不知道？妳們……。」小范的媽媽語氣已經開始哽咽說不出話來。

搬出去住這件事情一直瞞著小范的母親，這時候被謝盈慧掀出來，一時之間，小范的媽媽無法接受這種事情。

小范連忙解釋：「媽！你別誤會，我是打算到時候去申購兩棟和諧住宅，可以的話就買在隔壁，最遠頂多就隔壁大樓，反正有電梯，對你的膝蓋也沒什麼影響，小孩快出生了，現在我們那棟破國宅到時候就擠不下，更別說我和小慧還打算兩年後再生一個，所以我就在想乾脆就買兩間，以後你的孫子長大，小兄弟或小兄妹倆人一人住一間，不也挺好的，而且我們現在住的破國宅，附近又髒又亂，妳也不希望妳的孫子在那種環境下長大吧！」

「唉！還說呢！你還不是在那種環境下長大。」聽到這番話，小范的母親總算有些釋懷，她心知肚明，兒子結婚生子後遲早會搬出去建立屬於自己的新巢，但如果能買兩間住在附近，至少那種被遺棄的感覺沒那麼強烈。

謝盈慧越聽越納悶，問著：「我們哪來的錢一口氣買兩間？」

小范嘆了一口氣說：「喝茶喝多了，總該長點智慧吧！」

這段期間，星友集團透過王銘陽，塞給他數不清也不敢數的紅包，這件事情，小范並沒有讓謝盈慧知道，現鈔也不敢帶回家，只能藏在王銘陽所提供的人頭帳戶內，收三十萬黑錢跟收三百萬、三千萬，對小范而言已經麻痺，反正就是案子到了自己的手中，連看也不看地閉著雙眼關上良心，官章就直接蓋上去，蓋得越快就收得越多。

市長的談話已經結束，只見市長帶著幾個市府的一級主管，排排站手牽手地宣布競選團隊，更讓小范驚訝的是，陳玟儒當場宣布投入市議員的選舉，加入市長所組成的「彩色力量連線」，誓言要在議會內幫助市長推動更多的和諧住宅……

這時候，小范的手機響起，一則由市府祕書處發出的私訊：「明天起停止休假，陳玟儒局長因投入議員選舉請辭獲准，由總工程司范綱峰兼任都發局代局長……。」

沒多久又收到王銘陽傳來的LINE：「吃完年夜飯後到星友體育中心的辦公室，一起打拳。」打拳兩個字後面還貼上一個金錢的符號，打拳是兩個人交錢的密語。

兩個月內從小小的副總工程司三級跳到代局長，升官的速度，收得越多也升得越快。

看到小范一臉嚴肅，謝盈慧問起：「什麼事情？」

小范仔細讀著LINE群組內容後回答：「沒什麼大不了的事啦！只是某些事情的狀況變得複雜一點而已。」

謝盈慧看著群組的內容，心中一陣竊喜，別人是喝茶，你這傢伙卻是打拳，想著或許應該可以一口氣買下三間房子了。雖然挺著六個月身孕，體重也飆到六十公斤，但今晚的謝盈慧卻感到自己身輕如燕，對於剛剛自己還不小心想念起小曹來，真是覺得噁心死了，理想能當飯吃嗎？

學生都已經放寒假回家過年，除夕夜的大學校園附近宛如一座鬼城，王銘陽選擇這個時間地點約小范出來，除了不必擔心被人撞見外，且兩個人的身分都還是星友的研究生，同學相約到體育館運動，就算真的被有心人看見，也沒什麼好懷疑的。

「很多人都誤以為拳擊是用手臂的力量，這是完全錯誤的觀念，出拳是靠下半身腰臀旋轉，將力量傳遞至上半身，加上腳步變化與身體的控制，才能打出強而有力的一拳。每次出拳不在於手有多用力，而是你是否能透過腰臀旋轉的方式，把力量從下半身透過手臂與雙拳傳遞到對手的臉上，狠狠將他打倒在地。」穿著全副裝備的王銘陽一個人對著沙包揮拳。

「你想不想上來打上一場？」王銘陽看到小范後問著。

「別傻了，跟你這個拳擊國手打，我又不是像某人有被虐待狂！」小范笑著回答這麼一句帶有諷刺的玩笑話，被虐待狂四個字，王銘陽聽起來挺不是滋味。

「哼！隨便你怎麼說啦！每個人都有屬於自己的生存方式，況且，人與人之間如果想要互相了解，可能得花上好幾年，既然如此，又何必花時間去了解彼此呢？大家順從最原始的欲望就好了，滿足欲望後就各自解散不相往來，這不也挺好的嗎？」王銘陽用很婉轉的語言酸了小范回去。

「哼！半夜把我叫出來是聽你說人生哲理嗎？有屁快放，明天一早我還得為了你們家的案子加班啊！」小范催促著。

「范局長！不敢！你應該看過新聞了吧！反正現階段，你的老闆與我的老闆都已經是檯面上的有頭有臉的人物，我的老闆只能談學術自由啦！校園自治啦！產官學合作三贏啦！你的老闆現在也只能做些剪綵啦！選民服務啦！扮演推動平價住宅的英雄啦！忠孝仁愛信義和平的事情讓他們去作，檯面下，禮義廉恥的微調工作只好落在你我這種小人物身上囉！」王銘陽說著。

「想不到同學你還挺有學問的嘛？」小范諷刺著。

「ＥＭＢＡ也不是白唸的。」王銘陽得意地說著。

「直接說吧！這裡也沒什麼人！」小范看著手機上的時間。

「還沒正式當局長就開始忙碌囉！這樣啦！我長話短說，你應該知道市長對外宣布的計畫和當初的申請內容已經有點出入。」

「不是有點，是很大的出入。」小范糾正對方。

「我不管很小還是很大，官府衙門總會有套可以自圓其說的法令規定，就看辦事的人怎麼去轉圜。」王銘陽收起拳擊手套，拿起毛巾擦拭汗水。

「我還在聽！」

「這樣吧！除了之前給你的那兩筆外，今天還會再給你一筆，此外我老闆又答應送你一間免費的和諧住宅，我再次強調，免費的。」

小范冷冷地頂回去：「我身為申請案的主辦官員，在上頭簽字蓋章，你卻故意大方地說要送我一棟房子，別說檢調或人事單位，連尋常電腦阿宅隨便在網路肉搜一下屋主資料後，都可以檢舉我把我告到死，是怎樣？乾脆直接送我去坐牢還比較省事吧！」小范說完後轉身就要離開。

「大過年的，別這麼不近人情吧？」王銘陽把小范喊回來，用手比著電腦。

「上次轉給你的那些比特幣，最近一個月的價格好像漲了快五成囉！」王銘陽打開電腦上網查了比特幣的市價後說道。

一聽到比特幣，立刻引起小范的興趣。

「這次我的老闆更有誠意，願意轉……。」王銘陽比了個三的手勢。

「三枚比特幣？你當我是乞丐。」小范臉色馬上垮下來。

王銘陽笑了笑說：「不是三，是三十，目前每一枚比特幣市價一萬兩千美金，三十枚比特幣折合多少台幣？你自己會算吧！」

折算台幣大約是一千多萬元，之前收到的黑錢，也不過才兩百來萬，為什麼這一次對方願意一口氣給這麼多，小范嚇了一跳。

「很有誠意吧！況且你也知道，這種加密貨幣除了買賣方便外，最重要的是隱密性，沒有任何人可以查得到，連我老闆也不知道我是利用比特幣轉帳給你。」

小范點點頭回答：「我當然了解比特幣的特性，只是我很好奇，為什麼要給我這麼多？」

「你的職位已經升遷了，自然就更值錢了。廢話不多說，咱們來聊正經事吧！這次你們市長突然宣佈要增加一千多戶的住宅，我們除非撤回並作廢之前的申請案，然後重新設計重新申請……。」王銘陽說著。

小范搶著辯解：「就算你們重新申請，依法也不能憑空核准多出來的住宅數量與樓層面積，就算市長下條子指示，那也是不合法，除非你們有本事從國會那邊去修法，否則，就算要給你們方便，我的官章也蓋不下去啊！」

王銘陽一邊聽一邊從多重加密的網路中轉了三十個比特幣給小范的比特幣加密帳戶。

「喂！你別害我，我沒辦法收啊！」

「辦法在我老闆的手上，你只要依法行政迅速辦事就好了。」王銘陽神神祕祕地說下去：「你別告訴我，你不懂容積率移轉這條寶貝法律。」

聽到容積率三個字小范恍然大悟：「對啊！我怎麼沒想到呢？」

「哈哈哈！我們業者自己想得清楚就好了，你們公務員不必傷腦筋去思考，只要把行政裁量的彈性放大一點就好了。」

小范輸入加密網路的密碼按下「同意」鍵後，忽然又想到王銘陽剛才提過的一句話：「你剛才提到送我一棟房子的事情，裝迷糊了嗎？」

王銘陽哈哈大笑：「瞧你猴急似的，過年嘛！好事與喜事最好一件一件慢慢地講才有過年氣氛。」

身為政府主管機關的官員，為了避嫌，當然不允許從事與自己業務有關的投資或買賣，相關法令更是規範得相當清楚嚴厲。但問題是，相關官員不能買賣比市價便宜一半以上的和諧住宅，卻未規定不能「承租」。王銘陽會安排一個合乎申購資格的人頭去買下房子，到時候完工交屋後，由這個人頭屋主用每個月一兩千塊錢出租給小范，租約一簽就是五年。五年後，剛好是和諧住宅的所謂閉鎖期期滿時刻（法令規定買下和諧住宅的屋主在交屋後的五年之內不得賣出移轉與過戶），再用假買賣真贈與的合約把房子轉給小范。

聽了王銘陽的計劃後，小范也跟著哈哈大笑：「哈哈哈！你真的是沒有白唸EMBA。」小范為了確保五年後房子能順利過戶，又加了新條件：「不過，人頭由我來自己找。」

如果半年前的小范搭著時光機來現場，絕對很厭惡自己發出這種貪婪的笑聲。

「你們都發局不是宣布停止休假嗎？明天大年初一就辛苦一點，中午之前，我們就會把容積率移轉的資料補進去。」

小范闔上手機，與王銘陽一前一後離開體育館。

二十四

一刻都不得閒的王銘陽立刻趕到連半夜都燈火通明的校長辦公室，雖然身為校長特助，但在外面忙了一個多月都沒有時間回到校長辦公室，赫然發覺原來低調陳舊的裝潢已經改得明亮、具有現代感。

校董陳星佑、校長葉國強、半數以上的學校董事、學校的三長（教務長、總務長與主任祕書），還有星友營造的一級主管，各個正襟危坐地在校長辦公室的會議桌上，當然也包括了YoYo。

王銘陽的眼神刻意迴避YoYo，走到葉國強與陳星佑的身邊，對著他們的耳朵小聲地說：「那邊ＯＫ！」

有些事情可以在超過二十個人的正式會議上討論，有些則否，有些是必須要具備公開形式的正式會議記錄，有些則只能在檯面下默默地走流程。

「大家應該都知道，市長要求我們和諧住宅的案子，能夠增加一千戶的樓板面積，基於回饋市民與配合政策的立場，我們必須全力配合，今天召集大家在除夕夜來開會的目的，就是要討論出因應的辦法並作成決議，關於這點，請星友營造的姚總經理來向大家報告。」

YoYo今天穿著一身低胸套裝，她刻意模仿前美國第一夫人米雪兒．歐巴馬，把頭髮盤成髮髻，搭配大波浪的髮型，這樣會顯得更加簡潔幹練。為了主持這個臨時會，還強迫正在吃年夜飯的髮型設計師回髮廊幫她弄造型，目的並非是給在場的其他男人欣賞，而是要和會議上某個女人一較高下。

哼！裝模作樣，坐在最角落的王銘陽感到噁心。

「唯一可行又不會影響進度的方法是容積率移轉，原本星友科大捐地給政府的和諧住宅，因為捐地面積相當大，因此可以獲得都市計畫規定容積率面積超過十萬坪以上的建坪，我建議將其中的五萬坪容積率轉售給星友營造，這樣一來，整個和諧住宅案子就可以多出一千戶的可銷售樓板面積，即便扣除因此而必須增加的公共設施如電梯樓梯的面積，在現有的基地上的確可以增加一千戶的供給量。」

YoYo繼續說：「最簡單可行的方式，就是在現有的基地上多蓋兩棟大樓，依然按照原本計劃的十五樓規模去設計興建。」

「從五棟變成七棟？」與會者私私竊語著，星友營造的某主管忍不住發言：「同一塊基地，如果要多蓋兩棟，勢必得將棟距拉近，而且其中至少會有二到三棟會緊鄰基地旁邊山坡，別忘了旁邊的山坡可是順向坡。如果必須增加一千戶，最安全的方式是將原有的五棟的十五樓高度變更成三十樓高度。」

YoYo看了陳星佑一眼後回答：「其實我也考慮過改成三十層樓，棟數維持五棟不變，雖然現在超高大樓可以用最新的預鑄工法，但再怎麼快日夜二十四小時趕工，至少得花十二到十四個月，這還沒包括室內裝修以及領照的時間，而且超高大樓必須把結構審查委外，又得強制實施環境評估，加上防震防風……等一大堆規定，完工交屋日恐怕得押在二十個月以後，更別說昂貴的建造成本了。」

「把房子蓋在山坡地旁，雖然可以拉開起碼二十公尺的安全退縮距離，但還是得花錢在擋土牆、水土保持上頭，如果萬一……。」該主管還是堅持己見。

陳星佑嚇阻那主管的發言：「林主任這些話不必列入會議記錄，今天要討論的並非工程品質問題，而是如何移轉與運用學校所獲得的龐大獎勵容積率。畢竟，以非營利目的學校而言，擁有那麼龐大的免費容積率，實在也是個浪費，不如透過移轉出去供政府政策使用，才能創造雙贏。」一句話就把屬於校產、價值超過幾億元的容積率轉了出去。

陳星佑用眼光掃過在座所有人後緩緩的下了結論：「我支持姚總經理的意見。」

與會者聽到陳星佑與YoYo的一搭一唱，連笨蛋也知道今天開會的目的只是來當老闆的橡皮圖章與表決部隊罷了，但那位提出異議的林主任不死心繼續舉手發言：「我認為這種改變太過於輕率，以後不管是在施工時或者未來交屋後，萬一遇到大型天災或者……。」

此時有位坐著角落的女人突然拉高音量打斷那個主管的話：「林主任，這種問題等施工的時候再談，今晚是大過年，就按照姚總經理的提議，大家用鼓掌的方式表決通過，讓大家回去吃早就冷掉的年夜飯吧！」

有些鼓掌聲顯得很熱絡，有些掌聲卻很冷淡，然而就在這位女人的提議下，容積率轉移的案子正式通過。

這位女人是發言的林主任的堂姊，她不是別人，而是陳星佑的老婆林瑋珍，連她都沒意見，林主任自然是知難而退了。

林瑋珍個子不高，臉龐輪廓完全遺傳到父親，也就是前任副市長林友義的國字臉，但國字臉卻又不怎麼明顯，應該是作過多次整容。不知道是整容的後遺症還是在大半夜開會的疲勞所致，臉部表情略嫌僵硬，她的五官談不上有什麼特別的優缺點，但那股高傲拒人於千里之外的氣息，會令第一次見面的人留下深刻印象。全身行頭刻意穿著屬於年輕人的品牌，雖然是D&G的大衣，眼細的人可以看出那是特意量身訂作的手工款，手腕上掛著一只CHANEL小型流浪包包，CHANEL小型流浪包雖然昂貴但也不稀奇，稀奇的是她那只包包上還鑲著一排小碎鑽。

林瑋珍走到YoYo的身邊，用一種好像看到鄉婦村姑的鄙視眼神打量著YoYo：「妳就是姚總啊！久仰大名，身為公司的總經理，穿著打扮得更加注意自己的形象。」

被林瑋珍這個正宮娘娘不懷好意盯著看，全身上下感到很侷促的YoYo畢恭畢敬地回答：「董事長夫人，我年輕不懂事，在公事上還請長輩們多包涵多指點。」YoYo故意加強語氣在「年輕、長輩」四個字上。

被狠狠刺了一下，林瑋珍不便發作，哼了一聲指著辦公室對著葉國強說：「好歹也是個大學，校長辦公室怎麼也不弄乾淨一點，過完年我會請比較靠得住的專業清潔公司來幫你好好地打掃一下，還有啊！你們大學的招生是不是有什麼困難啊？怎麼連阿狗阿貓的學生也收啊！」說完後眼光瞄了YoYo一眼。

坐在旁邊一句話都不吭聲的葉國強心想沒事都會中槍，只好微笑地對著林瑋珍說：「謝謝林董的體貼囉！」說完後抬起頭看了坐在對面的陳星佑一眼，陳星佑假裝沒聽到，埋著頭起勁地閱讀有關容積率移轉的資料。

等到林瑋珍離開，一臉發窘的陳星佑這才從成堆的會議資料內回過神來，指示著：「明天中午之前，大家把相關要申請補件的資料準備齊全，大家該怎麼作就怎麼作，散會！」

這一幕王銘陽看在眼裡，兩個女人之間的較勁簡直媲美宮廷劇，正打算開口酸YoYo幾句，此刻，葉國強與陳星佑把王銘陽叫到一旁的小房間內。

「你有依照我的指示，把送給陳玫儒的錢收回來嗎？」葉國強問著。

王銘陽拿著存摺打開電腦後回答：「全部都收回來了！」

陳星佑好奇地問著：「送給官員的錢還收得回來？是怎樣？別跟我說那個陳局長良心發現。」

「是這樣子，當初這筆錢交給小玫……嗯！陳局長，她自己膽小不敢把鉅款存在自己或親屬的帳戶，也不敢放在家裡，我說服她可以先放在我所提供的人頭帳戶，其實也就是我個人帳戶。」王銘陽解釋著。

「她居然同意？可見你在她身上下過一番工夫呢！呵呵呵！」陳星佑滿臉淫笑：「陳玫儒這傢伙以前就曾經傳過和學校男助教的八卦，搞到人家的老婆鬧到學校來，幸虧是身為校董的我，花了一番工夫上下打點才幫她把整件事情壓下來。哈哈！」聽得很不是滋味的王銘陽不便發作，只能在旁陪著乾笑幾聲。

葉國強打斷陳星佑的話：「別扯太多題外話，也幸好小王機靈，不然這筆錢咱們可說是肉包子打狗一去不回。」

陳星佑點了點回到正題說：「陳玫儒這個人，給她點顏色就開起染房，好不容易安排她到都發局幹局長，就在最需要她的緊要關頭，竟然不經過我們同意就辭職跑去選市議員，幹！市議員！我已經養了好幾個，根本不差她一個。」

王銘陽順著話接下去：「還好！新的代局長小范就便宜多了，只需要花一半的錢。」

陳星佑哼了一句：「便宜？那也只是他的胃口還沒養大，想當初，隨便撥個幾萬塊錢的研究費，陳玫儒還不也就感動得死心塌地。」

「沒有我們的金援，憑她那點本事還想選個屁啦！以為自封市府團隊彩色力量就想拿選票，算了！她自己自尋死路就隨她去，該拋掉的包袱就割了吧！」葉國強比了個脖子上一抹的手勢，臉色突然一變地又開話題：

「小王，基金會給你的錢，和你最近幾個月的活動經費，兩者之間的帳，好像兜不起來吧！」

葉國強隨手翻了王銘陽交上來的存摺看了一眼。

王銘陽似乎早有心理準備，連忙地回答：「我現在改用比特幣，你們知道的，這個比較隱密、也比較不會洩漏金流蹤跡。」

「哼！隱密？連我們也是你保密的對象嗎？」葉國強口吻強硬起來。

葉國強當場算起帳來：「你從一開始就前前後後拿了三千五百萬交給陳玫儒，陳玫儒拿了其中的五百萬花在環保局以及其他相關部會，再扣掉兩次透過比特幣轉給小范，差不多一千萬吧，應該還剩下兩千萬才對，為什麼帳戶內只有一千萬，這中間的一千萬跑到哪裡去了？還有，別以為我不知道，公司從廖麗秋那邊買下廖教官的那間釘子戶，你在中間上下其手起碼撈了四、五百萬的好處，這些你又該怎麼解釋？我明明交代你把廖麗秋那棟房子的買賣交給凱南大仔，目的就是把其中的利差給他賺，彌補一下他沒拿到工程廢土的損失，這下可好了，人家找上我了，你要我怎麼交代。」葉國強一口氣把帳都攤了開來要王銘陽解釋清楚。

「不是這樣的，我前一陣子把現金換成比特幣，不小心買在比特幣的高檔，實際上，這當中的差額大部分都是套牢的跌價損失啊！」早就想好說辭的王銘陽辯解著。

不理會王銘陽辯解，葉國強直接開出條件：「損失？你當我葉國強是什麼人？投資白癡嗎？比特幣已經漲了大半年，現在正處於歷史最高檔，哪來跌價損失？買房子當中間人賺差價的部分就不跟你計較了，基金會款項當中的一千萬差額，放完假後，你立刻吐回其中的五百萬去交給凱南大仔，剩下的幾百萬拿去交還給YoYo，咱們就當作沒這回事發生，你繼續幹我的活，該給你賺的，一毛錢都不會少給你，滾！」

被逮個正著的王銘陽一臉羞愧低頭不語，聽到滾這個字，宛如喪家犬般夾著尾巴離去。

葉國強沒等陳星佑發問就搶先說：「我知道你想問為什麼我敢用王銘陽這種人，也敢放手把錢交給他，對吧？」

嘴角略微上揚的陳星佑永遠都是那種高深莫測、雲山霧罩的模樣，永遠不把事情說明白，也永遠不想把事情問明白的人。

葉國強繼續說下去：「我跟你講段中國歷史，滿清的始祖努爾哈赤，應該聽過吧！他是個能征善戰的大梟雄，當時明朝朝政凋敝、國力虛弱，遭受各種內憂外患，可是他窮其一生，不管發動幾次戰爭，怎麼打都打不贏明朝當年在遼東關外的守軍，最後還死在戰場，為什麼？因為當時明朝鎮守邊疆的邊帥，自己掏腰包打造了一支叫作關寧鐵騎的軍隊，除了花大錢買武器裝備這支軍隊外，還特意從當年被女真族殺死的漢人孤兒中去挑選戰士，除了軍餉是一般軍隊的十幾倍外，如果不幸戰死，還會撥出一大筆撫卹金來撫養殉國戰士的家屬。換句話說，關寧鐵騎是一支敢打、不怕死、有仇恨心且裝備齊全的軍隊，有了這支軍隊，足足把女真族抵擋在山海關外足足三十年，直到努爾哈赤的孫子整整耗了三代才打入關內建立清朝。」

醫學背景的陳星佑似懂非懂，猜不出葉國強講這個典故的用意，回到家後躺在床上，心血來潮上網查了有關關寧鐵騎的歷史故事，赫然發現這支軍隊的最後一任指揮官叫作吳三桂，看到吳三桂這三個字，陳星佑已經完全沒有睡意。

二十五

私吞公款的王銘陽開著車在龜山林口附近的山區閒晃，任憑手機傳來陳玫儒所撥的上百通電話簡訊與LINE，連看都不必看，絕非大過年的想找他作愛，而是這個時候的陳玫儒，已經發現存款被領到一毛不剩。他不想面對這件事情，反正陳玫儒再怎麼著急，也只能啞巴吃黃蓮認栽了，倒是他壓根兒不願意把已經吞進自己口袋的一千萬塊錢吐出來。車子停在自己常去的西濱公路的海邊，大年初一清晨，經常在此擺攤的行動咖啡車當然沒有出現，王銘陽想起和YoYo來這裡喝清晨第一杯咖啡的往事，看著陰暗的天空和險峻的大浪，等著眺望第一班桃園機場的起降飛機。

想到飛機，王銘陽動了乾脆搭飛機先出國躲一陣子的念頭。這大半年來，自己賺的錢不是放在比特幣帳戶，不然就是大把大把地藏在汽車後行李箱的備胎槽中，只要回家拿著護照、台胞證，買張第一班飛往上海的班機，到了中國後，反正有的是錢，找個三線小都市躲藏，等風頭過了再說吧！

打定主意的王銘陽，嘴角露出冷笑，匆匆地發動引擎，雙手握著方向盤，這時忽然想到，上個禮拜葉國強已經收走他的身分證、護照與台胞證，說是要辦中國境內的支付寶帳戶方便轉帳，王銘陽一忙便忘記這件事情。

王銘陽越想越覺得不對勁，身為大忙人的大學校長，怎麼可能會親自去辦這類開戶轉帳的事情，車外溫度只有八度，王銘陽卻嚇出一身汗，現在才明白葉國強早就已經對自己有所防範，編個理由把護照台胞證都騙走。

裡外不是人的王銘陽總算體會到什麼是「過路財神」的滋味，不甘心就這樣把錢吐回去的他，不願意乖乖屈就，心想自己的住所既然也是葉國強提供的，恐怕也不能再回去了，這幾天先找個地方躲一躲吧，王銘陽想到小曹。

「年初一，一大早就急著打電話拜年啊！」電話那頭的小曹，好像還沒睡醒。

「小曹啊！有件事情需要你幫個忙。」

「大過年要我幫忙？總不會是想要借錢吧！我可沒錢。」小曹先打了預防針。

「不要誤會啦……。」王銘陽是想借小曹的修車廠窩藏個幾天，然後等年假後去補辦護照，等到新護照一拿到手就遠走高飛。

「看樣子你是想在我這裡躲上幾天吧？你該不會是捅下什麼麻煩吧？」小曹有點警覺。

「我保證絕對不是什麼跑路逃亡，不會給你惹麻煩的。」

「開玩笑的啦！隨便猜也知道你是要躲女人，其實我剛好也有事情要告訴你，等一下到工廠見面再說。」小曹笑著掛上電話。

一見到小曹，王銘陽便掏出幾千塊錢：「我只在這裡睡四天，這些是補貼點水電瓦斯。」

小曹當然不收，笑著說：「這些錢你可以去住旅館了！」王銘陽心裡暗自叫苦，住旅館需要身分證，這時候身分證被老闆收走，根本不方便去拿啊。

「小王啊！有件很奇怪又很難為情的事情，我不得不告訴你。」小曹結結巴巴地說著。

「該不會是你想要借錢吧？沒問題！」

小曹搖搖頭帶著王銘陽鑽進一部車，王銘陽好奇地說：「這不是我們學校的車子嗎？」

小曹打開行車記錄器，一臉尷尬地說著：「不瞞您說，我有個小嗜好，就是偶爾會打開客戶車子的行車記錄器，其實這種難為情的嗜好，是不可能向別人提起的，但是這好像與你有關，然後又有點怪異，但不管怎麼樣，不管我看到什麼，我都會保密。」

記錄器的影片播放不到一分鐘，王銘陽就知道是怎麼回事了，裡面全都是王銘陽與陳玫儒在車內的對話，以及一起開到汽車旅館的畫面，影像與對話都相當清晰。

「這東西最好把它刪除！」王銘陽氣憤地說。

「先別急著生氣，還有更奇怪的事情呢！」小曹拿出筆記型電腦，把行車記錄器插上電腦插槽，然後打開幾個程式。

「你看，我只透過程式分析了影片，便可以讀取影片的分析資料，這一大段影片，一共被讀取了八次，我承認前天我自己讀取兩次，剛剛我放給你看又一次，還有這次透過這部筆電讀取，我們知道的只有四次，但另外卻被讀取四次，可見除了你我之外，還有別人看過。」

「這個程式還可以分析，這支影片被下載存檔的次數，你看，這個數字是三次，除了我們現在的這一次外，之前已經被下載過兩次。」

小曹走出車外，指著另外一部也是星友科大的汽車說：「那部車也是同樣的情形，換句話說，有人已經把你載著妹上賓館、搞車震以及所有對話與影片，全部存檔下來。你仔細回想，會不是這部車曾經拿到其他車廠去修過？還是你自己曾經不小心按到什麼按鈕？」

王銘陽已經冷靜下來了說著：「不是的！但我知道是誰幹的。」

「這兩部車，有一部是星友科大的總務處人員開過來修理，我記得很清楚，因為那個人還要求打統編開立發票，第二部車則是你們校長親自開過來，就在昨天下午。」小曹說著。

二十六

被迫打消遠走高飛的念頭的王銘陽，怎麼猜也猜不到那天清晨在八里海邊仰望天空所看到的第一班起飛的班機中，正坐著星友營造的董事長陳星佑和他的太太林瑋珍。

既然自己已經淪為被老闆操弄的囚徒，也只好乖乖把已經私吞的錢吐還給凱南大仔和YoYo。

「為什麼讓我等那麼久？」YoYo足足遲到了三個小時，才趕到平常和王銘陽碰到交錢的地方——小曹的修車廠，讓王銘陽很不高興。

「我哪像你那麼閒，只需要陪老女人練拳調情……。」帶著墨鏡看不出眼神的YoYo說道。

「自己人面前就別裝清高了，妳還不是陪老男人上床。」王銘陽不甘示弱地回嘴。

「陳董才不是老男人，況且我憑藉著真本事，反觀，你呢？」

「真本事？」王銘陽不想繼續糾纏這種無聊的爭論下去：「算了！錢在這裡，妳點點看吧！」

YoYo連看也不看地把整袋鈔票收進後行李箱後說著：「以後要找我拿公關經費，直接到我的辦公室，我現在很忙，沒時間陪你搞這種小孩子才會玩的情報員把戲。」

「可是老闆交代……。」

YoYo滿臉不高興地搶答：「我告訴你，我現在就是老闆。」

除夕夜那晚，開完臨時校務會議與董事會，董娘林瑋珍返家後突然出現心律不整的症狀。林瑋珍在幾年前生了一場罕見的心血管疾病，後來陳星佑透過器官仲介的安排到中國去作心臟移植手術，動刀的醫生是日本某位器官移植的權威，早就叮嚀再三，每一年必須到東京的醫院回診，但一忙就忘了，直到除夕夜出現突發狀況，陳星佑才匆匆地帶著老婆搭飛機到東京。

陳星佑出發前才臨時向董事會請假三個月，並指派YoYo為職務代理人，同時將YoYo升任為集團執行長兼任副董事長，全權處理和諧住宅業務。

「升遷速度這麼快，妳難道一點也不會感到心虛和可怕嗎？」王銘陽好意提醒。

「我看你是嫉妒吧？」

「難道妳不會懷疑，我們兩個人都淪為這場遊戲的人頭嗎？」王銘陽問著。

YoYo摘下墨鏡看著王銘陽：「人頭？你隨便轉帳就能私吞幾百幾千萬，這算是人頭？我的年薪外加上股票選擇權的價值超過一千萬，這算是人頭？」

她再戴回墨鏡，指著汽車廠對岸的工地：「這整個案子的營運與細節都交給我全權決定，這算是人頭？」

「你誤會我的意思，我是說我們會不會被他們出賣？」王銘陽想到自己的一切都被人牢牢掌控，語重心長地提醒。

「王銘陽，你以為我拋棄你，只是因為自己喜新厭舊？只是因為找到更有錢的男人嗎？你錯了！最重要的原因是我無法忍受你這種軟弱個性，碰到困難的事情就想逃避想退縮，我告訴你，我不想再回到那種為了繳下個月房租去當什麼攝影小模，忍受冬天七、八度的寒流，只能穿著比基尼站在泳池旁邊一邊賣弄風騷擺姿勢，一邊還得面對那群色瞇瞇的攝影控老頭。我不想再回到那種為了買件好看稱頭的衣服，陪著又老又醜又臭的老男人推銷房子，還得忍受他們那沒事就摸我胸部兩下的鹹豬手。」

「想退出的話，你自己退出，也不想想你自己，身為拳擊國手，卻淪落到每天陪著小女生賣萌秀肌肉，只為了賺雙球鞋的一百塊錢佣金。也不想你自己，為了一點小錢，必須偽裝逞凶鬥狠的黑道而天天擔心自己吃上官司，王銘陽啊！王銘陽！趕快長大啊！」

「可是……。」聽到YoYo的數落，王銘陽其實還滿高興的，這代表著YoYo對自己仍然念著一絲舊情，心想等到整件事情告一段落，擺脫貧窮的兩個人或許有機會不計前嫌地恢復往日的關係。

沒想這麼多的YoYo繼續地說：「人頭？這世界上誰不是人頭？或許吧！我們是陳星佑葉國強的人頭，但他們也只是市長的人頭，市長是總統的人頭，總統是派系的人頭，派系卻又是金主的人頭，誰都是誰的人頭，誰也都不是誰的人頭，有的人頭很值錢，有的人頭卻一文不值，只有那些不值錢沒有分量的人頭會被拋棄。」

王銘陽哼了一聲頂了一句：「難道妳夠分量？夠值錢？」

「你沒看到市長的民調嗎？除夕夜宣布和諧住宅後，支持度立刻躍升五個百分點，放完農曆年後搞兩場開工典禮的破土，支持度又升了三個百分點，連對面那座破橋工程的剪綵，喜好度也跟著上升百分之三，連妳那個陳什麼儒的歐巴桑，也不過沾了一點邊，選市議員的聲勢也跟著水漲船高，你說我值不值錢？」YoYo洋洋得意地說。

「又不是妳選市長選議員，這關妳什麼事，更何況，咱們以前的底細，其實並不怎麼百分之百完美啊，如果捲入這種政治漩渦……。」王銘陽依舊不放心。

「你說我虛張聲勢也好，說我不自量力也罷，你他媽的誰沒過去，老娘我透過公關公司買了一大堆媒體報導，一個記者五萬塊錢，鈔票砸下去，過去經歷立刻洗白。你有時間可以去看看那些財經雜誌或節目，什麼日本學成歸國的建築女傑、點石成金的仲介女王、什麼和諧住宅的真正推手……把我吹捧得連我自己都感到有點噁心呢！」

YoYo看了王銘陽一眼後說：「我猜你大概也不懂吧！就當我沒說過，我還有一堆會議，就這樣吧！」說完後立刻驅車離開。

王銘陽突然想到一些事情，急急忙忙衝到馬路上，跑到車子前面把YoYo攔下來，拍了拍車窗。

嚇了一大跳的YoYo搖下車窗罵著：「你不要命啦！」

差點被撞上的王銘陽氣喘吁吁地回答：「你才不要命，我忘了跟你轉達一些事情。」

把車子開到路邊停好後，王銘陽打開副駕駛座打算坐進去，被YoYo喝止：「別弄髒我的車，有什麼話就站在路邊講吧！」

「呦喝！原來是Bentley房車啊！執行長的行頭果然不同，香車美人，失敬失敬！」王銘陽挖苦著。

「別說廢話，還有什麼事情？」YoYo不耐煩地下車，雙手抱胸露出滿臉不耐煩。

「既然妳現在可以全權負責整個案子，那我就向你轉達一些從范局長口中說出來的意見吧！」

聽到范局長，YoYo神情立刻變得嚴肅起來。

「昨晚小范約我見面，要我轉告一些關於申請案的細部設計的問題，有些東西我聽不太懂，但我可以一句不漏地背給你聽。」

YoYo打開車門說：「上來慢慢說吧！」

「現在不嫌我髒了嗎？」王銘陽反譏回去。

「拜託成熟一點，好嗎？」

「小范提到關於基地的地質鑽探報告，他懷疑你們做得很有問題，還問到是不是在路邊隨便找類似的石塊與土方亂作一通？」王銘陽講完後看著YoYo，等著YoYo的回答。

「你幹麼一直盯著我看？繼續說下去啊！」YoYo用命令的口吻。

「你還沒回答問題啊！」

YoYo冷笑：「你只負責傳話，我負責聽，有什麼問題由我決定，我自己會去處理，你別搞不清楚狀況。」講話的口吻和陳玫儒沒有兩樣。

懶得計較的王銘陽繼續說下去：「隨便啦！小范還提到什麼基地的土壤液化的問題，他認為妳們提出的土壤改善的計劃太過草率，他認為這麼大的基地的土壤改善工程，根本不可能在短短的三個禮拜完成。」

「哼！我說有辦法就是有辦法，拜託！我願意做這種工程算是很有良心，一般業界才不想花這筆錢呢！算了，你也聽不懂，反正我知道就是了，他還有什麼疑問嗎？」

「他還提到建物的結構設計上，承載重量的的安全誤差值偏低，萬一未來施工上面臨變更設計時，強度可能不太夠，大概是這個意思！」

「哼！建築法律上並沒有這種規範，法律上我絕對是站得住腳。」YoYo辯解著。

「小范還建議，和諧住宅就法源來說應該算是公共工程，結構安全的評估應該交給技師公會去審查，程序上與施工品質上比較不會有瑕疵。」完全外行的王銘陽背了好久才把這些名詞記熟。

「除非市政府錢太多沒地方花，由政府來支付這筆簽審費用，你直接去拒絕小范吧！現行法律規定五十公尺以下的建物，可由建商與建築師自行審查簽證，我完全依照法規跑程序作設計，要多花錢，免談。」

「還有其他好幾個問題，譬如小范提到……。」

「我不管他提什麼問題，請你明明白白地告訴他，錢他也收了，不夠的話可以再商量，但請他搞清楚自己的立場，他的市長老闆能不能容許這個案子有半點的拖延呢？還有這批住宅已經快要進入預售階段，如果他們內部的建照以及所有程序無法趕出來的話，跳票的不只是我們星友集團，還有他的市長呢！」YoYo有恃無恐地說著。

「雖然我是外行人，但也聽得出這案子有許多問題。」

「別忘了，你自己也是局內人。」YoYo嚴厲地說著。

王銘陽眼睛瞪得大大地回答：「這些問題事關建築安全，不單純只是白花花的鈔票，而是人命啊……。」話說到這兒打住了。

YoYo按下了自動開門的按鈕：「數據就是數據，法規就是法規，如果你還搞不清自己站在哪一邊，就滾吧！范綱峰以及市政府那邊，我會自己想辦法去溝通。」

被請下車的王銘陽站在路邊看著YoYo的車子離去，只見湛藍色賓利房車的原廠烤漆閃閃發亮，尖銳的排氣管聲響依舊在耳內不停鳴叫著，他太了解姚莉莉了，幾年來天天盼著名利雙收的她，這時候就算天塌下來也不可能放手了。

王銘陽注視著一群正沿著人孔蓋爬行的工蟻，小螞蟻們背著路人掉在路上的三明治的土司邊，足足比螞蟻本身大上五六倍，爬行的距離起碼超過一百公尺。

螞蟻能拖行比自己重一千四百倍的物品，也能舉起比自己重五十二倍的東西，是全世界力氣最大的昆蟲，王銘陽對著它們用力噴了一口菸，只見吐司與螞蟻被吹得東倒西歪四處逃竄。

哼！任你們能夠超出負荷地背著多麼巨大的利益或夢想，還不是抵擋不了一丁點風吹草動，王銘陽抬起頭來剛好看到一幅巨型房地產看板：「小資族輕鬆成家，每天三杯咖啡買兩房。」

口袋內手機傳來震動聲，王銘陽確認不是陳玫儒來催討存款的電話後才接起來，來電者是星友體育中心的助理。

「王老師，有位刑警來中心想要找你，還說如果你不出現，他就會在這裡一直等下去。」

刑警？該不會是轉手行賄付黑錢的事情東窗事發吧？但王銘陽想了一會後立刻冷靜下來，調查行賄的單位應該是調查局或檢察官，絕對不會是刑警。

「好的！你請他坐一會，我十分鐘內就會回去。」小曹的修車中心就在學校側門。

「你好！請問你是王銘陽先生嗎？」來找王銘陽的是一位女刑警，她取出證件遞上名片：

「○○分局刑事組偵查佐蔡靜儀」。

「我就是，請問蔡警官找我有什麼事情嗎？」

蔡靜儀穿著一身深藍色夾克，胸前一排黃色條紋顯得外型搶眼，頭髮綁著一條馬尾，說起話來東搖西擺甚是性感，身形修長，與其說是女警，走在路上還比較像是在居家附近晨跑的運動員。她的長相有點冷峻，但笑起來會浮出酒窩。

王銘陽看到刑警難免心情忐忑，但依然強忍心中戒慎恐懼而露出微笑。

「是這樣的，我負責一件有關選舉的暴力騷擾事件，請問王先生，昨天晚上大約十一點到十二點之間，當時你在什麼地方？」

聽到是和選舉暴力事件有關，王銘陽心想自己一輩子都和選舉扯不上關係，哪來什麼選舉暴力。

「昨天晚上，我整個晚上都在朋友開的汽車修理工廠和朋友聊天，然後就和朋友睡在工廠裡頭，一直到剛剛半個小時前接到辦公室的電話才離開。」

「能不能告訴我你的朋友的名字、工廠名字，以及聯絡電話？」蔡靜儀拿出紙筆。

並沒有說謊的王銘陽從容地回答刑警的問題，但還是忍不住問起：「我怎麼會和選舉暴力扯上關係？」

蔡靜儀花了點時間打電話回報，也打了電話和小曹確認了王銘陽的行蹤後才回答：「是這樣的，昨天晚上，市議員候選人陳玫儒的競選總部遭人投擲石塊與噴漆，由於現場並沒架設監視器，無法找到嫌犯，不過呢？根據陳候選人表示，她的弟弟也就是競選辦公室主任，曾經在九個月前，和你有過法拍屋買賣的糾紛，他們懷疑是你所為，所以我才來找你問一下行蹤。」

「喔！原來是那件事情！」聽到陳玫儒三個字王銘陽起了戒心，故意裝著回想了半天才後繼續說：「那件法拍屋糾紛，雙方早就已經和解……。」王銘陽把整件事情中可以講的部分都說了出來。

「所以，王先生，你應該還保留著雙方的和解書以及租賃契約吧？」蔡靜儀雖然年輕，但總覺得王銘陽似乎語帶保留。

「和解書以及所謂的搬遷同意書確實有保留下來，但與原屋主的租賃契約，已經取消作廢，當場在新屋主面前公開撕毀，嗯！對了！雙方彼此還有幾個見證人，包括星友科大的校長葉國強以及星友營造執行長姚莉莉，我想堂堂校長以及上市公司執行長，應該不會為了這種事情作偽證吧！」

蔡靜儀一一把名字抄下來後好奇地問著：「小小一件法拍屋糾紛，居然動用到大學校長以及上市公司執行長？」

王銘陽露出滿臉無辜的笑容說：「其實我才是受害者，我只是單純地想租房子經營體育用品，租約才剛簽一個多月，卻被新屋主趕出去，連一塊錢的搬家費都不付，還叫了我的老闆也就是校長來壓我，沒辦法啊！換成是妳，恐怕也只能乖乖認帳吧！」王銘陽對自己這個無辜的笑容很有自信，十之八九的女人看到自己的笑容後，心理上都會站在自己這邊，所謂是「人帥你真好，人醜性騷擾」。

「很抱歉，能不能再向你請教一個問題，我的同事告訴我，你昨天下午曾經跑到一位叫作羅凱南的人的家裡，你能不能告訴我，你到羅先生的家的目的是什麼？」

王銘陽嚇了一跳，連這件事都被查出來。

「羅凱南就是凱南大仔，也是從我們警界退休的組長。」蔡靜儀進一步解釋。

「凱南大仔！那是因為他是負責我們星友大學工地的廢土包商，我去找他只是談一下清運廢土的時間安排而已。」王銘陽連忙擠出這個藉口。

「看樣子，王先先還挺忙碌的嘛！又要訓練選手，又要身兼工程監督，又想經營體育用品社。」蔡靜儀酸言酸語。

王銘陽再度露出無奈的微笑說：「景氣不好，只能身兼數職了。」

看樣子蔡靜儀暫時是相信了，又提了幾個無關緊要的問題後拋下「下個禮拜我會再來請教你幾個問題」的話便結束偵訊。

目送刑警離開，王銘陽並沒有立刻鬆懈，正在思索整件沒頭沒腦的事件的同時，手機的震動聲又響起，一看是陳玫儒打來，只好硬著頭皮接通電話。

「小王！你現在在哪裡？為什麼好幾天不接我的電話？」陳玫儒聲音顯得很急躁。

「我是為了妳好啊！妳現在已經是參選人，我們最好別見面，以免被有心人大作文章啊！」王銘陽顧左右而言他。

「哼！你少來這一套，你要閃人就閃，幹麼把錢領光？」

王銘陽用神祕兮兮的口吻回答：「小心啊！別在電話講那些有的沒的，妳不怕被監聽嗎？好啦！我只能告訴妳，這件事情是我的老闆下令的，我也沒辦法啊！」

「小王，你恐怕不知道，選舉開銷之大，超出原來的想像，再這樣下去，恐怕我都得去賣身去籌錢了。」陳玫儒抱怨著。

王銘陽冷笑地回答：「只有值錢的東西才能賣。」

「很好！你還會耍嘴皮嘛！剛剛應該有刑警找上你吧！如果你和你老闆不想被吃上法拍屋暴力恐嚇的官司，你就繼續裝傻下去，我絕對有辦法讓你老闆身敗名裂去坐牢。」陳玫儒之所以敢投入市議員選舉，除了搭上市長的便車外，星友集團透過王銘陽給她的三千萬元才是她放膽參選的勇氣來源，但此刻，資金被提領一光的陳玫儒已經豁出去了。

「關我老闆什麼事情？他只不過是妳找來調停我們的法拍糾紛的中間人而已，做事情總該講點道理吧！」這女人胡亂扯上葉國強，王銘陽感到很不可思議。

「哼！除了法拍那件事情外，他還透過你把幾百萬交給環保局長，我可是人證，你相不相信我會搞大義滅親呢？」

王銘陽瞭解陳玫儒，她絕對是那種被逼急了後會狗急跳牆毀滅一切的女人。

「我相信！妳要什麼？」

「去轉告你的老闆，收回去的東西，一毛錢也不能少地吐出來還給我，這對他來說只是小意思，今天半夜十二點，你拿到我的競選總部，記得從地下室走貨梯上來，我在後門等你。」陳玫儒說完立刻掛上電話。

二十七

「一個人如果為了無意義且沒必要的目標而消耗自己，就是笨蛋。」葉國強聽了王銘陽把事情說了一遍後，如此形容陳玫儒。

「明明就是校長您替她擺平法拍糾紛，還反過來咬妳一口。」王銘陽忿忿不平地說。

葉國強說：「狗逼急了都會跳牆，更何況是人，陳局長天真的以為打出市長團隊的招牌，選票就會從天上掉下來，選舉沒師傅，用錢買就有。」

「這件事情，我會去處理，你今晚就好好回家睡覺不用理她。」

聽到葉國強如此篤定，王銘陽立刻聯想到自己與陳玫儒被行車記錄器所拍到的影片，當然，王銘陽也不想掀開這件事，雖然就算被公佈了，自己也沒有什麼損失。

「第二件事情是過幾天，和諧住宅就要開始公開預售，學校這邊分配到一些配額，除了幾間必須由你出面轉手的公關屋之外，我也替你保留一戶，而且還是第一排面對河畔景觀的高樓層大坪數單位，你趕快把資料補交出來。」葉國強輕描淡寫地再補了一句：「這些是學校清寒教職員的配額，免費的，不過呢！從預購到交屋前這段期間，校方有權利取消這些配額。」言下之意是這段期間最好是乖乖聽命辦事情。

王銘陽順從地點點頭，但還是不放心地問著：「可是那個警官，她還提到了凱南大仔的名字，而且要我隨傳隨到，這件事情該怎麼辦？」

「那個警官叫作蔡靜儀是吧？胡亂辦案、是非不分，哪能幹什麼刑警？她去招惹凱南大仔是她自掘墳墓，我估計最晚一個月，說不定她會被調到管水庫的保安大隊去當巡佐，你有空的話再去水庫找她報到。」葉國強露出凶惡的眼神，王銘陽看在眼裡。

「另外，你以後有什麼活動的支出，不必再透過姚莉莉那邊，我弄了一個新的基金會給你運作，所有開支都不用單據，口頭上跟我報告就可以。」葉國強說完之後遞出兩張名單，一張是和諧住宅的配售名單，一張是支付所謂公關活動費的名單，王銘陽看了名單一眼倒吸了一口氣，幾個關鍵官員甚至連媒體人士都在上頭。

「奇怪，名單上頭這個吳香菲名嘴，不是天天在媒體上對市長開罵嗎？為什麼？」王銘陽不解。

「名嘴分兩種，一種是正面打手，一種是反面打手，有些名嘴的社會形象很低賤，被他罵得越兇罵得越慘的候選人，就會獲得越高的同情，一個願打一個願挨，自己去讀一讀三國時代草船借箭的故事吧！」葉國強說完後伸手將名單從王銘陽的手上搶回來，打火機一點燒個精光。

「都背起了吧？」

王銘陽猶豫了好一會兒，葉國強見狀笑了笑：「再多給一棟房子與兩個車位，這樣對你的記性應該會有幫助吧！」

這回，王銘陽毫不考慮地點頭如搗蒜。

「對了！為了開基金會的帳戶，我差點忘了還你護照和台胞證，未來這一年，如果你有出國的計劃，拜託，請先知會我一聲，知道嗎？」葉國強把王銘陽的證件與基金會的所有資料交還王銘陽。

王銘陽嚇出一身冷汗，彷彿自己是透明人，實際作的和腦子想的都瞞不過葉國強，仔細一想又如何呢？早就認定他是幫助脫貧的貴人，乖乖聽話就有賺不完的白花花銀子，反觀陳玫儒呢？王銘陽搖了搖頭。

人習慣了自己的貪婪之後，就會忘記這些貪婪對其他人來說會是多麼可怕。

不再透過YoYo，王銘陽提高了「直營白手套」的效率，三天內居然就搞定了建案所有流程的關卡，當然，市長為了拉高選情，還提早一天舉辦和諧住宅的公開抽籤。

二十八

「為什麼好好一個建案要拆成兩期預售？」YoYo不解地問著。

「據小范說，是怕人手不夠，拆成兩批，下一批等到一個月後再公開抽籤。」王銘陽懶洋洋地回答。

「區區一、兩千戶的銷售，我們公司可以加派人手啊？」YoYo追問著。

「據小范暗示，那只是表面的理由。」王銘陽打了個哈欠。

「表面的理由？那真正的理由是什麼？你能不能一次把事情講完啊！」YoYo很不耐煩。

「你知道如果要再搞第二期，所有公告—接受申請—通知抽籤的一大堆流程，又得再搞一遍，公司方面又要花多少時間與人力去審核申購戶資格？他一個局長，一句話就把我搞得人仰馬翻，他憑什麼？」YoYo抱怨著。

其實不光是星友科大這個案子多搞一次公開抽籤活動，連另外一個和諧住宅的案子也是刻意分成兩期，目的是為了製造更多政策曝光的新聞，為了炒作選情，分成兩次承銷可以延續市長德政的討論熱度，這和以前金門縣長的選舉一樣，一座跨海大橋可以多次剪綵、多次動工典禮、連通車典禮都能搞上五、六回。

王銘陽實在不想直接回答這個顯而易見的問題，聳了聳肩回答：「關我屁事！」

「你的公關費是怎麼花的？搞這種飛機！」YoYo一副自己是老大的模樣。

所有懂銷售心理的行家都知道，這種比一般行情便宜許多的商品鐵定會造成缺貨，缺貨是兩面刃，一方面會引起更多人急於搶購，但是另一方面會讓買不到的人心生怨懟，最好的方法是拆成兩次販售，如此一來，連續抽籤兩次都槓龜的消費者多半只會埋怨自己運氣不佳，而不會去責怪販售商品的商家。

星友和諧住宅第一期是銷售位於下寮溪旁的前三棟，由於設計採凹字型，所以每層樓有十二戶，總共有六百多戶，但其中有兩百戶屬於星友集團的保留戶，抽籤的資格是設籍在本市三年以上、四十歲以下、名下（含配偶與未成年子女）沒有房屋的市民，由於每坪售價只有十萬元，比起鄰近區域動輒三、四十萬的行情便宜許多，吸引了超過四千人來申購，中籤率只有百分之十左右，而另外一個和諧住宅的案子，也是吸引了超過四千人申購，中籤率更是低到百分之八以下。

市長當然不會錯過申購抽籤這個曝光的機會，親自出席抽籤儀式，當然，在僧多粥少的結果下，中籤者興高采烈，槓龜者哀聲嘆氣包圍著市長不願離去，市長一一聽取民眾抱怨。

「我們夫妻倆一年才賺七、八十萬，哪買得起隨便都千萬起跳的房子？」

「我必須不吃不喝五、六年才能籌到自備款！」

「中央執政不利，希望市長能再多推出這類的住宅照顧我們小老百姓啊！」

「市長！公宅是我們全家僅剩的最後買房希望，拜託啦市長！」

裝出一副人飢己飢的神情抓了抓頭髮，市長面對上千名槓龜戶，故意和旁邊的幕僚交頭接耳後拿出大聲公對著群眾宣佈：「大家的苦衷與需要，我都聽到了，為了讓大家能夠用平價合理購買房屋，我在此宣佈再推出星友和諧住宅第二期，我剛剛和星友營造達成協議，第二期推出的戶數更多，棟數一共有四棟，每棟十八樓，每層樓戶數有二十戶，一共有一千四百多戶，扣除地主星友科大保留戶外，還有至少一千戶可供大家抽籤，抽籤日訂為下個禮拜天，其他細節待明天早上的記者會再行公佈。」

「你們說，好不好？」市長慷慨激昂地對著市民嘶吼著。

站在角落的YoYo與葉國強，聽到市長這個臨時隨便加碼的政策，臉色大變，兩人對看一眼氣得說不出話來。

抽籤現場與市長的政策加碼透過新聞不斷的傳播，二十四小時之後，最新出爐的民調又提升了四個百分點，超過五成的支持度遠遠領先了對手百分之二十。

隨興的加碼讓星友集團的人又忙得人仰馬翻，建照都已經核發下來，容積率也已經移轉完畢，該作的環評也都作了，等於是整個已經定案核准的建案，每層樓要憑空多出六戶出來，這還不打緊，市府那邊還傳來「無法重審且必須合法」的無理要求。

陳星佑人還在東京陪老婆養病，任憑YoYo怎麼找都連絡不上，群龍無首的星友集團主管與董事們你看我我看你，根本想不出整個案子的解套方案。

「如果現在跟市府解約呢？」有人提出這個建議，但立刻被其他人否決掉。

「不然就再拿出一些公司手上所擁有的容積率，用最火速的方式在原有的校地上挪出一些空地，看看能不能再蓋一棟？」

「別開玩笑了，容積率很值錢啊！剩下的容積率是要移轉到台北市中心的建案啊！台北市中心隨便一坪就可以賣一百萬，平白無故地捐給政府，你當我們公司是慈善事業。」

「不然，把我們集團在後面四棟建案中的兩百戶保留戶，拿出來給市政府去賣。」

「兩百戶捐出去？兩百戶可以賣六億多，丟出去給市政府，我們大概只能賺其中的工程費兩億，等於少了四億多的利潤，還不如花兩千萬去和市政府打官司，這個案子這樣搞，市政府在法律上根本站不住腳，打官司絕對有勝算。」那位提議與市府解約的董事很堅持。

實際上，這兩百多戶早就被各方人馬預訂一空，如建材上游商、各種工程包商、打通政府各個關節所允諾的戶數以及被幾個大股東預定的幾個金店面，要這些人放棄已經到手的利益，根本不切實際。

「這樣行不通，你忘了我們已經丟進去兩三億的成本了嗎？如果我們和市府解約，已經發包的其它工程怎麼辦？已經下訂單的建材的損失又要怎麼出帳呢？」YoYo站在成本的考量說著。

參與開會的負責這個案子的建築師乾咳了幾聲後發言：「唯一可行的方法是變更設計。」

「變更設計？」始終不發一語的葉國強問著。

「對！公共住宅的變更設計不需要重新申請，只需要臨時補件就可，站在市府的立場，既然是市長臨時加碼的政策，又符合法規，他們沒有不核准的道理，當然這裡頭有幾個風險。」負責本案的建築師是位年紀超過七十歲的老頭，早已經退休的他被陳星佑找來替這個案子操刀，之所以找這麼年邁的建築師，陳星佑自然有他的如意算盤。

「第一個風險是萬一市長沒有連任，新市長絕對不會手下留情，肯定會把案子打成天大弊案，這種事情大家應該都見多了。」大多數與會者都點了點頭。

老建築師繼續說著：「第二個風險是，萬一建管局或都發局不同意變更設計，我們大樓蓋好之後會拿不到使用執照，到時候沒水沒電沒權狀，連交屋都成問題。」

YoYo笑著回答：「這些不用你擔心，到底要怎麼變更？」

老建築師根本不看YoYo，自顧自地講著：「也對啦！這不是建築師該煩惱的事情，我的建議是在不變更樓板總面積下，隔出更多的住宅單位，我簡單算了一下，只要把每間從原先設計的三十二坪改成每間二十五坪，接著在公共設施作點手腳，讓每戶的公設比從百分之三十提高到百分之三十八，然後再把雨遮這種虛坪搞大一點，四棟大樓合計就可以多出四百多戶出來，東加西減扣掉交給政府去配銷的一千兩百戶後，我們還剩下兩百五十戶保留戶，比原來的兩百戶保留戶還多出五十戶。」

「二十五坪？公設拉到百分之三十八，再扣掉陽台和雨遮，如此一來，室內實際面積就剩下不到十六坪，這種大小還要隔出兩房，會不會太狹窄？」有人如此問著。

「嗯！正確的坪數是十五坪半，百分之三十八的公設比算是很有良心的了。」建築師快速按著計算機後回答。

他說得一點都沒錯，現在許多集合性住宅的公設比率動輒拉高到百分之四十，甚至還有部分公共住宅或所謂的捷運共構宅的公設比更是高達百分之四十五到五十，購屋者買了間三十坪的房子，扣掉百分之四十五到五十的公設、陽台和雨遮之後，室內使用面積竟然只剩下十四坪，扣掉廁所廚房玄關客廳後，兩間臥房只能各擺一張雙人床，許多人花了大半輩子的一千多萬的積蓄後才發現自己住進一個比鴿籠大不了多少的小窩。

YoYo打開電腦仔細計算了一番後提出：「這樣一來，每層樓的隔間、梁柱、鋼筋、建材、水塔、機電設備等等各種載重就要增加，戶數增加也會增加結構的負載重量，且根據規定又得多出一或兩部電梯，先不論成本，變更設計後的結構的負重恐怕……。」YoYo抬起頭來看著老建築師。

「沒想到你這個小女生還算內行，我還以為你只是依靠美色往上爬……嘿嘿……。」老建築師酸她幾句後接著說：「我只能說，法規上沒什麼問題，市政府不可能自己駁回自己搞出來的政策吧！至於安全性嘛？這世界沒有絕對安全的建築，飛機一撞，號稱最安全的世貿大樓和五角大樓還不是也應聲倒塌，號稱最嚴謹的日本人也是一樣長期竄改各種安全數據，更別說什麼八級強震、百年洪水甚至太空隕石，這一行啊！靠的是運氣與八字、祖先的積德和平常有沒有燒對香拜對佛。」

「咱們搞建築與結構的，一輩子也算不清楚到底簽了幾棟建築的設計，只要遇到比較嚴重的天災，半夜的機場都會出現好幾個臨時買機票準備要跑路的建築師與結構技師……。」

YoYo打斷滿嘴嘮叨又讓她厭惡的老建築師：「請直接講重點。」

「該說的我還是要說，重點是，擺著明顯的設計疏失，建築師與結構技師通常不會昧著專業良心……。」講到這裡就不再開口，老建築師頗有待價而沽的賣關子意味。

明眼人都聽出「通常」兩個字背後意義，知道這位老建築師的弦外之音，用意是如果要他變更設計昧著良心簽名，一定得額外追加預算。YoYo立刻宣布會議休息二十分鐘，把葉國強、老建築師與星友集團另外兩個常董請到會議室旁邊的小房間。

「我只是獨立董事，不方便參與一般事務的決策。」葉國強婉拒了YoYo的密會邀請。

「可是你的另一個身分是星友科大的校長，基於職責，必須和你先商討出默契與方向。」YoYo不死心地想拉葉國強進到密室去討論，決不讓這條老狐狸溜之大吉，更不想讓他在敏感的事情置身事外。

「學校只是建地與容積率的捐助者，建物的設計結構變更以及和建築師的業務合作，與學校毫無相關，你們只要把結論與作法告訴我就好了。」葉國強說完便一溜煙地迅速離開公司會議室，臨走前還確認一下自己並沒有在會議簽到簿上簽過名才放心離開。

「可是，你有辦法在兩天內完成變更設計嗎？」YoYo看著一副老邁的建築師有點擔心。

「哈哈哈！我不敢說台灣的建築師的設計品質有多麼優良，但大多數的建築師的速度，被業者與政府的長期蹂躪下，趕工的速度絕對是世界一流，只是兩天，實在有點強人所難，妳這個小女生也不體諒一下我這個糟老頭，替妳們賣命趕工又要讓我血壓與血糖都飆高啊。」老建築師喃喃自語一番後比了個七的手勢。

七百萬元，YoYo與老建築師用七百萬元達成協議，對星友營造而言，七百萬元換來市長的百分之四的支持度，七百萬元換來順利開工，七百萬元換來多出近五十戶的保留戶利潤，七百萬元換來四百個「幸運中籤戶」的成家美夢，七百萬元增加了老建築師在海外銀行帳戶的餘額，皆大歡喜？唯一犧牲的不過只是小小的建築結構品質，在一切依法行事含糊解釋的台灣社會，沒有人會在乎。

兩天後所呈上來的設計變更圖，可說是無懈可擊的完美，完美的踏在法規的界線邊緣，完美的替星友營造公司節省所有額外的建造成本，合法並不表示合理，所有工程的結構都會設計些額外的安全係數，但法規上並沒有明文規定額外的安全係數的多寡，從建築原理和財務成本管理的不同角度，就有不同的設計模式。

二十九

四月悠然的午後，原本應該是一片清新蔥綠的校園，已經被工地的塵漫飛沙取代，年輕學生的打球笑鬧聲替換成灌漿打樁的轟隆噪音。

伴隨著和諧住宅的動工，星友科大的校地宛如一座巨型的泥塵怪物，丈量的工程師、來工地看看進度順便編織搬新家後的美夢的購屋者、灌漿的水泥車挖廢土的怪手的司機、不知道從哪個國度引進來的外勞、建築師的助理、等著進場大排長龍載著比天高的鋼筋的大拖車、隨之而來販賣可疑便當的小發財車。

小曹的修車洗車生意，隨著湧進工地的車潮與人潮越來越好，他沒忘記放在心裡的承諾，雇用了當初吳思慧班上那兩個身心障礙的學生，把洗車與簡單打蠟的工作丟給他們，自己專心在美容與拋光的業務上，小曹不像那些挑客人的同業，連髒兮兮的貨車、沾黏著大量粉塵甚至爛泥的工地車的生意都願意接。

越來越好的生意，讓小曹有了去找吳思慧的理由，他希望吳思慧能夠來工廠幫忙，再怎麼高薪都願意付，甚至包括付出自己的所有一切，忙碌的日子無法讓人忘卻心中的羈絆，小曹打了大半年的電話，用盡各種辦法就是找不到吳思慧。

他把困擾告訴王銘陽，王銘陽聽了後納悶地問：「你為什麼不直接到她家找她？」

「可是我不曉得她家住哪裡，網路上頭也搜尋不到。」小曹滿臉苦惱。

王銘陽哈哈大笑：「你真是個笨阿宅，是不是除了大小便以外，你什麼事都只會依賴網路啊！」

小曹抓了抓頭答：「好像是！但是網路上會教人如何安裝免治馬桶。」

「我真是敗給你了，我十分鐘內就幫你查出吳思慧家裡的地址。」王銘陽笑著。

小曹好奇問著：「你要怎麼查？」

王銘陽看著小曹搖搖頭嘆息：「吳思慧曾經擔任星友老師，我也是星友的體育老師，打個電話到學校人事那邊問一下，這麼簡單的事情，怎麼會困擾你大半年啊！」

當一個人陷入情緒迷惘的盲點中，往往會忽略最簡單最顯而易見的地方，小曹抄了地址後欣喜若狂，打算提前結束營業立刻驅車過去。

「小曹，你別那麼衝動，大白天的，誰會沒事待在家裡，而且，既然她不接你的電話，可見她有心刻意地躲避妳，你就這麼衝過去，沒準會撲了空或是吃閉門羹。」

「那我該怎麼辦？」小曹覺得王銘陽的分析很有道理。

「人總是要回家睡覺，尤其是在清晨時刻的腦子最不清醒，換成我，我會選擇在凌晨五點鐘去按她家門鈴，讓她在意識不清楚的時候迷迷糊糊就打開門，到時候她想躲也躲不掉了。」

「很有道理，你怎麼會知道這些事情？」小曹好奇問著。

「從網路學的，哈哈哈！」王銘陽以前和YoYo合作法拍詐騙時，從銀行行員那邊學會了如何催債，不管是追情債還是討錢債，基本作法沒什麼兩樣。

小曹整個晚上腦子裡混雜著許多亂七八糟的想法，工作的勞累迫使精神無法集中，但想到不久之後可以再次見到吳思慧又讓他陷入亢奮，更怕一睡著就錯失最後見面的機會，好不容易挨到凌晨三點多，心想時間也差不多，興沖沖地開車從工廠出發。

吳思慧住在龜山市區，離小曹工廠不怎麼遠，半夜沒什麼人車，只有一些熱中馬拉松夜跑的人，他始終不解，為什麼這些人要把慢跑看作什麼不得了的豐功偉績，瞧他們臉上那沾沾自喜的笑容，一副他們外出是去治療肺氣腫的樣子，慢跑有必要穿得像十四歲羅馬尼亞體操少女選手才能跑嗎？不過是拖著雙腿在街上亂繞一兩個鐘頭，有必要把自己打裝扮得像是奧運雪橇選手嗎？

五分鐘就來到了她家樓下。吳思慧的家位於無尾巷內，小曹只能把車子停在遠遠的巷口走進去。無尾巷很狹窄，巷子兩端的住家，陽台與陽台之間的距離近到可以懸空掛張桌子打麻將，公寓大門是那種永遠都鎖不緊的傳統暗紅色鐵門，狹窄的樓梯間貼滿了各種專修馬桶或現金周轉不求人的廣告，灰暗的小燈連牆壁上的蟑螂都照不清楚，小曹走到三樓，硬著頭皮按下門鈴，半分鐘後聽到門內傳來乒乒乓乓作響聲音以及一陣咒罵：「夭壽！是誰啊？」

門一打開，小曹眼前一黑，饒是平常有運動習慣的他，也只能靠反應側著頭躲開，但肩膀上卻結結實實挨了一記重擊，小曹痛得眼冒金星，忍痛張開眼睛一看，一個女人拿根高爾夫球桿又朝著他的頭揮了過來，已經有了心理準備的小曹往後一跳閃過這一擊，伸出手把對方的球桿搶下來，大聲喝止：「別打了！」

小曹又看了那女人一眼，忍不住叫出來：「小慧！」

「三更半夜的，你上門作什麼？討債的嗎？再不走我要大叫了。」

仔細端詳後才發現打人的女人並不是小慧，雖然五官輪廓甚至講話神情都有些類似，但眼前的女人很顯然地年長許多，而且還坐著輪椅，但一眼就認出這個女人如果不是小慧的媽媽不然就是姊姊。

「大姊！你誤會了，我叫作曹晏誠，叫我小曹就可以，我是來找小慧的，是他的朋友。」說完後立刻遞上自己的名片。

「朋友？我們家小慧從來沒說過她有什麼朋友！」

小曹感覺到對方的敵意已經稍微緩和，恭恭敬敬地把球桿遞還給她：「妳不會再打我了吧？」

「哼！找我們家小慧有什麼事情？」坐在輪椅上的女人端詳著名片後忽然想起什麼：「嗯！汽車美容保養廠！我好像聽小慧說過認識一個開修車廠的傢伙，應該就是你吧！」她的語氣緩和了不少。

「是的是的！這麼晚實在很不好意思，不知道小慧現在在家嗎？我只要見她一面就好了，不會打擾妳們太久的。」小曹彎著腰輕聲地在那女人的面前說著。

那女人看著小曹，沉默了一分鐘後，換上不同的語氣說：「小曹！你走吧！小慧不在家，就算在家也不會想要見任何朋友！」那女人冷冷地說。

「沒關係，我可以等，就在門口等。」小曹不死心。

「何必呢？我們家小慧不值得你等。」她說完嘆了一口氣。

「我猜您應該是吳媽媽吧！怎麼有媽媽會說自己的女兒不值得呢？小慧是我這輩子看過最值得我等的女孩。」小曹說完之後便坐在門口要起無賴，擺明了自己的決心。

吳媽媽又嘆了一口氣：「這輩子？你活得還不夠久，沒資格說這種不負責任的大話。」說完後便把大門關上。

二十分鐘後大門又打開了，小曹以為是吳思慧，高興地站了起來，不料又只是吳媽媽，她對著小曹說：「你不相信的話，你可以進來看，小慧現在已經沒住在家裡了。」

「她去哪裡了？」

「小慧出家了。」吳媽媽說完後一把鼻涕一把眼淚哭了起來。

小曹只能失望地離去。

三十

「出家？」王銘陽聽到這裡，感到不可思議。

「她媽媽也不清楚吳思慧到底跑到什麼地方去出家，只拿了一張幾個月離家前所留下的紙條給我看，上面的確是小慧的筆跡，說是要到龍潭石門水庫附近的廟宇去禪修，至於為什麼出家？在哪間廟寺禪修？並沒有寫清楚。」

「所以最近一、兩個月，你沒事就往石門水庫的山區跑，說要去拜拜，其實是為了要去找出家的小慧？」王銘陽不可置信地問著。

小曹點了點頭。

王銘陽搖搖頭說：「你被騙了，這種連鄉土劇的編劇都不好意思編的爛劇情，你竟然相信？」

「可是那紙條明明就是小慧的親筆跡？而且小慧從來不會說謊啊？你知道，經歷過學生自殺那種慘劇，看不開、想去出家也是很有可能啊！」

王銘陽笑了起來：「這世界沒有不說謊的女人，也沒有不相信謊言的男人，小曹啊！小曹！反正小慧都把話說到出家這種地步，我看你就算了吧！該放生就要放生。」

「放生？說別人倒是輕鬆，你自己還不是一樣。」小曹反譏回去。

「你別拿我跟你相提並論，我王銘陽什麼本事沒有，把妹後放生，放生後立刻再找新的妹，一氣呵成，提得起放得下，明天太陽一樣會升起，太陽底下一樣會出現一大堆女人，嘿嘿嘿！」

小曹笑了起來：「前幾天你在我這裡喝醉酒，整個晚上不停地喊著YoYo，還哭得跟娘們似的……。」

王銘陽大聲地嚇阻不讓小曹講下去：「幹！別亂說，我從今以後要戒酒了。」

「你不是要找我一起試你的新車嗎？要不，咱們飆上石門水庫去試車，我帶你去一間很有意思的廟。」

王銘陽前幾天透過小曹買了部中古BMW X5休旅車，今天一大早才去監理所辦好過戶、領牌、掛牌手續，領牌後便興沖沖地跑來要約小曹一起去試車。

「一年前我剛認識你時，你連修個裕隆老爺車都還要跟我討價還價，怎麼當學校老師這麼好賺啊？」小曹羨慕地說著。

「一言難盡啦！走啦！陪你去山上，找女人也好找神明也罷，都行！」王銘陽用力踩下油門，享受那股從引擎傳到椅背的貼背快感。

從樹林交流道上三號國道到龍潭交流道這段高速公路，沿途有許多超速測速器以及埋伏於路肩的交警，王銘陽安分地按捺想要狂飆的衝動，下交流道在龍潭市區七轉八轉後，摸到一條位於桃園與新竹交界人車罕見的產業道路，王銘陽在連會車都很困難的狹窄彎路，把車速拉到一百三十以上。

「幹！你不要命啦！」坐在助手座的小曹嚇到臉色蒼白：「你剛剛差點撞到電線桿啊！」

「撞壞了最好，你就可以賺我一筆不小的修理費了，哈哈哈！」

這傢伙根本不要命，正在小曹打算開口要下車不陪著玩命的同時，車子突然急停，還好安全氣囊沒有迸開。

「你是瘋子，BMW的煞車再好，也沒必要如此折磨吧！」小曹大聲地罵著。

王銘陽指著路邊，只見在一條更小的步道路口豎立了「精心禪舍」的路標。

「GPS還滿準的，你說的就是這間廟吧！」

把車停好後，兩人沿著步道往上走，沿途只有雜木林以及一堆不知名的蟲子的鳴叫聲，昨晚下過大雨，越往裡面走，路面就越泥濘難行，越往上爬，林相從短小的雜木轉變為比較高大的樟樹與楠木，小曹沿途每三、五分鐘就不停地噴灑殺蟲劑。

「這一帶的虎頭蜂很多，不噴不行。」小曹解釋著自己的行為。

「小曹，你真的來過這裡？」很少爬山的王銘陽感覺到附近有股陰森的氣場。

繞過一座小池塘後小曹指了前方說：「到了！」

「這是什麼鳥精舍？根本只是間鐵皮屋。」王銘陽所理解的精舍都是那種金碧輝煌、門面雄偉莊嚴的建築。

「別小看外表，精心禪師很厲害的，進去後別亂說話。」小曹警告著。

打開小小的木門，精舍大廳除了一只香爐外空無一物，小曹比了手勢示意王銘陽就地打坐。

打坐不到二十分鐘，受不了雙腳發麻和瞌睡蟲襲擊的王銘陽起身伸個懶腰，正想著該不該離去時，一個聲音從門口傳來：「這位修士，你的心很不平靜！」

王銘陽轉頭望去，說話的人身穿農夫服裝頭戴著斗笠，更讓他感到奇怪的是，這個人還留著一頭長髮。

小曹立刻起身對這個長髮男人行禮：「禪師！你好！」原來這位就是精心禪師。

精心禪師搖搖手說：「修行者不必拘泥於尋常客套禮儀，心中有禪就行，大家愛怎麼稱呼就怎麼稱呼。」

王銘陽使了個眼色給小曹，小曹笑著回答：「你想講什麼就講什麼，在禪師面前無需偷偷摸摸。」

「啊！我想抽根菸，你陪我出去抽吧！」

王銘陽拉著小曹走出門外，低聲地問著：「你帶我來這裡作什麼啊？難道你懷疑小慧在這裡出家禪修嗎？」

沒想到精心禪師也跟了出來插進話說：「禪修與出家不一樣，對了，這位修士你不是想要抽菸嗎？菸呢？」

抽菸只是跑出來講悄悄話的藉口，王銘陽只能傻笑。

「我也是菸癮犯了，今天還沒時間下山買菸，修士，擋一根來抽吧！」禪師抓了抓頭說。

王銘陽一臉不可思議，怎麼會有蓄長髮還抽菸的禪師，半信半疑地從口袋遞根香菸給禪師，還恭恭敬敬地點燃打火機，禪師伸出手幫忙王銘陽的打火機擋風，不經意地碰了王銘陽的手指一下，王銘陽的手指似乎感到一股微弱的靜電，心想這位怪禪師莫非會那種武俠小說的點穴工夫不成。

禪師哈哈大笑：「你一定以為我會點穴吧？其實是因為這一帶的濕度、你的體質還有我手上帶著好幾個金屬戒指所導致的啦，哈哈哈！」

不料，精心禪師突然臉色驟變，對著王銘陽說：「你的內心藏著殺戮之氣，你是不是混黑道或者是幹刑警？」

小曹解釋著：「這位王先生只是體育老師。」

精心禪師搖搖頭看著王銘陽說：「無論如何，這位修士，你最好是趁早遠離你現在身處的環境，越早越好，否則……天機不可洩漏，我就點到為止。」

接著精心禪師轉過頭對著小曹說：「你已經來這裡打坐好幾回，你我也算有緣，我送你十六個字，你自己聽清楚了：情貴明悉、業求遠博、捨即是得、忘方能旺。」

「情貴明悉、業求遠博、捨即是得、忘方能旺？明悉？」小曹默念了幾遍，滿臉迷惑地看著禪師。

「明悉並非只是字面上知道了的意思，明者光亮也，事情往光明面去想，別在乎塵世間的俗念，悉乃上采下心，用精采的心看待他人或面對情愫，別把塵埃放在心上就是悉。我講得很玄，請曹修士以後碰到自己掛念有感情的人事情，務必把明與悉兩個字牢牢記住，至於其他十二個字，應該可以自行參透。」

「聽你這樣講，好像算命仙的口吻。」王銘陽對這位裝神弄鬼的禪師頗不以為然。

「喂！別口出狂言。」小曹指責著。

禪師露出微笑後吐了一口煙說：「不會啦！我剛剛才說過不必拘泥於尋常客套禮儀，有話直說是你朋友的優點，我沒有什麼十六字可以贈送，只有一個字：逃。逃避現在身邊的是是非非，有多遠就逃多遠，才不會惹出血光之禍，嗯！我話太多了，等一下會有很劇烈的午後雷陣雨，兩位請回吧！」說完後便走進精舍關上大門。

「怎麼樣？這位禪師很有趣吧？」在回程的山路上，小曹問著。

「哼！裝神弄鬼的，還抽菸，這算是什麼禪師啊！」王銘陽說到香菸才想到剛剛把打火機放在精舍門口，那可是花了兩萬多塊錢買的名牌都彭打火機。

「你先走，我回精舍找打火機。」王銘陽說完就往回走，才經過剛剛走過的小池塘，天空就下起傾盆大雨，王銘陽只好朝精舍方向快步地跑過去，不料，哪來什麼精舍，只有一座不到三十公分高、比狗窩大不了多少，類似小土地廟外表的小土廟，土廟面前剛好是王銘陽遺落的都彭打火機，以及兩根剛抽完的菸屁股，摸著打火機與菸蒂還能感覺餘溫，菸蒂正是他常抽的肯特涼菸……兩根？心中大喊不妙撞邪了的王銘陽拋下打火機死命地往回狂奔，回到車上與小曹會合。

「小王！你怎麼了？」看到全身被淋濕臉色鐵青的王銘陽，小曹關心地問起。

「小曹，我問你，你剛剛有沒有在精舍門口抽菸？」

「沒有啊！我從不抽菸的，你問這個幹麼？」

「沒事！沒事！換你開車，趕快走就對了，反正就是開到熱鬧的地方再停下來啦！」王銘陽不想再多說什麼。

直到車子開到觀光人潮洶湧的石門水庫大壩邊，王銘陽才叫小曹把車子停下來，下車後不斷地默念阿彌陀佛，看著水壩邊絡繹不絕的人潮才讓自己稍微平靜下來。

「先生，水庫邊禁止臨時停車，請配合。」旁邊的女警喝止了亂停車的王銘陽，王銘陽不好意思地轉過頭陪著笑臉，才發現那女警不是別人，正是幾個月前來調查他的蔡靜儀刑警。

「咦！妳不是蔡警官嗎？這麼巧，在這裡碰到妳？」

看到蔡靜儀身穿石門水庫保警的制服，這才想起當時葉國強所撂下的那段狠話：「說不定她會被調到管水庫的保安大隊去當巡佐！」，沒想到還真的被調過來當水庫的保安巡警。

穿著燙著筆直的黑色防風外套，搭配一雙防水的警用馬靴，讓原本身材就高䠷的蔡靜儀更顯得帥氣，王銘陽盯著對方一直看，可說是看傻了眼。

「王先生，你到底要不要把車子移開，否則我可是要開單了。」

蔡靜儀板起一張公事公辦的兇臉，王銘陽非但沒生氣還堆滿笑臉回答：「你果然還記得我！」

看到王銘陽這般輕挑模樣，蔡靜儀發火了，掏出罰單拿起手機迅速跑到車子後面拍照存證。

「好！我把車開走啦，別生氣。」沒打算上車王銘陽只是叫小曹把車子開回去：「我的車子就請你開回你的修車廠。」

「你不想回去嗎？」小曹納悶問起。

「我遇到老朋友，想多聊聊嘛！我不耽誤你回去開工，你先走吧！」王銘陽指著蔡靜儀。

「你還真的是生冷不忌。」小曹太了解王銘陽了，這種身材高䠷還帶點權威感的臭臉女生，根本就是王銘陽的菜。

「好吧！你自己想辦法下山吧！剪下、複製、貼上，哈哈哈！」笑開的小曹說完就開車離開了。

「我警告你，我的罰單還是要開，沒得商量。」蔡靜儀不講情面。

「沒關係，沒關係，只要不要讓妳為難就好。」王銘陽心裡其實是想著乾脆讓妳來逮捕的邪念。

「哼！」蔡靜儀很少看到被開單還笑嘻嘻的民眾。

「對了！妳上次辦的案子到底怎麼了，妳說會隨時回來約談我，害我這陣子都不敢出國。」王銘陽找個能夠繼續聊下去的冠冕堂皇理由。

「唉！不說也罷，反正流年不利，算命的說我犯小人……。」蔡靜儀講到這裡忽然警覺起來：「這是偵辦中的案子，你沒有權利知道。」

「犯小人？那小人該不會是指我嗎？我可沒去什麼競選總部去搗蛋。」王銘陽裝出委屈模樣。

「你千萬不要誤會，你的不在場證明很充分，我說的小人不是說你啦，唉呀！我幹麼跟你講那麼多話，聽好！我不開單了，以後別在這裡違規停車了。」說完後蔡靜儀頭也不回地繼續沿著水壩的壩堤巡邏。

王銘陽厚著臉皮跟在後面，走不到幾步，蔡靜儀轉頭過來怒斥：「你幹什麼跟著我走，小心我開張妨礙公務的罰單給你。」

死豬不怕熱水燙的王銘陽只怕對方不開口講話，聽到要開罰單，立刻取出身上所有的證件說著：「警官！我叫王銘陽，今年虛歲三十，家住新北市，配偶欄是空的，父親叫作……這些個人資料可以給妳當作開罰單的依據。」

這時的蔡靜儀終於笑開了：「哪有人追著警察要求給張罰單的？」

笑開了的蔡靜儀煞是好看，王銘陽嘴巴張得大大，原本想要繼續扯蛋講下去的話通通忘詞。

眼見王銘陽死皮賴臉地黏著自己，蔡靜儀也急了：「好啦！我告訴你，你的案子早就結了，什麼選舉暴力也都是假的，全都只是選舉花招，我還傻傻地配合那些政客去辦案，結果……唉呀！反正我只能講到這裡，王先生你高興什麼時候出國就什麼時候出國，不會有人再約談妳了。」

「所以妳剛剛才提到自己犯小人，原來如此！」王銘陽明知故問。

「好了！你可以離開了，否則我真的會開單。」

「奇怪啊！我乖乖地在這裡觀光不行嗎？」王銘陽又恢復嘻皮笑臉。

「不行！這裡是我們警局門口，你不能在此逗留。」蔡靜儀不想再糾纏下去。

「那我要報案總行吧？」

「報案？報什麼案？我警告你，別在這裡亂搗蛋。」

王銘陽又裝出他那天字第一號的無辜招牌表情：「我可以進去警局找你報案吧！這可是人民的權益呢！」

蔡靜儀簡直要氣炸了，但也只好忍住脾氣請王銘陽走進警局，蔡靜儀回到桌位上拿出報案記錄表格並打開錄影機，擺出一張官腔十足的撲克臉問著：「你要報什麼案？」

「我要檢舉，石門水庫的山上鬧鬼。」王銘陽收斂著笑容滿臉嚴肅地說著。

緊繃了許久的蔡靜儀一聽到鬧鬼兩個字，整個人哈哈大笑起來，那種笑容並非嘲笑對方的無知，也非聽到什麼好笑的事情，而是一種整個人放鬆之後的開懷大笑。

笑到差點氣喘不過來，蔡靜儀大口灌了幾口水才平靜些，王銘陽便把精心禪師與精舍的遭遇一字不漏地說了出來。

聽完之後，好不容易才憋住笑意的蔡靜儀馬上又狂笑起來，笑到必須趴在警局的辦公桌上，許久才讓笑到抽搐的身體恢復講話的能力：「王先生！我如果真的陪你上山看一趟，萬一真的如你所說的鬧鬼，那我豈不跟你一樣撞邪，如果我陪你上山，發現你說的只是滿嘴的胡說八道，那我豈不成為連鬼話都相信的笨蛋？」

「所以，鬧鬼這事情不能報案囉！」王銘陽越是嚴肅，蔡靜儀就越覺得他還真的是冷面笑匠，王銘陽如此死皮賴臉的插科打諢，不是笨蛋的蔡靜儀當然知道對方的用意，水庫巡查的工作比起刑警完全索然無味，自然不排斥帥哥在旁邊說說笑笑，心中對王銘陽的好感度也提高了不少。

「你朋友把車子開走了，你要怎麼回去？看樣子這個時候連最後一班公車好像也開走了。」蔡靜儀關心起來。

「對齁！只顧和你講話，我想等一下只好摸黑走下山吧！萬一又碰到那位禪師……。」王銘陽裝出苦惱的模樣。

「要不然這樣吧！等一下我下班後，我開車載你到山下的龍潭市區，那邊有巴士可以搭，可是你千萬別誤會，我只是……。」有點臉紅的蔡靜儀說不下去。

「誤會？我猜妳一定是聽了我撞邪的事情，不敢一個人晚上開車下山吧！哈哈！警察偶爾也需要民眾保護啊！」王銘陽四兩撥千金地化解了蔡靜儀的尷尬。

沒了敵意與陌生感的蔡靜儀在車上將事情說了一遍，陳玟儒競選總部其實根本沒有遭到什麼暴力威脅，只是想要報假案炒作成被害者的形象，而蔡靜儀竟然天真地配合競選總部所提供的可能嫌疑犯去查案，不單只是王銘陽，還一併去約談葉國強、陳星佑、凱南大仔以及同選舉的另一個候選人。

「所以白目的妳被陳玟儒利用，把大學校長、上市公司董事長、黑道大哥以及現任市議員都約談了？」王銘陽感到不可思議。

「就算不是被人利用，事後想想，我一個小小警官根本也惹不起這些有頭有臉的人，而且也不該魯莽地單獨辦案啊！所以我就被調職，調到石門水庫。」

「其實調到水庫也不錯啦！除了維持假日觀光人潮的交通，也可以順便取締盜砍森林的山老鼠、抓那些在水源地傾倒工業用土與垃圾的不肖業者，說起來對國家的貢獻度也不比幹刑警來得低啊。」王銘陽安慰地說著。

「我不是煩惱工作內容啦，只是沒當刑警，少了很多職務加給、危險津貼以及加班費，你一定不知道當基層警官的待遇有多低呢！原本以為自己符合資格購買你們學校那個和諧住宅的房子，但少了一大堆津貼後，就不敢去抽籤，買房子的夢只能無限期的延期了。」蔡靜儀吐了苦水。

「加油囉！我相信妳以後一定買得起。」經歷過法拍市場、和諧住宅等等的歷練，王銘陽深刻體會到小市民那股想要築巢圓夢的渴望。

「我很好奇，王先生你……。」

「叫我小王就好。」

蔡靜儀點點頭又尋思了一會兒才問：「嗯！小王！這樣問會不會太失禮呢？只是我很好奇，你也不過是個體育老師，怎麼開得起雙B呢？我沒有惡意啦！只是很羨慕像你們，明明也大我不了幾歲，卻事業有成，我懷疑自己是不是當初入錯行了，不該去當警察。」

「別這麼說，我只是運氣比較好，這一兩年在投資上賺了一點錢而已。」王銘陽有點得意。

「投資？股票嗎？股票的風險不是很高嗎？而且烏煙瘴氣的股市裡頭有騙子一堆……。」

王銘陽笑著說：「股票是老頭子的玩意，我是靠投資比特幣賺了一些錢呢！」

「比特幣？是不是那種最夯最流行的區塊鏈？」

「原來妳懂啊？」王銘陽好奇起來。

「怎麼可能懂！我們警察的工作與世界是極度封閉，講難聽一點是根本和社會脫節，我哪會懂？」蔡靜儀又嘆了一口氣。

「其實一點都不難，也不需要太多本錢，改天妳有空，我拿筆電到派出所教你怎麼投資。」王銘陽看著滿臉疑惑的蔡靜儀後接著解釋：「妳千萬別懷疑我是什麼網路男蟲，我只是單純教妳，不會要你拿錢出來投資半毛錢的。」

「我想你應該也不是那種騙財騙……嗯……我也沒什麼錢可以讓別人騙，我的意思是我應該信得過你啦！」蔡靜儀把騙色兩個字硬生生地吞下去不說。

王銘陽吹著口哨哼著歌走回小曹的修車廠，一遍又一遍地唱著少數幾條自己會唱的情歌：「在無聲之中你拉起了我的手、我怎麼感覺整個黑夜在震動、耳朵裡我聽到了心跳的節奏，星星在閃爍、你會怎麼說……。」

小曹見狀放下抛光機說：「唉喲！你還有純真嗎？世界的純真為誰在迷惑啊？今天見色忘友連愛車都不要了，很開心吧！」說完用手肘頂了一下王銘陽的小腹露出淫蕩的笑容說：「是怎樣，以你這個大情聖的把妹速度，今天至少上了二壘了吧？」

王銘陽滿臉愉悅地答：「別把蔡小姐想成那種女人，不一樣！不一樣！」

就王銘陽而言，雖然心中最愛的依舊是YoYo，但她是那種充滿野心往上爬的女人，只把自己當成一坨扶不起的阿斗爛泥，至於陳玫儒，先別談人妻身分以及已經撕破臉的現實，她也只是把自己當作一匹小鮮肉種馬，更別說以前一卡車連名字都記不得的一夜情小女生，那些小女生還活在追偶像追韓劇的不切實際少女生活。而蔡靜儀不一樣，王銘陽可以重新談一場與自己有著正常、平等能互相尊重的關係的戀愛，在她面前不必裝龜孫子也不會被頤指氣使。

王銘陽翹著二郎腿哼哼唱唱懶得理會小曹的揶揄，看著小曹賣力地幫車子上色打蠟。

「這不是我的車嗎？咱們哥們，你可以先處理客人的車啊！」

小曹苦笑著說：「這三天沒有生意上門，閒著閒著就幫你弄一弄囉，也算是售後服務。」

「三天沒生意？在學校工地進進出出的車子那麼多，怎麼會？」

「難道你不知道，工地已經停工三天了！」

王銘陽大吃一驚：「停工？怎麼回事？」王銘陽最近幾天都利用學生放春假窩在家裡搞比特幣挖礦，沒來學校所以不清楚。

小曹露出你都不知道了、我怎麼會知道的表情。

王銘陽著急地撥電話給YoYo要追問清楚，卻怎麼撥也撥不通。

當然撥不通，因為YoYo就是為了停工的事情，搭上今晚最後一班飛往東京的班機，此時此刻應該還在三萬英呎的高空上。

三十一

東京廣尾的有栖川宮記念公園的櫻花已經掉得差不多，這一天颳著強風，落櫻如雪片地灑在行色匆匆的路人身上，漂亮的外在景致也意味著患有可憐花粉症病患的煉獄。

戴了兩層口罩的林瑋珍邊狂奔邊打噴嚏，匆忙地從公園側門的自家豪邸穿過公園來到正門口附近一間不怎麼起眼，招牌甚至比尋常門牌還要小的餐廳，推開一扇小小的櫸木拉門，鑽進店內唯一的包廂。

「妳今天睡得比較晚？」已經坐在包廂裡頭等候多時的陳星佑有點埋怨。

「哈啾！誰知道你今天打球會打到多晚？哈啾！」林瑋珍連續打了五、六個噴嚏：「哈啾！該死的落櫻，是哪個文豪說落櫻很美的？他要不是說謊就是裝著呼吸器不靠鼻子呼吸過活的患者。」

「妳自己點餐吧！」陳星佑把菜單遞給林瑋珍，林瑋珍連看都不看就抱怨著：「怎麼又來這家吃飯，你怎麼吃不膩啊？」

「這間是東京三星級米其林和牛料理，要不是老闆的老婆是我以前的患者，我們哪能隨時都要得到包廂！」陳星佑仔細研究著今天的菜單。

從外表絕對看不出餐廳的大小，除了包廂相當寬敞外，偌大的餐廳也只擺了三張桌子，外加十位料理吧檯的座位，每餐只接待六到七組客人，想預約的人至少要排到三個月以後，陳星佑隨隨便便臨時起意就可以拿到位子，可見他的面子有多大，但林瑋珍顯得不太領情。

「要怪也要怪妳這個林大小姐，兩個月下來，我請的管家翻譯被妳氣走了三個，要不是這家餐廳的老闆會講中文，難不成我們要去跟觀光客擠那種部落客推薦的廉價餐廳嗎？」打了整個早上早球的陳星佑不耐煩地伸著懶腰。

「哼！我早就覺悟了，嫁給你就得跟著你吃苦，算了吧！和牛就和牛，將就點。」懶得鬥嘴的林瑋珍把老闆叫過來：「我看你們也拿不出什麼好料理啦！我要一份米澤牛壽喜燒，你別告訴我連登起波的肉品都沒有吧！幫我切腰內最裡面的那一塊，其他那種會黏牙的部位別丟給我，搭配的味噌要『宮坂釀造』，如果沒有的話，至少也要信州附近的，其它地方製作的味噌我吃了會拉肚子。

「沾的鹽請給我宮古島的海鹽，其他的鹽會過敏打噴嚏，壽喜燒內的配料，就來份牛的胸線肉、群馬的地蔥還有南禪院的豆腐，嗯，還有，叫廚師千萬別用鍋瓢在鍋內攪拌，只能輕輕放。

「還有，白飯應該不用我提醒了吧，別拿那種賣觀光客的越光米來充數，我要北魚沼最深山的產區所產的鹿瀨米，一樣，在主餐壽喜鍋上菜後的三十九分鐘後端進來，鹿瀨米煮三十八分鐘是最恰當，別說我刁難，我還給你一分鐘起鍋端進包廂的時間呢！

「餐後的咖啡，嗯！我想你們店內大概也沒有什麼好豆子啦，這個我比較隨便，但是，煮咖啡千萬不能攪拌，只能用搖晃的方式讓咖啡慢慢滴下來，溫度要在九十五度以上，別搞八十五度那種爛溫度，就這樣，麻煩了。」

料亭老闆看了陳星佑一眼，堆著笑容收起林瑋珍手上的菜單彎著腰離開包廂。

「怎麼樣，我現在跟日本人講話比較得體了吧！雖然是說中文，至少我也會用上所謂的敬語了。」林瑋珍根本就是找碴，還一臉委屈地說著。

「都好啦！都好啦！」陳星佑敷衍著，心想妳這種叫作使用敬語，換成不認識的那種頑固壽司師傅，早就被轟出店外了。

「我們到底要待在日本多久啊？從過完年到現在都已經清明了，不用我提醒你，單次觀光簽證的期限只有九十天。」林瑋珍夾了一口野澤醃菜。

「你還要再多作幾次檢查……。」陳星佑隨口敷衍。

林瑋珍打斷陳星佑的話：「心臟早就已經檢查沒問題了，別說其他檢查，連什麼腳指甲的黴菌數量都檢驗過兩遍，身體上上下下就只剩我嘴巴的舌頭還沒檢查過。」

「你的舌頭是妳全身上下最健康的器官，任誰都看得出來，不用檢查啦！」陳星佑自以為講了很好笑的笑話，自個兒笑個不停。

「有那麼好笑嗎？我很認真跟你講，再不趕緊訂回國機票，我怕到時候會訂不到機位！」林瑋珍憂心忡忡。

「訂不到機票？每天日本飛回台灣的班次超過一百班……。」

「飛機上的位子就那麼一、二十個，太晚訂的話，萬一只剩下經濟艙，我警告你，如果要搭經濟艙，我寧可讓簽證過期滯留在日本當難民。」林瑋珍的煩惱完全寫在表情上。

「我也很想早點回去啊！你以為我想待這麼久嗎？」聽到耳朵長繭的陳星佑也開始不耐煩地辯

解起來。

「這我可一點都不會懷疑你，你已經兩個月沒見到YoYo，絕對比我還急，我沒冤枉妳吧！」林瑋珍講得很酸。

「別扯那些有的沒的，我們不就已經達成協議，我不碰妳的身體，但妳也不能干涉我在外面的生活，妳沒忘記吧？」陳星佑振振有詞地說著。

「可是那個YoYo簡直就是侵門踏戶，連我這個董娘都看不在眼裡，你說我如何嚥得下這口氣。」林瑋珍一講到YoYo，氣得把整塊米澤牛肉片狠狠地摔到地上。

「忍耐一下吧！妳知道的……。」陳星佑點到為止不願意再說下去，林瑋珍也只能點點頭表示同意。

陳星佑帶老婆來東京，對外的說法是林瑋珍的心臟出現移植後症候群，相當緊急必須立刻開刀治療，但事實上也只是假裝住院，住院住了一個月後，發現沒有引起外界什麼懷疑後，就出院返回位於東京廣尾的自宅中，為了怕被發現裝病，每天只能深居簡出窩在居家附近，兩個月下來，沒病的林瑋珍都快要悶出病來。

「再等等，再等等。」陳星佑只能再隨便敷衍幾句。

兩人默默不語地吃著食之無味的料理，這時，陳星佑的手機響起，一看是YoYo，匆匆忙忙地跑到店門口講了一兩分鐘的電話後回到包廂，陳星佑笑著說：「妳可以訂回台灣的機位了，今晚就可以回到家了。」

YoYo這通電話的內容就是關於和諧住宅被迫停工的消息。

問題出在和諧住宅的第二期工程，也就是比較鄰近山坡的那三棟住宅。

根據法規，建築師與建設公司必須先進行所謂的「地質鑽探」作業，由於台灣處於地震頻傳的歐亞板塊與菲律賓板塊交界處，地底下有數不清的斷層，所以必須事先了解基地下面到底有沒有地震斷層。再者，現在的建物不論是總面積還是總負載，隨著時代演進，越來越大越來越重，地基的穩固性也越來越重要，除了探測地底有無斷層外，也必須事先了解基地下面的土質或地下水流動的狀況，有這些資料才能進一步去設計或加強建物的結構，如果檢視出地下水太多、地下水位太高或有所謂土壤液化的地層，則必須透過加強灌漿、排水甚至做土壤改良的工程，尤其是山坡地，台灣過去幾十年來在山坡地濫建，尤其是蓋在所謂順向坡的山坡地住宅，順向坡是指岩層坡面同向，建築物很容易因土石流動而坍方，法令已經嚴禁在順向坡上興建住宅。

當然基於工程的巨大費用考量，實務上不可能等到基地開挖後再來評估，所以法律可以允許用「鑽探」的方式，從地底挖出土方土壤來測量是否為順向坡？地下水水量？地下水高度？液化程度？土質鬆軟度……等等。

地質鑽探的深度、孔數、面積覆蓋隨著基地與建物的大小或用途而有不同的規定，但不管如何，每個建號都必須做鑽探，問題就出在這裡，當時為了規避複雜繁瑣的環境評估，將整個和諧住宅拆成好幾個建號。第一期開工的四棟建物已經鑽探完畢，經建築師與大地技師簽證沒有問題後如期開工，但第二期的三棟建物在鑽探後發現疑似順向坡的地質，所以鑽探公司不願意出具報告，初期工程就此卡住。

「順向坡？怎麼可能，這三棟建物基地的最大坡度也不過才百分之七，且主建物距離山坡還有五十公尺的安全距離啊！」YoYo提出質疑。

「姚總，妳恐怕沒搞清楚鑽探的範圍，不光是住宅建物本身的面積，連周邊的道路，戶外停車場或任何屬於這批建案的任何一塊地，都必須納入鑽探的範圍。」鑽探公司的總經理說明。

連一天的工程延宕都無法容忍的YoYo駁斥對方的說法：「對！但是，這個地號鑽了十幾個孔，也不過只有一個孔所挖出的土方顯示出順向坡，而且這個孔的位置是整個基地的最角落，這一片瀕臨山坡的角落，只是規劃成訪客停車場罷了，是不是就不規劃成訪客停車場乾脆讓它成為空地，同時強化邊坡的擋土牆，就沒有所謂的危險，市府那邊我們會去疏通……。」

「你們要怎麼改是你們業主的事情，我們出的鑽探報告還是得提出發現疑似低坡度的順向坡，至於你們跟主管機關之間，抱歉……。」對方態度很強硬。

知道自己有點理虧的YoYo態度軟化了些：「鑽探報告可以採用鄰近區域的土方，譬如第一期基地的鑽探報告，兩期工程的最短距離也沒超過一百公尺，法令上是可以比照辦理的。」YoYo的說法並不離譜，法令上的確有這些模糊空間。

「或者，既然你們在第二期的基地鑽了超過法令規定的孔數了，其實可以不出具最角落那個鑽孔的土質報告，也是符合規定啊。」YoYo試著想說服對方讓步。

YoYo都已經把話講到這般地步了，心想對方也許只是多要點鑽探費用等等，於是她又接下去講：

「大家都是星友集團旗下的公司嘛，如果你們希望我們這邊多出點帳，大家可以重新商量，但千萬別讓工程進度——」

不料對方居然立刻變臉：「姚總經理，你們星友營造是星友營造，我們公司跟星友營造或星友集團並沒有直接的從屬關係，請妳務必弄清楚，更何況，我們明明鑽探出順向坡的地質，就算距離主建物遙遠，就算坡度只有百分之七，我也不能視而不見，萬一以後遇到什麼事情，妳能替我扛責任嗎？」

憑藉著自己是星友集團的執行長兼副董事長，YoYo很豪邁地頂了回去：「我扛就我扛啊，沒卵葩的我比你有ＬＰ！你要書面的還是要錄影存證，我都配合。」

對方冷笑地回答：「這不是妳說扛就可以扛的責任，我們雖然名稱是星友鑽探有限公司，但經營者、股東或者員工上，都沒有妳姚莉莉的名字，對我們來說，妳不過只是尋常客戶業主。」

星友鑽探有限公司的董事長是林瑋珍，副董事長是陳星佑，股東只有他們夫妻兩人，這家公司是陳星佑個人事業，在法律上的確與星友營造集團沒有半點關係，陳星佑並沒把這家公司的股份或經營權授權給YoYo，所以這位總經理才會不買YoYo的帳。

為什麼陳星佑把整個集團都授權給YoYo，偏偏漏了這間鑽探公司呢？近年來，台灣的工程越來越重視地質分析，不論是政府要建立地質資料庫，各種公共工程需要更深更專業的鑽探，這家公司甚至跨足到難度頗高的海底鑽探，簡單的說，就是這家鑽探公司是陳星佑的個人賺錢金雞母，當然，因為掛名董事長的是林瑋珍，實際上這家公司是陳星佑的岳父所出資，再怎麼信任YoYo，陳星佑不敢也不想把搖錢樹拱手讓人。

「不然你來說說看，該怎麼辦？」

YoYo把球丟給對方後威脅地說著：「工程就讓它停擺，和諧住宅就讓它禁建，你叫市長去跟承購的住戶低頭道歉吧！你就叫陳星佑與星友集團去賠償至少超過四億的違約金與損失吧！你就讓整個星友因為信用破產而倒閉吧！幹！敢說我扛不起，你他媽的，難道你就扛得起？」

「反正我沒差，單身女人一個，賺錢養活自己太簡單了，你嘛！應該有老婆小孩吧？你就回家去跟你的老婆小孩炫耀，然後跟小孩說從今以後要靠他自己打工唸書，為了讓爸爸成為營建業英雄，一家人忍耐一點吧！」YoYo繞著圈圈罵人。

一點情面也不讓的YoYo拿起工地的大聲公：「各位員工、各位協力廠商，今天起我們恐怕得無限期停工，因為這位鑽探公司的楊總要做鐵面無私的包青天，不讓我們工地繼續蓋下去……。」索性唱起包青天的主題曲起來。

YoYo潑婦罵街的即興演出，引起工人們得拍手叫好。

楊總紅著臉急忙搶走大聲公，阻止YoYo說下去：「只要有林董的親自簽字同意，我就可以讓步！」

YoYo就是在等這句話：「這是你說的，我明天傍晚之前就把林董的簽名拿給你。」

說完後，她火速趕往松山機場，為了趕時間，叫助理回家拿護照和換洗衣物去機場，自己則直奔櫃檯當場買張最後一班六點多起飛的班機，抵達羽田空港已經是晚上十一點多，一步出海關就看到來接機的陳星佑。

看到兩個月沒見面的陳星佑，YoYo笑著說：「東京我熟得很，你可以不必來接機啊。」這時才想起自己素顏著從工地直奔東京。

YoYo身上穿著工地用的外套，衣服與頭髮還沾了些許的粉塵，滿臉倦容。

「我已經幫你訂了我家附近的旅館，先去休息一下再說吧！」

YoYo點了點頭：「我已經訂了明天早上九點半的班機回台灣，只能拿些文件給你簽字然後睡個覺就得回去。」原本計畫找陳星佑簽了字後就立刻奔回羽田空港，打算在機場內隨便找沙發睡一覺。

「不用這麼趕吧？難得來東京一趟，多玩兩天順便休息一下嘛！」陳星佑聽到她這樣講反而更加疼惜起來。

YoYo想起幾年前在東京的那段苦日子：「東京才沒有什麼好玩呢！而且，工地多停擺一天，光利息和薪水就燒掉兩百萬，你不會告訴我，你的老婆不願意簽字吧！」

陳星佑點了點頭回答：「我老婆像妳這麼能幹明理就好了。」接著又嘆了一口氣：「這兩個月，天天陪她住院，足足受了兩個月的鳥氣。」

不想聽到關於他老婆的任何事，YoYo岔開話題到公事上：「無所謂啦！我已經幫你處理掉所有的鳥事，最後就只剩下這件地質鑽探報告了。」

「楊總不想配合造假，也是身不由己，不能怪他，有時候老闆得自己扛下大部分的責任。」陳星佑替其他部屬緩頰著。

「他身不由己？領的錢也沒比我還少，碰到麻煩卻不敢負責，只想撇清責任維護名譽坐領高薪，他乾脆去選市長好了。」YoYo一想到就火大地繼續罵下去：「還有公司那幾個常董，變更設計也不敢負責，碰到比較特殊的支出也不敢簽字，連董事會都不敢來參加，虧他們還每個月白白領三、四十萬的董監酬勞車馬費，阿佑啊！你回去後得好好整頓公司，你的公司養了一堆米蟲。」累了大半年的YoYo碰到陳星佑，憋了很久的不滿情緒整個爆發。

「妳不一樣，妳可是我的夥伴，不是我的員工。」陳星佑好言相勸。

洗完澡打扮梳洗後煥然一新的YoYo反譏著：「夥伴？什麼夥伴？」

陳星佑看著穿著睡袍的YoYo，露出渴望的眼神說：「夥伴！也包括作愛囉！」

YoYo笑著：「我白天要幫你處理硬梆梆的鋼筋水泥石塊，晚上又得幫你處理這軟趴趴的——」

陳星佑撲上前說：「誰說軟趴趴的……。」

兩股已經憋了許久的慾望纏繞在窗邊，對著東京鐵塔夜景徹底釋放。

陳星佑輕聲細與溫柔的說：「妳先睡吧！等一下我會把所有該簽的文件都簽好，當然也包括林董的，明天早上六點我會派車來接妳去機場。」

快要昏昏欲睡的YoYo看著窗外鐵塔明滅閃爍的燈火、六星級旅館絕佳隔音的靜謐、最愛的陳星佑靜靜地坐在房間書桌守護著，YoYo這時才感受到身為女人應得的呵護，幾個月未曾好好休息的YoYo沉睡在東京鐵塔旁。

半夜三點，陳星佑悄悄地推開房門，一個小時後才躡步地回房間，把已經簽好字的文件整齊地放在書桌後才又離開旅館。

YoYo的班機是早上九點半在羽田空港起飛，陳星佑卻起了更早，在東京另一個成田空港搭上早上七點多的班機，比YoYo提早兩個小時悄悄地回到台灣。

三十二

時序進入夏末，北台灣已經超過三個月沒有下一滴雨，該有的梅雨季節沒有落下半滴雨水，反而提早進入酷熱的溽暑，供電不足輪流限電下，讓原本就通風不良的星友科大管理學院的研究室更加熾熱難耐，這一天研究室內外擠進不少參加ＥＭＢＡ的碩士論文口試的學生。

這一班在兩年前收了十幾名在職學生，兩年下來因為種種因素，只剩下六、七個學生能撐到提交論文的最後關卡，謝盈慧因為結婚懷孕辦理休學，而幾乎是人間蒸發的吳思慧也遭到退學命運。

班代小范為了怕引來他人閒語閒語，與王銘陽故意裝得不熟，從頭到尾別說交談，連眼神都刻意躲避，王銘陽與YoYo之間更是不發一語，連個招呼也不打。而小范與YoYo之間，因為和諧住宅案子，一個是業主代表，一個是主管機關的首長，為了避嫌，雙方之間僅限於客套寒喧，這種同學關係和尋常ＥＭＢＡ那種熱絡氣氛很不一樣。

YoYo因為胃腸不適，只好插隊成為第一個口試生，口試論文主管考只有兩個，分別是指導教授與管理學院院長，而三個人的指導教授剛好都是葉國強。

「姚莉莉，妳的論文專題是新的營建工法的成本結構，立論與實用性都相當強，引用的數據與報告也相當詳實，不過，我們是管理學院並非土木系或建築系，妳所談到的鑄造工法超出管理學院的專業，是不是能簡單口頭說明一下。」管理學院院長問著。

一整天感到噁心不適的YoYo，臉色蒼白地回答：「預鑄工法是事先根據設計需要，將結構中的大部分構件如鋼筋、鋼骨、梁柱、連續壁、電梯樓梯乃至於隔間，事先在室內的工廠打造製作，將作好的各種已完成的構件搬到工地，簡單的說，就是在基地現場用組裝的方式來打造建築物，優點是在室內工廠預先製作，所以不必考量台灣多雨潮濕或颱風的現場限制，可以大量縮短工期，另一個優點是，在工廠中可以運用各種更精密的儀器來施作，能夠降低現場施作的種種失誤，換句話說，工地現場可以減少雇用各類資深工作人員，降低監工失誤，減少百分之九十以上的人為疏失，除了降低成本外，也可以規避監工不周的各種風險⋯⋯。」

葉國強好奇的追問：「為什麼你所負責的本校的和諧住宅工程，不採用這種鑄造工法？」

YoYo強忍翻滾難耐的胃腸回答：「各種鑄造構件的開模費用很高，台灣現在百分之九十工地的規模都太小，所以就開模費用分攤上，會導致成本比現行工法高出百分之三十以上，如果台灣的營建營造業可以加入共同開模，當然，如果營造工程數量最龐大的公共工程也能加入的話，我估計，這種鑄造工法至少可以降低成本百分之三十以上，這還不包括工時縮短所節省下的利息費用。所以我的論文的主軸是放在營建業如何透過共同開模來降低成本，以及成本費用的財務結構上。」

「能將所學的財務管理和自己專業領域相結合，妳的論文寫得不錯，大致上沒什麼問題啦！ＯＫ！恭喜妳順利通過論文口試。妳身體不舒服，今天就到此為止，趕緊回去休息。」葉國強說著范綱峰的研究論文是「公共住宅對抑制房價的分析」。

葉國強好奇的問：「你的結論是，公共住宅無法抑制房價飆漲？」

身為市府都發局長的小范語帶悲觀的回答：「我是根據過去二十年來，政府興建所謂國宅或合宜住宅前後，該住宅以及附近區域的房價，用大數據的方式去分析，發現政府興建的國宅或合宜住宅的量體越大，附近以及住宅本身的房價，在交屋前後的飆漲速度越快。」

「能說明你觀察到的原因嗎？」

「主因是土地成本過高，雖然合宜住宅的土地徵收成本相當低，但建商在訂價上並沒有適度把低廉的土地成本回饋到房價，二來是因為購買相關住宅的人，一般來說都是無力負擔市區高房價的低收入戶或年輕人，入住的比率幾乎是百分之百，外加上由於是新屋，沒買到的民眾會有強烈的租屋需求，高入住率表示二手屋的賣壓很低，且公宅轉售的限制很嚴，另一方面高租屋需求又支撐著房價，更重要的是，這類住宅的住戶越多，附近的各種生活商業機能需求就越強，如此又進一步導致附近的房價與房租的上漲。」小范說得頗有道理。

葉國強進一步問著：「那麼，你認為要用什麼樣的公共住宅政策才能抑制房價？」

小范聳聳肩回答：「這也是我多年來苦無對策的問題，身為研究生與相關主管機關，我也一直在找尋最佳解答，我的研究與經驗告訴我，除了靜待人口結構的變化或外來的總體性金融風暴外，最好的方法是讓公共住宅的所有過程透明化，杜絕這其中的官商勾結、黑箱作業。」

最後一個口試者是王銘陽，葉國強看到他的論文差點沒把晚餐吐出來：「區塊鏈分析——比特幣的金流隱密性探討」

葉國強不太想追問相關的議題，反倒是另一個口試委員興致勃勃地問著：「你這篇應該是第一篇在台灣學界中發表的相關論文，相信未來有許多相關的研究論文會引用與轉述你這一篇。」

葉國強心想這白目的傢伙居然把自己利用比特幣行賄的手法公諸於世，未來萬一整個案子被盯上，這篇論文豈不成為檢調單位的教戰守則。

私心自用的葉國強冷冷的說：「你這篇論文的漏洞百出，許多論述完全沒有根據……。」

沒想到王銘陽居然反駁說：「就是因為這是最新的科技，所以很難找到相關的論文與數據，許多部分我只能用一般的金融常理去判斷與假設……。」

葉國強斥責著：「假設？論文又不是寫小說，怎麼可以用毫無根據的假設呢？」

對這篇論文愛不釋手的管理學院院長緩頰地說：「校長！我們不是哈佛、MIT，也不是台清交，學生能提出這種創新的論文，在怎麼說也是我們學院的榮耀，沒什麼好苛責的。」

葉國強堅持己見地說著：「當然，基於新創領域的議題以及我們星友科大的教學研究現實，王銘陽這篇論文絕對值得我們授與碩士學位，但我提議，這篇論文暫時不要上網公開，以免誤導未來學術界的研究方向。」

院長還是不死心地說：「可是，很難得我們星友的研究生……。」

葉國強板著臉駁斥院長說：「我是他的指導教授，又是星友的校長，我說怎樣就是怎樣，不用再討論下去。」

聽到校長把話說死了，即便還想爭辯下去的院長也只能閉嘴，只是，不想讓這篇具有開創性的論文就此埋沒的他，三個月後沒經過葉國強的同意，偷偷地公佈在學校論文網站以及中央圖書館網站上，沒想到，這篇論文後來真的如葉國強所擔心的一樣，引起軒然大波。

三十三

三十年後的星友廢墟大樓，清晨四點最深的黑夜，連在屋外折騰了整夜的毒蟲都消停了，YoYo看到哈欠連連的小葉，笑著說：「年輕人就是年輕人，清晨四點是年輕與年老的分界點，很少年輕人能撐過這時候，反觀卻是老人一天中最清醒的時刻。」

「小葉，妳不覺得很諷刺嗎？收黑錢的小范寫的論文是關於官商勾結，利用比特幣行賄的王銘陽卻寫了區塊鏈金融隱密性的論文，搞偷工減料的我，竟然寫如何降低成本。」

小葉似乎對這些沒什麼興趣，她突然想到說：「YoYo你剛才說到，當時整天噁心想吐，我猜是不是懷孕了？」

YoYo哈哈大笑：「妳還真的比較愛聽八卦，也好，女生還是單純一點比較好，別像我一樣，在妳這個年紀的時候，整天只想著工作、勾心鬥角和賺錢。」

「是的！妳猜對了，我是懷孕了，那時候差不多是四個月吧……。」講到懷孕的往事，YoYo顯得很開心。

聽到懷孕兩字，小葉著急地插話：「妳懷的是誰的孩子？」

看著一臉焦慮的小葉，YoYo笑了更大聲：「陳星佑啦！還會有誰。」

小葉不死心地追問：「妳確定？」

聽到這問題YoYo很不高興地說：「妳不要以為當時的我，在外人看來好像很隨便、很淫蕩，為了財富不惜犧牲肉體色相，那都是只是外表假象，從那次在東京和陳星佑作過一次愛後到今天，三十年來我完完全全再也沒碰過任何男人。」

小葉小心翼翼地問起：「也包括我的父親嗎？那之前呢？」

「妳怎麼老是不死心地追問這個啊？沒有！沒有！我向妳保證，我和妳父親葉國強別說發生什麼關係，連單獨見面講話的次數都是零。」

聽到YoYo斬釘截鐵的保證，小葉並沒有比較開心。

YoYo看見一臉茫然的小葉後恍然大悟：「哦！原來妳懷疑自己是我和葉國強生的，難怪老在與我有關的八卦上頭打轉，哈哈！如果真的是這樣，我有妳一個漂亮的女兒也不錯啦！」

「妳懷了陳星佑的小孩後，又發生了什麼事情？」

「如果按照連續劇或三流小說的劇情，我一定是被要求墮胎，然後不願墮胎的我找個地方躲起來偷偷生下小孩，含辛茹苦地拉拔長大，小孩長大後跑去跟有錢的生父要求分財產……哈！台灣的連續劇幾十年來都不長進，只會編這種無聊催淚的爛劇情。」

「不然呢？」

「當我把懷孕的事情告訴陳星佑後，他就和所有的年輕父親一樣的欣喜若狂，更讓我感到貼心的是，他沒有叫我躲起來偷偷生小孩，還高調地大肆宣傳我懷了他的小孩這件事情。」

「大肆宣傳?」小葉感到不可思議。

「除了在公司的董事會宣布我的喜訊外，連一些公開的應酬場合，他也完全不避諱地帶我出席，逢人就說，並接受別人的道賀。」

「奇怪，他的老婆林瑋珍呢?那種官二代出身的大小姐可以忍受嗎?」小葉好奇問著。

「說也奇怪，就是可以，好像就默許了，大概是身體不好吧，沒多久就聽說她又住院了。」

「我實在不懂!」

YoYo吐了吐舌頭回答:「我也不懂，所以我一開始就說，陳星佑是最值得我去愛的男人，就算沒有婚姻關係，其實也無所謂啦，婚姻不過就是一張紙，我有錢，我有小孩，我有值得自己投入的工作，當小三就當小三，沒什麼好計較的。」

小葉總是覺得這其中有什麼不對勁的地方，明明一開始YoYo就承認曾經愛上過自己的父親。

「已經凌晨四點了，不趕快把故事講完，天就快要亮了，天亮了就麻煩了，妳知道的，這附近可不是什麼好地方。」小葉感受YoYo有股急著把故事講完的焦慮感。

三十四

一通電話讓王銘陽加足油門從學校沿路狂飆到位於楊梅的郊區，停好車後望著前方一棟七層樓高的淡褐色建築，這裡就是星友綜合醫院的楊梅分院。星友綜合醫院的總院位在桃園的市中心，這棟分院專門服務自費患者，也就是所謂的私人醫院，來這裡的病患清一色都是有錢人。陳星佑在三年前成立這家分院，用高薪挖角台北一些教學醫院等級的名醫，整棟醫院也只有三十幾間病房，而且病患只要負擔得起高額費用，媲美六星級旅館等級的病房愛住多久就住多久，更標榜每個醫生只負責三到四個病患，主治醫生可說是隨傳隨到。

陳星佑開辦這間貴族醫院的目的並非單純為了賺錢，另一個目的是想藉此開拓自己在政界與商界的人際網路。

王銘陽在醫院大門前左轉沿著水泥牆走了一陣子，看見醫院的西側有另一道門，牆上嵌了一塊牌子寫著「病房大樓」，大廳沒有熙熙攘攘的看診人潮，除了兩個看起來高頭大馬的年輕保全外空無一人，王銘陽還沒開口就被保全攔了下來。

「對不起，除非病人的家屬親友外，這裡謝絕訪客。」兩個年輕保全將王銘陽擋在門外。

「林董叫我來的。」王銘陽報上自己姓名與來意，保全低聲對著無線對講機交頭接耳一會兒後冷冷地回答：「七〇一號病房。」

七樓寂靜的走廊上，只有護士刻意壓低音量的腳步聲，異常的寂靜讓王銘陽有股走進神祕宗教殿堂的違和感。

推開房門，王銘陽從來沒看過如此寬敞的病房，除了專業病床外，旁邊還有一張媲美名床等級的雙人床，看起來應該是給陪同住院的家屬睡覺用的，進來的玄關處還有一個小空間，裡頭有成套的廚具以及一張小小的餐桌，走進玄關後旁邊還有一間小小的衣物間，病房的廁所目測至少超過六坪以上，除了防滑防摔的安全設備外，還附有頂級的小桑拿間，客廳除了沙發茶几一應俱全外，沙發旁邊還擺台加了安全護套的特殊跑步機，讓懶得到戶外花園的病人可以在上面進行復健。

「先別進來，玄關那邊有消毒設備，你全身消毒之後，到衣物間去更換探病專用的外袍再進來。」站在門口的護士仔細地囑咐著，王銘陽只好照辦噴了一身的消毒水，再披上一件連身的淺綠色罩袍，感覺自己好像是緊急被送進開刀房的垂死病患。

「Miss張！」站在慢跑機上漫步的林瑋珍對旁邊的護士比了出去的手勢。

對罩袍太小感到十分束縛的王銘陽在玄關，站也不是坐也不是，只好盯著眼前這位貴婦看著，接到林瑋珍助理的電話就趕過來，沿途不停思索著，這個和自己完全沒什麼關係、只在年初的學校董事會上有過一面之緣的董娘，為什麼急著把自己找來見面。

「董娘妳好！」

「哼！跟我講話要有禮貌一點，別講什麼董娘不董娘的低俗語言，叫我林董事。」林瑋珍背對著王銘陽說話。

「是！林董事！你把我叫過來，有什麼事情嗎？」王銘陽早就聽聞董娘的脾氣。

林瑋珍關掉跑步機的電源，坐在病床會客廳的沙發，王銘陽見狀也跟著在對面的沙發坐下來。

「我有要你坐下嗎？」習慣於集團員工對她服服貼貼的態度，林瑋珍從來不把員工當作對等的人來看。

「不讓我坐？那我走了！」王銘陽受不了這種鳥氣，說完起身朝門口走去。

「聽說你跟姚莉莉很熟？」沒打算軟化的林瑋珍問著。

已經走到門口的王銘陽一聽到，果然如他所料，林瑋珍應該是想透過他來摸YoYo的底，畢竟，最近幾個月來，別說陳星佑和YoYo之間的八卦醜聞，連路人也都知道YoYo懷了陳星佑小孩的事情，在這件事情上，王銘陽倒是有點同情林瑋珍，兩人之間好像有種同仇敵愾的微妙關係。

王銘陽又走回來：「好吧！你要我站著講就站著講，我和姚莉莉只是同學關係，前一陣子才從星友畢業。」

「聽說你們以前就認識，而且還是男女朋友。」

「沒這回事！我跟她並不熟，就只是同學……。」不想捲入別人夫妻之間的糾紛，王銘陽打算說謊到底。

林瑋珍總算抬起頭來盯著王銘陽看，好一會兒後才繼續說：「我問話的技巧如果有我父親百分之一就好了，你應該知道我父親吧。」

「誰不知道林友義呢！」王銘陽心想，你那個幹警察的父親，人所皆知專門刑求逼供，當然王銘陽不會當場說出來。

「我就直接問吧？姚莉莉肚子的小孩，和你有沒有什麼關係？我告訴你，這世界上什麼謊都可以扯，唯獨這種謊可不能亂扯。」

聽到這個問題，王銘陽還真是嚇了一跳，兜了半天原來是要確認這種無聊的八卦問題。

「沒有！百分之三千沒有，你不相信的話，我當場拔一大叢頭髮給你，到時候你拿去驗什麼DNA，就可以知道答案了。」王銘陽斬釘截鐵地說，說完後還真的用力扯下一堆頭髮，把頭髮放在茶几上頭。

「好啦！妳拷問完了，我可以走了吧！」王銘陽摸著因為拔頭髮用力過猛而隱隱作痛的頭皮說著。

「哼！現在的年輕人都這麼沒禮貌嗎？來探病也不帶個鮮花水果！」林瑋珍抱怨著。

「林董，是妳把我叫來的，又不是我主動來探病，妳要問的事情也問完了，我當體育老師一個月薪水才四萬塊錢，買不起啦！就算買得起，妳也看不上吧！」林瑋珍和他沒有直接從屬關係，王銘陽不打算刻意擺出低姿態。

「王老師，光是你仲介學校買橋邊那間破屋，中間就賺了好幾百萬了吧！怎麼會沒錢呢？」林瑋珍毫不掩飾地數落出來。

「別聽外面那些仲介業務員亂說，他們是吃不到葡萄就說葡萄酸的心理啊！」王銘陽立刻繃緊神經，不管對方說什麼，打定主意否認一切到底。

「哼！你別告訴我你不認識廖麗秋！」

什麼。

「嗯……。」既然都點到廖麗秋的名字，王銘陽也心裡有數，但還是繼續裝傻看對方到底想做

「我不打算要追究你從中Ａ走學校多少錢，我多的是錢！我找來你是要你辦一件事情。」

「抱歉！我的直屬主管是葉校長，林董事想辦什麼事情，最好是透過校長來告訴我，這樣比較妥當。」王銘陽回了個軟釘子。

「我父親常說，一個團體或公司內，總會有一兩個聰明透頂的傢伙，只要把這幾個找出來，不管是辦起事或幫公司賺錢，便成功了一半。只是這種人通常會選擇明哲保身置身事外，你說這話說得對不對？」林瑋珍故意問這用不著問也知道答案的問題。

「或許吧！」王銘陽搞不清楚對方的底細，反正對他而言，想不通的事從來不鑽牛角尖，人生在世，還是簡單點好。

「這樣吧！我需要一個二十四小時待命的特別護士。」

「哈！你們開了一間這麼大的醫院，找個護士還要我這個幹體育老師的人幫忙，找錯人了吧？」

「不要在我面前沒大沒小，你是個聰明人，只要你去把廖麗秋找來這裡工作，我就饒了你在學校購地案上所幹的勾當，你說我有沒有找錯人呢？」林瑋珍直接攤牌。

「我沒有把握找得到她，就算找到她，廖麗秋也不一定會答應啊！」王銘陽有點為難。

「搞清楚，我不是找你商量，你也沒資格跟我商量。」林瑋珍霸氣地說。

「林董，廖麗秋又不是我們集團的員工，憑什麼一定得來這裡工作？」王銘陽說得也沒錯。

「一個月薪水十萬塊，加班費加倍，至少雇用兩年，這樣她就會肯了吧？」林瑋珍習慣用錢解決問題。

「護士的薪水應該不用給到十萬塊吧？」王銘陽有點吃驚。

「就如你說的吧！那給她六萬，幫我省下的每個月四萬塊錢就給你加薪。」

「這方法很不錯，我一定找得到廖麗秋的，三天後我就會把她帶過來。」聽到自己平白無故又加了四萬塊薪水，王銘陽講話更帶勁了。

要找廖麗秋實在不難，已經逃亡十年的她，雖然解決了擾人的債務，就算手頭不再拮据，與社會長期完全脫節的她其實也無路可去，也只能待在山區的那間安養院繼續上班。

雖然無法理解董娘為什麼要指定這樣一個女人當私人護士，王銘陽反正樂得賺這種過路財神的輕鬆錢。

一樣的牡丹火車站，毫無變化的芒草雜木林以及看起來更破舊了些的廢棄磚瓦屋，同樣的三層樓的建築，傳來不變的懶洋洋聲音。

「原來是王先生，今天不會是又肚子痛吧！」廖麗秋已經不復當時初次見面的敵意，利用臥榻的父親當搖錢樹逃亡了十年，壓力已經完全釋放的她，比起半年多前，外表打扮也比較像樣些，原本枯瘦乾癟的身型也稍微圓潤好看許多，舉止雖然尚未擺脫村婦般的土氣，但神情氣爽的模樣倒也不失脫俗小清新。

「妳看起來好像年輕了二十歲以上。」王銘陽這番話並非刻意討好，擺脫生活困境與金錢壓力對女人來說可說是最有效的回春妙方，效果比任何美容或整型好上百倍。

「這就要謝謝你啦！電視上說女人要有錢，有錢的女人自然就會變得好看。」比起半年前完全沒有社交能力的她，講起話來也正常許多。

「有錢？說句不客氣的話，那為什麼還窩在這個荒郊野外的安養院不走，上這種連最低薪資工資都不到的班呢？」王銘陽當時用八百五十萬買下她老爸的那間破屋，還清債務後，廖麗秋身上少說還剩下六百多萬現金啊。

「這陣子我徹底反省了自己，以前胡亂投資害得自己和老爸受苦，所以我這次就把剩下的錢拿去買房子，也就是你們星友推出的和諧住宅，運氣真好，還真的讓我抽到了籤呢！房子快要交屋，我還是得工作啊，不然哪來的錢交屋呢？」穿著一身燙著筆挺的護士服的廖麗秋從櫃檯走出來，王銘陽忍不住多看了幾眼。

「據我所知，一間房子才賣三百多萬，妳怎麼會沒錢呢？」王銘陽的眼神刻意避開廖麗秋打開兩個鈕扣的上衣。

「我多買了一棟，所以就沒錢了。」

「按照規定，每個人只能申購一棟啊……。」

「上有政策下有對策，除了自己以外，我又去找了個人頭戶去抽籤，結果兩棟都抽到，到時候另外一間出租收房租，這可真是走運啊，我倒楣了十年，總算翻身了，這都得謝謝你帶給我財運囉！去年我去廟裡拜拜，算命的說我今年會遇見財神，你應該就是我的財神。」廖麗秋喜孜孜地說著。

「哈哈！別亂相信算命的嘴啦！」講到這裡，王銘陽突然想到石門水庫山上那位似鬼似神的精心禪師，想著想著就恍神了。

「小王！小王！」

聽到廖麗秋的喊叫，王銘陽才回過神來：「既然我是財神，那就繼續扮演財神到底吧！有件好康的要告訴妳，我們學校的董娘要找一位私人護士，待遇還不錯，我第一時間就想到妳，我記得妳有護理師執照，以前還幹過大醫院的護理長。」王銘陽故意把人情往自己身上攬上來。

「私人護士？那不就是看護而已。」廖麗秋猶豫著。

「別誤會，雖然是私人看護，這可是納入星友醫院正式編制的護理師工作，以後萬一離職，至少還能累積正式的年資履歷，還有更重要的是，一個月薪水五萬塊錢，我個人還會補貼妳每個月一萬塊錢，現在的護理師上哪兒找這種月薪六萬塊的薪水？只是得提醒妳，那位董娘的脾氣稍微大了些，已驚嚇跑了很多太年輕的護士。」

「我其實也很年輕啊！」廖麗秋說。

王銘陽上上下下地看著廖麗秋後說：「少鬥嘴了，證明看看啊？」

廖麗秋看了樓梯一眼不甘示弱地回話：「要不要上二樓，我可以證明給你看。」說完後連耳根都紅了起來。

這話說得有點含蓄，但聽懂暗示的王銘陽一聽就明白，笑著說：「免了啦！妳不用為了向我道謝來委屈自己。」

「這麼好康的事情，你不會平白無故地找上我吧！」求愛被拒的廖麗秋雖然有些失望，但腦子還清楚得很。

「其實也沒什麼條件啦！別亂想，只是我要妳定期跟我報告關於董娘的事情。」王銘陽把自己與YoYo，YoYo與陳星佑、林瑋珍的關係講了一遍。

「聽你這麼說，你很關心那位YoYo小姐囉！」廖麗秋問起。

「不關妳的事情，那都是已經過去的事情。」王銘陽淡淡地說。

「你這個人真的很死心眼，人家都已經攀上有錢人了，哪還會看上你，你啊！勸你有飯就去吃，有錢就去賺。」廖麗秋勸著。

「是不是有炮就去打囉！」王銘陽嘴巴迸出這麼一句話，惹得廖麗秋笑得合不攏嘴。

「就看你是不是男人囉！」廖麗秋說完後就朝樓梯走去。

「廢話少說，明天準時去上班。」王銘陽伸了伸懶腰順便拉了拉筋後也跟著爬上二樓。

三十五

這個世界，效率兩個字被認為是現代文明演化的顯學，效率兩個字被無限上綱到成功與失敗關鍵、先進與落後的指標，效率在多數事情上也許有其必要性，但在蓋房子這件事情上頭，過度追求效率往往喪失了品質，但是，急著炒作與落袋為安的建商並不這麼想，更重要的是，追求將急就章的短期政績轉化成選票的政客也不會這麼想。

效率往往成為強者掠奪弱者的合理化武器。

和諧住宅從開工到完工，居然破記錄地只用了短短十一個月，更離譜的是，晚了兩個月才開工的第二期星友和諧住宅，工期竟然縮短到不可思議的九個月，前後兩期星友和諧住宅的完工交屋日期，相差只有一個禮拜，尋求連任的市長，當然樂得在一個禮拜內主持兩場交屋儀式，連水電瓦斯都還沒完全接通，就安排了二、三十戶提前搬進來，市長的記者會還故意選在搬家工人、裝潢工人與新住戶熙熙攘攘的中庭，只為了製造市民安居樂業的築巢圓夢畫面。

別以為幸運抽中籤就可順利交屋，由於市長的好大喜功，星友建設為了配合政策多蓋幾百戶，這筆被迫提高的營建成本，當然不會由星友建設自個兒買單，在商言商，不會有生意人會把已經吞下去的利潤平白無故地吐出來。

由於這批住宅是私校捐地民間出資，名義上與法律上並非公共住宅，所以起造者與承造者有權指定承作房屋貸款的「貸款銀行」，一千多戶中籤戶，由於多半是低收入戶或年輕人，所以其中有將近一千戶需要向銀行貸款，否則就無法交屋。

YoYo早就想到這層環節，在選定配合銀行時，就已經私下和被指定的銀行達成默契，如果想要承作這一批起碼千戶的貸款業務，必須先暗中承諾某個很惡毒的條件：那就是至少得拒絕其中的一百戶的貸款申請——簡單的說，幸運抽中的人，還不一定可以拿到房子，萬一被銀行拒絕貸款，只能眼睜睜地看著自己權利受損。

乍聽起來很不合理，但這可是完全合法。你的信用條件不佳，銀行當然有權拒絕貸款，如此一來，星友方面就可以取消這一百戶的承購資格，按照與政府當初簽訂的契約，如果中籤戶無法如期取得資金順利交屋，中籤戶得無條件放棄承購資格，抽到的房子只能被迫由星友科大回收，並轉交給星友營造代為銷售。

不管是星友的保留戶，還是藉由收回因為貸款貸不下來導致無法交屋的房屋，依照契約，星友集團本身並沒有義務以每坪十萬元出售，而是可以改由市價售出。這附近的新屋市價大約是每坪二十萬，高出政府當時訂價的每坪十萬不少，平均每戶有二十五坪，每戶因此可以多賣兩百五十萬，如此一來，這批被迫取消資格而回收在星友集團手上的一百戶，就可以替星友集團多創造出兩億多的盈餘，足以彌補因為變更設計所增加的營造成本。

除了YoYo的賤招外，交屋時也出現層出不窮的各種亂象，原先為了遏止炒作，所以規定承購戶在交屋後五年內，除非住戶死亡，否則不得賣出、移轉與過戶，這也就是所謂的閉鎖期。但許多中籤的屋主私下與二手買者簽訂移轉權利書，約訂五年後用超過每坪十萬元的售價轉讓，藉此來規避閉鎖期，這就是俗稱的紅單交易。

還有更離譜的是，有些承購戶在交屋後就連續三個月不繳貸款利息，銀行被迫將房屋移送法拍，而原屋主再利用家人或人頭用高價去法院拍下自己被法拍的房子，反正只是自己左邊的口袋的錢轉到右邊的口袋而已，既然房屋已經經過法拍，自然就不適用所謂的閉鎖期規定，最快的話，交屋五個月後就可以用市價轉賣來牟利。扣掉區區十幾萬塊錢的法拍費用、過戶費用，透過這種怪招，每間房子在短短五個月內一轉手就賺上兩、三百萬。

光看完工後的合宜住宅外貌，不得不佩服YoYo的設計能力：前面一排第一期四棟大樓與後面第二期的三棟之間，保留了星友科大原來的體育場，並藉著原有的綠地打造一條環繞著體育場的圓形步道，步道兩旁種滿了從舊校區移植過來的黑板樹，第一期與第二期之間棟距相當寬闊，體育場的周圍搭配步道，宛若日式庭園造景，一掃過去公共住宅的擁擠侷促。

外牆壁磚有藏青和象牙白兩種顏色，近看之下磁磚似乎貼得有些雜亂，但從高處眺望才赫然發現，每一棟住宅的外貌都被設計成宛如青花瓷，每棟大樓的外牆分別被藍白交錯的壁磚、淡藍色窗台、鐵青色陽台勾勒出不同的元青瓷圖像。

下寮溪靠近住宅的水岸，市政府也規畫了自行車道和慢跑步道，三座聯外橋梁分別取名為星友一號橋、二號橋和三號橋，最外側的三號橋就是徵收廖麗秋父親的老宅充作橋墩的那一條，剛好連接星友科大外圍的省道，市政府也在交屋前一周趕工完成，解決了幾千戶的聯外交通問題，一號橋因為過於老舊，YoYo乾脆把它改成自行車與行人專用橋，橋上的路燈改成LED的造景燈，入夜點亮後，一號橋遠眺宛如一條彩色小龍。

連接星友科大的校區的二號橋，橋上兩側擺置了幾十座塗成紅色的石燈籠，橋墩旁邊的邊坡還和藝術家合作擺設了十來尊用裝置藝術意念所設計的金屬動物雕像，一號橋與二號橋所連接的，原本只是星友科大的廢棄倉庫，也配合整體設計改成所謂的文創商店，由大學的設計學院經營，美其名是建教合作，實際上是剝削學生的廉價勞力，但無論如何，完工後的和諧住宅再搭配配合改建的星友科大，完工交屋之後竟然蛻變成市民的觀光景點。

陸續入住的新居民、來此取景網路打卡的觀光客加上原有的學生，人潮就是錢潮，星友集團在附近所擁有的店面與商店街，不論是營業收入還是租金收入，都比完工前上漲數倍。

看著眼前翻天覆地的改變，葉國強雀躍不已，三年前還只是受少子化衝擊、低度利用、日漸凋零破敗的大學校區，如今卻蛻變為造鎮成功的模範社區，實現了一千多個家庭的築巢美夢，也帶動了原本死氣沉沉的都市邊陲地區的繁榮，而自己也不再是那個在職場上被迫提早退休，成日無所事事的中年人，雄心勃勃的他，開始構思起下一個能讓他一展身手的目標。

對和諧住宅抱著無比期待的，不光只是葉國強，謝盈慧一家人更是歡天喜地的急著要搬進去。

小范與謝盈慧一口氣在第二期買了兩間，分別是六樓與十一樓，這兩間其實並非透過公開抽籤所買下來的，其中六樓那間是YoYo答應給謝盈慧的保留戶，十一樓那間是王銘陽透過人頭的租賃安排贈送給范綱峰的。

終於實現心中盼了多年小確幸的謝盈慧，可以在不用擔心人車爭道的中庭森林步道，扶著走起路來還東倒西歪正在學步中的小男嬰，走累了還可以到附近的河岸吹吹山風，一起散步走過點燃聖誕七彩燈飾的小橋，到對岸的商店街逛逛。

「為什麼我們還要再等兩個禮拜才要搬新家？明明都已經裝潢好了說……。」急著圓夢的謝盈慧看著早已打包多時的家當與行李，很不耐煩地追著范綱峰抱怨。

「你沒看這兩個禮拜，為了讓自己的政績曝光，市長和一堆議員三天兩頭就跑到新家那邊去剪綵，這個時候搬過去，妳就不怕被熟人撞見嗎？」搬新家，對一般人是喜事，但心裡有鬼的小范只能小心翼翼行事，對此他不想太過張揚，就算搬到新家，戶籍也不打算移過去，以免被有心人抓到任何小辮子而大作文章。

小范一家人選擇在投票日那天搬家，一個公務員如果想要幹些掩人耳目的事情，投開票日可說是最佳時機，不管是新聞媒體、各級長官甚至檢調單位，所有的目光心思與時間都花在選舉與投開票上頭而自顧不暇，哪有閒工夫去窺伺身為和諧住宅主管機關首長的事情。

低調地在新家門口擺上簡單的香壇，燒幾柱香，用新掃把在門口玄關處作作樣子就算完成傳統的入厝儀式，打掃整理、將家具與家當一一歸位，忙上忙下的謝盈慧聞著新屋慣有油漆味道顯得十分興奮，雖然晚了兩個禮拜才搬進來，但心中的滿足感卻是難以用語言形容。

遵守傳統的范媽媽十分堅持地基主的祭拜儀式[2]，五種水果、三杯米酒、兩碗白飯、雞腿鮮魚一樣都不能少，拜拜的方位必須站在門口朝戶內祭拜，雖然現在已經禁止燒金紙，但大樓管委會特別通融這一陣子的新住戶可以到靠近後面的室外停車場集體燒金紙，范媽媽一大早就準備了各種金銀紙錢、蓮花金銀，重男輕女的她堅持由小范先拜，然後依序是小幼兒，范媽媽和謝盈慧，連拜拜入門的時間都得依據農民曆的吉時，一分不早一秒不晚。

換成是其他家事，謝盈慧才不願意配合這類老掉牙的古老習俗，但這次不一樣，順從乖巧地站在陽台，熱淚盈眶地拿著香祭拜著新家的地基主。

范媽媽笑著說：「拜拜就拜拜，還一把鼻涕一把眼淚的。」

謝盈慧所流的是滿足的、對現況依戀的、對眼前如癡如狂的、是築了巢的幸福女人的淚水，謝盈慧對著婆婆傻笑起來，不管婆媳之間有什麼爭執或價值觀差異，兩個女人都懂這種淚水，這也許

---

2 台灣傳統民間信仰中，守護住宅、房舍的神靈，台灣人認為每間屋子每片土地都有一個地基主，所以搬新家或公司行號成立時，都得祭拜新家的地基主，轉達自己入住的事情，並祈求一切順利，連搬離舊家前也得祭拜舊地基主，轉達對舊地基主長期照顧的謝意。

是世世代代走進家庭中的女人的共同價值觀，從原始到現代，從傳統到開明，亙古不變。

提供負擔得起的住宅，是為政者必須茲茲在念的使命，更是社會安定的最基本安全閥，但更重要的是居住的品質。

為了降低成本，和諧住宅中庭選用最便宜且生長速度最快的黑板樹，從栽種到茂密綠蔭只需要一年，剛好可以配合完工時塑造出綠色家園的形象，且無需花什麼保養成本去照料，但缺點是遇上強烈颱風便容易吹倒，且根部通常是橫向生長，容易破壞周遭建物，以降低成本為設計理念的YoYo才不管那麼多。

為了增加戶數，建材以輕薄為原則，只能採用輕隔間，且為了降低成本，輕隔間內的混凝土灌漿量明顯不足，導致隔音效果很差，隔壁人家在餐桌上閒聊的話語都聽得一清二楚，住在裡頭毫無隱私可言。二次變更設計後，每層樓的戶數增加，所以從原先的配置兩部電梯增加到三部電梯，電梯數目增加雖然提高了住戶的便利性，但在有限的空間內只能選用小型的電梯，充作結構牆的電梯間牆面的體積其實是縮小了許多，降低了結構牆的負載強度，且電梯過小也無法搬載大型家具，讓搬新家的住戶叫苦連天。

另一個問題是供水，每棟大樓入住的戶數與人數比一開始的設計爆增三成，然而頂樓的蓄水水塔的數量卻因為結構載重的安全考量而沒有增加，隨著入住的人口越來越多，用水尖峰時段的蓄水量經常出現不足的窘迫現象，且這一帶屬於地勢略高的區域，距離下游的自來水廠相當遙遠，管線末端加上海拔較高，水壓與供水量根本不足。

很顯然的，這一大片外表美侖美奐、背負著許多人築巢夢想的和諧住宅，金玉其外、敗絮其中的缺點一一浮現出來，只是歡歡喜喜迎接新家的這群人，並不知道自己已經陷入無法逆轉的命運，然而，後來的一切，卻肇因於一個今天晚上遭受重大挫敗的人，這個人無異是和諧住宅命運的掘墓人。

三十六

投開票的速度很快，選前聲勢相當高、各方都看好的現任市長居然只以不到百分之一點五的差距票數險勝對手，可說是差一點陰溝裡翻船，連勝選聲明的記者會都只能悻悻然地取消。原來認為幾個與和諧住宅所在地有關的票倉，得票數也明顯輸給對手，可見，和諧住宅的政策並沒有替他拿到什麼選票，這很明顯和選前就開始出現和諧住宅的弊案傳聞耳語有關。

更悲慘的是，競選市議員的前都發局長陳玟儒以極為難堪的票數落選。她的得票數只有區區一千多票，而她所競選的選區之最低當選票數是八千五百票，對於一輩子順遂、自視甚高的陳玟儒來說，或許落選在意料之中，但開出如此難堪的低票數讓她陷入歇斯底里的抓狂狀態，更要命的是，還沒開票之前，競選總部的合作廠商就已經提早拿著她開出去的支票要求兌現。

陳玟儒競選經費大概花了四千萬，除了自己的積蓄一千多萬外，原本打算靠募款個一千萬，加上政府每票補助三十元來補貼。結果募款根本毫無進帳，且當選票數未達最低門檻，別說補助，連保證金都被沒收。最要命的、也讓她最憤恨不平的是，葉國強把本來已經給她的（不管是賄款還是獻金）三千萬資金全部抽走，她不願意檢討自己的選舉策略，更不想反省自己在人際關係的缺點，只一股腦地把落選的原因歸咎於資金被抽走這件事情上頭。

她決定要報復，但除了洩憤外，面對上門的要債者，她也不得不另闢戰場才能展延龐大的債務。落選當晚，她宣布繼續投入兩年後的立委選舉，並立刻召開記者會揭發和諧住宅的官商勾結弊案。

「這次選舉，本人遭到市府團隊與媒體的刻意打壓，故意放出耳語指控本人之所以辭去都發局長一職，是因為收受RAC和諧住宅案的不當獻金，本人秉持乾淨選舉遭到如此嚴重的抹黑就算了，明明就是副市長與環保局長收受RAC賄款，卻把罪責推到我這個無辜第三者身上……。

「遭到嚴重工業汙染的RAC和諧住宅用地，在副市長的指示以及環保局長的故意放水下，不顧少數有良知的環評委員的反對與質疑而強行通過。

「RAC交給副市長六千萬的款項，其中一千萬交給環保局長，環評會的委員中有超過半數，每人收受副市長轉交的三百萬元，我個人因為不願接受賄款，市長便施壓要求我辭去都發局長一職，我願意轉為汙點證人並檢具我所蒐集到的相關資料，交給檢調單位處理……。

「以上只是我揭發和諧住宅弊案的第一步，我在此預告，過完農曆年後，我還會檢具更多的資料，讓更多大咖無法逍遙法外！」

聽到陳玟儒氣急敗壞的公開聲明，葉國強連夜把陳星佑、YoYo與王銘陽約出來，當然，為了掩人耳目，他們選擇到小曹的修車廠的客戶休息室開會。

最晚到的是已經懷胎七個多月，挺著肚子氣喘吁吁地趕過來的YoYo。

陳星佑一派輕鬆的模樣，葉國強則是臉色凝重，王銘陽倒是一副狀況外、不知道發生什麼事情的神情。

「大家都到了，相信都已經聽到有關陳玟儒的記者會了。」葉國強率先說話。

「據我所知，目前陳玟儒手上掌握的應該是另一個和諧住宅，也就是RAC那個案子才對。」陳星佑說著。

「你的消息來源可靠嗎？」牽扯最深的YoYo不太放心地問著。

「陳玟儒的競選總部的總幹事是我的暗樁，嘿嘿嘿，你們說可不可靠？」難怪陳星佑不怎麼擔心。

「但不管怎麼樣，就算她扯的是別的案子，但很難保證那些好大喜功的檢調單位會藉機生事擴大調查。」葉國強說的也很有道理。

YoYo點點頭認同葉國強的論點說：「而且，市長的票數開得這麼難看，連打著什麼彩色力量的議員也全軍覆沒，陳玟儒應該是怪市長沒有用力幫她輔選，所以才搞到他們內部窩裡反，如果我是檢調，說不定會跟著打落水狗。」

葉國強看了看房間四周，不放心地把窗戶關得緊緊的後才繼續說下去：「現在不是討論什麼選情政局的時候，不管什麼彩色力量，無非就是鈔票與選票，選票與我們沒關係，但鈔票就可得小心翼翼了，現在我們來沙盤推演一下。」

「首先是我們集團和市長之間的政治獻金，王銘陽，請你再說一遍。」

王銘陽總算感受到肅殺氣氛，刻意壓低聲量地說著：「校長指示，與星友有關的幾個基金會出去的錢，幾乎全都經過我這邊，基本上已經先洗過一遍，我們給市長的錢，是我透過四百多個人頭，每個人頭用支付寶小額募款的方式捐給他三萬元。」

「四百多個人頭？這當中只要一兩個大嘴巴豈不就洩底了嗎？」YoYo有點焦慮，也許是懷孕後期特有的憂鬱所致。

「四百多個全都是中國那邊的人頭。」王銘陽回答著。

「你從哪邊搞四百多個中國人頭？」YoYo好奇地問著。

「關於這點，也是校長交辦的，我透過兩個專門接低價中國觀光團的導遊，然後叫團員刷三萬，我就當場退還三萬二的現金，那些參加低價團的中客，有的人還為了多賺這兩千塊錢，連他們家人朋友的支付寶都掏出來刷呢！」王銘陽答著。

「你不怕導遊出賣你？」YoYo依然不放心。

「那幾個導遊是中國人，中國那麼大，連我都找不到，甚至連名字都不知道，誰能查得出來。就算查出來，收受中國的政治獻金，倒楣的也是市長，不是我，誰叫他整天標榜什麼兩岸一家親，人頭自然也是一家親囉！」王銘陽得意洋洋地說著。

「好！那麼陳玫儒那邊呢？你應該沒留下任何證據吧？」葉國強問著。

「我從頭到尾都沒有把錢交在她的手上，一開始我就是根據校長指示，是開了個自己的個人帳戶，然後把錢放進去，印章存摺提款卡都交給她，後來校長你交代把錢撤走之後，我就把存摺印章提款卡全部拿走，錢也存回基金會，葉校長應該可以作證。」

「你開口校長指示閉口校長交辦，怎樣？難道這個時候你想反悔抽身不成嗎？」YoYo聽起來一點都不痛快，於是頂了王銘陽幾句。

面對已經是陳星佑的如夫人的YoYo，王銘陽也只好隱忍繼續說：「別誤會，姚總！倒是有一點比較麻煩，有幾筆款子是拿現金給她，由她轉交環保局長，就是有關環評那個案子，其他幾筆則是透過某種隱密的安排交給現任局長范綱峰。」

「隱密安排？連我也不能知道嗎？」YoYo不太高興。

「有些事情越少人知道越好啦！」陳星佑安撫地說著，接著想了一會兒後判斷：「陳玫儒不會自爆自己替他人行賄吧？更何況她也沒有金流的證據來指控這筆錢是透過王銘陽給的。」

王銘陽哼了一聲說道：「很難講，陳玫儒這個人簡直可用瘋狂來形容。」

葉國強點頭表示頗有同感，把狀況大致推演了一遍後就宣佈散會：「YoYo你挺個大肚子，你和陳董就先回去休息吧！」講完話後突然話鋒一轉問起YoYo：

「對了！這批和諧住宅，我們公司的餘屋還有幾戶？」

「實際戶數我沒有背下來，差不多還有三百多戶，反正這個時候很搶手，我們打算拉高價錢到每坪二十五萬才慢慢地脫手。雖然承購戶的買價是每坪十萬元，但市價已經從交屋前的十八萬悄悄地漲到二十二到二十三萬，更何況我們公司的保留戶都在景觀比較好且建材也比較好的第一期，沒理由急著賤賣啊！」

「陳董！我認為我們應該作最壞的打算，趁弊案的火還沒燒到我們身上之前，趕緊將公司剩下的餘屋清一清，而且越快越好。」葉國強並非星友營造的經營者，所以只有建議權。

「有這麼急嗎？校長，你沒有在第一線，所以才沒感受到客戶那股搶購的熱潮啦！」YoYo搶著回答，連葉國強都感受到她隱然躍居集團老大的企圖。

「為了公司存活下去，我認為還是得趕緊出清套回現金。」葉國強不理會YoYo，還是對著陳星佑提建議。

陳星佑毫不思索地否決：「老葉，不必那麼悲觀，我們剛剛不是就已經討論過了，這把火是燒不到咱們身上的，餘屋還是按照原訂計畫，每坪還是開價二十五萬，頂多就是多發點銷售獎金，加快賣屋的速度。」他在咱們兩字上加了重音。

葉國強愣了一下，再也不想多說什麼。

目送了YoYo與陳星佑離去後，只剩下葉國強與王銘陽兩人，聰明的王銘陽知道老闆應該還有什麼事情要交代。

「這個YoYo連校長都不放在眼裡了。」王銘陽替葉國強感到委屈。

葉國強面無表情看不出喜怒，盯著王銘陽許久後才回答：「一年多來，你從這個案子也賺了不少錢了吧？」

葉國強的語氣很嚴厲，王銘陽大吃一驚：「每筆帳我都有向你報告……。」

葉國強並沒打算聽什麼辯解的話：「我前一陣子和幾個朋友收購了一家位於上海在中國排名前五名的體育用品通路商，如果你有興趣，過完年後，我可以安排你去幹執行長。」

「那不就回到我的老本行了?只是無功不受祿啊！」聽到大公司的CEO，王銘陽有點喜出望外。

「先別得意，前提是你得犧牲一些東西！必要的話，你要有坐桶仔[3]到上海就任的心理準備。」

「除了金錢與人身自由外，要我犧牲什麼都無所謂啦！」王銘陽先把醜話講清楚，意思是萬一要自己去頂罪坐牢，這可不幹。

葉國強笑了笑：「你挺聰明的，放心啦！整件事情不至於惡化到必須有人去坐牢啦！我要你犧牲的是你的名譽，也就是有關男女之間的不倫……講到這裡，我應該不必再講下去了吧！」

沒什麼選擇餘地的王銘陽毫不猶豫地答應。

葉國強看著修車廠門口的監視器，交待小曹務必把今晚錄到的所有影片刪光這才放心離去。

三十七

「抱歉，三更半夜來吵你。」王銘陽對小曹說著。

「咱們好朋友還計較這些幹什麼，而且，我才更應該跟你們星友幾個老闆道謝呢！」

「道謝？」王銘陽不解。

「這一陣子天天都有住戶搬進來，每搬一戶進來，就代表我未來的潛在客戶又多了一戶。」

「原來，這讓我想到學校的管理學所教到的，猶太人的淘金客理論。」

「淘金客理論？」

「以前如果聽到哪個地方產黃金，立刻會吸引大批人前仆後繼地前往淘金，而跟著淘金熱潮前往礦區的猶太人，並不會一窩蜂地跟去挖礦淘金，而是作起這一大批淘金客各種生活或挖礦需求的買賣生意，不管淘金客最後能否挖到金礦，這些猶太人往往是淘金熱潮的最後贏家。」王銘陽背誦

3 坐桶仔：以前在台灣被通緝或事先畏罪潛逃的人，都會搭漁船偷渡到中國，當時稱這種專門載偷渡的船叫作桶仔，到了現在，這種事先潛逃到中國或外國的行為就被通稱為「坐桶仔」。

著EMBA課堂上所學的東西。

小曹一點就懂：「這些前來購買或投資房地產的人，不管他們最後是輸還是贏，能從他們身上賺到錢的才是贏家，所以淘金理論重點不在有沒有挖到黃金，而是從淘金客身上淘金。」

王銘陽點點頭繼續說：「這一年多我幫老闆處理很多事情，慢慢地悟出這個道理，他們表面上好像大公無私地捐出校地，到最後卻吸引到成千上萬的人從別的地方來此淘金，別算太久，就十年就好了，光是從他們的食衣住行育樂以及周邊的租金，很難想像，十年下來從他們身上淘出的生意與利潤到底有可觀啊！」

這就是為什麼財團喜歡到偏遠地區搞造鎮、搞都市重劃的主因，沒什麼價值的土地一旦重劃成功，對於開發商來說，簡直就是源源不絕的點石成金般的長期利潤。

王銘陽話鋒一轉：「對了！你找到吳思慧了沒？」

小曹無情打采地回答：「稱不上找到或沒找到，但我傳給她的LINE已經呈現已讀的狀態。」

「已讀不回？這算什麼找到了！」

「不錯了，起碼代表她願意讀我的訊息了！十個月來，我每兩天就傳LINE給她，一開始，我還是抱定著想要找她的心思，到最後，好像變成自言自語，索性變成寫日記啦，把自己當部落客，而唯一的讀者只有吳思慧，直到上個禮拜，LINE的狀態終於呈現已讀了，不管怎麼說，總是有進展了。」

王銘陽露出不可置信的模樣：「你還真他媽是個大情聖，如果我是吳思慧，就乾脆嫁給妳算了，她到底為什麼擺出這麼高的姿態啊！」

「體諒她啦！她或許還沒從學生自殺的陰影走出來。」

「都那麼久了，何必把別人的過錯往自己身上攬呢？」小曹嘆了一口氣說：「別這麼說，反正就慢慢等，一切就隨緣囉！」

王銘陽看著眼前小曹，宛如和自己活在於不同世界的平行時空，對於想要逃生遠離自己的女人，王銘陽的作法是該放生就徹底放生。

「既然講到緣分，咱們要不要再上山去找精心禪師開釋一番。」小曹提議著。

三更半夜一想到精心禪師，王銘陽感到陣陣毛骨悚然：「小曹，難道你不知道他……。」

小曹笑著說：「ＯＫ的，沒關係，隨時找他都可以啦，上上禮拜我去找他開釋，他告訴我即將撥雲見日，結果小慧就出現了。」

「這算哪門子出現，不過……嗯……也好吧！」王銘陽想到開記者會的陳玫儒，天曉得又要掀起什麼腥風血雨，管那禪師是神還是鬼，再怎麼可怕都比不上滿腦子想要復仇的女人吧！

「對了，我搭你的車去就好。」三更半夜，王銘陽實在不敢一個人在荒郊野外開車。

很快地就開到精心禪院的雜林步道入口，王銘陽有點害怕地提議著：「我們要不要等到天亮再進去啊！」

「我一大早還有一堆客戶等著取車，過年前上門保養美容的車子特別多，你又不是不知道。」小曹說道。

從上次撞邪之後，就隨身帶著一堆護身符、脖子掛著十字架項鍊、手腕還帶著佛珠，走在雜林中，手上拿著兩根手電筒，但王銘陽的雙腳不聽使喚地發抖著。

「你今天怎麼一副軟腳蝦似的，虧你還是運動員，是怎樣，女人玩太兇導致腎虧嗎？」小曹笑著。

有苦說不出的王銘陽任憑小曹譏笑，嘴裡念著阿彌陀佛。

「王修士，你還真虔誠，來我這裡之前沿路念著佛經啊！我可是屬於道教，不念佛經的。」精心禪師突然出現在眼前，閃躲不及的王銘陽差一點撞上他。

「禪師啊！不知者不罪啦！我這個朋友大概最近作了太多虧心事，半夜上山只好唸唸佛經壯壯膽啦！」小曹虔誠地對禪師行了個大禮。

王銘陽硬著頭皮也對禪師行了大禮，放開膽子仔細看著禪師，除了沒帶斗笠外，模樣神情和上次見面時沒什麼兩樣，鼻子旁邊的痣相當明顯，只是王銘陽也不確定上次見面時到底有沒有這顆痣，用眼角的餘光瞥了禪師的腳下，月光與禪院門口的路燈將禪師的身影映在地上，這時，王銘陽更混淆了，據說鬼應該沒有鬼影，但眼前地上卻映著長長的禪師身影，只好自我安慰，也許上次只是自己眼花吧。

「看起來心有罣礙的王修士好像不太願意在我這裡久留，沒關係啦！我盡量長話短說的對你們開釋。」精心禪師摸著鼻子下面的痣一邊說著。

「曹修士，我對你說的話還是老話，情貴明悉、業求遠博、捨即是得、忘方能旺。只不過，你想找的人、求的緣，快要出現在眼前了，只是會出現在很不應該出現的地方，到時候就只能憑自己的意念並順從自己的初衷，你的一切一切，短期間會出現很巨大的變化，還是記得業求遠博、捨即是得這八個字就對了，人生並不是一連串的選擇，而是順著自己的運命、順著自己的本性初衷走下去，老天給你這樣的命，你只有接受與不接受而已，就算你一開始不想認命不接受，會給你的還是會給你，好的壞的通通躲不過，但無論如何，眼前過了這關後大富大貴，別忘了布施善緣。」

說完小曹的事情後，精心禪師面露兇光看著王銘陽說道：「哎呀！你情關難過啊！」

王銘陽心裡想的是關於工作上的難關，而禪師卻扯到情感上頭，連小曹都感到奇怪：「我這位朋友，其他關卡過得了過不了我不敢說，但他肯定沒有情感上的問題啊？」

「天機不可洩漏！天機不可洩漏！王修士，你的情感關會帶來很凶狠的血光戾氣，聽我一句話，趁現在，能滾多遠是多遠，至少可以延後你的血光之災一段期間。」精心禪師威脅說著。

王銘陽原本是個不信邪的無神論，對那些求神拜佛的愚夫愚婦向來是嗤之以鼻，但對方都已經講到這種地步，抱持著寧可信其有的心態的他也只能軟化：「有沒有什麼途徑可以化解這些，我是指譬如什麼儀式或者是花點香火錢之類的……。」

禪師搖搖頭大聲斥責：「哼！錢乃身外之物，我不搞那些東西，我說的話，你聽得下去就聽，聽不下去就請回。」說完後拂袖而去，走進禪院用力關上大門，砰的一聲在一片死寂的山林中格外響亮。

「哎呀！你怎麼出言不遜得罪禪師啊！」小曹抱怨著。

「我怎麼知道他發這麼大的脾氣，一般人聽到什麼惹上血光之災，都會和我一樣想要尋求化解啊，正常反應，你可好了，大富大貴。」聽了一堆危言聳聽的話之後，王銘陽好像忘了害怕，但心裡已經盤算著過一陣子乾脆就接受葉國強的安排去上海，上海應該夠遠了吧。

車子開到水壩入口。

「你放我在這裡下車就好了。」王銘陽有點興奮。

「你又要找那個女警了！看起來你還挺認真的，關係發展到哪裡了？要不要我捐贈你一打保險套啊。」小曹捉狹起來。

「哎呀！就還只是普通朋友啦！你沒聽禪師說，我情關難過，而且，越是想要認真安定下來的對象，就越不能心急，真命天女和路邊野花可不一樣，遇到真命天女要小心呵護，你懂嗎？」

小曹笑笑著說：「好啦！別又鬼扯什麼情聖理論了。」

蔡靜儀今晚負責值班，下班時間是早上七點，雖然這時候還只是凌晨四點，但半夜的水庫派出所也實在沒什麼業務可辦，百般無聊正與瞌睡蟲搏鬥的蔡靜儀一看王銘陽，立刻笑開了：「我剛好想到你，你居然就出現了。」

王銘陽喜孜孜地回答：「那可真的是我的榮幸啊！怎樣！原來你也會想我囉！」一聽到蔡靜儀這句話，早就把什麼鬼神禪師的恐懼拋在腦後。

「你少臭美了，我只是上網研究比特幣，剛好搜尋到你寫的碩士論文，還看不到幾頁，你就出現在眼前了。」蔡靜儀答著。

「這就是緣份吧！」

「誰跟你有緣分啊！我只是想要學比特幣挖礦投資，你別誤會。」蔡靜儀或許是在值勤中，派出所內還有其他警員同事，講起話來不得不含蓄些吧，王銘陽這麼認為。

「只是，雖然我大致看得懂你的論文，但我還是無法憑空想像挖礦以及如何買賣比特幣，你也知道，現在一枚比特幣動不動就一萬多美金，總不能花那麼多錢去實際模擬吧？」蔡靜儀眼睛盯著王銘陽的論文不放，一副認真的模樣。

「這樣吧！等一下天亮下班後，你到我家，我實際打開電腦操作一次給妳看，順便讓你參觀我在家裡所佈置的比特幣挖礦的機組。」

蔡靜儀遲疑一下說：「到你家？不太好吧？」她轉頭過去看著坐在派出所角落的另一個同事，確定還在睡夢中沒聽到對話後才放心地繼續問著：「你家還有什麼其他人嗎？」

王銘陽當然聽得懂這句話的用意，笑著說：「就我一個啊！我又沒老婆，現階段也沒女朋友。」講這句話的時候其實有點心虛，所幸廖麗秋平常都是住在醫院宿舍。

「可是，就我們兩個人去你家……這……。」蔡靜儀猶豫不決。

越是猶豫不決扭捏作態，王銘陽更是帶勁地用手指著天空回答：「放心啦！你可是女警啊！我哪敢對妳怎麼樣，我用人格保證，我和妳就只是單純研究電腦。」

蔡靜儀聽到發誓，便點了點頭回了一句：「小聲點，別吵醒我的同事。」

王銘陽的住所是星友建設送的三房兩廳約四十坪大的房屋，蔡靜儀一走進去不免羨慕起來：「大學老師的宿舍比我們警察宿舍好太多了！」

「這不是宿舍，這是我自己的房子。」王銘陽洋洋得意地炫耀著。

「看你年紀也不過才大我三歲，就買得起這麼漂亮的房子，真令人羨慕，以後當你太太的人一定很幸福。」在房內走來走去參觀的蔡靜儀讚嘆起來。

「哈哈！我先開電腦還有陽台上那一大堆電腦主機，先示範比特幣的挖礦與轉帳過程給妳看。」王銘陽想要保持君子風度，既然答應單純討論電腦，當然不能讓蔡靜儀失望啊。

王銘陽講解了一會兒，聽到蔡靜儀的肚子發出咕嚕咕嚕的聲音，只見蔡靜儀紅著雙臉發窘地說著：「不好意思，我肚子餓了，哈哈！」

「哎呀！我只顧著想趕快教你這些東西，卻忘了你值了一個晚上的班，好啦！你想吃什麼我去買，你先自個兒按照我的講法，自己操作一遍。」王銘陽體貼地問著。

「我要吃麥當勞。」

看著她如小孩一般天真無邪的模樣，就算遠一些，王銘陽還是二話不說開著車去買早餐。

距離有點遠加上排隊人潮，王銘陽折騰了半個多小時才回到家，回家後發現蔡靜儀已經走了，王銘陽有些懊惱，但心想來日方長，見面的機會多的是。

三十八

法務部廉政署辦公室，整條走廊安靜到令人難以相信在大會議室內擠進了七、八十人，正副署長、各級檢察官、調查員、刑警、書記官乃至於配合調查搜索秀的記者，一個個宛如餓了許久的出閘猛虎，等著上頭一聲令下便傾巢而出。

平價的和諧住宅雖然對許多買不起的民眾而言是個德政，但其實恨之入骨的大有人在。

譬如市長虎視眈眈的政敵，想要藉機把剛剛低空掠過連任的市長拉下台。

譬如地主，房價高漲的年代，土地是最稀缺昂貴的資源，待價而沽的地主當然無法忍受這種不需要土地資源的住宅政策。

譬如其他建商，一坪十萬元的低價，多少衝擊到他們囤積在手上的餘屋價值。

譬如高價買進房屋的市民，一坪十萬元的破盤社會住宅的出現，也影響到他們所擁有房屋的價格。

譬如沒抽到和諧住宅的人，熊熊燃燒的嫉妒心火讓他們對和諧住宅大肆抨擊。

譬如檢調人員，他們有股想要把所有有錢的王八蛋全都搞垮的扭曲正義感，他們對破案的渴望遠高於性愛高潮。

譬如新聞媒體，他們要藉著弊案，不論真假不管大小，來拉高收視率，藉此多賣幾條壯陽藥的廣告。

譬如剛當選的議員，他們磨刀霍霍地想要藉由打弊案來建立自己在議會的權威與地位，以利下次的連任——當然，打這主意的也包括落選者。

RAC和諧住宅在檢警調加上記者等兵分二十路的搜索秀下，轟轟烈烈地躍居全國話題，擅長把簡單事情複雜化的檢察官，很迅速地就查到（或製造出）幾百條所謂的證據，收賄的副市長、環保局長……甚至連打字的雇員都一一收押。

揭發此案並轉為汙點證人的陳玫儒一夕之間成為打貪英雄，上遍各個政治性談話節目，每天配合媒體不斷地扔出新證據，彷彿廉政署的最高指揮官。投票前默默無聞的她，落選後的知名度反而躍升為全國性，迷失於鎂光燈下的她，因此更堅定了想要競選立委的野心。

但她知道光靠一件弊案，無法持續自己的話題熱度，就在RAC案子漸漸收網進入法律程序後，她把眼光移到了星友和諧住宅與星友集團這個新仇舊恨上，與RAC案子相比，她並沒有多少可以指控星友的直接證據，雖然外界的傳聞不斷，各種關於星友住宅交屋後的糾紛也陸續浮出檯面，但這些捕風捉影的傳聞和無關痛癢的工程瑕疵，根本沒有一槍斃命的效用。

就在新聞熱度退潮，不再接到電視邀約後，感到失落的陳玫儒決定放手一搏。

爆料的對象指向王銘陽，她指控王銘陽透過她去行賄已經收押的環保局長與副市長，甚至用毫無根據的暗示性語言指控星友集團透過王銘陽向市長行賄，但卻完全提不出具體的金額、金流等物證。

檢調單位查了半天，根本無法找到王銘陽交付陳玫儒賄款的證據，畢竟當初雙方都用現金交付，而王銘陽的所有銀行帳戶，被翻了好幾遍也找不到任何一筆超過兩萬元的支出，以及除了學校每個月幾萬元的薪資和每半年幾千塊錢的利息以外，完全沒有其他的不尋常收入，反倒是已經收押的環保局長還反咬陳玫儒一口，指控陳玫儒曾經交付三百萬元給他，並指示在星友住宅的環評案子上配合放水。

烏龍爆料的形象緊緊地扣在陳玫儒身上，同一時間來自現任市府的反撲力量也排山倒海地反噬著她，如私德問題，如出缺勤問題，如個人作風問題等等。

最致命的是一篇鏡周刊的爆料報導，陳玫儒和王銘陽多次上汽車旅館偷情的圖片與影片，開始在電視新聞與網路流傳，甚至連在墾丁私會開房間的影片都莫名奇妙地透過八卦網路的暗黑論壇流傳出來，爆料的幾個ＩＰ來自遙遠的拉脫維亞與越南。

事先已經知情的王銘陽早就鋪排好應對的話術：「陳玫儒是星友體育中心的會員，因為學習拳擊有氧運動而與她認識，然而她卻對我隱瞞已婚以及市府官員的身分，與她交往了一段時間後，我發現她已經結婚，想要與她疏遠，結束這段不倫戀情，她不甘被拋棄，於是用這種下三濫的亂爆料假新聞的方式來要脅我。」

王銘陽那張無辜受害又帥氣的臉，對比陳玫儒咄咄逼人的復仇模樣，再加上檢調花了兩、三個禮拜查證，一無所獲的草草結案，沒有人會相信一個年紀輕輕的體育老師拳擊國手是星友集團的白手套，連檢調單位都認為陳玫儒只是想挾怨報復，胡亂藉由小小體育老師的關係來誣陷星友集團。

王銘陽與星友集團自然擄獲了大多數人的信任，信用破產的陳玫儒除了淪為茶餘飯後的笑柄外，還得面對「與環保局長之間的不當資金往來」的官司。

當然，這些透過網軍流出去的偷情影片，自然是葉國強與陳星佑的傑作，一開始陳玫儒擔心偷情事件曝光，不敢用自己的車，所以葉國強就安排多部座車交給王銘陽使用，並趁機裝上多個行車記錄器，一五一十地記錄著雙方偷情的經過，葉國強早在一年多前就知道陳玫儒是個不好控制的棋子，甚至是整個布局中的不定時炸彈，事先便準備好隨時可以反擊的材料。

並非葉國強料事如神，而是他在所布局的所有人事物，都會設下一或多道防火牆，所有牽扯龐大利益的事情中，在面對利益誘惑或東窗事發的風險時，沒有人是可以完全信任，為了保護自己或顧全大局，多重防火牆的設置是有其必要的。

三十九

一部汽車無視暫停洗車服務的告示牌強行闖入小曹的修車廠，小曹只好放下手邊工作趨前對著搖下車窗的駕駛堆著笑臉：「對不起，因為停水，所以無法洗車。」

只見一個載著墨鏡口罩的男子不聽勸告逕行把車停在洗車機器內，東張西望後才把墨鏡口罩拿下來。

「你為什麼要扮成這副德行？躲債嗎？」那男子不是別人，就是王銘陽。

王銘陽苦笑著說：「看起來我又要來你這裡窩上好幾天了！」

與陳玫儒上賓館的緋聞八卦鬧上新聞後，家裡以及星友體育中心附近隨時都有一兩組記者等著要堵王銘陽採訪，連續一周，他被媒體形容成「種馬」、「熟女的小鮮肉」，而且就在今天早上，陳玫儒的老公還在臉書上揚言要告他，好不容易已經退燒的新聞又被炒紅。

「那些政治人物只要傳出緋聞八卦，到最後就是把老公或老婆搞出面公開力挺，裝出一副家庭和樂的曬恩愛模樣，反正千錯萬錯都是外面的小三或小王的錯。」深怕被認出來的王銘陽很迅速地鑽進小曹工廠內的小房間。

「更好笑的是，那些政客要是出了什麼紕漏，媽的，就只會躲起來，然後把媽媽請出來開記者會說自己小孩很乖，都是別人亂罵抹黑，五、六十歲了還一副媽寶模樣。」

小曹笑著說：「你是指市長囉？」

「我可沒說是誰，反正台灣好多個市長。」王銘陽伸伸舌頭。

躲進小房間的王銘陽確定擺脫狗仔後鬆了一口氣，好奇地問著：「好好的，幹麼暫停洗車美容，嫌錢太多懶得賺嗎？」

「沒辦法，已經九個多月沒下半滴雨，水庫宣布第二階段分區供水，像我這種洗車美容業只好第一個被犧牲。」

「講到停水，只能說YoYo真幸運，她設計的房子明明一交屋就有水壓和漏水的問題，現在停水了，一切問題就可以丟給政府。」王銘陽說著。

「一見面就聊到她，可見你真的是對他舊情難忘啊！」

王銘陽有點不高興：「不可能啦！她現在已經快要生小孩了，而且，說實在的，我的確是匹配不上她啦！妳看看對面那一整排大樓，幾乎都是她一手打造催生，她注定是那種在上流社會不停地往上爬的女強人，不像我，還真的如媒體形容的種馬，只能依靠女人的成功或失敗過活。」

「別那麼悲觀，活下去才是最重要的，唉！」

「看你唉聲嘆氣的，也不過停水，又不是世界末日，你就當作放自己幾天假。」

小曹搖搖頭神情凝重地又嘆了一口氣：「事情才沒那麼簡單，我這座工廠的房東，看到我的生意變好、附近人潮車潮越來越多，竟然開口要漲我的房租。」

王銘陽答：「其實這也正常啊！」

「但是房東要求月租從五萬漲到三十五萬，這已經擺明要趕我走。」

「三十五萬？坑人啊！」

小曹點點頭：「我工廠一個月大約淨賺十五、六萬，如果他要漲我個十萬八萬的，我也許還能撐下去，但一口氣漲三十萬，我只能關門大吉了，可憐的是在我這裡打工的那兩個孩子，好不容易他們的技術慢慢上手了……。」

房價上漲導致房租跟著上漲，許多房東的貪念也跟著水漲船高，這是台灣普遍的現象，但這些貪得無厭的房東往往也是造成商圈沒落的主因：譬如天母、譬如台北東區、譬如台中火車站前，天價的租金嚇退了原有商圈的店家，房東也許為了面子、也許單純基於貪婪，寧可空著店面打死不降租金，商圈內一間又一間的老店陸續關門，來商圈逛街消費的客人便越來越少，惡性循環下去直到整個商圈步入蕭條一片死寂為止。

「那你打算怎麼辦？」

「我有朋友幫我在省道附近找了個空地，離這裡距離五、六公里，地點不是很好。」

「要不要我幫你到星友集團問一問，說不定可以找到地點比較好的店面。」

「不用了，謝謝你的好意，我現在也還在考慮要不要繼續作下去。前一陣子，我以前服務的大汽車廠和義大利某個頂尖的鍍膜烤漆公司合作，對方願意提供一個自費研修的名額給台灣這邊的相關人員，結果，我老東家因為預算的關係，無法用公費支付研修費用，原本打算放棄好不容易才爭取到的研修名額，我聽到這個消息後，立刻去和老東家商量，希望能幫我報名，當然一切費用由我自己支付。」小曹說著。

「老東家答應了？」

小曹點了點頭繼續說：「那間義大利廠商的創辦人在我們烤漆鍍膜界中屬於大師等級，除了義大利員工外，他的技術是不外傳的，只是最近幾年，義大利那邊的員工沒事就搞罷工，別說學他的技術，連班都懶得上，所以他才想找幾個亞洲這邊的合作廠商，提供幾個學徒名額，除了技術傳承外，那位大師應該也是打算在退休前找到幾個亞洲市場的合作夥伴，透過技術轉移，幫他們公司推銷更精密的鍍膜產品吧！」

一堆專業名詞雖然讓王銘陽聽得有點頭昏腦脹，但他還是抓到重點提問：「自費研修？多少錢？」

「四百萬含吃住！研修期間兩年。」

王銘陽有點訝異：「難怪你的老東家不想出錢，四百萬！可以在對面買間房子了。」

「哼！我才不願意買房子，四百萬買間房子，所能生出來的房租了不起一年十幾萬，反觀拿去買機器設備或提升專業技術，未來所能帶來的報酬可是好幾倍呢！」堅持不願意買房導致初戀情人移情別戀的小曹，到現在還是秉持這種理念。

「別的房子我不敢講，你別看對面這批我們家蓋的房子，外表漂漂亮亮的，其實問題很大，大到連我這個集團員工都不敢買。」與其說王銘陽了解整個過程，還不如說是太了解YoYo這個人，YoYo那種過度重視外表、時效與成本的扭曲觀念，幾乎百分之百毫無保留地成為這批住宅的致命缺點。

小曹把話題轉回來說：「這幾年我靠這間工廠也存了五百多萬，廠房內這些機器頂讓出去應該可以回收一百來萬，學費上是沒有問題，只是兩年的時間有點長，我如果去了義大利，就再也沒有機會找到小慧，你知道的。現在我也不知道是該搬遷工廠繼續作下去？還是孤注一擲去學全世界最頂尖的技術？明天就得決定，最慢的話下個月就得出國，唉！」

王銘陽捲起桌上的報紙朝小曹的頭打過去後說：「你他媽的，起碼你還有選擇的餘地，唉聲嘆氣地什麼勁兒，比起來，我還比你更慘呢，惹上八卦與官司，連體育老師都得被迫辭職。」

「葉校長怎麼如此不厚道，這簡直是棄車保帥嘛！」小曹多少知道一些關於王銘陽事情的始末，有點替他打抱不平。

「話也不能這樣說，替老闆背黑鍋扛責任，並沒有什麼是非對錯，況且，這一年多來跟著老闆也賺了不少錢，否則憑我這種外強中乾的三腳貓，現在說不定還在賣運動鞋呢！」

「對了！講到運動鞋，我今天也是順便來向你辭行的，再過兩個禮拜，算起來說不定跟你去義大利的時間差不多，我老闆安排我到上海的天狗賣場去負責運動休閒部門，你知道，天狗是中國最大的網路零售企業，能去那邊發展，也算是葉校長對我的補償吧！」還沒正式上任的王銘陽掏出了新名片遞給小曹。

「哇！CEO啊！」

王銘陽靦腆地自謙：「假的啦，天狗集團內有七八個CEO呢！我只是排最資淺的。」

小曹突然想到：「你那個女警真命天女蔡靜儀怎麼辦？總不能跟著到中國去幹公安吧！」

「別提了！我最近約了她幾次，她表面上客客氣氣地拒絕了我，雖然沒說是什麼原因，這陣子我惹了那麼大的桃色緋聞，正常的女人誰敢繼續跟我來往。」有自知之明的王銘陽作了一個「吹了」的表情。

兩人陷入一陣沉默，透過窗戶望著下寮溪的對岸，只見星友住宅的大門與中庭熱鬧烘烘，好幾部攝影機，幾個穿著頗為正式但模樣又不太像尋常記者的人，對著攝影機吱吱喳喳地講話，王銘陽嚇了一跳率先打破沉默：「小曹你去探探看，是不是新聞記者又要來堵人採訪。」

去打探的小曹沒多久就回來，看著又把墨鏡口罩帶起來的王銘陽笑著說：「瞧你一副作賊心虛的蠢樣，看到攝影機就嚇出一身汗，不是記者啦，聽說好像是中央政府什麼單位，要來拍攝什麼年度傑出建物大獎的影片啦。」

聽到不是記者，王銘陽還是不放心地貼在窗戶邊，多看幾眼後這才把墨鏡口罩拔下來說：「對！我想起來了，好像有這麼一回事，星友和諧住宅好像得了什麼建築大獎。」

「這麼厲害啊，可是你剛剛不是才說你們家蓋的房子，問題一大堆嗎？」小曹感到有些疑惑。

「得獎？透過關係花錢買到的，還不是為了拉高房價。」王銘陽欲言又止，現在的他好像一腳踏進流沙，另一腳死命地想要抽身，越急躁就會陷得更深，漸漸領悟出那個裝神弄鬼的禪師所說的「越快逃離越好」的建議，這時候只想趕快把時間拖過去，拿著這幾年的積蓄逃離眼前宛如流沙的困境，跑到上海重新展開人生。

「對了！小王，今晚為了答謝幫忙我爭取到義大利研修機會的老同事，那傢伙你也認識啊，就是一年多前你說要買車，賣你們學校體育中心三部車時的那個汽車業務員老羅、羅義文啊，我在KTV擺了一桌請老羅吃飯喝酒，但那個傢伙天性就好粉味，你知道，我實在不太擅長這種有鶯鶯燕燕的應酬場合，如果你有空的話陪我一起去，也算是替你餞別啦！」

「粉味？你嫌我現在的麻煩不夠多啊！」王銘陽並非滿口仁義道德的正人君子，只是擔心自己又被狗仔逮到。

「放心啦！我又不是約在環中東路鬧區那邊，而是選在靠近石門水庫的活魚餐廳，那邊比較隱密，不用擔心被記者跟上的。」

「活魚餐廳有坐檯小姐？我還第一次聽說。」對這類場所也算熟門熟路的王銘陽好奇起來。

「不是啦！是我朋友打電話透過公關公司約了幾個陪酒公關妹，我朋友還特意說明是找那種不能帶出場的妹子。」小曹解釋著。

「不能帶出場？你是吃素的還是同志？」

「你別誤會啦！不能出場的公關妹比較便宜，我朋友體諒我出國要花大錢，不想敲我竹槓啦！」越描越黑的小曹急著說明。

「也好！咱們哥們就純喝酒吧！反正沒有帶什麼妹出場，就算狗仔跟拍，我也不必擔心。」躲躲藏藏過了好幾個禮拜的王銘陽也想找個機會放鬆一番。

在王銘陽與小曹還沒到餐廳之前，老羅一個人已經在包廂先喝起酒來。

餐廳雖然位於台三線省道山區的小山城，但近年來，由於台北新北的房價高漲，迫使許多買不起動不動就上千萬房價的人到這裡定居，人口一多，商業便跟著活絡，大都會中奇奇怪怪的名堂跟著出現，原本寧靜的山城與純樸的活魚餐廳自然也沾染到奢糜氣息。一間間外表不太起眼的餐廳，在後面的空地上，用貨櫃屋簡單隔出一個個隱密包廂，包廂內除了水電空調、餐桌椅沙發外，還有ＫＴＶ設備與盥洗室，等到菜過五味酒過三巡，包廂一鎖用白毛巾蓋住門把就表示「封場」，沒經過客人允許，識趣的服務生不會闖進來打擾。

當然，這些餐廳並沒有媒介陪酒這勾當，識途老馬的酒客會自行從外面約所謂的公關陪酒的女人進來，這就是所謂的「外送茶」，店家基於多賺點包廂費，自然對這些客人的勾當會睜一隻眼閉一隻眼。

「老羅！我們還沒來，你一個人就自個兒喝起酒來了啊！我找了個朋友一起來喝。」小曹走進包廂。

「歡迎！喝酒的理由最多了，酬謝應酬要喝酒，好友相聚要喝酒，高興要喝酒，鬱悶要喝酒，紅白喜事要喝酒，花前月下要喝酒，喝酒有千百種理由，但其實是最不需要藉口。」小羅看見跟在小曹後面的王銘陽，立刻斟上一杯酒遞給他：「巧遇恩公更要喝酒，王主任，我先乾為敬。」老羅咕嚕一口灌下一杯啤酒。

「恩公？」王銘陽狐疑著。

「去年你一口氣向我訂了十幾部車，就是那十幾部車讓我那一季的業績可以低空掠過，我一直找不到機會向你道謝，來！再一杯。」

仔細一回想，原來是王銘陽曾經替星友的體育中心以及體育學院在去年訂了車，當然其中有幾部是用來掩人耳目專門載陳玫儒出遊，有幾部則是利用基金會的錢，藉由買車捐贈送給市長以及幾位市議員的競選總部來行賄的。

「要謝就謝小曹啦！是他極力推薦你們公司的車款，應該是小曹乾杯才對。」王銘陽把斟滿酒的杯子順勢交給小曹。

「小王啊！趁公關小姐還沒來之前，我先得拜託你一件正經的事情？」老羅放下酒杯滿臉正經。

「什麼事？」王銘陽想不出自己和只見過一兩次面的老羅有何瓜葛。

「你們公司上次買的那批車子，後來要我幫忙加裝的東西，方便的話開過來給我，讓我把那些東西拆一拆，當然，錢都會退給你們公司。」

王銘陽越聽越迷糊，上次買車基於小曹的面子，除了隔熱紙等配備外並沒有要求額外的東西啊。

「原來你不清楚啊！是這樣的，你們星友公司的人後來要我幫忙裝針孔以及遠端4G監視控制器，每台車起碼裝了五、六組，你知道這東西並不合法，最近抓得很凶，公司還三申五令禁止業務員私下幫車主裝，我有幾個客人在路上被臨檢，警察就查到我這裡來，還好私下罰款了事，沒牽扯出我們公司……。」老羅憂心忡忡地說著。

王銘陽這才恍然大悟，總算搞清楚，為什麼連已經熄火的車子，行車記錄器都還可以繼續錄影錄音，這才弄清楚為什麼連他帶著陳玫儒走進汽車旅館的房門以及之間的對話都被記錄得一清二楚，也難怪為什麼連陳玫儒競選時的一舉一動，都在老闆們的掌握之中。

「你告訴我當初找你加裝的是我們公司哪一位經辦人員，我回公司後立刻轉達你的話。」

老羅講了一個名字，是陳星佑個人的投資公司的特別助理，王銘陽心頭一震立刻恍然大悟，原來自己錯怪了葉國強，想必這一陣子所流出去的監視器影片，也是出自於陳星佑的指示。

「好啦！別再講工作上的事情了，小曹，你就要去義大利了，我祝你一路順風。」不想再談監視器的王銘陽把話題岔開。

「還不一定啦！」小曹還在猶豫。

老羅露出不可思議的神情責備起小曹來：「我可是費了勁才幫你弄進研修名單，你怎麼可以說退就退。」

王銘陽笑著說：「八成是為了女人，你有所不知，小曹有個暗戀很久的女人……。」

老羅搖搖頭否定著說：「女人？女人少碰為妙啦！談戀愛就好像看風水，愛得死去活來的戀人就像電影中的喪屍，結婚典禮好比出殯，結婚就像墳墓，移情別戀像撿骨遷葬，至於暗戀嘛，就好像買靈骨塔，看得到卻不知道什麼時候用得到。」

聽到老羅這般不倫不類卻不失詼諧的比喻，三個人哈哈大笑起來。

「我鄭重地告訴你，小曹，你可是我看過的人當中，對於烤漆的調色、鍍膜的調配最有天份的人，千萬不要白白糟蹋你的天賦。」老羅說著。

「你會做某件事，不代表你就應該做那件事。」小曹還是有點想不開。

「小曹，老羅說得對，你還記得那個禪師說的話嗎？業求遠博四個字，需要我解釋給你聽嗎？」王銘陽也勸著。

「好啦！先喝酒啦！喝完再說，等一下我約的幾個公關就要來了，我告訴你們，這幾個女生可是一點都沒有風塵味，幾乎都是兼差的，其中還有當老師的，又清純又淫蕩，人間極品啊！」老羅講到女人便神采奕奕起來。

「你不是說她們都不能帶出場的嗎？」小曹問著。

「的確是，規定是規定啦！有些公關很堅持，有些公關只要價錢談妥就可。」

「很堅持！怎麼說？」王銘陽雖然風流，但很少到這類場所的他相當好奇。

老羅刷著存檔在手機的公關公司所提供的公關女郎照片說：「照道理講，女人如果不是缺錢，誰想幹陪酒這活兒，但還是有少數的公關，也許是沒那麼缺錢，也許只是單純剛下海，也許還真的是人妻只是出來賺點零花，要搞上手的確有點難度，你也不能灑大錢擺土豪，有些人不吃這一套，這就要看我們客人的手腕了，但也就是這樣，找公關小姐才會有種談個小戀愛的感覺啊，虛情假意搞點小曖昧，比真的去談戀愛有趣多了。」

看著聽得津津有味的王銘陽，老羅故作神祕狀地說下去：「嘿嘿嘿！等續攤時再告訴你啦！來划拳！」

「六連啊、八仙──」

「七巧啊、四逢、單操啦──」

王銘陽與小曹痛快地划著台灣酒拳，他們倆在各自的未來異國歲月，想高興地划場台灣酒拳可不容易。

「三號包廂，外面有三位訪客。」聲音從貨櫃屋內的喇叭系統傳出來，這類改裝過的包廂，基於客人的隱密性，餐廳店家不會讓來訪的客人擅自走進包廂，而是透過廣播系統通知包廂內的客人，由客人透過監視器確認來訪客人無誤後，才能打開包廂房門。

老羅看著監視器畫面，確認是自己熟識的公關小姐後才打開門，喜孜孜地說著：「總算來了。」

小曹正在唱著Tizzy Bac的〈Sideshow Bob〉：「不是有話不說，是有些痛處只能微笑以對。現在過得不錯，只是有些夢想遺失了……。」

門一打開，小曹看見為首的那位女人後，手中的麥克風鬆脫掉在地上，匡噹一聲巨響，嘴巴張得大大的似乎喘不過氣來，他希望眼前的一切都是夢境，但現實中，從那一刹那起，他的世界立刻崩潰。

「你是看到鬼嗎？」在門口的老羅笑著問已經呆滯的小曹。

「怎麼會是你！」王銘陽也立刻認出了走進來的女人。

穿著一身黑色連身窄裙洋裝，略施薄妝的女子，哎呀一聲留下一句：「不好意思走錯房間。」後便匆忙掩面奪門狂奔離去。

這個應老羅邀約前來陪酒的女人不是別人，正是吳思慧。

好一陣子才彷彿從惡夢中清醒過來的小曹，二話不說立刻衝出包廂直奔餐廳門口，在人來人往的餐廳四處東張西望，怎麼看也看不到吳思慧的蹤影，失魂落魄地抓起餐廳小弟詢問，才知道吳思慧早就已經跳上在外面排班的計程車走了。

二十分鐘後，吳思慧傳給小曹一則LINE：

「曹先生，很抱歉打擾你唱歌喝酒的雅興，作我這一行的最忌諱碰到熟人，既然大家在這種地方重逢，我想自己也不需要再掛什麼假面具，是的，我在陪酒，女人擺脫貧窮有一萬種方法，但這是最糟糕的一種，我不想替自己辯解什麼，犯不著啦！

「這樣也好，讓你認清楚我這個人，認清我這裡沒有值得你追尋的意義，更不值得你浪費時間，認清現實是殘酷，我本來還奢望著自己能短暫存在你的腦海，留下一個清純美好的記憶，讓你在幾十年後偷偷對著小孫子說，你阿公當年曾經談過一場小小戀愛，美美的沒什麼結局。

「這樣也好，現在連這種卑微的心願也破碎了，未來的你可以語重心長地勸戒子孫，你阿公當年差點遇人不淑，交女朋友可要睜大眼睛囉！

「這樣也好，大家玩了一場不怎麼好玩的遊戲，大部分的時間都只是各自玩獨角戲，沒有對話，沒有激情，噁爛的全劇終不完美的Ending。

「這樣也好，你就此斷念，勇敢地去歐洲拜師學藝，許多成功的企業家都是經過一番挫折才歷練出來，我剛好可以當作你的挫折，一個不致傷筋動骨的小挫折，把恨我的力量換成學習的動力，拜託。

「這樣也好，雖然我沒什麼資格評論你，但我相信憑你的雙手，一定可以開創出一片天空，上帝讓你遇過最壞的女人，自然會補償你，到時候，自然有適合你的真命天女出現。

「我只剩一個更卑微的心願，你可以忘記我，更可以咒罵我，但你千萬不要基於同情再來找我，不管多糟糕，我還是想要靠著自己僅剩的最後一點尊嚴把日子過下去。

「SO LONG。」

小曹坐在車水馬龍的道路分隔島嚎啕大哭，王銘陽拍著小曹的肩膀好言相勸：「我們應該是認錯人了，我印象中小慧個頭比較矮啊！你酒喝太多了啦！」

他的淚水在眼眶裡，像碗滿到碗口的水，經不起任何晃盪，只要一晃必定會溢出來，他手扶著路樹，不斷地告訴自己：不能哭、不能哭。

克制了差點潰堤的淚水的小曹呆呆地看著LINE說：「她為什麼叫我曹先生？她為什麼叫我曹先生？她為什麼叫我曹先生？」

一整個晚上，小曹重複地問著這個問題。

「你真的要坐在安全島上喝酒嗎？」王銘陽問著。

「好吧！兄弟我就在大馬路上陪你喝到掛為止啦！」

喝到三更半夜，陪著小曹一起喝到醉茫茫的王銘陽還不知道其實自己也即將大禍臨頭了。

四十

再怎麼縝密的布局都有漏洞，利用貪婪所編織出來的局，被突破的破口往往不是貪婪本身，而是得意忘形。譬如政客的大嘴巴不小心洩漏祕密，譬如炫富的商人洩漏出不義之財，或者黑道混混吹噓著自己曾經幹過什麼豐功偉業，沒有經過數次大起大落的人，很難體會低調的重要性與必要性，還鄉不錦衣，有錢不任性，根本是違反人性，多數狗皮倒灶的勾當之所以曝光，說穿了往往只是人性所驅使。

一連串的烏龍爆料並沒有澆熄陳玟儒的復仇怒火。反觀處於一路順遂的YoYo，卻得意忘形地忘了該收斂的鋒芒。

星友集團密不通風的布局的突破口在於「星友和諧住宅大樓管理委員會」，管委會是依法必須成立的組織，有權支配大樓大部分的開支，如物業保全公司的選定、各種修繕契約的訂定、各種保養養護開支的簽訂、與機電設施的採購。以一棟超過兩百戶的和諧住宅大樓為例，隨著住戶的交屋入住，每個月各項開支起碼近百萬，七棟住宅加總起來，每年的管委會開支就超過一億元以上，特別是剛交屋的前面兩年，每年開支更是將近一億五千萬。

更重要的是，管委會還可以決定大樓開放空間的使用，如車位、中庭等等，也可以決定商業空間的核准，譬如管委會有權駁回那些有安全管理疑慮的一樓店面使用權，大至物業管理、保全聘用、水電契約、往來銀行之財務操作，小至園藝、消防管理、娛樂活動……等等。

剛完工交屋的新大樓，一般來說都是建設公司的禁臠，所以可以看到大型的營建集團旗下都設有物業管理公司、園藝造景公司、水電修繕公司、消防安檢公司、機電工程公司，大型造鎮的建案甚至還引進合作的便利商店、量販店與銀行等等，更別提社區一樓的商店街。

星友住宅也不例外，七棟大樓每年超過一億元的預算，早就被星友集團視為嘴巴上的肥肉，必須想方設法掌控管委會的成員，透過各種運作去介入管委會，然後回過頭來藉由管委會簽訂一些長期契約，確保各種預算可以回流到集團的口袋裡頭。

管委會的成立是由住戶票選產生，建設公司之所能在掌握新大樓的管委會，方法有兩種，一是那些尚未賣出且產權仍歸屬於建設公司的住宅，雖然建設公司不能指派代表參與管委會擔任委員，但通常建設公司會運用這些選票去選出比較友好可以代表自己利益的委員，也就是所謂的暗樁，反正一開始，在鄰居彼此不熟悉的新完工階段，通常建設公司很容易就可以掌握管委會。

於是，YoYo找上了謝盈慧擔任代表建商利益的暗樁，謝盈慧之所以能夠順利買屋，YoYo的非法資助是主因，不管是基於人情還是把柄被人掌握，謝盈慧不得不出面擔任星友集團的傀儡。況且，曾經在市政府相關單位服務過的她，一開始就到處幫忙張羅新鄰居與大樓的事務，很快地就獲得其他住戶的信任，高票當選第一屆管委會的主委。

第一次管委會在爭議不斷的氣氛下進行，許多住戶與委員將矛頭對準大樓的水壓與供水問題，這個問題還一度鬧上了媒體，其實如果一開始，主事者YoYo就選擇妥協，從善如流地答應增蓋幾座水塔，而不要選擇透過管委會去和住戶硬槓，就不會有事後一連串的麻煩。

唯恐天下不亂的陳玫儒雖然不是大樓住戶更非大樓管委會的委員，但她透過管道取得其他住戶的委託書，合法地介入管委會與住戶大會的運作，故意利用議事規則來拖延會議或否決謝盈慧的提案，站在星友集團的立場，陳玫儒是個外來的搗蛋者，提案被否決就意味著龐大利益受損。

星友透過謝盈慧與事先安排的友好暗樁，強行通過了一連串的決議，除了大樓水塔問題之外——

「加裝水塔會影響大樓的結構負載量，站在安全的立場上，本案暫時擱置留待下一屆管委會再議。」謝盈慧根據YoYo的指示駁回此提案，加裝水塔意味著星友建設必須增加額外支出。

或許是水壓問題影響住戶用水甚鉅，只有謝盈慧一人在唱著否決的獨角戲，其他委員與住戶紛紛表示異議。

畢竟在都發局工程局也待過很長的時間，擔任主委的謝盈慧也是有備而來，她反駁說：「加裝水塔並非只是到量販店買個水塔安裝上去就了事，除了要聘雇大型起重機具，耗費龐大安裝工程款外，目前每棟大樓的頂樓有七座水塔，水塔的重量分佈都是經過建築師與結構技師的計算，如果任意在頂樓找空地加裝，勢必造成頂樓結構負重的失衡。」

陳玫儒不甘示弱地反擊回去：「增加水塔，雖然要移動原有水塔的位置，這種工程並不困難且施工天期不長，兩三個工作天就可完成，謝小姐身為主委，不應該只偏重建設公司的利益，而漠視大樓住戶用水的困難。」

「哼！虧這位陳女士還是都發局長工程專家出身，增加水塔後，勢必會造成頂樓住戶的噪音，且在頂樓任意移動龐大體積重量的水塔，這也會造成頂樓地板的破損，萬一施工不慎更是會造成日後漏水問題，所以，這個案子是不是也得請頂樓住戶來一起討論呢？」謝盈慧打算用拖延的策略來面對。

有備而來的陳玫儒早就料想星友建設會使出這招，她拿出幾份事先就已經簽署好的頂樓住戶的委託書出來說：「七棟大樓一共七十戶的頂樓住戶，其中有超過一半的住戶，都已經委託我全權處理，謝主委，你說是要繼續浪費大家的時間下去，還是進行表決呢？」

熟悉管委會運作的人都曉得，管委會的成員雖然相當複雜，即便是建設公司所安排的暗樁，牽扯到自己個人利益時，往往會不受控制，而建設公司為了能夠順利賣出餘屋，多半也會採取息事寧人的態度，只求這些負面訊息不要曝光。

但YoYo卻質疑陳玫儒所拿出來的委託書的合法性，在會議上揚言要訴諸法律，打算控告陳玫儒偽造文書，一年多來諸事順遂的她，懂得經營、成本控管、宣傳行銷，也懂得利益分配，卻不懂得權力也得適度分配，得理不饒人就算了，連不得理也不懂得妥協。

折騰半天，星友建設董事長陳星佑出面讓步，承攬下頂樓加裝水塔的責任，但是精明的陳星佑卻臨時要求增加一項但書，由管委會與超過二分之一的頂樓住戶簽下卸責的同意書，意思是變更與追加水塔所衍生出來的安全結構與噪音漏水問題，星友建設概不負責，看似不痛不癢的同意書，在後來卻成為讓陳星佑與星友建設脫身的護身符，但這也都是後話了。

除了讓陳玫儒借題發揮外，YoYo更大的失策在於把謝盈慧拱出檯面，謝盈慧的丈夫小范是現任的市府都發局長，如果謝盈慧不出頭，任誰也不知道謝盈慧與小范一家人來此置產，畢竟謝盈慧用的是親弟弟的人頭，而另一間則是由小范透過假租賃真買賣而來的，要不是謝盈慧的曝光，根本沒有人有閒工夫一一清查一千多戶住戶的真正背景來歷與身分。

一看到謝盈慧，陳玫儒敏感的觸覺馬上聯想到小范與這個案子的關連性，雖然和諧住宅的申請案是在她的任內簽發，但後續變更設計、環坪、使用建照、結構安全……等等事項卻是在接續的小范的任內所通過，好巧不巧的，小范夫妻竟然能夠在超低的申購中籤率下順利取得房屋申購權。

俗語說不怕賊偷就怕賊惦記，陳玫儒順著這個線索，重新燃起報復的火苗。

四十一

陪小曹徹夜喝酒，醉茫茫的王銘陽還躺在昨晚臨時投宿的旅館內，完全不知道在五十公里外的保安警察第九大隊總部，有群由金融特別檢察官所帶領的檢警，正磨刀霍霍地等待鐵騎出征的指令。

上一次搜查和諧住宅徒勞無功，其實主因並非歸咎於陳玫儒的烏龍爆料，而在於不熟悉官場的潛規則。

台灣的檢警調要辦案，大致分成三種，一是花時間慢慢佈線蒐證，一般來說這在偵辦刑事案件上比較常見。

第二種是「假辦案真作秀」打草驚蛇類型，那些經常在媒體上看到什麼「檢警調兵分二十路、動員上百人次」的新聞，多半屬於這種。試問，還沒出動蒐證查扣證物與逮人之前，就大張旗鼓連媒體都通知到場，難保相關涉案人員早在一、兩天前就可以事先得知消息，該湮滅的證據早就銷毀，該人間蒸發的關鍵人員早就逃逸無蹤，譬如想要偵辦與某某市政府相關的貪腐案件，如果檢察官調集協同偵蒐的是該市府所管轄的警員，或者有深厚地緣關係的調查站幹員，在第一時間，通風報信的熱線恐怕早就已經塞爆電信線路了，如果為了作秀再花點時間來場行前偵蒐的說明會，其中的時間，多到連瘸子都可以逃到一千公里的國境之外了。

第三種就是「辦真的」，先周密地收集各方情報，把確實證據與各種角度的資訊都準備齊全後才出手，在沒有動手之前先放出煙幕彈讓被調查人疏忽。

譬如像這次，獲得星友住宅行賄的確切情報後，從分案給毫無地緣關係的中央層級檢察官，到檢察官調集與地方毫無從屬關係的保安警察，且僅僅兵分四路，事先工作保密到家，連被徵來支援的調查員與警員都誤以為只是日常的緝毒工作，讓每個參與者搞不清自己的任務，自然就堵住所有的洩密管道，這樣才會達到精準蒐證甚至順利逮人的效果。

講解任務的人並沒有站在講台上，而是坐在電腦前操作透過投影機來講解：「很抱歉的是，確切的搜查名單必須等到大家出動後才由檢察官向大家公布，這次的目標主要有兩個人，王姓業者與范姓官員，根據檢舉，他們之間很有可能有不尋常的資金往來，但檢察官近日已經先行調閱這兩人的所有金融資料與財產明細，並沒有發現任何可疑的證據，且這兩人之間的通聯記錄顯示，他們的對話僅限於正常同學間的內容。

「但根據我的蒐集，這兩人之間可能運用最新的電腦網路區塊鏈的技術來移轉資金，也就是俗稱的比特幣或乙太幣，由於目前法規尚未明定關於區塊鏈的規定，所以我們只能用查扣設備的方式來破解其中的資金移轉。

「所以，等一下大家分頭出勤務到這兩個人的家中與辦公室時，搜查扣押的證物要十分謹慎與廣泛，除了銀行存摺、集保存摺外，重點要放在所有的通訊網路與電子設備，凡是電腦主機、手機、磁碟機、路由器、集線器、網路分享器、隨身碟、電子遊戲機、ＳＤ卡、記憶卡、記憶體、主機板、照相機、錄影機、車用監視器、車用電腦、無線充電器、電子閱讀器、任何有電腦或通訊裝置的智慧型家電甚至包括電子鍋、以及一切和上述有關的各種網路線、電線都得查扣。

「這兩個涉案人相當狡猾，他們沒有用本名或羅馬拼音在網路上註冊，根據我的調查，王姓業者常用的隱密帳號是tsaiwei Mahadev Varkhande與Závïürãck，范姓官員常用的隱密帳號是Trelleborg與mgabinibini，註冊地多半是拉脫維亞與白俄羅斯等境外國度，所以請電信組在任務一開始就下載這幾個帳號在網路上的所有留言對話與搜尋蹤跡。

「接下來我用二十分鐘來講解雙方有可能用哪些方式作比特幣移轉，以及比特幣區塊鏈的基本知識……。」

主辦檢察官接著補充：「這次一共有四名檢察官，分四路偵辦，除了王姓業者與范姓官員的家裡與辦公室外，還有一路必須去找出王姓業者與范姓官員來本署約談，約談的消息不能對外公布，約談的地點就在保九總隊，出發前到了車上，才由每路負責的檢察官向大家公布姓名與住所，最後一路是電信警察，下載與破解的過程必須全程錄影與記錄，過程嚴禁透過電信網路作任何與本案無關的搜尋與通訊，包括任何的私人聯絡。」

台上的不是別人，正是蔡靜儀，王銘陽與小范之間用比特幣轉帳的祕密就是由她查獲的。

她利用王銘陽想要追求她的機會，把握精蟲衝腦的男性心理，跟著他回家，再借故買早餐把他支開，趁機下載了所有有關區塊鏈帳號以及比特幣的電腦資料。然後根據轉出帳號的比對，查出某個特定的帳號在短短的四個月內有高達七、八次的轉帳記錄，但蔡靜儀當時無法判斷該特定帳號的可能身分，直到陳玫儒在星友住宅管委會發現謝盈慧的蹤影，才開始鎖定謝盈慧與范綱峰兩個人，前兩天並從都發局的員工福利網路購物區中發現小范使用過的帳號，居然和被鎖定的帳號一模一樣。然後經過轉帳時間的比對，每次比特幣轉帳時間，恰好都發生在與范綱峰簽署與星友住宅有關的申請公文的前夕，時間上的巧合過於明顯，於是蔡靜儀將她所下載與破解的資料交給陳玫儒。

陳玫儒繞過地方檢察官，跑去向中央層級的金融犯罪偵查機關檢舉，與往常大張旗鼓開記者會不一樣，她這次完全不動聲色，只是低調的報案，再配合蔡靜儀的調查結果，引起急著想偵破金融網路犯罪的相關機關的偵辦興趣。

電信警察根據手機訊號發射定位找到王銘陽所投宿的旅館，由蔡靜儀親自帶隊衝進房內找到還在睡夢中的王銘陽。

睡眼惺忪迷迷糊糊的王銘陽被叫醒，一看到蔡靜儀還喜出望外的歡呼起來，但一起身後看見蔡靜儀後面站著幾個荷槍實彈的保警，這才發現事情並不單純。

「王銘陽先生，本檢察官懷疑你和一宗利用網路洗錢與官員行賄案有關，請你跟隨我們到保安警察第九大隊的警署協助調查，你有十分鐘的時間在我們同事監視下梳洗整理，此外，你也有權利在三十分鐘內聯絡律師或相關可以保障你的法律權利義務的人員。」帶隊的檢察官口中唸著制式的約談詞彙。

還搞不清楚狀況的王銘陽一臉疑惑地問著蔡靜儀：「為什麼是妳？我又犯了什麼罪了？」

「有沒有犯罪，檢察官到時候會詢問，你與其浪費時間問我問題，不如去找律師，找議員什麼的。」蔡靜儀面無表情回答。

「我真的不懂，妳接近我只是為辦案子？難道投資比特幣也犯法嗎？」王銘陽萌生出一股被出賣與被背叛的厭惡感。

「好吧！就讓你知道吧！免得自己怎麼死的都不知道。」

「檢舉人是前都發局長陳玟儒，相信你應該認識吧，全台灣都知道你認識陳玟儒，可是你大概不知道，陳玟儒是我爸爸的老婆。」

王銘陽不可置信地問著：「怎麼可能，你已經二十七、八歲，陳玟儒頂多才四十多歲……。」

「她是我父親續弦再娶的第二任老婆，俗稱是我的繼母。」

王銘陽恍然大悟。

「所以一開始就是她叫你來調查我的。」

蔡靜儀點了點頭：「坦白說，我並不怎麼喜歡她，也不認同她出來參選，上次她利用我的刑警身分去調查你們家老闆的事情更是把我害慘，被迫調職。」

「說實在的，你到底有沒有洗錢行賄，我一點都不在乎，可是你居然為了行賄去接近她，然後還搞出那些亂七八糟的事情，害得我父親難過到差點中風，我就沒辦法原諒你，你說我公報私仇也好，說我挾冤報復也罷，反正是你自己心術不正在先，觸犯法律在後，怨不得別人。」蔡靜儀越說越激動。「我會讓你付出代價的！」

「有沒有觸犯法律不是你警察說了算，你罵我利用男女關係行賄，那妳呢？彼此彼此！還不是也一樣利用我的感情來辦案呢？哼！祝妳官運亨通，早日調回刑警隊升官發財。」王銘陽用鄙視的眼神看著眼前這位被自己認定為真命天女的女人。

漸漸恢復冷靜與警覺心的王銘陽，穿好衣服後慢條斯理地對著蔡靜儀與檢察官說道：「我不需要找律師找議員，也不想聯絡任何人，反正，我相信司法會保護沒有違法的善良公民，走吧！想帶我去哪裡就帶我去吧！」王銘陽擺出死豬不怕滾水燙的樣子。

心中暗笑的王銘陽才沒傻到掉進對方的釣魚辦案招式，這時候如果他急著聯絡葉國強、陳星佑或YoYo，豈不中了對方一網打盡的陷阱，憑檢警調那種網路三腳貓的功夫，根本查不出什麼具體的證據，警察這招數對從小在眷村混大的王銘陽，可是見多了。

沒什麼其他本事的王銘陽，要說優點嘛，就是敢騙敢吹更敢豁出去的個性吧！他才不去擔憂小范會不會全盤托出如實招供，從小到大出入警局多次的他，知道只要從頭否認到底，警察多半對他沒什麼皮條。於是整個偵訊過程中，王銘陽一概否認檢方與蔡靜儀的指控。

「你在去年○月○日，將七枚比特幣轉帳給范綱峰的帳號，是不是藉此要求他在星友和諧住宅的容積率移轉的變更上面的讓步。」檢察官秀出查扣的電腦資料，王銘陽一看到轉帳資料與帳戶，知道沒必要否認比特幣的事情，隨即改便回答策略：「比特幣是我和范綱峰兩個人的共同投資，你們可能不知道比特幣挖礦作業需要較大空間吧，他家裡上有老母下有懷孕的妻子，沒有空間置放體積龐大的挖礦設備，所以在我家架設挖礦設備，就這樣而已，你們辦案的人，不要告訴我不懂區塊鏈挖礦的原理吧！」王銘陽有恃無恐的原因，是因為金流只發生在他和小范之間，沒有更明顯的證據可以證明藉此行賄。

「少在那裡裝蒜，轉帳與公文核准的日子，每次都只相差一到兩天，不可能那麼巧合！」蔡靜儀看到王銘陽毫無畏懼的樣子，情緒也跟著飆上來。

「巧合？巧合可以定罪嗎？就好像我怎麼會知道自己一夜情的對象，剛好是妳的繼母呢？這也算是扯平了吧！」王銘陽有意挑釁。

「扯平？什麼叫做扯平？」蔡靜儀大吼。

再也按捺不住脾氣，蔡靜儀一拳就朝王銘陽的頭揮了過去，雖然受過搏擊的刑警訓練，但身為拳擊教練的王銘陽，身體連動都不動，只消頭輕輕一偏便避開，只打到自己肩膀，為了製造效果，坐在椅子上接受偵訊的王銘陽還順勢連人帶椅故意讓自己摔個四腳朝天，在一旁的檢察官根本來不及阻擋憤怒的蔡靜儀。

慢慢爬起來的王銘陽指著警署偵訊室的錄影機說著：「都有全程錄影吧，這一段該不會因為警民和諧的理由被黑掉吧！」

知道理虧的檢察官連忙向王銘陽致歉，王銘陽對蔡靜儀笑著笑說：「內心強大，才能道歉，但必須更強大，才懂得原諒吧。」然後又補了一句：「這可是妳的偶像宮崎駿說的話呢！那是我們一起看過的電影中的台詞啊！」

王銘陽揉著被襲擊過的肩膀說：「蔡警官，應該我向妳道歉才對，可是，我和陳玫儒前局長的認識與交往，可是發生在認識妳之前啊，這世界就是這麼巧合，誰也料想不到啊，如果是妳父親要控告我妨礙家庭，我真的會虛心認罪，但妳不能為了報復，故意來羅織我的罪名啊！」

王銘陽和陳玫儒的不倫八卦早就傳遍社會，而陳玫儒那般潑辣形象更是人盡皆知，王銘陽的一番話，讓其他偵辦人員的信心產生動搖，開始有人後悔不該僅憑陳與蔡兩個人的一面之詞，而把事情無限上綱到所謂官商勾結。

王銘陽趁勝追擊地說：「還有，你們憑什麼就認定我一個小小的體育教練，就有能力與資格替集團幹這種收買官員的事情，星友大學會找一個像我這種小人物當白手套嗎？如果我真的是白手套，前任都發局長陳玫儒為什麼不提出我對她行賄的證據呢？」王銘陽轉守為攻。

王銘陽的說法倒也合情合理，之前曾經發生過的相關弊案，建商與官員之間的白手套是一個擔任環評委員、且在建築土木領域具有知名度與影響力的大學教授。而王銘陽只不過是星友科大聘雇沒多久的拳擊校隊教練，就比例原則上，擔任白手套確實不太合理。

「最起碼，你們總得將星友集團把錢交付給我的證據拿出來，才能指控我擔任白手套吧！」

一聽到錢，負責偵訊的主辦檢察官立刻問起：「王先生，那你能不能解釋，去年〇月〇日前後兩天，你分別透過國華銀行匯到日本的四菱銀行，加起來將近三十萬美金的資金的用途？你這筆款項到底是匯給誰？是不是去買比特幣？還有，這三十萬美金的來源是什麼？」

王銘陽早就料到會面臨這些疑問，說詞與答案早就已經和小范以及葉國強演練很多次：「我既然投資比特幣，當然要匯款到國外去買啊，有些是買比特幣，有些是海外投資，投資有罪嗎？匯款給誰，你們想知道就自己去查，至於我的資金來源，我又不是公務員，沒有必要向任何人交代，財產來源不明罪並不適用在私立大學的約聘教練吧。」

問話的檢察官也找不出什麼漏洞，只好胡亂攀爬起來：「王先生，你在去年〇月〇日，匯款給一個叫作廖麗秋的人，然後三天後，星友科大又匯了一筆資金給你，據我們調查，這個廖麗秋是星友集團旗下醫院的護理師，也是星友的董娘林瑋珍的私人護士，你能解釋對這筆資金的用途嗎？」

聽到連廖麗秋都扯出來，可見檢調還真的下了工夫去調查，但這也顯示，檢調單位已經到了黔驢技窮的地步了。

「哈哈！你們還真的對我的投資理財有興趣，廖麗秋的父親擁有一棟位於星友科大學校旁的房屋，我事先精準地判斷出這棟房子恰好位於整個開發案的關鍵位置，所以我向廖麗秋買房子，幾天後賺點差價賣給星友科大，就這樣而已，你們有興趣的話去把謄本調出來，或許頂多漏報了一點所得稅吧！你們要不要順便請國稅局的人一起來偵辦，否則你們今天勞師動眾，連個小案都辦不出來，真的很難看啊！」王銘陽笑笑地說下去：「也請你們去查清楚，那個廖麗秋可是在賣了房子之後的半年，才到星友醫院工作，時間順序上可別張冠李戴。」

無可奈何的蔡靜儀嘆了一口氣，只能寄望另一個偵訊室，是否能從小范口中問到些許案情的破口了。

小范同樣是堅持不吐露任何訊息，除了是因為幾個月前就已經與王銘陽多次沙盤推演，小范更堅信王銘陽不可能會供出任何事證。雖然見面次數不多，但他太了解王銘陽的個性了，小范從小生長的環境附近有大批眷村，眷村難免有許多小混混，這些小混混雖然沒什麼本事，但各個敢騙敢鬥，眷村出身的王銘陽正是這樣的個性，即便謊言已經被拆穿，即便事實都攤在眼前很難抵賴，依舊會扯謊到底辯解到底，講難聽是死不認錯，往好處想就是倔，不會出賣自己利益，更會拚了命保護共同利益。

況且，小范經辦的業務，在程序上與法規上沒有什麼違法之處，容積率移轉是法律所允許，星友臨時橋是前任局長批可的，大樓變更設計也經過建築師與結構技師簽證過，雖然沒有舉辦環境評估會議，但這也屬於行政裁量所允許的，更何況也行文並經過環保局同意認可。至於為什麼將星友的所有案子都列為最急件，這可以推給市長，畢竟市長也是天天盯著進度。

而帳上所擁有的比特幣，小范和王銘陽口徑一致，拿出投資當藉口。

一場精心布置的案子，收網時竟然因為事證不足草草結束，檢察官只能裁定王銘陽漏報房屋買賣所得稅，補稅十萬元結案，至於小范，則是另案用「公務人員財產來源不明罪」的名義繼續偵辦。

倒是蔡靜儀，原來打算藉此替戴綠帽的老爸出口怨氣，順便藉由偵破網路犯罪官商勾結的大弊案，記功敘獎並調回刑警，最後只能又淪為以私害公的烏龍查案，自己在警界的記錄可說是黑上加黑，更難翻身了。

王銘陽基於自保沒有抖出小范，但市長卻為了保護自己而棄車保帥，不到二十四小時，小范的局長位置遭到撤換，被市長用涉案官員必須先調離現職的理由，把他調任為水利局的防洪維護科科長——簡單的說，被調去山上看管水庫了，從局長連降兩級貶到科長。

四十二

諷刺的是，不管是一起幹了什麼壞事，商人與政客之間最大的不同是，商人會基於共同利益保護彼此，但政客卻會為了共同利益而出賣自己人。

厲害的商人並非只是眼光獨到，也非僅憑藉綿密的政商關係就能呼風喚雨，更非表面上那些騙騙商學院學生的卓越管理手法，最厲害的商人懂得嗅出剛冒出頭不太明顯的敗象，宛如最頂尖的軍事指揮官，知道該如何撤退保留實力，避免讓自己的軍隊變成自我踐踏的潰軍。

從陳玫儒接二連三的烏龍爆料，陷入萬夫所指的弊案漩渦，到王銘陽被約談、小范被調職，以及住宅品質的缺失一點一滴慢慢曝光，更重要的是手上餘屋的賣出速度似乎越來越慢。

血液中流著狐狸基因的陳星佑，嗅到自己已經身處危境，他無法忍受YoYo所堅持的「慢慢賣」的想法，趁著YoYo即將臨盆住進醫院待產的機會，召開集團中高層主管會議，下達全面開戰的指令。

他要求生，在順境中求生強過在敗境中求生。

大會議室的投影機打出簡單卻無比驚悚的「活下去」三個字。

一向不太多話的陳星佑，並非口才拙劣，他知道當一個集團必須改變方向時，越簡單易懂的目標與策略越容易達到效果，營建業是個成分複雜、各個私心自用的產業，一個混沌不明語焉不詳的政策，總是會遭到各種扭曲的解讀，畢竟牽扯到幾百億的營業額，只有目標明確才能遏止旗下幹部與員工的花花心腸。

「目前公司總部還握有和諧住宅的餘屋兩百多戶，星友科大的地主分配戶也還剩下將近兩百戶，我要求每個事業部根據各自分配到的銷售額度，在一個禮拜內全部出清這四百多戶的存貨，不管售價如何，每出售一間房屋，業務可以拿四十萬獎金，直屬主管可以跟著分享十萬元獎金，如果在時限內完銷，每個事業部還可以加發一百萬獎金。」

「請問，公司給的底價在哪裡？」與會幹部有人發問。

「問得好，這的確是最實際的問題，目前除了中籤戶可以用每坪十萬元申購外，我們公司之前的售價是每坪二十四萬，中籤戶中有人用每坪二十二萬透過紅單方式轉讓。從今天起，我們直接讓利百分之三十，每坪底價是十八萬，如果想賣低於十八萬，只要說明理由，經過我的同意，也可以另案報准。」

台下與會的人聽到每坪十八萬後宛如炸了鍋似的，不停地交頭接耳，各個露出驚訝的表情，其實附近的市場價格還撐在每坪二十五到二十八萬，更別說市中心動輒每坪四、五十萬的高價，市場的氣氛雖然受到房價過高而有稍微冷卻的跡象，雖然星友住宅位於交通相對比較不方便的郊外，但讓利百分之三十與每坪十八萬的售價，這完全超出所有人的想像。

說到這裡，陳星佑喝了口水停頓下來，眼睛盯著與會的所有主管幹部，不急不徐地一字一句說出：「可是，如果一個禮拜內無法達到出清的目標，每個事業部門的所有主管與員工，一律開除。」

「此外，本公司位於板橋、八德、南崁、汐止與竹北的五個建案，所剩下的兩百多戶餘屋，比照辦理，用市價的七折讓利售出，讓我再說一次，一個禮拜！」

「這麼大的折扣會不會打壞市場行情？同業那邊會怎麼想？要不要低調一點進行呢？」與會的另一個董事提出他的憂慮。

「同業怎麼想？你如果那麼在乎同業，那就請你賣掉公司的股票去買其他同業的股票，你們如果那麼在乎同業，就請你們辭掉工作去同業那邊謀職討生活，至於低不低調，等一下開完會後我會找幾個記者把讓利百分之三十的消息放出去，順便宣傳一番，讓你們更容易賣房子，當然，各位如果有什麼其他宣傳管道，不管是媒體、網路、店面甚至耳語傳播，請各位用力的高調宣傳。」

「可是，那些之前用高價買了我們房子的客戶，他們會怎麼想？有些客戶可是我們的往來建材的供應商啊！」還是有人不太放心地問著。

陳星佑指著投影機投射出來的三個字說：「活下去比什麼事情都來的重要，大家不要怕被供應商抱怨，也不必在乎市場的訕笑，也不用去管客戶到底是賺錢還是套牢，買到高價的客戶，要告就讓他們去告，我們公司的律師團很龐大，要鬧就讓他們去鬧，太過分的話就報警處理，幹！這些鳥事還要我告訴你們怎麼作嗎？」

陳星佑連三字經都飆出來。

紅蘿蔔與大棍子都大剌剌的端了出來，高額獎金搭配開除嚴懲，以及近乎大拍賣的超低讓利價格，這群在房地產打滾多年的營建業老油條、仲介業老痞子，別說一個禮拜，連媒體廣告都還來不及上架，竟然在短短的二十四個小時就達標。

銷售速度如此迅速的主因，其實是星友集團旗下的員工自己掏腰包出來購買，一棟房子的獎金三十萬，外加每坪十八萬，以一間二十七，八坪的和諧住宅而言，員工的購買成本降到每坪只有十六萬多一點，隨便用市價二十出頭萬賣出，一來一往，轉手一棟就淨賺一百萬，聽說還有員工一口氣要搶購十戶，還有來不及搶到的員工三更半夜跑到主管家中哭訴請託賣給他一戶，除了和諧住宅外，公司位於板橋與竹北等超優地段的餘屋，員工更是搶破頭，逼得只好出動更高層的主管出面，用抽籤的方式才能擺平紛爭。

在房屋銷售第一線打滾多年的老鳥雖然也嗅出一絲房市鬆動的氣味，但龐大且吸引人的差價麻痺了該有的警覺心。相同的風景，多數人只能看到鼻子前面幾百公分的小花小草，頂尖的高手卻能看到幾百公里外隱然成型的風暴。

隱隱約約成型的遙遠風暴除了房市的寒冬外，還有一個逐漸成型的超大型低氣壓慢慢撲向北台灣而來。

就這樣，短短的幾天內，星友集團的所有餘屋宣告清盤，整個集團的現金進帳超過三十億，對於陳星佑而言，這三十億的現金足以讓他渡過接踵而來的集團困境與景氣寒冬。

公司與外界則耳語不斷：

「陳董瘋了！」

「別亂說，其實這是陳董要給我們員工的福利！」

「聽說是董娘對二娘不爽，逼陳董出招收回二娘的權力。」集團上下以及外界稱呼YoYo並非姚總經理，而是二娘。

「星友是不是發生什麼問題嗎？」

「星友押寶的市長，選舉選得那麼難看，星友不得不自保啊！」

「星友的房子聽說有問題！」

會流傳在這世界上的所有傳言耳語，深究其本質，多半比檯面上的說法還要更接近事實，沒有傳聞是虛假的，但也沒有新聞是真實的。

已經十個月沒下半滴的雨水，隨著星友住宅熱賣的成屋而姍姍來遲，連日的大雨解除了旱象，分區供水的窘境告一段落，星友住宅缺水的話題也無人聞問。

不畏懼滂沱大雨，星友住宅的成屋銷售中心熱鬧滾滾，擠進一大堆要搶搭所謂讓利便車的購屋者，而遠在二十幾公里外的五星級飯店的高級會場，正在如火如荼地舉辦年度傑出建物大獎的頒獎典禮。

「星友和諧住宅榮獲本年度住宅類的營運與設計類首獎，藉由私人捐地與靈活的稅務與市地重劃政策，一併解決了因少子化而陷入困境的私校問題，活化了低度運用的閒置土地資源，也透過平價的住宅供應，解決部分望屋興嘆的年輕人的成家問題，更因為是單純私人捐地，規避了公權力徵收土地的弊端，也降低了因徵地而導致的民怨，私立學校也藉由資產活化帶來營運資金，解決了教育資源不足的窘境，也透過資產活化，讓學校有更多資金去投資在教學與研究上……。

「打造星友住宅的莊國琳建築師團隊，引進中國傳統青花瓷的美學意念在本案上，讓一棟棟的鋼筋水泥住宅不再是死氣沉沉的都市叢林，一棟棟的住宅宛若一尊尊獨具匠心精緻的中國元青瓷，還給住宅一片兼具創新與美麗的嶄新天際線，設計理念兼顧實用與創新，在有限的資源搭配鬆綁的法令，創造出政府、建商、購屋者與環境、景觀五贏的共榮局面……。」

台上頒獎的中央高官滔滔不絕地說著，坐在台下的葉國強，回顧著自己幾年的辛苦總算有了正面的成果，然而，身為業主的陳星佑以及檯面上的主導者YoYo卻沒有出席。

四十三

「你聽聽外頭，又是雷鳴又是閃電，病房內滿屋紅光，外面紫雲凝結，好像古時候皇帝要出生前的喜兆。」躺在病床上等待麻醉的YoYo，刻意講些玩笑話來降低自己的緊張。

「我們生的是女兒，哪來的皇帝命。」親自擔任麻醉醫師的陳星佑看著點滴內的劑量笑著說。

「我已經想好了，女兒名字就取為圓圓如何，我不管你喜不喜歡，反正我就是叫自己的女兒圓圓。」麻醉藥藥效慢慢發作，YoYo講話有點恍惚。

「陳圓圓？不太好吧！亂不吉利的！」陳星佑才剛說完，YoYo已經進入意識消失的階段。

在YoYo還沒喪失意識前，陳星佑看了她一眼。

雷聲大到連位於大樓中央的產房手術室都感到震動，陳星佑並不擔心這些，備援的發電機可以在斷電後的十秒內立刻恢復供電，但最怕的就是這十秒，陳星佑以前遇到過幾次，但也可以憑藉微弱的頭燈摸黑手術，只是檯上患者的肚子內是自己女兒就另當別論，悲觀論隨時浮現在自己的腦海中。

觀察了一兩分鐘，確認YoYo沒有嘔吐等過敏症狀後，陳星佑說道：「Miss廖！開始計時。」剖腹生產的孕婦，由於胎兒的緣故，麻醉劑量的使用上不能過高，所以手術上必須把握時效。

熟練的陳星佑仔細地劃開肚皮的第一刀，然後皮下脂肪、子宮外壁……一層一層地切開。

由於胎位不正，妊娠糖尿症狀以及患有罕見的孕婦腎衰竭，YoYo比預產期提早一個月住進病院，原本計畫再過兩三天才動刀，由於擔心子宮過度壓迫膀胱，只好提前剖腹，陳星佑大可交給醫院其他的專科醫師來操刀，但他堅持替自己女兒接生，也只能放棄參加星友和諧住宅的頒獎典禮。他感覺今天操刀的手有點緊張、不聽使喚，深怕一個不小心就弄傷了自己女兒，難怪他的同業們都寧可把老婆送到他這來，只在產房外當個心急如焚坐立難安的尋常新手父親，而不敢親自接生。

陳星佑提醒自己一定要小心，在旁邊的Miss廖才剛來醫院上班幾個月，只跟著他進產房剖腹不到十次，如果自己的手不小心劃錯部位，Miss廖不一定能夠看得出來、更別說提醒。

手術後。

廖麗秋急急忙忙地衝進陳星佑的休息室，滿臉驚嚇地大叫著：「患者術後已經超過兩個小時，一直處於昏昏沉沉的跡象，怎麼辦？」

陳星佑看著廖麗秋，不慌不忙地回答：「Miss廖，不要慌，你去拿Diazepam、Ethacrynic acid兩種藥，口服與注劑都要，我先去恢復室看患者。」

來。

「咦？」廖麗秋一臉疑或看著陳星佑。

「沒錯，不用懷疑，你依照我的指示作就對，然後，我跟妳說……。」陳星佑眼神突然嚴厲起

四十四

「小倫啊！小心扶著啊！哎呀！」牙牙學語、蹣跚學步的嬰兒，扶著客廳的沙發，站在鋪滿軟墊的地板上，走不到幾步又摔了四腳朝天。這個叫做小倫的嬰兒倒也勇敢，緊閉雙唇一副不服輸的模樣伸出手攀著沙發腳，很快地又撐起筆直的身軀。

「阿慧啊，就讓小倫休息一下嘛！晚個幾天學會走路也沒什麼關係，你知道小范當年是到了整整足歲才會走路的。」當奶奶的人總是比較心疼孫子，小范母親嘴巴碎念著。

「小倫！阿嬤說你還不可能走路，要不要走？」謝盈慧蹲坐在小孩旁邊笑著說話。

小倫聽得似懂非懂，但還是露出勢在必得的神情，撐起東倒西歪的身子，朝著前面的玩具用類似醉漢的步伐走了過去。

「哈！媽！人家小倫可不服輸啊！妳就算叫他停，他也不打算停下來。」

「所謂七坐八爬，才九個多月，走路有點快啦，一不小心會弄傷骨頭呢！」小范母親伸出手強行把小倫抱了起來，被抱在懷裡的小倫左扭右捏地想要脫離祖母的擁抱，回到堆滿了玩具的地板上。

謝盈慧苦笑了一下，雖然婆婆沒有跟他們住在一塊，但距離也不過就是隔壁棟，幾乎是時時刻刻待在這邊，只有洗澡洗衣服睡覺還有看韓劇的時候才回去。當了媽媽的謝盈慧倒也越來越不在意這些，有個幫手幫忙照料嬰兒，可以藉故去忙著大樓管委會的事務、讓自己喘點氣偷閒一會兒，即便對小孩教養的態度有些不同，反正嬰兒的世界只有吃喝拉睡和偶爾生點小病，距離需要教養的日子還早得很，新婚時婆媳之間劍拔弩張的關係，有了共同的最愛後卻也和緩了些。

外頭雷雨交加，雷聲大到讓整棟大樓有點搖晃，謝盈慧看著外面明滅不定的閃電，如果還是單身時期的她，肯定嚇得躲在被窩裡發抖，現在為母則強，反而敢在這種天氣去陽台窗檯與露台巡視門窗是否關緊，也擔心著這場根本是老天倒水的雨勢會不會造成漏水或地下室淹水，身為管委會主委，她很不想三更半夜還要爬起來指揮樓下值班的管理員。

許多住戶很不滿謝盈慧，認為她身為主委卻過度偏袒建商，許多難聽的抱怨傳遍整個社區，這個時候如果什麼地方淹個水，或者哪戶頂樓漏點水，下次管委會恐怕有得吵了。

「阿慧啊！不是我說你啦！沒事當什麼主委，做得要死卻又被嫌棄，不過，你別擔心啦！雨勢這麼大這麼急，就算小小的漏水淹水，也都算正常啦！」婆婆安慰著。

謝盈慧知道婆婆也是那種愛管閒事的人，嘴巴唸著媳婦強出頭，其實沒事也會仗著主委婆婆的名義到處串門子。也因為婆婆的愛串門子，倒也讓她當起主委少了許多阻力，有時候甚至還想乾脆讓婆婆去當主委還比較合適呢！

有了小幼兒，客廳電視再也沒甚機會出現什麼日劇韓劇宮廷劇或日本職棒的畫面了，一家子只能陪著小倫看那些兒童歌唱節目與卡通影片，一家人生活圍繞著嬰兒，忙碌勞累外加睡眠不足，雖然生活上並不是如自己少女時代所幻想的夢幻，但也踏實不少。

「爸爸？爸爸？」小倫第一個學會的聲音是爸爸兩個字，謝盈慧花了好久的時間教小倫叫媽媽，反而是比較少陪小孩的爸爸得到這個獎賞。

「爸爸去加班，你睡一覺醒來，就可以看到爸爸了。」

星友住宅第一棟與第二棟的管理員，冒著大雨去巡視住宅旁邊的下寮溪的水量，今天值班前，主委與總幹事還特別囑咐，如果河川的水量到了滿水位，必須將所有地下停車場的防水閘門放下，以免河水倒灌水淹地下室。

「好像快要滿出來了，要不要現在就關上停車場？」其中比較資淺的管理員問著。

「最好再等一下，現在才晚上十點多，如果太早關閉，一大堆比較晚下班的住戶，他們的車就沒辦法停了。」資深的管理員回答著。

「可是——」資淺的管理員看著湍急的河水以及越來越高的水位憂心忡忡。

「不然這樣，你去向主委請示，萬一住戶抱怨起來，我們也不用負責。」

資淺的管理員點了點頭。

四十五

心中最不踏實的是小范。

一年多前，小范也只是個副工程司，會迅速升遷到代理局長，其實是受惠於政治鬥爭的漩渦，又急又猛的漩渦把他推上，自然也會把他從高處拋下來。

「看開點，現在幹科長和一年多前的副工程司比職等沒變，只是回到原點，況且，我們也多了兩棟房子和幾百萬的積蓄。」謝盈慧總是這樣開導他。

對胸無大志的謝盈慧來說，職位沒變，又撈到不少錢，還幸運的沒有捲上太複雜的官司，這樁買賣相當划算。況且所謂公務人員財產來源不明罪，幾年來根本沒有半個公務人員被定罪，退一萬步說，比特幣的價值認定原本就模糊，到底是不是金融資產，也沒有相關法令有任何規範。

只是，小范是那種從十幾歲開始就想往上爬、想早點出頭的人，或許無法讀一流的學校，家裡也無能負擔他出國喝點洋墨水，然而年紀輕輕就考取公職的他相當好勝，無論如何就是要比別人還要強，快速的升遷更強化了這種個性。從呼風喚雨、管轄百餘人、一堆建商與地主都巴著自己臉色辦事的都發局長，一下子調到偏遠山區來看管水庫，名義上雖然是科長，但底下也只有四個部屬，各個都跟他一樣，是從其他一級單位被貶過來的，雖然水庫距離市區不遠，開車半個小時可抵達，但實質上和「發配邊疆」沒有兩樣。

心情糾結的小范開始酗酒，一開始只是在家裡喝上幾杯，到現在，連上班執勤時間也喝了起來，尤其是夜間輪班的勤務時段。

這個位置才剛上任的第一天就面臨被迫分區供水，兩個月下來不知道接了民眾謾罵電話多少回。連續幾天山區大雨，累積雨量高達五百毫米，讓原本已經乾枯見底的水庫一口氣灌進超過五成的容量，小范總算鬆了一口氣，至少不用再天天被水源分區調度以及人造雨的問題追著跑。

獨自一人值班的小范看了儀表板，距離二級洩洪警戒大約還有百分之十到十五的空間，離天亮下班還有七、八個鐘頭，他打開偷偷帶進的酒瓶喝了起來。

中央氣象局已經打了兩通電話通知他，未來二十四小時的雨量預報可能會超過一千毫米，且最下游的出海口的滿潮時間會提早出現在清晨三點，要他提早洩洪。

小范撥了電話請示上面的局長。

「報告局長，中央那邊叫我提早洩洪。」小范順便報告水庫與下游河川的水位。

「水位都還距離警戒標準很遠，不用理他啦！等到出現二級警戒再說。」局長那頭傳來唱歌的聲音，似乎在什麼應酬場合吧！小范心想，下這麼大雨，局長竟然沒有親臨第一線坐鎮指揮。

「可是中央氣象局給我的雨量數據很嚇人……要不要……。」

電話那端的局長打斷小范的話：「你別開口閉口就中央，中央那些綠蛆巴不得我們提早洩洪把水庫的水洩光，到時候再遇到缺水時，就可以隔空公幹我們市府團隊。」

「局長，可是根據現場雨勢，真的很嚇人，局長，我真的建議要提早洩洪。」

「范科長，到底你是主管還是我是主管？我給你交個底吧！洩洪量越大，水力發電量就越大，咱們可以從台電拿到的收入就越多，知不知道。」

小范心想電話都有錄音，有什麼責任自然輪不到他來扛，反正自己樂得輕鬆。

洩洪標準根據水庫蓄水量、進水量與雨量分為兩級，第一級是強制洩洪，現場管理人員必須立刻處理，第二級則是由現場管理人員判斷，屬於非強制性，即便還沒到第二級，現場人員可以透過判斷但經過主管機關同意提早洩洪。

水庫缺水的時間長達兩個月，好不容易久旱逢甘霖，上頭局長想要多儲存些水量也是合情合理。

儀控中心只有一堆控制儀表、電腦和監視器，裡頭沒有電視，且值班主管人員除了必要的上廁所外，有問題也只能聯絡水庫巡防人員，不能隨意外出，中心內有監視器二十四小時監控，可說是極為枯燥的工作，難怪這個缺被戲稱「發配黑龍江邊疆」，小范也只能把酒倒在茶飲料的保特瓶內偷偷帶進來。

隔音效果很好，外面大雨奔騰的聲響傳進來屋內只剩枯燥煩人的滴滴答答，連續幾天被小孩吵得難以入眠，小范坐著坐著竟打起瞌睡來，待酒精一發作，整個人頹倒在儀控室旋轉椅上睡到不醒人事。

水庫旁的保警派出所內，雨水從天花板慢慢滴出，從涓涓水滴變成傾洩的小瀑，值班的蔡靜儀和同事忙著找水桶接水。

「我說嘛！台灣的公共工程品質真是不堪一擊，外面下大雨，派出所內下小雨。」同事叫苦連天地抱怨。

「學長，以前有這麼嚴重嗎？」調來這裡還不到半年的蔡靜儀問著。

「我在這裡四年多，印象中好像沒漏得這麼慘，以前就算是颱風來，最多也只是從窗戶或冷氣口滲進來而已。」資深的學長納悶著。

「學長你看！」蔡靜儀指著門口尖叫起來。

大量的雨水竟然從派出所門口湧了進來。

這間派出所的地勢比較低窪且靠近湖邊，用意是為了監控水庫水位，如果湖邊的水已經滿到派出所附近，就表示水庫已經瀕臨緊急洩洪的警戒邊緣，萬一水庫管理員疏忽或儀器故障，派駐的警員可以擔任第二重警戒員。

擔心水庫潰堤的蔡靜儀見狀，不顧雨勢地連忙衝進水庫管理室，推開門後只看到全身滿是酒味的小范癱睡在管控室的地板，蔡靜儀對著他大吼大叫：「為什麼還不洩洪？」

小范睡眼惺忪地醒來，湧起一陣噁心想吐的感覺，胃底下好像有一團石塊沉積在那裡似的迷迷糊糊回答：「幹！又是妳，死三八！怎麼老是陰魂不散，我被妳的烏龍辦案搞到這裡了，妳還想做什麼？」睜開眼睛看到蔡靜儀，立刻燃起心中那股怨氣。

聽到小范的咒罵，蔡靜儀不甘示弱地回罵：「你也不看看你自己，為了一、兩千萬的黑錢出賣自己，還有臉罵我死三八。」

「妳就他媽的多清高？妳怎麼不去查那個選議員比里長的票數還少的繼母，難道她就沒收？還跟人家小鮮肉上賓館，還真是人財兩得呢！」小范嘲諷回去。

蔡靜儀火氣一上來，趨前對小范施了一記過肩摔，尚未酒醒的小范跌落在地，蔡靜儀一陣拳打腳踢，突然間小范伸出手抓了蔡靜儀的小腿，蔡靜儀重心不穩摔到在地，正當兩人要扭打之際，門口進來一個人對著他們大叫：「快來不及了！你們到底在幹什麼？」

衝進來的是派出所的學長，派出所已經被淹了一半，眼睜睜地看著水位已經超過第一級警戒線，水庫的閘門竟然連動都不動，心急之下也衝進管控室了解情況，這時儀表板的所有燈號都已經亮起，已經酒醒的小范擺脫與蔡靜儀的扭打，衝到操作室內啟動閘門，為了避免潰堤，小范將洩洪速度開到最大，以每秒兩千立方公尺的速度洩洪，這等同每二十秒可以灌飽一座巨蛋球場，所有下游的抽水機全速運轉一個鐘頭，也只能抽掉洩洪一分鐘的水量。

看到電腦顯示的水庫水量與下游地區累積雨量資料，拖到這時候才卸洪加上剛好遇上滿潮時間，小范知道大事不妙，下游地區肯定在半個小時內汪洋一片，雖然一併啟動防洪預警，但大多數下游幾處低窪的居民絕對無法在清晨五點鐘完成疏散。

小范只能祈禱下游的抽水站能發揮作用，或至少可以淹得平均一點。

然而，當他看到下寮溪的水位數字後，整個人癱坐在椅上。

星友社區大部分的地下室在水庫洩洪之前就已經汪洋一片，還來不及關上鐵閘門，下寮溪的河水就已經灌了進來，連一樓都淹了一、二十公分，身為主委的謝盈慧嘆了一口氣，不知道有多少台汽機車眼睜睜地泡在水裡，就只差二十分鐘，要不是小孩急著拉肚子，她可以提早二十分鐘下令關閉地下室閘門，這時候已經不知道有多少住戶咒罵著自己，只能祈禱大家能把怨氣出在超大雨勢上了。

屋內天花板的梁柱出現嘎嘎作響的怪聲，一開始以為是風勢太大，但謝盈慧打開窗戶，外頭除了大雨之外並沒有夾帶強風，嘎嘎的聲音越來越頻繁，大樓似乎搖晃了一下，應該是地震吧！謝盈慧也不免咒罵起來，這個夜還真難度過，又是大雨又是地震。

水庫所洩洪的水湍急地朝下游奔去，滾滾河水夾帶泥土與河床旁的垃圾與傾倒的枯樹，一部分的水流到主流與下寮溪的交界處時，因為星友社區的三座橋梁過於密集，水流到此被短暫的阻絕，沖刷下來的土石與倒樹恰好卡在星友一號橋，受不了水流力量的沖刷，不到十分鐘星友一號橋被沖垮，崩塌的橋又進一步阻絕水流，於是滾滾洪水被迫轉向倒流到下寮溪，連同下寮溪本身所承受的山洪，整個下寮溪兩岸包括星友社區與星友科大一片汪洋，有點像臨時的堰塞湖。

一部分的洪水因為上游河床邊的過度開發而分流，從山坡而下形成一條新的水路，由於山坡沒有確實做好水土保持，洪水席捲了越來越多的土石樹木沿著山坡流瀉而下，而這條新水路居然從星友社區旁邊的山坡沖刷下來，防土牆抵擋不了整個上游山坡的土石與枯樹，瞬間崩塌，防土牆、土石、倒樹與巨大水流形成無比的衝擊力，對著星友社區位於山坡邊的三棟大樓直撲過去。

轟然一陣巨響，坐在客廳的謝盈慧只見滿屋煙塵，先是天花板掉落下來，整個人連同沙發被拋到陽台邊，啪搭一聲天旋地轉，身體被迸開的鋼筋刺進，連呼喊見小孩最後一面的機會也沒有。

四十六

早上六點，躺在恢復室的YoYo總算醒了過來，仍然神智不清意識模糊的她，用盡全力才讓自己勉強起身坐了起來，在一旁照料的陳星佑看起來極為憔悴，YoYo一副急著想見剛出生的女兒的模樣，陳星佑嘆了一口氣後，加了一點藥劑在點滴內，讓YoYo更為放鬆後才緩緩地說出：「我們的女兒難產了。」

YoYo嘴巴無法開口說話，連哭都哭不出來，只能不斷地搖著頭乾嚎。

「因為妊娠糖尿造成巨嬰，以及妳的膀胱受損導致整個腹腔瀰漫腹水，女兒在子宮內就因為缺氧來不及就……。」陳星佑說完之後嚎啕大哭起來。

鎮定劑的藥效慢慢發作，YoYo嘴裡喃喃念著「我的圓圓、我的圓圓」，又昏睡了過去。

廖麗秋連門也不敲衝進恢復室，神情惶恐地打開電視：「院長，事情不妙了，你看看新聞！」

即時新聞的拖字顯示星友大樓遭土石流襲擊而倒塌，狀況不明，救難隊與新聞記者正趕赴現場中，陳星佑立刻打開手機電源，才發現已經漏接了幾十通未接來電，其中有葉國強、公司的副總以及建築師。

一看到建築師的未接來電，雖然整個狀況不明，但他知道電視新聞不會無的放矢，這時候自己必須更冷靜下來，他先叫廖麗秋去開金庫，把裡頭的五萬美金拿出來，然後打電話給建築師：「陳董！我打了快半個小時的電話，你怎麼都不接！」電話那頭的建築師更焦急。

「老莊！到底發生什麼事？」

電話那頭的建築師老莊把事情一五一十地說了出來，星友住宅靠近山坡邊的三棟大樓，有一棟全倒、幾乎被土石流整個掩埋了，有一棟已經半倒，土石流從七樓處宣洩下來，七樓以下被掩埋，七樓以上搖搖欲墜，另外有一棟已經傾斜，死傷狀況不明。

聽到這些，陳星佑倒吸了一口冷氣，他緩緩地告訴老莊：「等一下我會派一個姓廖的女人拿三萬美金到機場，你趕緊拿著護照和隨身衣物到機場買機票，能飛到哪裡就飛到哪裡，等風頭過去之後，我再轉十萬美金給你。」

老莊沉默了一會兒後回答：「我沒得選擇，對不對？」

陳星佑語氣和緩地說：「你可以走就走吧！我留下來面對這一切，五十分鐘後在第二航廈，我派的人穿護士服，很好辨認。」

說完之後，陳星佑把五萬美金拿給廖麗秋後交代她說：「妳立刻到機場，把其中三萬美金交給老莊，他會和妳相認，交給她之後什麼話也不多講立刻離開，剩下的兩萬美金是給妳的，昨天到現在，所發生的事情，都不要多說也不要多問，知道嗎？錢拿給建築師後立刻撥電話給我，然後立刻回來上班，知道嗎？妳聽得懂我的意思吧！」

廖麗秋驚恐地點了點頭，拿了錢立刻離開恢復室，走在醫院漫長的走道，全身發抖地看著另一間病房一眼後，頭也不回地離去，走出醫院大門攔下排班的計程車朝機場而去。

已經買好了預計一個小時後起飛到新加坡機票的老莊，在出境大廳處坐立難安，一看到穿著星友醫院護理師服裝的廖麗秋出現，立刻趨前表示身分，拿了三萬美金後便匆忙地進入出境海關。

五分鐘後，有一通匿名的電話打到出入境管理局。

一大早出境的人並不多，老莊很順利地在飛機起飛前十分鐘抵達候機室，正放鬆心情與住在新加坡的妻子聯繫後排隊登機，不料，此刻在候機室出現幾名神情緊張的航警與出入境官員，老莊見到警察，心虛之下拔腿就跑，航警人員見狀立刻上前追捕。

「請問你是莊國琳先生嗎？」

年邁的莊國琳建築師雙腿不聽使喚跌倒在地，點了點頭。

其實他拿的是新加坡護照，上頭的姓名並非莊國琳而是英文姓名，出境資料也沒有莊國琳的姓名，如果不是自己心虛，航警人員不見得能夠找得到他，出入境管理局接到檢舉電話，也只是例行公事地透過航空公司的網站去搜尋一大早才在機場臨時買機票的旅客，更難從近百個臨時臨櫃買機票的旅客姓名中，去一一辨識出誰才是涉嫌星友大樓倒塌的建築師，如果不是心虛，等到比對出身份，再等到檢察官到機場會同辦案，人說不定已經抵達新加坡上空了。

打檢舉電話的不是別人，正是陳星佑，他要製造出建築師身懷鉅款畏罪潛逃的氣氛，屆時打起大樓的賠償官司時，便可以將大部份的責任轉移到建築師身上，而他自己則是立刻起身趕到災難現場，在這個時候，身為建設公司老闆的他，如果能在現場扛下所有協助救災的責任，未來就越有可能脫罪。

當陳星佑趕到星友住宅大樓現場後，眼前的慘狀讓他目瞪口呆，天塌下來都沒這麼慘，他下意識催促自己趕快逃，但迎面而來的幾個檢察官，已經讓他毫無躲避一切的機會了。

小范枯坐在倒塌大樓瓦礫堆的封鎖線外的中庭，四天四夜不曾闔眼的他，從抱著一線希望，到過了所謂救災黃金七十二小時的生死界線，埋在瓦礫堆內母親、老婆以及不滿一歲的兒子依然沒有尋獲，他異想天開地希望或許家人在昨晚已經外出，但打了三天三夜的手機，毫無信息，救難人員從瓦礫堆中探出老婆與媽媽的手機訊號讓他斷了最後一絲希望。

救難人員每當從瓦礫堆下救出一個人，他的心情就再一次地被翻攪，從希望到絕望到怨恨，恨的是為什麼是別人不是自己親人。

幾個員警在小范旁邊監視著，水庫延遲洩洪的前因後果在蔡靜儀的證詞下，小范必須負起大部份的責任，由於還有家人埋在被土石流壓垮的廢墟中，負責偵辦的檢察官特別法外開恩，等到尋獲親人再對他偵訊或羈押。

「為什麼？」三天下來小范重複著這個問題，他不應該讓這個趕工過度、環評有疑慮的住宅過關，他後悔著為什麼自己不按照標準程序洩洪，他埋怨著自己為了買新房子而幹出永遠無法挽回的憾事，他恨王銘陽、他恨陳星佑、恨陳玫儒、恨葉國強，是他們把自己捲入這場悲劇，恨他們挑擇了自己來擔綱這場天人永隔泯滅良心的悲劇主角。

偶爾小范會抬起頭來仰望天空，巧的是，這場大雨居然在大樓倒塌的瞬間就停了，晴空萬里風和日麗實在是一大諷刺，這讓痛失親人的小范更加沮喪。

「范先生，對不起，已經過了七十二小時，但救災會繼續進行，如果有你的家人的消息，我會在第一時間通知你讓你回到現場，你現在可以接受我們的調查嗎？」在旁邊的檢察官其實也不太想要說出這樣的話，但基於職責不得不催促著小范。

看著天空的雲朵，模樣很像是自己不滿周歲的小孩，小范露出奇怪的微笑對著檢察官說：「我先回去另一個家，拿些他們的遺物，可以嗎？」

小范另一間房子是位在傾斜的那一棟，原來是給她媽媽住的，但不幸的是，他媽媽為了幫忙照顧孫子而暫時住在全倒的這一棟，也不幸地被埋在瓦礫堆中。

檢察官看著員警後點了點頭，示意要員警一起陪同上樓。

小范回到母親的屋內，睹物思情下又嚎啕大哭起來，走進主臥房，摸著母親與小孩曾經一起睡過的床鋪，他從衣櫥內取出小孩的圍兜，聞了聞上頭殘存的奶香與汗味，把它緊緊地抓在手上，拉開鋁門窗到臥室的小陽台看著天空，媽媽與妻小三人站在雲朵上對他招手，小范爬上窗台，朝天空飛了過去。

四十七

三十年後的星友廢墟。

「什麼！小范自殺？」小葉嘆了一口氣，這個社區的亡靈已經多到無法撫慰，被迫轉學的學生、貪腐收黑錢的官員、為了一圓成家夢想的無辜居民、想要撈一票賺點差價的投資客。

「他根本不可能不輕生，換成是你，你怎麼活下去？」YoYo倒是沒什麼特別反應，塵封三十年的老歷史，即便是當事人也早已麻痺。

「妳說妳難產，所以……。」小葉對這問題很感興趣。

「他們說我有什麼糖尿病、膀胱發炎、重度憂鬱……所以我的女兒就保不住了。」YoYo說到這些卻一點也沒有悲傷，彷彿在訴說他人故事般。

「我一直以為妳肚子的女兒就是我。」小葉有點失望。

「哈！瞧妳的模樣還真的有點像我年輕時候呢！」

「後來的發展到底是怎麼回事？」小葉追問著。

「後來的事情也是事發後一年，我才輾轉從監獄的牢友口中得知。」YoYo伸伸懶腰，看著外頭，遠方的天空出現一抹魚肚白曦。

「我難產後，也許是知道女兒保不住，他們說我患了很嚴重的憂鬱症，長達半個多月，嗯！或許有一個月吧！總之，我的記憶可說是一片空白，一天難得醒來兩三次，一開始連意識都不清楚，話也講不出來，整個腦子都是幻覺。」

「每次一醒過來，入口的食物便吐了出來，嚴重暈眩甚至不自主的哭泣，他們只好又加了藥劑。」

「他們是誰？」小葉問著。

「就陳星佑和廖麗秋啊！」

「我只記得那段期間，他們說我是裝病，但我真的是毫無意識。」

「他們？陳星佑和廖麗秋嗎？」

「不是，那段我昏迷住院的期間，每天都有好幾撥的人找我問話，檢察官、律師、精神分析師、警察、公司股東啦！還有買通醫院警衛混進來的記者，還有一大堆黑道說什麼是代表債權人來談判，反正都是惡魔、吸血鬼、寄生蟲之類的人，我好不容易醒過來就得面對這些牛頭馬面，當時我大概是喪失了語言能力，連上一次醒來吃過什麼東西都忘得一乾二淨，他們找我問話，我根本回答不出來。」

「他們說我行賄，指控我偷工減料，懷疑我作假帳，誣陷我偽造文書，他媽的房子倒塌之前，他們每個人都賺得飽飽的時候為什麼都不說，然後事情發生之後，把所有事情都推在我的身上。」

事過三十年，YoYo還是忿忿不平。

「陳星佑，他把所有責任都往外推。」

聽到陳星佑，小葉好奇起來：「怎麼說呢？」

「大樓倒塌的原因很多啦！水庫洩洪當然不關我們的事情，反正小范也死了，安全結構的問題全部推給建築師，好死不死的，那個老建築師畏罪潛逃時被逮個正著，算他倒楣囉！」

「這怎麼可以說是倒楣，他不也收了黑錢變更了結構的數字啊！」小葉不以為然。

YoYo笑著說：「妳從小在日本長大，學了日本人那種死腦筋，在台灣，至少是三、四十年前的台灣，這種事情比吃拉麵還要平常，算了！不跟妳講大道理了，妳或許不知道，那個建築師老莊竟然只被判刑兩個月，易科罰金一百萬。」

「怎麼可能？」

「老莊把責任推給大樓的管理委員會，當時因為社區供水水壓問題，管委會強行表決通過要求建設公司在每棟大樓加裝七、八個巨型水塔，他緊抓這點，辯稱是增加的水塔重量超過負荷，以及增建水塔施工不良造成結構受力不平均。」

「太誇張了吧！」

「最後讓老莊能夠順利逃脫大部分的責任的關鍵才讓人憤怒，法官居然採信大樓的地基被掏空，除了天災以外，主因是中庭的樹木。」

小葉不可思議地問著：「樹木？」

YoYo點了點頭：「中庭花園所種植的樹木是黑板樹，黑板樹的生長速度很快，樹根在地下到處蔓延，老莊所請的律師就抓住這點，找了一大堆專家、住戶來證明是黑板樹的樹根穿破那幾棟大樓底下的連續壁，要死不死的，還真的被他們逮到一點似是而非的證據，而中庭並不屬於建築師的設計，於是那個老莊就因此脫罪輕判。」

小葉很生氣地用力搥打牆面：「怎麼可以這樣！」

「法律是懂法律的人的玩具，那個老莊花了一千多萬請了最厲害的律師，花一千萬躲過老死在監獄，還挺划算呢！還有，最可恨的是，倒塌的另一個主因是大樓地基下面的土質問題，妳已經聽我說過，旁邊整片山坡都是順向坡，地質探勘時，我和探勘的技師不敢下決定，所以跑到日本去找陳星佑簽字，那間地質探勘公司的負責人是林瑋珍，我還天真地以為拿到林瑋珍的親簽，想說萬一發生事情，自己可以置身事外。」

「結果是怎樣？」

「那天晚上我在東京的旅館把同意書交給陳星佑，陳星佑不知道拿去什麼地方，找了什麼人模仿我的筆跡，代替林瑋珍簽名，幹！當我看到筆跡，整個人傻眼，連我都誤以為是自己簽的，後來經過筆跡比對，竟然變成我偽造文書。」

「可是，林瑋珍當天也在日本啊？陳星佑不是陪她去作手術待在日本三個月？」

「全都是假的，根本沒有什麼手術，他們用這個藉口誘騙我當了三個月的職務代理人，簽了一大堆連我自己都看不懂的文件，陳星佑剛好就躲過什麼變更設計、偷工減料、作假帳的責任。且當天林瑋珍搭下午五點的飛機回台灣，而我卻是晚上十一點多才降落羽田空港，他們製造出很完美的不在場證明。」

「其實從妳所說的過程中，妳只不過是他的人頭啊！」小葉替YoYo打抱不平。

「妳太天真了！我懷了他的小孩，還高調的出現在各種公開場合，連八卦周刊都刊登什麼我取代正宮娘娘，奪取建設公司實權的狗屁新聞，況且，我又是學建築的，在房地產也混了八、九年，沒有人會相信我是人頭。」

「雖然我不太懂什麼財務金融，但妳可以舉證自己經手過的資金都是從陳星佑或者，嗯！從我父親那邊取得的啊！」

「唉！這就是我外行的地方，原本我以為這些會讓我卸下部分責任，但沒想到，那幾個基金會都是境外帳戶，後來他們去查，一層又一層的查，從什麼群島轉到什麼群島，最後的源頭居然是我自己在郵局開的帳戶，我連什麼時候存了鉅款在自己帳戶都不曉得，很好笑吧？甚至自己買了星友建設公司股票都不知道。」

「有點聽不太懂呢！」小葉抓了抓頭髮。

「我們這種學理工的人，根本搞不清楚那些啊！他們隨便就搬出幾條法律，隨便就設計出幾條語意不清、複雜、深奧難懂的會計作帳規定，讓人無所適從，只能閉著眼睛簽字。要怪就怪自己當時為了莫名其妙的成就感，要怪就怪自己自不量力地想要急著脫離貧窮擠入人生勝利組，最後徹頭徹尾毀了自己的人生。」榮華富貴、黃粱一夢、來則無端、去也無憑，YoYo閉起雙眼回想恍如隔世。

「你後來發生了什麼事情？」

「昏昏沉沉地過了快一個月，不知道為什麼就突然好了，這也是很多人質疑我裝病的原因，法官也認為我裝病逃避責任而多判了我幾年徒刑，唉！出院後立刻被收押，但其他相關人不是已經脫罪了就是已經死了，和諧住宅倒塌的慘案，在社會上引起軒然大波，一堆官員辭職下台，整個案子經手過的官員全部被起訴，陳玫儒也是其中之一，坐了一兩年牢。星友建設的責任，在陳星佑夫妻被殺後，只好全數落在我的頭上，妳知道，社會的怨氣必須找到宣洩出口，就這樣，我被判刑二十五年，坐了十幾年的牢才獲得假釋……。」

小葉聽到陳星佑夫妻被殺嚇了一跳，打斷YoYo的話問起來：「陳星佑夫妻被殺？被誰殺？這到底怎麼回事？」

「妳不是已經在網路上閱讀了相關的事件了嗎？怎麼會漏掉這條舊聞呢？」

小葉有點不好意思地說：「許多事情是我父親臨終前才告訴我的，其實我只會講華語，但卻看不懂中文，嗯！也許是我父親不想告訴我吧！」

「真實情況我也不清楚，那一陣子我生病住院，連自己是誰都搞不太清楚，陳星佑夫妻是被王銘陽殺死的，時間好像就是我出院的前兩、三天吧！那一陣子我對時間是毫無概念，檢察官也不讓我知道太多詳情，後來有些八卦媒體有追蹤，什麼金錢糾紛啦！還有說是要報復陳星佑橫刀奪愛啦！也有一說是要殺人滅口啦！」

「王銘陽呢？他有被抓到嗎？他怎麼說呢？」

撐了一整夜神情疲憊不堪YoYo看著小葉，緩緩地道出：「王銘陽跑到陳星佑家裡，殺了他們夫妻兩人之後，就跑到星友大樓的危樓頂樓自盡了，沒有留下半點遺言，檢察官到他家也搜查不到任何東西。就這樣，我這輩子愛過的兩個人，就這樣……。」YoYo再也說不下去。

「難道妳都不會想知道到底王銘陽為什麼要殺陳星佑夫妻嗎？」小葉有點著急。

YoYo搖搖頭。

「你能所知道的只有這些嗎？」

YoYo點了點頭。

「不可能！不可能！我父親臨終前花了最後的力氣告訴我這些事情，還千交代萬交代一定要來台灣找妳，不可能只是希望我知道這些故事吧？」

YoYo還是搖搖頭不說話。

清晨第一道曙光射進屋內，YoYo拖著沉重的步伐走到屋內另一間房間內，把門鎖上，隔著門回答小葉：「差不多了！妳該走了！如果妳真的想挖什麼東西，或許妳可以去找小曹，還有廖麗秋，她還活著。」

小葉連續敲了好幾次門，房內的YoYo沒有發生任何聲音，也許真的累了，或許是不想再回答不堪的過往，小葉心想。

四十八

小葉隔著門向YoYo輕聲道別，不敢吵醒她，只能躡手躡腳地推開房門。她更不敢從滿是毒蟲聚集的樓梯走下樓，只好硬著頭皮搭乘那部在奇蹟中保存下來搖搖欲墜的電梯，電梯好像是個有機生命體，過了一夜便老了一天，下樓的速度彷彿比昨天慢了不少，電梯內還飄著殘存的塑膠燃燒惡臭，應該是哪種不知名的毒品的氣味吧！小葉不敢去猜測。

她把頭靠在電梯門上，聆聽外頭任何走路、動作或足以透露有人活動的聲響，除了從樓梯間隱隱約約傳來陣陣打呼鼾聲外，什麼都沒有，折騰整個晚上的毒蟲們總算消停了。

走出玄關來到已經儼然成為獨立生態的中庭公園，小葉遙想著三十年前意氣風發的父親，如果來到現場，到底會用什麼樣的心情面對這片夾雜著茂密樹草、陳堆垃圾，散發著惡臭的空間，清晨已有不少居民醒來，坐在地上用一種空洞的眼神盯著小葉。

比起昨天的害怕，今天的小葉多了點感慨。在世間的生命牌局裡，這些人拿到了最糟糕的爛牌，輸光了一切，沒有翻本的餘地，連離開的機會也無法擁有。斷壁殘垣的水泥體是他們僅剩的籌碼，有能力搬走的人，三十年前就已經離去，剩下的人花了十幾年被迫繳清銀行貸款，最後只擁有一棟棟毫無價值，連遮風避雨的功能都喪失的鋼筋廢墟。

三十年前，法院清算了星友建設與陳星佑、YoYo以及幾位董監事的財產，不料陳星佑與相關幾位董監事卻早就脫產，受損的每戶只能賠償區區幾十萬元，事後，相關的銀行、檢察官與債權人，基於實際負責人陳星佑已經身亡的原因，繼續打官司扯爛污，賠償的金額沒有半毛錢進入受災戶的口袋，有些正在辦理交屋的房子，住戶乾脆拒絕交割，少數倖免於難的住戶乾脆拒絕繳交銀行貸款，各種官司打了將近十多年，政府雙手一攤不願意出面解決這些爛攤子，理由是政府在過程中並沒有違法，因為完全沒有找到任何公務人員受賄的直接證據，且星友住宅並非政府出資興建，政府根本沒有必要與能力收拾這種大型造鎮的爛攤子，直到最後才由善心的企業家出資解決。

「見過地獄的人才有資格管理企業」，小葉想起父親生前不斷提醒自己的話，也許應父親遺言要求來這一趟，他的目的正是如此吧！但父親生前又怎麼看待這一切由自己一手打造的地獄呢？

小葉只知道父親三十年前生意失敗，不得不逃到日本屈身於妻子——也就是自己養母淺野的家族，最後三十年的父親只是個唯唯諾諾的丈夫，只是個什麼事情都不敢下決策不敢輕言改革的失敗企業人，小葉總算體會父親經常掛在嘴邊的那句話：「對的事情不一定有好的結果！」

一個骨瘦如柴、粗糙五官的中年女人向她兜售早餐，小葉當然不敢嘗試，看樣子應該頂多三十幾歲，不一樣的交錯命運，從小生長在此的貧婦，養尊處優的大企業公主，人生的差別也僅僅是投胎的順序與運氣。

小葉打電話叫了昨天搭乘的那部計程車，那位孟加拉司機依舊堅持只能在星友橋的那一端接她，知道故事全貌的小葉，很了解他的堅持。

「妳真的在那裡頭過了一整晚嗎？」孟加拉口音實在讓人很難聽得懂。

「是啊！」感覺小葉好像經歷過什麼鬼屋歷險的蠢事。

「我告訴妳，妳能平安的走出來算妳運氣好，下次別再走進那裡面，妳有所不知，那裡頭被下了詛咒，連阿拉都沒有辦法拯救，而且裡頭的人……。」孟加拉司機滔滔不絕數落起來，人就是這樣，必須透過看不起更悲慘的他人才能讓自己的生存多些價值感吧！

「對了！小姐，妳還沒告訴我妳要去哪裡？」

小葉給了一個地址。

「那不是誠星公司嗎？」

「嗯！」小葉剛剛才用不怎麼流利的中文勉強查到小曹的公司地址，原來小曹的公司就是誠星公司。

「誠星是我們計程車司機的大恩公呢！中文這樣講沒錯吧？」那司機一提到誠星，語氣態度宛如是談到受膜拜的神祇似的。

「我們這種人工司機已經被無人駕駛的計程車打到快要活不下，但誠星公司最照顧我們計程車司機了，我們計程車上修車廠，誠星公司的所有零件、塗料一律打三折！」

「三折？那不就得賠錢？」小葉好奇的問著。

「不曉得啦！那家公司的老闆很照顧我們辛苦開車的司機，他在全世界賺了那麼多的錢……。」司機再度滔滔不絕地說個不停。

一個多小時後，車子來到位於內湖科學園區的誠星企業總部大樓，內湖科學園區的路上空無一人，並非景氣蕭條或工廠外移，而是裡頭的工廠或廠辦，全數採用了所謂無人工廠，一棟棟偌大上千公頃的廠房，大概只剩下不到十個現場人員，其他所有的生產、物流與運送都已經由機器人代替，連大樓警衛與祕書都是機器人。

機器人的面板顯示著：「您好！這裡是誠星資料中心，請說出妳的姓名，以及想要拜訪的樓層或員工姓名！」

小葉說出曹晏誠三個字。

「妳沒有權限拜訪曹晏誠，誠星資料中心並沒有顯示妳的約訪記錄，如要約訪，請重新輸入約訪理由，誠星資訊中心會重新審查與安排妳的約訪……。」

小葉有點著急，事先並沒有想到會有這場拜訪，也沒有小曹的連絡方式，況且，根據小葉在網路搜尋的資料顯示，小曹已經貴為誠星企業總裁，也是台灣前五大的企業家，就算找得到聯絡方式，日理萬機的首富根本不會理會突然跑來的陌生小女生吧。

YoYo的提示一定有其道理，自己想不透的謎團或許必須找到小曹才能找到解答，只好碰碰運氣在大樓保全系統的面版上留下語音：「我是葉國強的女兒，聯絡方式是……。」，能否聯絡上小曹也只能聽天由命了，只希望小曹還能記得父親葉國強的名字。

正當小葉打算透過網路召喚無人計程車離去的同時，誠星總部的大門突然打開，迎面而來是一部由機器人駕駛的小型兩人座電動車，機器人胸前的面板顯示著請小葉面對著面板，以方便臉部辨識系統的運作，小葉對著面板微笑著，不到幾秒鐘，小葉的姓名、國籍、護照號碼與地址立刻顯示在面板上，簡單輸入自己出生年月日當成通關密碼，由機器人確認後用日語回答：「確認與曹晏誠的約訪無誤，來賓請上車。」

小葉坐到機器人的旁邊，由無人駕駛系統的車子載著她進電梯，直到第十五層的頂樓，電梯打開後，車子載著她在大樓走廊內東拐西彎經過三、四道確認手續，再來到一間相當寬敞的會客室前，會客室的門感應到車子自動打開，室內牆上掛滿了各種五顏六色的色彩圖樣，既不是印象派畫作，也不是什麼產品宣傳海報，只能用調色板來形容還比較貼切一些。另一面比較小的牆壁掛了張老照片，照片上是間老式雜亂不堪的修車廠，應該是當年小曹在星友社區附近所經營的那一家吧！小葉猜想著。

老照片旁邊擺座小神龕，上頭所寫的中文，小葉完全看不太懂，這時聽到一個男人的聲音傳了過來：「葉小姐，妳如果不介意的話，就上炷香祈福吧！」那男人用彆腳的日文說著。

會客室角落的沙發上坐著一男一女，年紀大約六十出頭，男人身材中等，面部膚色略為黝黑，身材十分精壯，仿若三十幾歲的壯年模樣，看得出來經常運動健身，女人個頭嬌小，雖然滿頭銀髮，但皮膚的緊緻與光滑，看得出來下了許多工夫在保養上頭，讓年輕的小葉自嘆不如。

「曹總裁，我聽得懂中文啦！」小葉回答著。

「幸好妳今天趕過來，否則，明天我夫妻倆又要飛到歐洲了。」可以不必說彆腳日文，小曹鬆了一口氣。

小曹站起來迎接小葉，伸出雙手緊緊抱著她，笑著說：「三十年前我曾經抱過妳呢！」

「令尊葉校長前一陣子過世，我實在忙不過來，雖然我有指派日本分公司的總經理去致哀，但是你也不需要親自跑一趟來回禮啊！」小曹不清楚小葉的來訪目的。

「對不起，曹總裁，其實我並不是來回禮的，我的父親臨終前要我親自來台灣跑一趟，替他找幾個以前的朋友，了卻生前一些遺憾的事情。」小葉把自己從YoYo那邊聽到的事情，以及父親生前對星友住宅的慘案的耿耿於懷，大致說了一遍。

「星友的悲劇，三十年後的現在回想起來，還是讓人感到悲苦啊！」那女人說著。

「對了！忘了跟妳介紹，她是我的太太吳思慧，相信妳父親以及YoYo所說的故事中應該有提到她才對。」小曹說著。

小葉很早就想開口問個清楚，但這種事情還是留給當事人自己說開比較好，萬一小曹的老婆不是吳思慧，豈不鬧了個大烏龍。

「所以到最後，你們還是復合了！」小葉整個人開心起來地問著，這也許是整個故事當中唯一讓人感到快樂的地方吧。

「其實也沒有所謂分手，又哪來復合呢？」吳思慧笑了笑。

「能不能把妳們的故事說給我聽呢？」生性天真的小葉提出來。

小曹指著神龕上頭的十六個字：「情貴明悉、業求遠博、捨即是得、忘方能旺。」後說著：「這十六個字就是當時精心禪師給我的訓示，爾後三十年，我完全遵循這十六個字，只可惜王銘陽沒有聽從指示，才捅下後面的大禍。這十六個字也是我經營企業的……。」

吳思慧笑著打斷小曹的話：「你又來了，碰到所有人就是滿口的人生哲學和禪語，也不問人家葉小姐想不想聽，乾脆我來說好了。」

「你應該聽YoYo提過，我以前為了金錢為了過日子，曾經幹過坐檯陪酒以及援交的工作。」

小葉急忙回答：「不用說這段啦！誰沒有過去。」

吳思慧一副無所謂的模樣繼續說著：「沒有走過地獄的人，就不懂得珍惜……。」

小葉再度聽到「沒有走過地獄的人」這句話。

「那個時候，我整個人心灰意冷，其實有點想要尋短，但一想到生病的母親也只好認命地忍耐下去，沒想到，幾天過後，小曹居然拿了張兩百萬的支票交給我媽媽，說希望能買下我整整兩年的時間，真是笨蛋！」

小曹搶著說：「我那時候，把店面頂讓出去以及自己的積蓄，算一算也只不過剩下六百多萬，其中四百萬是到歐洲學藝的生活費和學費，剩下兩百萬就通通交給她了。」

「不過，我當時並沒有奢望小慧會願意等我，為了不讓她有機會把錢退還給我，我還故意選在要搭飛機到義大利的幾個鐘頭前，趕到她家，把支票交給她媽媽，其實我單純只想幫助小慧而已。」

小葉看著吳思慧，也很想弄清楚，在這種根本無法挽回的狀況下，到底是什麼緣故，會拋下僅剩的尊嚴，擁抱這段難以彌補的前緣呢？

吳思慧知道小葉的疑惑，答說：「是啊！我也知道沒有男人會忍受自己太太有那麼段不堪的過去，不知道也就罷了，是吧？」吳思慧看了看小曹，似乎這個問題已經問過好幾百遍。

小曹聳聳肩。

「我看到支票後破口大罵，打算把支票撕個粉碎，然後放把火把它燒掉。」

小葉哎呀叫了一聲：「幸好！很顯然妳當時沒這麼作。」

「其實我真的去找打火機了。」吳思慧點了點頭：「就在那一剎那，我家門口有人敲門，我以為是小曹折回來，自己心想太好了，直接把支票還給他比較省事。」

小葉露出詭異的笑容說：「妳高興的是他回來敲妳的門吧！」

「瞧妳鬼靈精的，只是敲門的不是他，而是一個陌生的中年男人，自稱精心禪師，頭髮留得長長的，穿著比我阿公還要土，臉長長的，嘴邊還有顆大痣。」

吳思慧指著會客室角落的神龕：「妳看，小曹供奉的就是那位精心禪師。」一邊說話一邊點了一炷香。

「說也奇怪，平常的我根本不相信什麼佛啊！禪啊！日子已經夠苦了，神也好鬼也好，始終也幫不上我什麼忙，但那天早上，也不知道怎麼搞的，那位禪師說什麼，我居然一股惱地全部相信，我從來沒有遇見說話那麼有說服力的人。」

吳思慧這段話引起小葉的高度好奇心。

「那位精心禪師到底跟妳講什麼話？」

「他說了他的故事給我聽，他以前是擔任挑糞便的工作，四處到家家戶戶幫別人清糞便，挑大便是件骯髒很不體面的工作，沒有女生願意嫁給挑大便的人，所以他每次認識女孩子，都想盡辦法、說盡各種謊言掩飾自己的職業，只是到了最後都被拆穿。有一天，他在工作時認識了一個女生，既然是工作當下認識，自然知道其身分，說也奇怪，那女生一點都不會嫌棄他的工作，不嫌他髒也不嫌他臭，和那個女生交往時感到無比輕鬆快樂，因為不再需要天天編織謊言過日，更不用再擔心被揭穿真實身分，交往了一陣子，反而是他自己因為自卑而退縮了。」

「好可惜！」

「然後那個女生還等他兩年，最後還是等不到，只好草草嫁給別人。」

「那個禪師很笨啊！」小葉毫不猶豫地講了出來。

「我當時也是這麼說的。」吳思慧笑了笑繼續說：「禪師告訴我，飛義大利的飛機還有兩個多鐘頭才起飛，趕到機場還來得及買機票。」

小葉雀躍地拍拍手問著：「然後妳就跑到機場，買了機票和小曹一起飛到義大利了，是不是？」

吳思慧點了點頭。

「換成我一定也是這樣作，反正大不了浪費機票錢浪費點時間，一切回到什麼都沒有的起點，根本沒有損失嘛！」小葉果決的說著。

「我就沒有妳這麼聰明和灑脫，還得靠什麼禪師來點才能醒悟。有人說女人比男人聰明，女人知道自己要些什麼，但女人往往卻沒有勇氣去真正當自己的主宰，沒有足夠的智慧去擁抱愛情，往往是被各種理智與小聰明給制約得死死的，除非像我一樣，所有的理智線斷得一乾二淨，才會燃起傻勁。」吳思慧閉上雙眼遙想當年，似乎還在慢慢品味當時孤注一擲的勇氣。

小曹這時候開口了：「當我的飛機起飛，看著窗外那片熟悉的土地，想著原來自己已經把一切都拋光了，喜歡的人化為一場空、多年的努力只換到一張機票與一箱行李，那種心情，唉！直到飛到義大利上空時，搭乘同一班機的小慧才跑到我的位子旁邊與我相認，我納悶了好幾年，為什麼你不在候機室就來找我，為什麼要等到十幾個小時後才來找我，難道只是要給我驚喜嗎？」

小葉噗哧地笑出來：「人家小慧一定是要在旁邊偷偷地看你到底有沒有哭泣啦！有男人會為她而哭泣的女人才是最幸福的囉！曹總裁，你好笨！」

話一說出小葉立刻後悔：「啊！對不起，我不是這個意思啦！唉呀！我是說……。」

吳思慧替小葉解圍說：「本來就很笨，小葉說得很對，我當時就坐在你的斜後方，看你整趟飛行，不是在偷偷擦眼淚就是在唉聲嘆氣，哈！我發誓，那趟飛機是我這輩子坐過最棒的旅程。」

聽了YoYo整晚的故事，不是死亡自殺就是鬥爭貪汙，好不容易聽到讓人心情愉悅的事情，本性單純天真的小葉聽的很入迷，不由自主地說著：「好浪漫啊！」

這時候大樓突然框噹地發出一陣響聲，大樓智慧型自動防霾空調啟動，小曹站在窗邊看著台北盆地的天空說著：「外面的霧霾又來到警戒，還是妳們日本比較好。對了！剛剛說到哪裡了？」

「說到你們的浪漫往事。」

「嗯！浪漫！浪漫的背後通常是一連串現實的折磨，小慧跟著我到義大利，你知道，小慧拿的只是尋常觀光的九十天免簽證，期效一過只好變成偷渡客，而且我帶的錢只夠一個人生活，付完學費房租後就所剩不多，我和小慧只能在義大利偷偷打黑工，白天研修上課，晚上去義大利的小車廠偷偷幫車子打蠟賺錢，小慧也跟著我一起洗車打蠟，就這樣過了兩年，才回台灣。」

「原本在台灣你有積蓄，有自己的小工廠，其實你可以不必那麼辛苦啊！」小葉從YoYo口中知道了不少關於小曹的過往。

「這樣講也沒錯啦！當年，我大可以繼續在大車廠安安穩穩上班，買間房子娶老婆，然後背上十五年的房貸。我也可以繼續開間小工廠，拿著幾百萬的積蓄買間房子，靠著小工廠的利潤養家活口付房貸，都不成問題，但難道人生只是為了買房子背房貸嗎？」小曹雙手緊握著。

「我把賺到的每一塊錢都拿來投資自己，把那幾年的積蓄全部花在到義大利學習最頂尖的技術，回台灣後我寧可向銀行借錢買機器、蓋廠房，因為機器與廠房可以讓我的技術發揮到極致，創造更大的利潤。如果我跑去買房子，房子能幹麼？能吃嗎？租金報酬率才百分之一，為什麼要把自己人生的可貴的資源與籌碼，丟到無法創造利潤的房屋黑洞裡頭呢？幾十年來，我把賺來的每一塊錢，盡可能地投資在自己的專業、技能與知識，盡可能地投資在更新更好的機器設備，盡可能地投資在可以幫我賺錢的聰明腦袋，譬如，後來我用年薪兩千萬、兩年四千萬把自己在義大利的師傅挖角過來，四千萬也許只能買到台北市區的一棟電梯大樓，然後每年收六、七十萬房租，但那個頂尖的師傅，卻在短短的兩年內幫我訓練了幾十個比我還厲害的工程師，這幾十個工程師幫我賺了上百億。」

說到這裡，小曹突然指著牆壁那張當年位於星友社區旁邊的小工廠照片說：「當年我在那裡頭，花了兩百萬買了烤漆與鍍膜的設備，後來因為房價上漲，貪心的地主房東故意拉高七倍租金，想藉此把我趕走，把土地與工廠收回去自己經營，他知道我急著出國，只出了八十萬向我頂讓那些設備，無路可走的我也只能自己認賠出讓，沒想到，頂讓契約剛簽完，八十萬拿到手之後的兩天，星友住宅發生淹水土石流，所有機器被土石流沖壞，連地基都被沖毀，因為房東的過度貪心反而讓我逃過一劫。」

小曹又把精心禪師的十六字箴言念了一遍：「情貴明悉、業求遠博、捨即是得、忘方能旺。

「這世界的道理，說穿了還真是捨即是得，如果我不懂得捨去眼前的小利益，如果我只在乎短期的輸贏，我還真的湊不起當年去義大利學技術的學費呢！

「我學會了各種汽車烤漆的調配技術後，並不只是利用這些頂尖技術去賺各種高級車市場，反而去生產出十幾種基礎顏色的烤漆，然後將各種車款的烤漆配方無償交給所有的烤漆廠，他們只要購買我的烤漆，然後根據各種車款，依據我的配方比率，那些烤漆廠與美容廠就可以百分之百模擬出新車原廠的色澤與光亮度，不管車廠推出什麼新型車款，我都有辦法在第一時間內研發出不同車款的各種塗料與漆料的配方比率，這樣就可以幫那些中小型修車廠省下不少成本。

「你會不會覺得我很笨？花了幾百萬的學費所學的技術，居然免費讓所有同行分享？」

不懂經營管理的小葉聳聳肩，但多少聽得懂其中的原理。

「後來，我把事業觸角伸到其他汽車零件，剛好碰到電動車的大起飛關鍵時刻，一堆修車廠的師傅不具有相關技術，我還花了兩億讓台灣中國與泰國的修車幾百個師傅免費學習，這些修車廠自然就成為我所生產的零件的死忠客戶。

「原本整個亞洲的計程車幾乎都是我的客戶，最近十年，無人駕駛的計程車成為主流，你知道，無人計程車產業全部都被大財團壟斷，像softbank、百度、GOOGLE、中華電信與LG，但我卻逆向而行，提供人工計程車的便宜零件，只要是計程車司機或者人工駕駛的汽車購買我的零件，一律打三折。」

「那你賺什麼？」這個問題，小葉今天已經問了第二次了。

「賺什麼？表面是小賠，實際上我賺得才多呢！如果計程車或汽車市場被自駕的無人汽車整個壟斷，那些財團恐怕會對我的產品開刀，造成我的產品只能賣給少數兩、三個財團，那我豈不任人宰割，我割點肉養出那些財團的競爭者，才能保持競爭力啊！這就是捨即是得的精髓……。」小曹越講越起勁，小葉越聽越感到吃力，忍不住枯燥單調地打起哈欠來。

吳思慧見狀再度替小葉解圍地打斷小曹的長篇經營大論：「人家葉小姐不是財經記者也不是咱們的員工，曹大總裁，你也不問問人家想不想聽，你就別再滿嘴企業經了。」

吳思慧對小葉作個鬼臉指著小曹說：「他啊！五十歲過後就只剩一張嘴了！」

有點心不在焉的小葉看著禪師的神龕發愣了許久後才問起：「這十六個字箴言的前面四個字，尤其是第三個與第四個字是什麼意思？」

「妳指的是情貴明悉四個字中的明悉嗎？」

小葉點點頭。

「問得好，這幾個字我足足想了三十年，明悉或許是指，能夠徹底了解事情根本的本質，用句比較文學性的說法來解釋，就是隨時把握自己想法的初衷，不讓紛雜的外界所干擾，在佛教上是具有最高智慧不隨波逐流的講法。」小曹解釋著。

小葉彷彿茅塞頓開地問著：「也可以說成看透一切、篤定的意思囉！」

小曹笑著問：「是的！就好比我和小慧，順著感情的初衷，撇開所有俗務雜念，讓彼此的心意都徹底乾淨無暇，自然就能讓緣分繼續下去，咦！妳好像對這兩個字很有興趣呢？」

「我媽媽名字的漢字就是這兩個字。」小葉答著。

「什麼？怎麼會？妳媽媽叫明悉？」小曹說道。

「我的媽媽叫作淺野明悉子，然而我只是她的養女，雖然他們都不說，其實我心裡頭明白的很，但我不知道的是，我父親到底是和誰把我生下來的。」小葉聽到這裡，知道接下來的故事應該與她脫離不了關係。

「這些事情連小慧都不知道，我曾經答應過葉校長守口如瓶的。」小曹走到神龕前，點燃了幾炷香，對著禪師的神牌喃喃有詞地祭拜起來，好一會兒才娓娓道出三十年前的那個晚上的事情經過。

四十九

小曹再過三天就要搭飛機前往義大利研修，那天晚上，應該是星友住宅倒塌的兩個禮拜後，小曹回到頂讓給原地主的修車廠，部分修車廠已經被洪水沖垮崩塌，一直要等到救災告一段落，警方撤除封鎖線後，小曹才能進去收拾一些不太重要的私人用品。從傍晚一直忙到深夜，就在差不多快要完成的時候，葉國強開著車出現在修車廠門口。

急急忙忙的他焦急衝進來問道：「王銘陽來了沒？」

已經習慣葉國強和王銘陽在三更半夜跑到他這裡談公事的小曹，倒也不太驚訝的回答：「王銘陽？他不是已經去上海了嗎？」就在星友住宅倒塌的前一天早上，小曹還去機場送行呢！

「原來還沒來！原來還沒來！」葉國強驚恐地東張西望，滿嘴念念有詞。

看到葉國強如此慌張的神情，小曹也不知道該說些什麼，總覺得平常談笑風生的校長，今天晚上的模樣很不對勁。

「你工廠的監視器都被沖光了吧？」葉國強突然冒出這著問題。

小曹點點頭：「不光是工廠，這方圓兩公里的監視器大概都被土石流摧殘光了，倒的倒、壓垮的壓垮。」

小曹指著四周，除了橋樑斷裂外，原來的堤防也被沖垮，連附近幾條馬路與步道也都因為地基被掏空而到處柔腸寸斷，路燈、交通標示、監視器……無一倖免。

葉國強謹慎看了好一會兒後才鬆了一口氣說著：「小曹！我要你現在立刻離開，離這裡越遠越好，還有，千萬別讓監視器拍到你的車，有監視器的話，記得繞道而行。」

「現在到底怎麼了？」這下子換小曹迷惑起來，他隱約知道王銘陽與葉國強和和諧住宅的案子有著牽扯不清的關係，前幾天也有檢察官來找他問話，想調閱出工廠監視器所有曾經拍下的影片，主要是想看看當初在工廠門口的那座橋梁的工程施工實況，然而，不光是監視器，連電腦硬碟也被洪水沖走，檢察官只好作罷。

「校長，你是不是要來找什麼影片之類的？放心啦！通通被洪水沖得一乾二淨了。」小曹自作聰明地問起來。

「你別瞎猜，萬一你等一下看見王銘陽，我怕很多不好的事情會牽連到你，總之是很嚴重的事情，你趕快走別問那麼多就對了。」葉國強的話才剛說完，門口傳來緊急煞車的聲音，一男一女形色慌張地走下車朝著葉國強奔跑過來。

小曹一看，男的自然是王銘陽，但看到哪女人後嚇了一跳，竟然是廖麗秋。雖然從沒看過廖麗秋本人，但之前曾經幫王銘陽在網路肉搜以及還原影像時，看過幾百次廖麗秋的照片，自然一眼就認了出來。

已經沒有時間把小曹支開，葉國強也不管那麼多，迎向前去劈頭就痛罵：「小王，你怎麼可以把陳星佑幹掉，你是不是開玩笑……。」

不讓葉國強有問話的機會，廖麗秋從懷裡抱出一名嬰兒交給葉國強。

「這到底是怎麼回事？你總得給我的說法，是要跑路逃亡還是去投案？」急著像熱鍋裡的螞蟻的葉國強看著懷裡的嬰兒問著。

王銘陽看著手機上的時間，心浮氣躁地把事情經過說了出來：「昨天晚上，我接到廖麗秋從台灣打到上海給我的電話，整個晚上氣得坐立難安，一大早就趕回台灣，找到廖麗秋把事情經過問個清楚後，搞了一把槍，就跑到陳星佑的醫院去埋伏，就在一個小時前，我開槍把陳星佑和林瑋珍給幹掉了。」

「他們活該，活該！」犯下滔天大案的王銘陽語無倫次起來。

接到王銘陽的電話，葉國強一開始還不太願意相信，但親耳聽到後便不得不信了，他深深吸了幾口氣把事情稍微想了一想後，便破口大罵：「你殺了他們後，還把我叫出來，是怎樣？想把我拖下水嗎？」說完後對著王銘陽用力打了一巴掌。

王銘陽並沒有閃躲，被打了一巴掌後，理智倒是恢復了些，急著解釋：「校長，你放心，我用的手機是今天下午從捷運站偷來的，剛剛在路上我也把手機丟到河裡了，保證不會牽扯到你，我急著跑過來找你的原因是想拜託你一件事情。」

葉國強指著懷裡的嬰兒問道：「是她嗎？」

王銘陽點了點頭繼續說著：「嬰兒懷裡還有她的出生證明，以及醫生護士的簽名，你可不可以先幫我收養，等風頭過後，我再去找你把她接回來。」

葉國強立刻伸手從襁褓中取出幾張文件。

「廖麗秋之女？」，他大吃一驚後看了看廖麗秋一眼，「這是妳們的小孩？」

廖麗秋急忙忙地回答：「說來話長，我前一陣子……。」

「沒時間講那麼多了。」王銘陽打斷廖麗秋的話後說著：「總之，校長，你就先把她給收養了吧！我現在唯一能託付的只有你了。」

突如其來的一連串事情，葉國強也慌了起來，一聽到遠處的警鳴聲，竟然嚇得往工廠裡頭跑過去。

「校長！那是消防車啦！」一直站在旁邊的小曹連忙安慰著。

雙腿有點發軟，強迫自己鎮定之後，葉國強回答說：「好！我可以收養，不過你得答應我，你絕對不能逃亡，我會幫你請辯護律師好好打官司，等以後你出獄後，我會把孩子還給你。」

「殺了兩個人，我還能出獄嗎？」王銘陽跪在地上對著天空仰天長嘯。

「啊！宰了那兩個禽獸，我他媽的心情好多了，哈哈哈！」

「記得，現在馬上去投案。」

沒等葉國強說完話，王銘陽便開著車載著廖麗秋揚長而去。

葉國強與小曹兩人默默不語地站在下寮溪畔，直到嬰兒的哭聲才劃破死寂。

「葉校長，這到底該怎麼辦？」目睹一切的小曹，不知所措地問著。

「等天一亮，我就會去報案！我給王銘陽兩個小時的時間去自行投案，投案與逃亡被捕，天差地遠。畢竟，畢竟……唉！人命關天啊！」想到與陳星佑熟識多年，葉國強不免唏噓起來。

五十

「我想當年那個晚上，王銘陽抱過來的嬰兒就是妳了。」不忍心直接面對小葉，小曹把臉撇開後緩緩地說出來。

在旁邊聽得哽咽不已的小葉，滿臉茫然地問著：「所以，我的生父是王銘陽，生母是廖麗秋？」活了三十年，才知道原來連生父都不是葉國強，自己活在扯了三十年的謊言下而不自知。

「我雖然不知道前因後果，也不知道王銘陽為什麼要殺陳星佑夫妻兩人，但根據我的記憶，那天的廖麗秋似乎有很多話要說，箇中原因，很抱歉，我也不太清楚，但請你先按捺自己的心情，繼續聽下去吧！

「那天晚上，那個時候已經是凌晨三、四點了，葉國強和我一直待在哪裡，我想你父親一定是要等天亮之後，搞清楚王銘陽到底有沒有去自首，才作打算吧！

「但沒想到，天還沒亮，幾十部警車與救護車呼嘯而過，朝星友住宅疾駛而去，我自告奮勇地去看看到底發生什麼事情，沒想到我才剛走到星友住宅，就被警方的封鎖線擋住去路，從一旁的警員與報案民眾的嘴裡得知，王銘陽跑到其中那棟已經變成危樓的頂樓，從頂樓跳下去自殺了。

「我立刻跑回去向葉國強報告我所聽到的事情，當時葉國強似乎並沒有感到特別驚訝，只是淡淡地說，憑他對王銘陽的了解，他自己早就對小王會自殺這件事情心裡有數了。」

「我媽媽呢？嗯，我是指廖麗秋呢？」小葉焦急著問起。

「當時，我並沒打探到廖麗秋的任何消息，其實我也不敢開口亂問，否則連我都會無端地被牽扯進去。

「醫院院長、上市公司的老闆被槍殺，這可是轟動的大新聞，我也是從新聞報導上得知後來的消息，廖麗秋在王銘陽自殺後立刻報案，辯稱自己是在醫院值班時，撞見預備行凶的王銘陽，王銘陽拿著槍將她挾持到陳星佑家中，但或許是不擅長說謊，檢察官後來查到王銘陽與廖麗秋之間有不尋常的關係，包括王銘陽去上海之前的好幾個月內，兩人之間有相當頻繁的通聯記錄，後來更查到，兩人曾經有段短期的同居關係。」

聽到同居關係，小葉更確定自己應該就是王銘陽與廖麗秋所生下來的。

「但廖麗秋始終否認犯案，也否認事先知情，所以最後也只是因為協助逃亡而被判了兩年徒刑，出獄之後，我就不知道，畢竟，沒多久我就去義大利了。」

「為什麼我父……嗯！王銘陽要殺陳星佑夫妻呢？」小葉的心裡始終不想承認殺人兇手的王銘陽就是自己生父的事實。

「不知道，我到了義大利後，天天上網看台灣的新聞，王銘陽自殺前沒留下隻字片語，廖麗秋什麼話也不講，檢察官到王銘陽在台灣的住所，聽說完全是空無一物，還被徹底消毒過一遍，連根毛髮都沒留下來，就連王銘陽的上網記錄也早就被刪得一乾二淨，什麼都查不到。

「這個新聞熱潮過後，聽說警方與檢方突然就草草結案，說法很多，主要的關鍵是王銘陽犯案之後，開著車到某個與警方高層關係密切的退休黑道大哥的家外頭，把兇槍放在他家的信箱，而這個黑道大哥又和林瑋珍的父親，也就是陳星佑的岳父有著牽扯不清的關係，雖然他岳父已經過世多年，但許多警方高層和黨政派系的大老，都和陳星佑有不尋常的往來，林瑋珍那邊的許多親戚也還擔任警調的相關工作，所以，既然確定殺人兇手是王銘陽無誤，許多人也樂於見到草草結案。」

「為什麼？難道大家都不想知道真相嗎？」這件事情牽扯到小葉，自然會對沒有查清真相就結案的警方大感不滿。

「我說妳真是個天真女生，再查下去，和星友住宅弊案甚至和陳星佑相關的政治獻金都得被掀出來，外界相傳是黑道大哥花錢買凶，但檢察官也查不出那個黑道與王銘陽的關係，最後只好根據廖麗秋的說法結案了。」

「廖麗秋的說法？」

「廖麗秋向檢方供稱，王銘陽是因為陳星佑橫刀奪愛，搶走了他的前女友YoYo，才心懷怨恨去行凶，後來警方也真的查出來王銘陽與YoYo真的有不尋常的男女往來關係，所以整件事情就以情殺與仇殺結案了。」

「我一直有個疑問？」小葉突然吞吞吐吐起來。

「問吧？事情如果不問個明白，是很難受的。」在一旁默默坐著的吳思慧說著，這些往事，到了今天，才第一次從小曹的嘴巴裡頭說出來。

「我父親，也就是葉國強，會不會和這件事情有關？」小葉昨晚從YoYo口中得知父親與王銘陽之間的關係，雖然她相信父親的為人，但此刻也有點感到迷惑了。

小曹斬釘截鐵地回答：「絕不可能，那天晚上葉校長的神情模樣，我至今還深深地印在腦海裡面，他事先絕對不知情，況且，據我對他們兩人之間的關係的了解，雖然我不清楚太多細節，但王銘陽既然已經跑去上海，那對妳父親來說才是最大的利益，如果妳父親真的想買凶殺人，要殺的也只有王銘陽而非陳星佑。」

其實小葉也已經想通了這層道理，但能夠親口從現場的目擊證人嘴裡來確認，才讓自己感到心安。

「曹總裁，謝謝你告訴我這麼多事情，最後，也是我最想知道的問題，那位廖麗秋出獄到現在也二十多年，難道都沒找過你嗎？」小葉感到有些鼻酸。

「沒有，其實我也曾經想過這個問題，也許她有什麼難言之隱，也或許葉校長已經回台灣找過她了，但最有可能的是，那天晚上，他們抱著妳跑到我工廠，前後待不到半個鐘頭，站在角落邊的我只是當天故事的一個小小配角，搞不好當時心慌意亂的當下，她根本沒注意到我的存在，也不知道我是誰吧！」小曹解釋著。

「我爸爸呢？我是指葉國強，事後有沒來回來找過你嗎？」

「葉校長當天就把你抱走，說會帶回日本暫時把妳收養起來，之後有段很長的時間，我們並沒有再聯絡，一直到十多年後吧，透過我幫忙找到出獄後的YoYo，問了她的銀行帳號後，就再也沒和我聯絡。反而是我知道妳們在日本的地址，每年還寄賀年卡給他，但他一直沒有回覆，直到前一陣子，得知他過世的消息，我還有派人去參加他的告別式。」

二十年來，葉國強每年匯款給YoYo的這件事情，小葉是知情的，尤其是最後這幾年，全都是交由小葉來處理，小葉才因此誤認YoYo是自己的生母。

「為什麼她都不來找我？或最起碼問一下我的下落吧？」小葉雙手掩面，不知道是難過還是憤怒。

小曹嘆了一口氣安慰著小葉：「天下沒有不是的父母，她或許真的有什麼苦衷，但我認為，最有可能的是，或許她已經不在了，對不起，我不是故意這樣講的。」說完後，小曹靈機一動提議：「她不來找妳，但妳可以找她啊，如果找得到，當面問個清楚，應該比較好吧！」

「台灣說大不大，說小也不小，要上哪裡找個老太婆呢？或許真的如你所說，她可能已經不在了。」小葉根據YoYo對她所說有關廖麗秋的事情研判一下，廖麗秋如果還在，應該也已經七十多歲了。

「不試試看怎麼會知道呢？」吳思慧鼓勵著：「別小看小曹，他找人的本事最厲害了。」

小曹回想當年幫王銘陽把廖麗秋找出來，而如今又要幫小葉找廖麗秋，命運之中有著說不盡的巧合。

「我幫你找，妳在這裡等我十分鐘，如果找不出來，我的公司可以關門大吉了。」小曹說完後搭著機器人自駕車離開了會客室。

「十分鐘？十分鐘就能找到一個只知道名字的人？」小葉不怎麼相信。

「這就是我們誠星公司經營的核心價值了，剛才妳不是才問過，用三折賣車子零件，我們賺什麼的問題？」吳思慧有點得意地說著。

「現在的網路通訊已經是12G的年代了，妳知道12G嗎？」

本身就是學資訊工程出身的小葉點點頭：「我知道，我大學所學的就是和通訊有關。」

「那就不用我浪費太多時間了，妳知道從10G開始，不管是網路還是各種通訊，就不必再建置大量基地台，而是靠物聯網與車聯網串起整個通訊網，所有車子如果想用三折的優惠買我們公司的任何產品或服務，前提是必須裝置我們公司所生產的12G配件，你可以想一想，全台灣乃至於全亞洲有多少部計程車？」

「幾百萬部吧？」

吳思慧笑著說：「十年來裝了我們的10G、11G、12G套件的車子，全世界已經超過一億台車了，這些裝了套件的車子，每部都是活動的基地台，舉凡這些車子在任合地方錄到的影像、聲音、語言與動作軌跡，舉凡依賴這些滿街跑的行動基地台而上網的任何通訊網路裝置，所有的資訊都會進入我們公司的總雲端，妳可不要小看這些資訊，小自個人消費、架構政府資訊、大到國防，都得需要這些資訊。」

小葉吐了吐舌頭訝異地說：「這等於妳們公司掌握了這十年來，全台灣甚至全亞洲的，所有的人流、金流、物流等等所有資訊？」

「不只啦！只能說是所有的資訊，雖然百分之九十九點九九都是垃圾資料，譬如路上有坨狗大便，是哪條狗拉出來的？它的主人是誰？從大便得知的狗食品牌？狗食是在什麼店購買的？這條狗吃了這牌子的狗食之後的健康狀況？只要一個影像搭配巨量資料，不到一秒鐘立刻一清二楚。」

「所以要怎麼找出廖麗秋呢？」小葉好奇地問著。

「既然廖麗秋曾經服刑過，政府機關的網站一定有她的照片，只要把她二十多年前的照片還原成真實年紀的狀況，用照片外加姓名去資料庫中撈，馬上就可以知道，過去十年來她曾經走過的路，她曾經上過什麼店買東西，十年下來，再怎麼隱密的人，起碼會留下上萬條資訊，簡單一比對就可以知道她住在哪裡了。」

「虧我還是學資訊工程的，怎麼都不知道這些呢？我們還笨笨地去雲端找東西！」小葉感到不可思議。

「我們和相關的政府單位都簽下保密契約，別說洩漏資料，連這件技術也在保密的範圍，我們能作的只有商業領域，這次私下幫妳找人，可是踏在違法邊緣呢。」雖然身處戒備森嚴的總部，吳思慧還是壓低聲音。

不到十分鐘，小曹搭著自駕車回會客室，看了看時間說：「扣掉車子的時間，其實前後才花一分鐘就找到廖麗秋的所有資訊了。」

小葉忐忑不安地問起：「她現在還在吧？」

小曹手拿微型資訊解讀器，射出幾道光束打在牆壁上，笑著說：「恭喜，廖麗秋目前還活著，至少五分鐘前還活著，根據撈出來的資料顯示，二十多年來她一直住在星友住宅，嗯！當然是沒有傾倒的那幾棟。連住在哪一樓哪一號都查出來了，不過我可不是非法入侵政府資料庫，而是從幾千則影像中分析，廖麗秋每次都在同一個門牌的信箱拿信件，以及從她所曾經簽收過的幾百次的快遞公司、外食公司、銀行催收帳單的圖像，由此判斷她的住所。」小曹自得意滿的說著不停。

小葉這才想起：「對啊！根據王銘陽告訴YoYo的事情中，廖麗秋曾經買了兩間星友住宅，兜了半天，原來答案早就知道了。」只是，昨晚的小葉並沒有特別關注有關廖麗秋的事情。始終保持微笑的小曹多看了兩眼手錶，小葉識趣的起身說：「耽誤曹總裁寶貴的時間，我想，該知道的事情也知道了差不多了，其他事情就看看廖麗秋女士願不願意告訴我了。」

小曹起身再一次抱了抱小葉：「對不起，我等一下有個視訊會議，但不管怎麼樣，我送給妳一句話，事實歸事實，現實歸現實，妳找到什麼答案並不重要，重要的是人生這道長篇題目，妳一定要弄清楚怎麼繼續寫下去。」

吳思慧按了遙控器把自駕車叫進會客室來，對著小曹說：「你就別再長篇大論了，對了，小葉！」轉過頭向坐妥在機器人旁邊的小葉交代：「現在已經過了中午了，星友住宅那邊，晚上最好別再去，我叫公司自駕車先送妳到下榻的酒店，明天一早，我會派武裝機器人的自駕車載妳過去，這樣比較安全，不是我瞧不起窮人什麼的，而是那個地方實在是烏煙瘴氣，一大堆有的沒有的髒東西。」

「什麼是髒東西？」身為日本人的小葉聽不太懂這三個中文字。

「那一帶聽說鬧鬼鬧得很凶，治安也不太好，妳昨天在那裡待了一整個晚上，妳應該會懂才對。」

要離去之前，小葉又打量了吳思慧一番，神態落落大方，有股難以掩飾、充滿自信的氣質，那是種從命運的地獄努力往上攀爬到人生頂端的從容，和小曹一樣，願意投擲一切在可以讓自己向上提升的正面力量，這是不食人間煙火的小葉，再怎麼裝扮也無法企及的氣質。

五十一

第二天早上回到星友住宅，小葉不再感到害怕，不是因為有武裝機器人的陪同，而是了解這個社區的來龍去脈之後，與其認為這是尋常那種治安敗壞的貧民窟，還不如說只是座埋葬了許多人生命、夢想、希望、財產的活墳場。墳場也許有悲痛，但絕非危險。

地址在這裡並不具任何意義，銅製的門牌早已被人挖走去換取微薄的金錢，只剩下草草用噴漆亂寫一通的門牌數字。昨天早上，向小葉兜售早餐，那個骨瘦如柴、粗糙五官的中年女人坐在大樓門口，販賣著同樣的早餐，或許正是昨天沒賣完的那一份。用麵皮摻著胡椒粉，用看不出成份的油所炸出來的麵餅，也是全世界一半以上的人所吃的廉價食物，身為大小姐的小葉不曾吃過。

「我買一份！」小葉想藉由買早餐套點關係。

那女人盯著小葉好一回兒後，動作流利地煎好了一片後說：「一塊美金！」

「美金？」

那女人點點頭說：「我看妳應該是外國來的，我們這裡的規矩就是收外國錢，台幣的假鈔太多了，我不敢收。」

小葉在皮包內掏了半天只掏出日圓：「一千日圓，可以收嗎？」

那女人火速地收下小葉的錢，狐疑地問著：「妳是日本人！妳來這裡作什麼？」語氣中提高了不少敵意。

小葉按捺著麵餅的怪味，胡亂吞了幾口後勉強堆起笑容問著：「我想要找一位大約是七十歲左右的女士，她的名字叫作廖麗秋，請問她住在這裡嗎？」

那女人愣了一下，把小葉從頭到腳來回看了好多遍後回答：「給我一萬日圓，就帶妳去找她。」

輪到小葉感到疑惑，不是她花不起一萬日圓，也不是擔心會不會花冤枉錢，而是想到錢不露白這個放諸五湖四海皆準的旅行原則。

那女人似乎了解小葉的擔心，笑著指著旁邊的武裝機器人說：「妳都隨身帶這個傢伙來了，還怕什麼？就算現在衝出一百個強盜，也打不過這傢伙啊！」那女人大笑起來。「妳應該擔心的是，如果我吹了個口哨或用手機通知廖麗秋趕快逃，妳恐怕再也找不到她囉！」

小葉認為有道理，掏出一萬日圓給那女人後畢恭畢敬地請求著：「麻煩你帶我去找廖麗秋女士。」

那女人很快地把鈔票抓了過去收在懷裡：「跟我來！」

小葉跟著那女人走進大樓，這棟樓和YoYo住的那棟一模一樣，經過的一切眼前的所有，沒有任何東西沒遭過摧殘，所幸廖麗秋住在二樓，不用忍受隨時會解體受困其中的電梯。

那女人打開門後對著裡頭大喊：「媽！有個日本女人說要找妳！」

一聽到媽這個字，小葉嚇了一跳，原來眼前這個女人是廖麗秋的女兒。難道是自己的姊妹？但仔細端詳之後，不知道是內心深處的階級意識作祟，還是這個疑似自己姊妹的女人的容貌過於老邁，小葉搖搖頭地否決這個念頭，或者頂多是同母異父的姐妹而已。

「妳也沒弄清楚是不是銀行來要債，就把人帶回來，講了幾十年，妳還是這麼魯莽……。」廖麗秋的大嗓門，人還在房間內，聲音已經先傳出來。

小葉還沒來得及仔細瞧瞧自己的母親的真實長相，沒想到廖麗秋一見到小葉就大喊一聲：「鬼啊！」

說完之後一溜煙地躲回房間，將門鎖上，從外面都可以聽到她念念有詞說著：「阿彌陀佛！阿彌陀佛！」

廖麗秋的女兒無奈地說著：「我媽媽從以前就很怕鬼。」說完對著房門大喊：「媽！放心啦！這女人有攜帶武裝機器人，有頭有臉的大人物才有會有那玩意，她還給我一萬日圓，不像是銀行上門來討債。」

「不管，妳幫我問問她，她到底是誰？還有看看她有沒有影子？沒弄清楚，打死我都不出來，阿彌陀佛！阿彌陀佛！」廖麗秋的聲音有點沉悶，聽起來像是躲在棉被裡頭。

小葉哭笑不得指著自己身體的影子給那女人看，大聲地對房門說：「我是葉校長的女兒。」

不到十秒鐘，廖麗秋立刻打開房門，跑出來盯著小葉看了許久之後，才鼓起勇氣問：「葉校長？葉國強嗎？」

小葉點點頭，這時才有時間慢慢地打量廖麗秋上上下下，廖麗秋的年紀已經七十多歲，背脊已經相當的彎曲，滿臉皺紋的模樣更像是九十多歲，千言萬語不知如何開口，反倒是廖麗秋先開口說話：「難怪長得那麼像！妳怎麼到現在才找上我呢？」語氣中似乎有點責備又帶些惋惜。

「我也是到了昨天才知道的，只是，妳怎麼可以這樣說話？妳為什麼不來找我？為什麼？」小葉說完之後忍不住哭了出來，哭聲中夾著興奮、焦慮，更多的是憤怒。

廖麗秋滿臉錯愕地辯解著：「我哪有什麼必要去找妳啊！當年葉校長一溜煙地逃到日本，我怎麼可能老跑到那麼大的日本，去找一個其實我也不怎麼熟悉的人呢？」

聽到如此絕情的回答，怒不可遏的小葉整個情緒爆發了出來：「妳怎麼能夠說出這麼沒有良心的話……。」激動的小葉連串地用日文開罵起來。

「別以為我聽不懂罵人的日文，一大早妳跑到我家來找我，就是為了要來罵我嗎？巴嘎野魯！」廖麗秋不甘示弱地罵了回去。

不小心爆粗口的小葉立即覺得過意不去，雖然眼前的事實讓她無法接受，畢竟眼前這女人是自己的生母，只能立刻低頭賠不是。

「要道歉？先拿十萬日圓出來給我再說，妳們日本人到別人的家裡，不是應該都會準備伴手禮才對吧！」沒想到廖麗秋和她女兒一樣一開口就是要錢。

「葉小姐，出現第一級危險狀況，是否要採取進一步必要行動？如有必要請對著面板大聲說YES，沒必要的話請說NO。」在旁邊的武裝機器人感應到旁邊有人罵髒話爆粗口，內建的反應裝置提出是否動用武力的請求。

小葉趕緊說ＮＯ，聽到機器人的警告後，廖麗秋的態度立刻軟化：「好啦！對不起啦！妳怎麼會有這傢伙？」

小葉說出昨天去找小曹的事情。

「曹晏誠？妳是說那個當年開修車廠，現在是誠星公司老闆的小曹？」

小葉點點頭。

「虧他還是老王生前的死忠換帖麻吉，賺了那麼多錢，也不來多照顧一下好朋友留下來的妻子女兒。」滿嘴抱怨的廖麗秋原本又想發作，但看了機器人後便忍了下來。

「妻子女兒？妳是說她也是王銘陽的女兒？」小葉指著帶她進來的那個中年女人。

「不是我女兒的話，誰想陪我這老太婆窩在這鬼地方啊？」廖麗秋連抱怨的音量也壓低不少，看樣子是吃過太多這類機器人的虧。

「妳到底找我作什麼？」廖麗秋不敢再提要錢的字眼，但卻背著機器人比著要錢的手勢。

看到自己生母的貪婪模樣，小葉不免洩氣地說：「放心！我一定會給妳錢，需要多少我都會給，但妳一定要告訴我，為什麼當年妳——」

聽到有錢可拿，遂心的廖麗秋打斷小葉的話：「就憑我當年救妳老媽一命，妳給我錢也是應該的。」

「什麼救我老媽一命？我生母不就是妳嗎？」小葉錯愕地問著。

廖麗秋還以為自己聽錯，遲疑了一下才回答：「誰告訴妳我是妳媽媽？難道是小曹那個笨蛋嗎？」

「小曹那個笨蛋以為當年抱過去給葉校長的小孩，是我和死去的老王所生的嗎？」望著一臉茫然的小葉，廖麗秋乎然哈哈大笑起來：「所以妳誤以為我是妳媽媽，然後怪我為什麼不與妳相認？」

已經說不出話來的小葉點不點頭都不是，只能繼續聽廖麗秋說下去。

五十二

那年。

廖麗秋擔任星友醫院特別病房的護理師，她的工作很簡單，只負責兩個病人，一個是待產的YoYo，另一個則是同一樓層不同病房的林瑋珍，但幾個月下來，她實在也搞不清楚整天躲在病房不出來的林瑋珍到底生了什麼病？陳星佑既不開藥也不問診，好像只是把高級病房當成度假的五星級旅館，這座醫院是她們夫妻兩開的，他們想幹什麼，廖麗秋也沒什麼立場去過問，反而坐領高薪，樂於輕鬆地什麼活都不必幹。

廖麗秋知道自己照顧的YoYo有膀胱的問題，所以事先就已經在等待分娩時機，直到那晚YoYo的肚子開始出現陣痛，協助接生經驗豐富的廖麗秋知道這是快要分娩的前兆，急著通知陳星佑。奇怪的是，待YoYo的麻醉藥效開始發作後，剛剖開腹腔，陳星佑竟然找個理由支開廖麗秋，表示想要單獨動刀無需護理師在旁協助。

沒多久，陳星佑抱著死嬰匆匆走出手術室，即使術後YoYo昏迷不醒，也只是下了不符常情的用藥指示。接著，星友大樓倒塌上了新聞，陳星佑隨即要廖麗秋開金庫取五萬美金現金，一部分是要她趕到機場交給一個叫作莊國琳的建築師，剩下的一大部分則是給她，更要求她不能離開YoYo的病床、並對於當晚的事情守口如瓶。廖麗秋以為被要求封口的事情是建築師的那一部分，雖然有點心虛，但看在大筆封口費的份上，廖麗秋自然就樂於閉嘴。

七、八個小時後，陳星佑趕回病房，匆忙地開了一連串的藥劑處方，指示廖麗秋一天四回對YoYo進行注射。

廖麗秋也不清楚YoYo到底在手術中發生什麼變故，術後就一直處於昏迷中，忙著處理大量災後救災與檢察官詢問的陳星佑，一天只能抽空回來診斷YoYo一次，廖麗秋只知道陳星佑所開的藥的劑量越來越多，注射的頻率也越來越多次。

那一陣子，不斷地有檢察官、警察、律師以及莫名其妙的人士，粗魯地闖進病房找YoYo問話，但病情一直沒有起色的YoYo根本無法接受問訊，廖麗秋幾乎是天天板著臉孔，驅趕那些干擾養病的不速之客。

直到有一天，她走到樓下經過放置嬰兒保溫箱的病房——要不是菸癮發作，想要穿過捷徑到頂樓偷抽菸，她平常是不會經過這層並非她所負責照顧的病房樓層——她好奇地看了一眼，發現保溫箱內只躺著一個嬰兒，那嬰兒的小腿有塊明顯的深紫色胎記，廖麗秋嚇了大一跳，YoYo難產那天，陳星佑抱著死嬰經過她的眼前時，她曾經瞥了一眼看到女嬰的小腿，有塊同樣大小同樣位置的胎記，她看著嬰兒床前的病歷卡，上頭寫著「林瑋珍之女」。

幾個月下來，她起碼見過住院的林瑋珍不下百次，根本不曾懷孕啊！為什麼眼前會出現「林瑋珍之女」的嬰兒呢？

看那女嬰的模樣以及明顯可辨的胎記，明明就是YoYo在那天晚上所產下的死嬰，再怎麼遲鈍的人也感到不太對勁。

廖麗秋不動聲色，趁陳星佑以及另一個產科醫生都不在醫院的某個深夜，她偷偷地去翻閱YoYo的病歷表，這才發現長達兩三個月的病歷表上，登載著「嚴重尿液堵塞」、「腹水」、「急性膀胱炎」、「情緒失調」、「癲癇症」等等醫囑。

仔細回想，在YoYo分娩前的一個多月，廖麗秋負責照顧她的待產住院期間中，並沒有出現尿液堵塞、腹水等相關症狀，更沒發生什麼癲癇症或情緒上的問題，為什麼醫囑與她臨床的照顧經驗有如此巨大的落差？廖麗秋好奇地打開電腦上的用藥記錄，用手機快速地拍下所有用藥的藥名與劑量，然後取出醫藥百科寶典以及上網比對。

發現陳星佑所開的注劑藥方中，有「Valproic acid」、「Risperidone」、「Diazepam」以及「Ethacrynic acid」等這些在產科或婦科臨床上相當罕見的用藥。

這些藥的確是用來治療膀胱炎、癲癇症與憂鬱症等症狀，就病例、醫囑與用藥的關係來說，廖麗秋並沒有發現什麼異常，然而，產前身強體壯且年輕的YoYo和產後的狀況，之間的差異實在太讓人感到匪夷所思。

兩天後，廖麗秋決定偷偷瞞著陳星佑，將藥劑偷偷改成一般的葡萄糖與鹽水滴劑，但神奇的是，停藥不到二十四小時的YoYo，狀況竟然改善許多，除了不再整天昏昏沉沉之外，居然可以下床且正常進食，只是還沒有恢復講話的能力，但已經可以藉由比手劃腳和筆談與人清楚溝通。

這些藥與醫囑一定有鬼，不死心的她，決定利用難得的一天假期，跑趟以前在瑞芳牡丹山區所服務的那家安養診所去找人求證。

閒得發慌的安養診所老院長一看到廖麗秋，嘴巴就說個不停：「一年多不見，妳看起來年輕多了，沒想到妳一打扮起來，還挺秀氣漂亮的啊！聽說妳跑到陳星佑的貴族醫院幹起阿長[4]啦！」

廖麗秋不太想和老院長鬼扯太多，只是敷衍地跟著哼哈幾句。

「陳星佑那傢伙，不是我愛嚼人舌根，這次星友大樓事件，最好是被判個死刑。」老院長有點幸災樂禍。

「也許只是天災吧！」身為受災戶的廖麗秋，內心上不太想認定除了天災以外的一切人禍，其他受災戶似乎也有相同的心裡，畢竟一旦被外界認定是嚴重的偷工減料人謀不臧，剩下那幾棟完好沒有受損的大樓，市價恐怕會崩盤慘跌，這應該就是所謂的「斯德哥爾摩症候群」吧。

「台灣年年有颱風、淹水、土石流與地震，為什麼偏偏只有星友大樓會垮，如果是五、六十年的老房子還有話講，幾棟交屋不到三個月的房子，居然會倒。陳星佑那傢伙，從二十幾年前開婦產科診所就已經開始幹些狗皮倒灶的勾當，所謂多行不義必自斃，這次總算逃不過了吧。」老院長有些義憤填膺。

「有那麼誇張嗎？」廖麗秋納悶著。

「那傢伙從前就是幫人仲介嬰兒、開假出生證明起家的，否則當年才二十多歲的他，一個窮開業醫生，哪來什麼錢搞房地產！」

「傳言很多啦！我也不方便評論自己的老闆。」聽到仲介嬰兒的字眼，廖麗秋內心揪了好幾下。

廖麗秋把手機的照片檔打開，把前兩天在護理站電腦內偷拍的YoYo的藥劑處方照片秀給老院長看：「我這次來是想請教院長，處方上所列的這些藥劑，到底是……。」

一看到處方，老院長精神就來了，但只看了幾眼，他的神情就不太對勁了，反問廖麗秋說：「這患者莫非是個排尿困難、膀胱功能喪失的神經病老人？」

「不是，患者是個年輕力壯的三十歲產婦。」

老院長聽了產婦之後嚇了一跳，接著問：「生產前有排尿困難、意識不清或者有全身抽搐不止的嚴重癲癇症嗎？」

廖麗秋搖搖頭說：「一點都沒有，反而還有點頻尿。」

「嗯！懷孕中後期會頻尿挺正常的。」老院長繼續仔細閱讀藥劑的用量和使用頻率後，摘下老花眼鏡盯著廖麗秋後緩緩地問著：「患者死了沒？」

廖麗秋搖搖頭。

「唉！沒有任何症狀，開這些藥，還使用這麼高的劑量，簡直就是殺人，患者沒被搞死算他命

4 護理長在醫院被其他同事簡稱阿長。

大。」

「怎麼說？」

「譬如一天三回每次一百五十ＣＣ的『Risperidone』，這是精神阻斷劑，有很嚴重的副作用，像昏厥、面部與舌頭運動困難、喪失語言能力，且最多每四到五天才能注射一次療程，患者居然一天被施打三回，就算是年輕力壯的二十歲小夥子，這樣搞下去，說不定也會變成啞巴。」

「然後，妳看看，這患者還被開了『Ethacrynic acid』這個強效利尿劑，患者是不是出現幻聽或根本喪失聽覺，對吧？」

廖麗秋點點頭，YoYo除了說話困難外，難得醒來的時間，根本無法聽清楚別人說話的聲音。

「既又沒有尿液堵塞，且還有些懷孕後期的頻尿，用這種藥剛好適得其反啊，開藥的陳星佑到底是想幹什麼？」老院長越講越氣憤：「還有『Valproic acid』與『Diazepam』這兩種藥，都是屬於管制的藥，藥效很強，多半是用來治療那些有嚴重暴力傾向的癲癇患者或精神病患，陳星佑居然把這兩種藥用在產後的孕婦身上，劑量如果超過標準太多，除了會讓患者整天昏厥不醒外，還會有精神混亂、喪失辨識力、甚至永久性的喪失短期記憶。」

「短期記憶？」

「就算患者能清醒過來，差不多就是用藥之前與之後的一到兩個月內的記憶，患者都會完全喪失，這種藥聽說是當年德國納粹為了降低前線士兵在戰場殺了人之後的罪惡感才發明出來的。」老院長歎了一口氣後接著說：「陳星佑根本是想要殺人滅口吧！這患者跟他到底有什麼深仇大恨呢？奉勸妳一句話，趁患者還沒死掉之前，趕快幫患者偷偷搞出院，否則到時候發生什麼事情，連妳這個阿長都會惹上很大的麻煩。」

身型有些佝僂的老院長，戴上老花眼鏡後警告廖麗秋：「如果妳惹上什麼麻煩的官司，別扯到我這邊來，不要對外界說妳曾經在我這裡上過班。」

在心理咒罵一頓的廖麗秋起身告辭後搭車離去，內心怯弱的她，向來逆來順受的個性提不起勇氣對外檢舉，對於老院長的警告，她實在也是半信半疑，淪落到荒郊野外開這類遊走法律邊緣的安養院的老院長，原本就是個被掃地出門的醫界敗類，對任何混得比他好的醫界同行都看不順眼，但想到YoYo躺臥在病床奄奄一息的事實，又不得不承認老院長的警告其實並非單純的憤世嫉俗或同行相忌，只是，YoYo是陳星佑已經對外公開的情婦，這也是全世界都知道的事情，根本沒有什麼要殺人滅口的必要，但如果只是單純的開錯藥，別說醫生，連她這個草包護士都已經察覺病患的不對勁，為什麼明明忙著救災與打官司的陳星佑，還排除萬難抽出時間來修改醫囑並持續增加藥劑用量呢？而且還不允許其他醫護人員接手呢？

此刻的廖麗秋可說是六神無主，只好打電話到上海給王銘陽，向他說明這件啟人疑竇的事件，王銘陽在離開台灣之前，還千交代萬交代，要廖麗秋定期向他報告YoYo與陳星佑之間的任何事情。

廖麗秋心中其實也有點小小的私心，王銘陽臨走前曾經對廖麗秋許下「等我這邊的工作安排就緒上了軌道，就把妳接過來」的承諾，男人嘴巴的承諾雖然不能完全相信，反正廖麗秋抱定著只要乖乖聽話，只要YoYo這個假想情敵萬一被陳星佑毒死了或害殘了，在王銘陽的心中的分量自然會越來越低，自己也許就有機會成為正式的王太太也說不定。

正是這個小私心，害YoYo在醫院多住了兩天，病情到了看起來有點回天乏術的模樣，廖麗秋才把整件事件告訴人在上海的王銘陽。

知道星友住宅全部來龍去脈的王銘陽，一聽到廖麗秋所轉述的事情後，立刻搭飛機返回台灣，連絡上廖麗秋後，便利用醫院保全比較鬆散的半夜潛入病房，但此時YoYo已經被檢方列為星友大樓倒塌事件的主要關係人，為了怕與他人串供或逃亡，而且也怕再度發生不相關的人士如記者或黑道接近YoYo，檢警已經派了警察在病房門口二十四小時值班看守，廖麗秋特意拿了件醫生白袍和假證件讓王銘陽穿上，守在病房外面的警察一看是廖麗秋帶著一位醫生，不疑有他地簡單的搜身一番後，放王銘陽進病房。

看到昏迷不醒的YoYo，長期因為不當的藥物注射使得皮膚有如廉價花崗岩一樣斑駁，皺巴巴的綠色病服像寬鬆布袋掛在她清瘦的骨架上，整個人乾癟得完全沒有正常才剛分娩完一個月的福態，要不是怕驚動外面的警察，王銘陽很想放聲大哭。

看著點滴上的藥劑，王銘陽憤怒地斥責著：「怎麼還在打這些東西？」

廖麗秋低聲安撫著回答：「我昨天知道事情後，已經把藥劑換成葡萄糖與鹽水，但看起來今天似乎完全沒有好轉的跡象。」事實上是有私心的廖麗秋偷偷地把原本換成葡萄糖的藥劑又換回陳星佑所開的藥方，所以好轉了一天的YoYo，這兩天又陷入毫無意識的嚴重昏迷了。

「還有，妳電話裡頭說的林瑋珍的女嬰，妳帶我去瞧瞧。」王銘陽突然想起。

走出病房時，王銘陽故意大聲和廖麗秋討論用藥的劑量，瞞過守在門外的警察，一溜煙兩人從貨梯下樓繞到嬰兒保溫室，廖麗秋東張西望並沒有看到掛有林瑋珍之女名牌的嬰兒，只好硬著頭皮去護理站問同事。

「喂！我負責的病人林瑋珍以及她的女兒是不是出院了？」

「是的！今天早上開了張出生證明後就出院了，怎樣，有問題嗎？咦？這位醫生是誰？」值班的菜鳥護士看了王銘陽一眼。

「他是新來的王醫師，院長臨時從別的醫院叫過來支援的，妳知道院長最近的狀況，院裡頭也有很多事情，最好都別說也別亂問，妳該忙什麼就去忙什麼。」廖麗秋擺出護理長的架子，讓那個菜鳥護士立刻閉嘴。

跳上廖麗秋的車子，王銘陽才把醫師袍脫下隨手往外面一丟，從裡面的大衣掏出一把手槍後，這時才讓忍了許久的情緒發洩出來，咆哮問起：「妳覺得YoYo的狀況是怎麼回事？有救嗎？」

「你想幹什麼？為什麼要拿槍？」看到手槍的廖麗秋尖叫起來，受到驚嚇踩了緊急煞車差點讓車子撞上醫院的外牆。

「回答我的問題！好好開車。」王銘陽的雙眼露出凶狠的眼神。

「我猜是沒救了，就算救得活，腦部與身體受到那麼重的藥劑的刺激，輕則精神錯亂，重則癱瘓成為植物人躺個三、五年以上。」其實廖麗秋也無法斷定，但基於自私的立場，自然誇大了病情。

「好！走！現在開車到陳星佑他家去。」王銘陽把槍亮了亮，裝上子彈。

「你到底想做什麼？你千萬別幹傻事，你現在是上海跨國公司的大主管，大好前途，拜託！不要為了報復，不值得！」廖麗秋開車的雙手抖得不停。

王銘陽笑了笑，但看在廖麗秋眼裡，他的笑容充滿了詭異。

「妳少管閒事，我只想把YoYo的女兒帶走，等到YoYo恢復後，自然會交還給她。」王銘陽從廖麗秋的隻字片語中斷定是林瑋珍從中搞鬼，想把YoYo的女兒占為己有。

「又沒有什麼證據，人家幹麼把女兒交給你。」

王銘陽看見前面路口的交警，立刻把手槍收進大衣口袋內說著：「這把槍就是證據。」

陳星佑的住所離醫院不遠，即便是晚上下班交通尖峰時間，十分鐘就已經開到他家門口。

「你在這裡等我，我半個鐘頭就出來。」

廖麗秋哪敢讓王銘陽單獨一人闖進陳星佑的家中，根本不理會王銘陽的命令跟著他走進去。

「妳不怕自己也惹上什麼麻煩嗎？」王銘陽指著大衣口袋的手槍對著廖麗秋說著。

「就是不想讓你惹上麻煩，我才必須跟你一起進去。」

「哼！你還真帶種。」說完之後就按下門鈴。

跑出來開門的陳星佑一看到是王銘陽，警覺地想把大門關上，但王銘陽不給他關門的機會，用腳大力地將門踹開走了進去。

「怎樣啊！不歡迎部屬來拜訪嗎？還是心裡有鬼呢？」王銘陽一走進屋內，就掏出手槍要求陳星佑與林瑋珍坐在客廳沙發，命令他們：「妳們把衣服都脫光！」

王銘陽把槍舉起來對著陳星佑，順便把彈匣內的子彈亮給他看：「別耍什麼花樣，裡頭有六顆子彈，妳們夫妻倆一人兩顆，我呢！自己只要一顆就夠了，如果讓我不開心，我自己也不想活著出去。快點！脫光衣服！」

王銘陽並非想要羞辱對方，而是擔心他們身上帶著什麼通訊裝置，王銘陽看著脫到只剩下內衣褲的林瑋珍，笑著說：「可以了！反正也沒什麼好看，林董！才剛生完小孩，肚子居然沒半點妊娠紋，身材居然還能維持如此苗條，能不能告訴我，妳是怎麼辦到的啊？」

林瑋珍雙手抱胸全身哆嗦講不出話來，陳星佑鼓起勇氣說著：「說吧！你到底要什麼？要錢？還是……。」

一聽到錢這個字，王銘陽拿起槍托朝陳星佑的腦門敲過去，陳星佑痛到趴在地上。

「馬上給我站起來，剛剛只是槍托，我可是學校的拳擊教練，你應該聽說拳擊國手的拳頭也是被列管的殺人武器吧！我問你話，你再回答，懂不懂？」

陳星佑痛得答不出來，王銘陽又把槍托作勢朝他的臉打過去，陳星佑見狀立刻忍痛回答：「懂！」

「好！你為什麼開那些藥給YoYo？」

「她有產前憂鬱，還有膀胱的問題……。」不等陳星佑回答完，王銘陽舉起槍托朝林瑋珍的臉上敲打過去，只見林瑋珍鼻血直流。

「我只用兩分力氣，再浪費時間，我就先對你老婆開槍。」

陳星佑看見自己老婆滿臉鮮血倒在地上不停啜泣，嘆了一口氣後說道：「我就老實跟你說吧，這是我和YoYo事先策劃的布局，你知道星友大樓事件牽扯很廣，如果YoYo這個時候生場病裝瘋賣傻，檢方短期間也拿我們沒辦法，只要能爭取到多一點的時間，這就方便以後的安排，譬如官司、脫產之類的，許多事情你也有參與到，你應該很了解才對。」

這次換王銘陽嘆了一口氣了，他舉起沒有拿槍的左手向林瑋珍揮了一拳，只見林瑋珍的門牙立刻斷裂，整個人幾乎快要昏厥過去。

陳星佑想要衝過去擋拳，無奈王銘陽的出手太快了。

「放心，死不了的，我只用三分力氣，最後一次警告你，別再跟我扯那些有的沒有的。」這時候樓上傳來嬰兒哭聲，王銘陽用手比著樓上說：「再不老實說，下一個就換你女兒了。」

「你不要動我的圓圓，我好不容易才有這麼一個女兒！」陳星佑向王銘陽下跪，對著他猛磕頭求饒。

「真令人感動的父愛啊！說下去！」

林瑋珍早就不孕，所以，任由陳星佑在外面找女人，幾年下來，不知道換了多少個情婦，直到認識YoYo後總算懷了小孩。剛開始陳星佑拔擢YoYo，只是想找個人頭來負責，幹營建這一行的，這是很常見的，反正出了什麼事情，一律由人頭去頂罪，但沒想到YoYo竟然懷了他的小孩。原本陳星佑打算讓YoYo當如夫人，但林瑋珍不同意，堅持要當小孩的生母，當然這對自己開婦產科的陳星佑來說，一點也不難，只要安排林瑋珍假裝懷孕住院，在產檢與生產的病歷作點手腳，而為了掩人耳目，所以找了廖麗秋來當特別護士。

「所以你們要我找廖麗秋去當護士，也是事先策劃好的。」

「對！我事先調查過，廖麗秋對產科護理完全外行，且很容易被人用錢收買，你和他交過手，你應該曉得。」陳星佑瞄了廖麗秋一眼。

「我發誓一開始真的就只是想用調包的方式騙YoYo已經難產，反正到時候找個死嬰搪塞一下就瞞過去，萬一瞞不下去的話，反正YoYo還年輕，我可以給筆大錢給她，請她成全我們夫妻，但沒想到，當我騙YoYo胎兒難產的時候，星友大樓竟然倒塌。」陳星佑滿臉愧疚地說著。

「所以你乾脆竄改病歷，想藉由假病給真藥，讓YoYo昏迷一整個月，甚至一不作二不休想置她於死地。」

「別誤會，我開的藥的劑量很少，只會昏迷不會有什麼危險的。」陳星佑急著解釋。

廖麗秋聽到自己被利用後，恍然大悟地指責陳星佑說：「所以你在病歷上記載著比較少的用量，卻偷偷背著我加強藥劑，哼！其實我早就發現很多次了，你怎麼解釋？」

憤憤不已的廖麗秋氣得也打了陳星佑一巴掌。

「笨蛋！他想把責任推到妳的身上。」王銘陽冷笑著。

陳星佑低著頭默默不語。

「還有，星友鑽探有限公司那份造假的土質鑽探報告到底是怎麼回事？」

王銘陽想要一次釐清所有疑點，星友大樓倒塌的責任，除了天災與水庫不當洩洪外，當初起造時，土質探勘報告書中，YoYo偽造林瑋珍簽名竄改順向坡數據，這點對YoYo相當不利，反觀陳星佑夫妻卻因此而躲掉大部分的責任，此外，另一個被檢調視為重要關鍵的「變更設計」的責任也被陳星佑巧妙閃過，加上建物結構超載的弊端，責任則是推卸給建築師與管委會，陳星佑在整個事件中，製造出一個超乎完美的法律卸責關係。

「那天晚上，YoYo跑到東京找我們夫妻簽署竄改過的地質探勘書，其實我早就已經得知順向坡的事實，一大早得知YoYo要搭飛機到東京，我就火速叫我老婆搭乘下午的飛機離開日本，然後我趁YoYo睡覺時，拿著YoYo以前曾經寫過的公文，找到一個我熟識的居酒屋老闆依照YoYo的筆跡簽了我們夫妻的名字，那傢伙是日本書法界的專家，擅長模仿他人筆跡，我為了和他混熟，天天到他的店裡去捧場，心想有朝一日，萬一碰到非得由我簽名的關頭，便可以把他請回台灣，看是要模仿YoYo的、葉國強的或公司其他高級幹部的筆跡。」

「所以，當YoYo清醒時，她對檢調辯稱探勘書是經過妳們夫妻同意簽字時，檢察官自然陷入你設下的圈套，筆跡一經比對與YoYo一模一樣，就此認定是YoYo偽照文書，而你呢？頂多是失責的小小責任而已。」事發至今人一直在上海的王銘陽，此刻終於恍然大悟。

五十三

王銘陽對著廖麗秋說：「妳去樓上把嬰兒抱下來。」

「你到底想幹什麼？你要什麼我都給你，拜託你千萬別傷害我的小孩！」這時陳星佑著急起來。

「你的小孩？」王銘陽狂笑不已後指著陳星佑：「你把衣服穿好，我要你現在回醫院，把空白的出生證明以及醫院的印章帶回來，我警告你，如果你要花樣或報警，我就對你老婆小孩不客氣。」

王銘陽要林瑋珍坐到靠近門口的沙發，打開手機的錄影按鍵對著她，對陳星佑比了比正在錄影的手機說：「鏡頭剛好對準妳老婆的沙發，你敢玩我的女人，等一下你回醫院的途中，我也會對她作同樣的事情，你如果敢玩花樣，最好找時間先把手機檔案移除，否則，如果警方來攻堅，反正我爛命一條，也上過好多次的八卦周刊，但你老婆和我的影片會連同我的手機，一起變成辦案的證據，那些刑警最八卦最無聊了，一定很愛看拳擊猛男和貴婦熟女的嘿咻檔案，哈哈！」

「但是呢！我只要碰到老女人，那方面的速度就會變得很慢，你知道，對吧！哪一天咱們關係恢復了，說不定我會去找你治療一下所謂的勃起障礙，哈哈！你如果快去快回，說不定我也沒什麼機會和你老婆辦事呢！」王銘陽這招實在陰狠。

說完之後對著廖麗秋說：「妳載著院長一起過去！」

脫得只剩內衣內褲坐在沙發上一動也不敢動的林瑋珍，看著陳星佑離開後嚎啕大哭起來。

王銘陽拿著槍指著她威脅著：「妳越哭的話，我就會越帶勁。」

林瑋珍只好強忍住恐懼的情緒，眼睛瞪得大大地看著王銘陽。

王銘陽滿臉鄙視默默地看著眼前這位千金小姐出身、但心腸卻比蛇蠍還毒的女人。

林瑋珍看王銘陽並沒有什麼想要侵犯自己的舉動，鼓起勇氣小聲地問著：「你到底想要什麼？你難道不知道我家在警方與黑道上的勢力嗎？你以為你逃得過嗎？」

「妳家的勢力？就憑妳已經死去好幾年的老爸？笑死人了！妳知道我手上這把槍是哪來的嗎？」王銘陽邊說邊靠近林瑋珍。

「你別過來！」林瑋珍嚇得叫了起來。

「這把槍就是凱南大仔透過與我熟識的小弟給交我的，他知道我要找妳們談判，真是有江湖道義，居然二話不說就給了我這把槍，還問我六顆子彈夠不夠用？你應該和凱南大仔很熟吧？不是別人，就是妳那位幹過刑事組長實際上卻又是黑道大哥的表哥羅凱南。好諷刺，妳們想把責任推給別人，結果妳們家族中，妳口中所謂的勢力卻想利用我借刀殺人，還主動給了我一筆錢，不過呢！這筆錢我今天下午就捐給星友大樓受災專戶，總算也作了一回善事吧。」

「你胡說！」

「相不相信隨便妳啦！反正妳的表哥只要求我，明天一大早搭第一班飛機立刻離開台灣。」

聽到第一班飛機離開台灣這句話，林瑋珍全身發抖起來，她想起父親生前所辦過的幾個無法破案的滅門血案，從國外所找來的凶手，都是在第一時間就潛逃出境的往事。

王銘陽聽到外頭大門有車子的引擎聲音，警覺地跑到窗邊的縫隙看出去，神情緊張的廖麗秋已經帶著陳星佑回來，王銘陽把門開了個小縫，等廖麗秋比了個ＯＫ的手勢後才放心地開門。

「阿佑！快逃！」林瑋珍對著門口大叫著。

陳星佑沒有理會林瑋珍的警告：「你要的醫院出生證明，還有醫院的公章，我都已經帶來了。」陳星佑看了看了還在嬰兒搖籃內活蹦亂跳的女兒後鬆了一口氣，這時候的他只想確認女兒的安危，至於林瑋珍到底有沒有受到侵犯，好像忘了這回事。

「你把出生證明上的生母姓名填上廖麗秋，日期壓在三天前。」王銘陽命令陳星佑。

「為什麼要填我的名字？為什麼不是填姚莉莉？」廖麗秋納悶著。

「YoYo被這兩個傢伙搞到連命都快沒了，就算能活下來，十幾年的牢也躲不過了，我既沒有辦法救她一命，也沒辦法幫她洗脫罪名，我能作的就是把她的女兒搶回來，找一個能夠信任的人把她養大，絕不能讓這女兒認這對狗男女為父母，懂嗎？」王銘陽這時又命令陳星佑把衣服脫光，笑著說：「沒想到脫光光的名醫，樣子還挺玉樹臨風的嘛！」把衣服扒光後再處決，王銘陽認為這樣作才是對陳星佑的最大羞辱。

哭喪著一張臉的陳星佑哀求著：「出生證明也給你了，你到底要把小孩交給誰？」

「交給誰？老實告訴你吧！我會把她交給葉校長，他是我唯一信任的人。」

聽到是葉國強，陳星佑總算鬆了一口氣，心想這事情好辦得很。

「虧你還是醫學系畢業的聰明人，你有沒有想過，我為什麼會告訴你這些呢？」王銘陽舉起手槍檢查一下子彈，解開了保險。

林瑋珍尖叫起來。

「我來找你們的第二個目的是……。」王銘陽對著林瑋珍的頭開了一槍。

「拿妳老婆的命來抵YoYo的一條命！」

看著王銘陽毫無預警地開槍射死自己老婆，根本來不及反應的陳星佑整個人呆站在王銘陽的面前，在旁邊的廖麗秋嚇得連叫都叫不出來。

「還有第三個目的，這一槍是替幾百條慘死在星友大樓的冤魂討公道。」王銘陽說完後將槍對著陳星佑。

陳星佑回過神來才講出：「等一下……。」三個字時，王銘陽又開了第二槍，陳星佑應聲倒地，嘴巴唸著：「圓圓，圓圓！」闔上眼看了這世界最後一眼，眼前模糊的王銘陽身影，好像古裝電影中的武將，腦海閃出最後一個念頭：吳三桂。

突然其來的變化使得廖麗秋驚魂失措，雙腳早已無法站穩，全身癱坐在地上抽搐不已，王銘陽把廖麗秋拖到大門口外，看著門口監視器的角度，剛好可以拍到廖麗秋的位置，於是王銘陽抬起腳用力對廖麗秋踢了幾後，用槍指著她的頭說：「走！去開車！」

這幾腳是王銘陽故意踹廖麗秋，再加上拿著槍指著頭的動作，讓大門口外的監視器錄了下來，幸虧王銘陽的這幾個動作，才讓檢警相信廖麗秋也是遭到王銘陽的挾持，因此躲掉了夥同殺人的刑責。

王銘陽提著嬰兒搖籃上了車，撥了通電話給葉國強，把自己已經幹掉陳星佑夫妻的事情簡單說了一遍，要葉國強立刻到小曹的廢棄修車廠等他。

「現在要去哪裡？」已經六神無主的廖麗秋手握方向盤恍惚地問著。

「先去中正路……。」王銘陽給了一個地址。

於是王銘陽先將手槍丟棄在凱南大仔的住宅庭院，故意找到旁邊巷口的監視器露了露臉，接著要廖麗秋載她到小曹的工廠，快到星友大學時，將偷來的手機丟到湍急的溪流內，看著手機被沖走這才放心地赴約。

「接下來的事情，你應該都聽小曹說過了吧！」邊講邊咳嗽不已的廖麗秋想起那段驚心動魄的往事，經過三十年，依舊是嚇得顫抖不已。

小葉這時捲起褲管，露出小腿上的紫色胎記。

「對！沒錯，當年我從陳星佑家中抱出女嬰後，還特意地檢查一下，就是這個胎記，錯不了！」

「所以，知道已經無路可逃的王銘陽，才跑到星友大樓的頂樓跳樓自殺？」終於弄明白自己身世的小葉，但覺得還是有必要把事情的全部經過問個清楚，這才強忍住即將潰堤的情緒問下去。

「不是！」廖麗秋用力搖搖頭。

「王銘陽事先就計畫買了兩張機票，打算要和我去機場搭飛機回上海，那晚把妳交代給葉校長後，沒想到，那時候有好幾部休旅車突然開過來擋住我的車，由於天色昏暗，我看不清楚走下車的那個人的長相，他走下車後立刻跑到我的車的旁邊，要王銘陽下車，那人手上拿著一把槍，王銘陽只好乖乖地聽從那個人的命令上了對方的車，王銘陽臨走前對我丟下一句話，要我先走，拿著已經買好的機票去上海，等風聲一過，他會到上海與我會合。」廖麗秋講到這段往事，神情浮現出絲微的甜蜜。

「當他坐上那部休旅車後，我只知道他們朝星友大樓開了過去，我本來打算乖乖地聽話先回家再看看情況，也不知道開了多久，然而我越想越不對，我調過車頭折返回星友大樓，沒想到晚了一步，王銘陽已經被人從頂樓推下來，當場身亡。」講到這裡，咳個不已的廖麗秋無法再講下去。

廖麗秋的女兒立刻拿著藥丸與開水慢慢餵著她。

「王銘陽應該是被那個什麼凱南大仔推下樓的吧？」小葉問著。

過了十幾分鐘藥效發作，廖麗秋才有辦法繼續說下去：「妳很聰明，但實際上我也無法肯定，事後有些媒體影射王銘陽是凱南大仔所買通的殺手，我報案了之後，一開始也有檢察官來找我問王銘陽和凱南大仔之間的關係，但我完全不知道啊！後來入獄服刑，有自稱是替凱南大仔傳話的獄友跑來警告我，要我閉上嘴巴，什麼事情都別亂說，妳也許不知道，乖乖聽話在監獄裡是很重要的，所以YoYo後來到底有沒有醒來？情況怎樣？我在獄中連問都不敢問，怕惹禍上身。過沒多久，我肚子裡所懷的王銘陽的女兒出生了，他們便讓我假釋出獄。」

「在獄中那段期間，只有葉校長為了辦理妳的收養手續來獄中探視我一次，我這才知道後來的情況，陳星佑夫妻遇害後不到一天，停藥之後的YoYo就清醒了，幾天之後便完全康復，真是福大命大，阿彌陀佛。」

廖麗秋閉上雙眼沉默了好一會兒後吞吞吐吐地問小葉：「當時，我所作的事情真的很荒唐，我感覺自己被逼迫，似乎沒得選擇，不管如何，我想坐牢也算是罪有應得吧！但有個疑問困擾著我很幾十年，到底我當時是做對還是做錯？一堆人的命運……包括妳我在內的所有人，全在我當年的一念之間而改變，這個答案只有妳有資格回答，沒關係，不必擔心什麼面子問題。」

小葉毫不猶豫地給了答案：「妳做得很對，妳沒有罪！妳也沒有改變大家的命運，能改變命運的只有神，妳順著良知，王銘陽順著愛恨情仇，我父親，嗯！我是指葉校長，他順著自己的專業和求生本能，陳星佑嘛！唉！」得知陳星佑是自己生父的小葉，知道自己沒什麼資格去評斷。

廖麗秋了解小葉的心情後安慰著說：「反正人都已經死了三十年，人死為大，沒什麼好想的啦！」

陳星佑的惡行肯定會纏上多愁善感的小葉許多年。

「妳媽媽，嗯！YoYo差不多坐了十幾年的牢，反正他們把星友住宅的一切罪責通通推給她，前幾年我不太敢去獄中探視，我很膽小，擔心這擔心那的，妳知道的，我有自己要扶養的女兒，不能再捲入官司是非當中，一直到出獄的前幾年，整件事情已經雲淡風輕再也沒人在意以後，我才敢去探視獄中的YoYo，把實際情況告訴她，唉！我應該早幾年去告訴她才對，當年她遭逢難產喪女、被栽贓嫁禍、被羅織罪名的一連串打擊，在獄中聽說尋短了好多回，直到我告訴她妳還活著的事實，她才恢復正常人的模樣，開開心心的活下去，直到出獄。」一口氣把藏在心裡的祕密說出來，廖麗秋整個人鬆懈了下來。

「當然，這些年來也要謝謝妳的父親，他不斷地從日本匯款幫助我和YoYo，請妳回去後幫我謝謝他。」

「我父親兩個月前已經過世了！」

「什麼？也是在兩個月前？阿彌陀佛！」廖麗秋低著頭雙手合十地唸起佛經。

「可是，就我所知，我父親並沒有匯款給妳啊。」最近幾年來還是小葉親手匯款的。

「也許是YoYo想要幫我吧！」廖麗秋聳聳肩。

小葉早就已經坐立難安了，知道了一切解答之後，此刻的她只想飛奔到只隔著中庭幾步路距離的另一棟大樓，用力地擁抱給與自己生命、且長年承受苦難的媽媽。

「廖阿姨，我現在要去找我的媽媽，過一兩天再來陪妳聊天。」小葉把皮包內所有的現金都掏出來，交給她的女兒：「對不起，講到錢是很俗氣，但這是我最起碼的一點敬意，感謝妳救了我和我媽，我會遵循著我父親生前對妳的敬意，繼續幫助妳們母女。」

小葉彎下腰坐在地板上對著廖麗秋鞠了個九十度的最敬禮。

「等等！妳是說妳要去找YoYo？」

「她不就是住在這個社區的第六棟嗎？怎麼了？」

廖麗秋嘆了一口氣，勉強從沙發坐了起來緊緊抱住小葉，拍著她的肩膀摸著她的頭髮緩緩地說：「可憐的孩子，妳來晚了，她兩個月前就過世了，和妳父親的時間差不多。」

小葉掙脫開廖麗秋，笑著說：「阿姨！妳是吃藥吃昏了嗎？這種玩笑別亂開，我前天晚上才來這裡找過她，她不就是住在後面的第六棟嘛！很多往事與故事也都是在前天晚上聽她講的呢。」

廖麗秋搖搖頭，嘴巴繼續唸著阿彌陀佛。

「葉小姐，妳不相信的話，我陪妳去看看吧！」廖麗秋的女兒說完後帶著小葉走出大樓，穿過鬼冷冰清、蔓草荒煙的中庭。

「妳看！前面就是第六棟！」

小葉仔細一看，第六棟雖然名義上是半倒，六樓以下已經埋在土堆中，但六樓以上超過四十度的傾斜可說是廢墟一片，崩倒在山坡上，和小葉前天傍晚造訪時所看到的景象完全不一樣。

小葉指著隔著中庭與步道的第五棟說：「也許那天我來的是隔壁那棟。」小葉揉揉眼睛，心想應該記錯了。

「第五棟現在完全沒住人，當年就已經被列為危樓，妳看看，那第五棟傾斜得很嚴重，幾年前就聽說要倒，現在那整個區域已經被政府用電網封鎖起來，如果硬闖的話，會被高壓電電死呢！」廖麗秋的女兒警告著。

小葉不可置信，不顧警告硬是想闖闖進去瞧瞧，但當一靠近那兩棟大樓，電網立即發出刺耳的警報聲響，在旁的武裝機器人用機器手臂攔住小葉，發出警告：「前方有致命危險！前方有致命危險！」

不死心的小葉連續找了幾個附近的居民問了起來，得到的都是「姚莉莉！妳是說姚主委嗎？姚主委幾個月前就死了！」的答案。

「這怎麼可能？這怎麼可能？」小葉用力抓著廖麗秋的女兒問著，似乎想從她嘴巴聽到不一樣的答案。

「葉小姐，很抱歉，真真切切，妳媽媽真的已經過世了，她的喪禮還有墳墓，都是我親手打點的。」

「那我前天晚上看到的那個女人又是誰？是誰跟我開這種玩笑？」小葉歇斯底里起來，好不容易得知了自己生母的消息，又明明和她講了一整個晚上的話。

「這個社區有很多奇奇怪怪的傳說，如外面來的人找不到出口出去，在半夜撞見死去的親人，晚上有很多可怕的毒蟲流浪漢，但他們其實都是那三棟倒塌的房屋的屋主，房子垮了無家可歸，很多人已經在這裡流浪三十年。葉小姐，如果妳在這裡住久一點，很多事情自然會見怪不怪。」廖麗秋的女兒安慰著說。

「妳遇見的應該是妳媽媽沒錯，我的手機裡有很多她的照片，不相信妳可以看一看。」

看了照片後，小葉確認前晚所遇見的真是YoYo。

「廖小姐，妳……。」

廖麗秋的女兒搶著說：「我姓王，名字是王圓圓，妳叫我圓圓就好！」

「圓圓？」小葉想起YoYo曾經對陳星佑提過這個名字

「是的！我曾經聽YoYo阿姨提過好多次，她本來是打算圓圓幫妳命名，沒想到卻讓我給用了，真不好意思！」圓圓抓了抓頭髮。

「妳見過我媽嗎？」小葉問著。

「她出獄後就搬來這裡住，住了十幾年，每當我媽媽罵我，或我逃學回家，我每次都躲到她家裡呢。」

小葉羨慕起圓圓起來：「如果……唉……。」那些無法重來的遺憾，小葉只能往肚子裡吞。

「可是，這裡的所有居民應該都很痛恨我媽媽才對！」雖然多數罪責並非YoYo所致，但她的的確確也是星友集團的主要負責人之一，換成是小葉，絕對會離這邊越遠越好。

「YoYo阿姨其實人挺好的，我媽勸她別回來這裡，但她還是選擇回來面對一切。」圓圓訴說著。

小葉張望著四周的斷壁殘垣與破敗景象，搖著頭納悶著：「這麼大的災害損失，我媽媽怎麼可能賠得起？這裡的人應該是恨不得要她的命來索賠啊！」想著媽媽獨自一人承擔一切，面對著充滿仇恨怨懟的環境，小葉哭了出來。

「這就要感謝曹大善人了。」圓圓提到曹大善人四個字後滿臉的虔誠地對天空劃個十字：「別告訴我媽我信基督教，曹大善人就是誠星集團的大老闆曹晏誠啊，他透過妳媽媽，先發給每棟受害戶三百萬元，幫大家償還部分貸款，還撥了一大筆錢弄了個慈善基金會，幫這個社區拉電線接水管，幫助社區的小孩付學費，我從小學唸到高中，都是曹大善人出的錢，只要是這個社區的受害戶，如果找不到工作，一律可以到他的公司工廠上班，他把這一切善行交給妳媽媽去打理，久而久之，這裡的人就不再痛恨妳媽媽了。」

「曹大善人每年出錢辦各種超渡儀式，還買下後面的山坡地幫大家安葬罹難者。對了，妳媽媽也葬在哪邊，二個月前妳媽媽過世，我媽媽難過得舊病復發，我手忙腳亂地幫妳媽媽處理後事，妳要不要去看看，看看還有什麼要弄的，如果弄的不好，妳一定要原諒我啊！」圓圓愧疚地說著。

又再度泣不成聲的小葉緊緊地抱住圓圓，圓圓伸出手擦拭著小葉的眼淚陪著她一起哭。

「走！我帶妳去看看我媽！」

「我想問妳最後一個問題，我媽媽生前知不知道我的事情？」小葉問起。

「當然知道，我媽媽不知道告訴妳媽媽多少遍了，妳被那個葉校長帶去日本收養的事情，妳媽媽後來每天找我幫她在網路上搜尋有關於妳的一切事情，包括妳從小到大的所有照片、影片，妳讀什麼學校，還有妳在社群網站上ＰＯ的所有訊息與文章，妳失戀時，她也一起哭著，妳拿到博士學位的喜悅，她也一起笑著。

「其實我私底下問她好多次，為什麼不去日本找妳，每次她都只是笑笑著說：現在這樣不也挺好的嗎！我實在不懂。」圓圓皺了眉頭。

「然後她告訴我，等我當了媽媽以後就會慢慢懂了。」

尾聲

從半倒的第五棟大樓廢墟旁邊繞進山路，沒多久先看到一片肅穆的大竹林，穿越竹林後，一座偌大的牌坊映入眼簾，牌坊上完全沒有任何雕樣圖刻，顏色是最尋常的灰白，只刻著簡簡單單的四個字：「精心靈園」。

從牌坊望去，只見綿延不絕的簡易型墓碑，墓碑後的墳丘，大小一模一樣。

「妳是來找妳的母親吧？」牌坊下站在一個拿著除草工具的男子，他的身旁有一具簡易型的清掃機器人，對著小葉說著。

那人頭戴著斗笠，臉長長的，嘴邊還有顆大痣。

「你是精心禪師！」三天下來不知道已經聽了多少回關於禪師的故事，小葉一看就認出，雖然外表長相很尋常，但小葉還是有點不寒而慄，眼睛瞄了禪師的腳一眼。

「哇！阿彌陀佛！」那禪師居然沒有影子，大白天看見不該撞見的東西，小葉驚叫起來，反倒是她的武裝機器人的反應卻顯示「該物件無資料、不具危險性」。

禪師摘下斗笠讓一頭長髮放下來說：「孤獨久了，連影子都覺得多餘。」

發現小葉哆嗦不止，禪師笑著指著頭上的牌坊解釋：「這牌坊這麼大，太陽光被擋住了啦！膽小鬼。」

「妳們今天是要來看YoYo還是王銘陽？」看見小葉與圓圓在一起，精心禪師問著。

「我忘了告訴妳，我的父親也葬在這裡。」圓圓對著小葉說：「而且我把你媽媽葬在他的旁邊，妳會介意嗎？」

「這樣也挺好的。」

禪師看著前方數不盡的墓碑說著：「這裡不太好找，我的機器人會帶你們走。」

說完後雙手合十邊走邊禱唸，七彎八拐費了一番時間才來到靈園的最深處找到YoYo的墳墓。

「這裡的亡魂，唉！不是遭到意外含冤地離開，不然就是貧窮無依，生前不管你住的是豪宅還是陋室，身後就是這樣小小一坪。負責看管這裡多年，我從沒聽過有哪個人在臨終時，悔恨自己當初為什麼不多買多幾坪房子。」精心禪師指著前面的墓碑說：「YoYo就在這裡。」

碑上所用的照片是YoYo穿著星友公司制服，在辦公室內所拍攝的。

「好年輕好漂亮！笑得好燦爛！」小葉終於見到母親年輕時候的模樣，算了算，應該就是那個時候懷了自己吧。

「妳瞧一瞧，妳們真的是長得一模一樣，昨天早上我在這裡遇見妳，還真的以為是YoYo姨年輕的鬼魂呢！我媽媽今天一見到妳，也誤以為自己又撞邪了呢！」圓圓笑著對小葉說。

「旁邊那個是我爸爸！」圓圓指著說。「我爸爸很帥吧！他們本來就是一對天造地設的戀人，妳媽媽生前，每天都要來這裡散步看看他。」

為了現實、生活、金錢、權位，分手了三十多年的戀人，靜靜地相依於此，小葉相信自己媽媽的靈魂再也不會寂寞無依。

「妳不恨我父親嗎？他可是殺了你生父的凶手啊？」圓圓鼓起勇氣問了小葉，從一大早知道彼此身世的真象後，這個問題始終宛如一塊巨石堵住圓圓的胸口，悶得快要無法喘息。

「不會！」小葉斬釘截鐵地說：「要不是妳父親，我媽恐怕早在三十年前就死了，他是我媽的救命恩人啦。」小葉倒是看得很開。

「很好！有你這句話，他們兩人從此可以真正安息了，恩也好！仇也罷！人間最難計算的就是恩仇之間，走了！就沒了。」忙著除草的精心禪師說道。

「所有人都以為三十年前的貪婪與災難早就煙消雲散，但逝去的亡魂始終無法得到安息，大家都沒有辦法去面對真相，也不知道什麼才是真相，大家更不想去面對，因為真相比鬼魂更讓人害怕，僥倖活下來的生者被迫守著這片受到詛咒的家園，但一代又一代的人繼續出生成長，他們不應該背負苦痛記憶，更不應該受困在這片充滿怨靈的地方。」精心禪師對著YoYo的墓碑說著。

「我的父親與母親，還有那個生父陳星佑，他們耗了長年的時間打造了這一大片地方，沒想到……沒想到卻只製造出那麼多的亡靈。」小葉又哭起來，這三天也不知道哭泣了多少回。

圓圓問起：「妳如果打算把母親的墳遷回日本，我可以……。」

小葉揮揮手說：「就在這裡吧！我想她應該也想留在這裡，這才是她一手打造出來的家。」說完後跪在母親的墳前對著她說：「我會盡全力彌補妳生前所犯的一切過錯，就算只是一點一滴。」

精心禪師笑了笑：「葉小姐，妳不必刻意去彌補什麼東西，這裡唯一的苦難就是遭到世界的遺忘，有機會的話，運用自己的力量，把這裡的一切傳遞出去，讓世人知道，這裡不該被遺忘。」

小葉恍然大悟，轉過頭回答禪師：「我知道我能夠做什麼事情了，我想把星友住宅所發生過的事情，用文字用影像的方式讓大家知道，知道這裡所發生過的貪婪、怨懟、無助與恩仇的一切。」

才剛轉過頭，就發現禪師早已走遠，小葉看著圓圓，圓圓聳聳肩露出個見怪不怪的神情後對小葉說：「我們住在這裡的人早就不再稱呼星友住宅了。」

「嗯？」

「這裡叫作鬼魅豪宅！」

【全文完】

鏡小說 016

鬼魅豪宅

作者：黃國華
責任編輯：王君宇
美術設計：我只剩下色塊
內頁排版：宸遠彩藝
責任企劃：劉凱瑛
副總編輯：李佩璇
總編輯：董成瑜
發行人：裴偉

出版：鏡文學股份有限公司
11070 台北市信義區東興路 45 號 4 樓
電話：02-6633-3500
傳真：02-6633-3544
讀者服務信箱：MF.Publication@mirrorfiction.com

總經銷：大和書報圖書股份有限公司
242 新北市新莊區五工五路 2 號
電話：02-8990-2588
傳真：02-2299-7900

封面攝影提供：東方 IC
印刷：漾格科技股份有限公司
出版日期：2019 年 6 月初版一刷
ISBN：978-986-96950-9-1
定價：430 元

國家圖書館出版品預行編目 (CIP) 資料

鬼魅豪宅 / 黃國華作. -- 初版. -- 臺北市：
鏡文學, 2019.06
448 面；14.8×21 公分 . -- (鏡小說；16)
ISBN 978-986-96950-9-1 (平裝)

863.57 108007741